헤이그의 왕자 위종

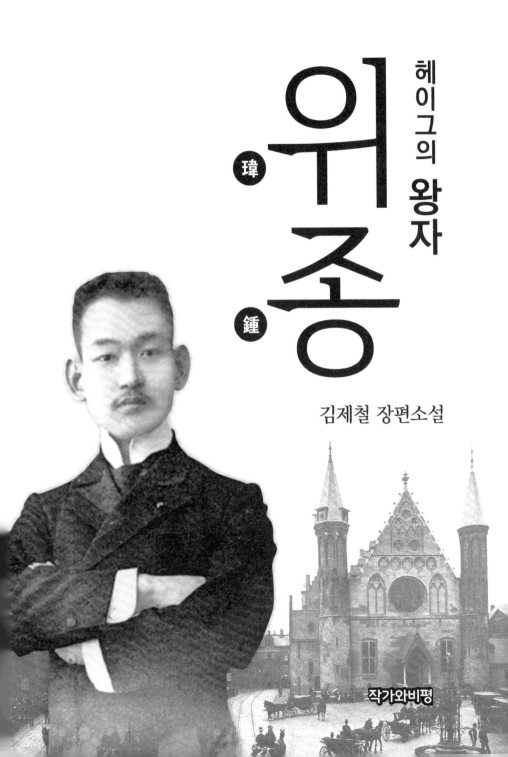

헤이그의 왕자

위 璋
종 鍾

김제철 장편소설

작가와비평

▌차 례

이날 영동고속도로에서 차량 추돌사고가 있었다.

금요일 오전 10시경. 차량이 몰릴 시각이 아닌데도, 강릉 쪽에서 서울 쪽으로 향하는 차들이 M휴게소 수 킬로미터 전방에서부터 거북이걸음을 해야 했고 핸들을 잡은 운전자들은 평소에 없던 정체현상에 답답한 마음을 애써 다독여야 했다. 그리고 한 시간 가량 가다 서다를 반복하며 M휴게소 입구에 다다랐을 때 비로소 정체의 원인을 알고 분노하기 시작했다.

휴게소 입구에 국산 경차를 들이박은 유명 외제차가 몸을 살짝 뒤튼 채 차선 하나를 가로막고 서 있었던 것이다. 그리고 국산 경차는 꽁무니가 완벽하게 찌그러진 볼썽사나운 모습으로 저만치 떨어진 곳에서 중앙분리대에 머리를 박은 채 고꾸라져 있었다. 결국 정체의 원인은 사고 차량을 도로 가장자리로 옮기지 않고 방치한 탓에 차선이 하나 줄

어든 때문이었다. 그런데도 두 차에서 나온 듯한 젊은이들은 차를 치울 생각은커녕 서로 상대방의 멱살까지 잡아가며 심한 몸싸움을 벌이고 있었다. 언제 사고가 났는지 모르지만 경찰도 보험회사 사람도 보이지 않았다. 사고 차에 가로막힌 차량에서 운전자들은 수시로 경적을 울려댔지만 젊은이들의 멱살잡이 다툼은 그치지 않았다. 급기야 성질 급한 몇몇 운전자들은 젊은이들의 다툼을 강제진압하기 위해 차에서 내려 사고지점으로 다가갔다. 여차하면 어느 쪽이든 한 대 칠 기세로.

같은 시각. 사고지점에 조금 못 미친, 그래서 여전히 정체 차량들의 행렬에서 빠져나오지 못한 한 고급승용차에는 보기 좋게 늙은 노신사가 뒷좌석에 앉아 연신 시계를 보며 한숨을 쉬고 있었다. 그러나 정체가 쉬이 풀릴 기미가 보이지 않자 마침내 노신사는 앞좌석의 비서에게 점심약속을 저녁으로 미루도록 해 보라고 지시했다.

1. 정동공원

1-1

오른쪽으로 덕수궁 돌담을 끼고 그는 정동사거리 쪽으로 천천히 걸음을 옮겼다.

오후 3시. 드문드문 행인들이 오가고 있었지만 투명한 햇살이 따사롭게 내려앉고 있는 정동길은 의외로 조용했다.

조지 갤런드. 29세. 그는 미국 뉴욕에 본사를 둔 다국적기업 갤런드 컴퍼니 가(家)의 일원으로 회장 자문역을 맡고 있었다. 그러나 미국 유수 대학 MBA 출신이지만 회사 경영엔 별로 관심이 없었고 여행과 독서, 저술을 즐기는 한편으로 가끔 개인적인 차원에서 친척 형인 회장의 일을 도우는 정도였다. 이번에 처음 한국을 방문한 것도 사업과 여행을 겸해서였다.

가로수 그늘로 얼룩진 돌담길을 지나 횡단보도를 건너자 고즈넉한 동네풍경이 이어졌다. 오래된 교회와 낮은 집들이 모여 있는 동네를 완상하면서 조금 더 걷다가 그는 캐나다대사관 초입에서 걸음을 멈췄다. 전날 각국 공사관들이 몰려 있던 공사관 거리(Legation Street)였다. 캐나다 대사관 앞으로 난 길 건너편은 유서 깊은 여학교가 햇살에 희부윰하게 빛나고 있었다. 그 학교는 한때 조선 외교가의 꽃이었던 독일인 여성 미스 손탁(Sontag)의 사저 자리였다.

그는 길을 건너는 대신 우측으로 난 언덕길로 접어들었다. 야트막한 언덕길을 걸어 올라가자 곧바로 작은 공원이 나타났다.

공원 안은 그야말로 아무도 없이 정적만이 감돌고 있었다. 서울 한복판에서 마주친 믿기 어려운 그 적요에 그는 스스로도 잠시 의아할 지경이었다.

공원은 좌측으로 완만하게 경사진 길이 나 있고 길 끝은 계단이었다. 그리고 계단을 올라서면 파란 하늘을 배경으로 한 하얀 탑이 서 있었다.

그러나 엄밀하게 말하면 그것은 탑이 아니라 본체의 좌우 부분을 모두 잃은 건물의 남은 부분이었다. 그는 탑을 한 바퀴 둘러보고 나서 뒤편에 있는 석판(石板)의 안내문으로 눈을 주었다. 안내문은 한국어와 영어로 돼 있었다.

이 건물은 1890년(고종 27년)에 스위스계 러시아인 사바틴이 설계한 르네상스식 건물로 러시아공사관으로 사용됐다. 벽돌조 2층의 본관은 한국전쟁 때 파괴되었고 현재는 3층 규모의 탑만이 남아 있다. 탑의 1층은 본관과 이어졌고 2층은 창을 하나만 내어 단순하게 만들었다. 3층에는 네 면에 반원 아치형의 창을 만들었고 지붕은 삼각형 페디먼트(pediment)로 구성했다. 현재 탑의 동북쪽에 있던 지하밀실의 일부가 발견되었는데 지하밀실은 비밀통로로 경운궁(덕수궁)까지 연결되었다고 한다. 러시아공사관은 명성황후가 시해된 후 1896년(건양1년) 2월 1일부터 고종이 세자와 함께 1년간 머물렀던 곳이다. 이곳에는 당시 국제정세에 휩쓸려 자주 정변을 겪어야 했던 조선의 현실이 드러나 있다.

그는 천천히, 그리고 꼼꼼하게 안내문을 읽어나갔다. 그러다가 한 지점에서 문득 읽기를 멈추고 고개를 갸웃거렸다. 덕수궁까지 연결된 비밀통로라……

그때였다.

"어디서 오셨나요?"

자신에게 묻는 듯한 말소리가 들려 고개를 돌리니 언제 왔는지 25, 6세쯤 돼 보이는 여성이 바로 뒤에 서 있었다.

"뉴욕에서 왔습니다."

"전 모스크바에서요."

"그러시군요. 반갑습니다."

그는 영어를 익숙하게 구사하는 여자가 러시아인일지도 모른다는 생각을 처음부터 하고 있었다. 그녀의 가늘고 섬세한 이목구비에서 전형적인 러시안 뷰티를 직감했던 것이다.

"이곳엔 어떻게⋯⋯?"

여자가 물었다. 아무도 없는 공원을 찾은 게 여자의 눈에도 약간 이상하게 보이는 모양이었다.

"잠시 시간이 나서 그냥⋯⋯."

그는 적당한 대답이 생각나지 않아 대충 얼버무렸다. D제약 사람들과의 점심약속이 저녁으로 미루어지면서 시간이 남은 참에 낯익은 호텔 지배인이 정동공원을 소개해주었던 것이다. 구러시아공사관이 있었던 곳으로 호텔에서 가깝다면서. 관광은 사업과 관련된 업무를 마친 후로 미루어두었던 터였지만 자투리 시간을 유용하게 보낼 참으로 그는 정동공원이라도 들러보는 게 어떠냐는 지배인의 제의를 받아들였다.

"저 공원을 포함해서 이곳에 건축된 러시아공사관은 당시 이 부근에서 가장 높은 지대에 위치해 있어 궁궐 주변의 서울을 쉽게 조망할 수 있었대요. 그런데 6.25 동란 때 소련군의 폭격으로 부서지고 이 탑만 남았다고 해요."

여자가 아래편 공원 쪽을 내려다보며 말했다.

"자신들이 세운 건물을 자신들이 부순 거군요."

"러시아의 비극이죠. 79년이란 세월을 소련이라는 나라로 지내온."

여자가 쓸쓸한 표정으로 살짝 웃었다. 그 얼굴에 드러난 비애미(悲哀美)가 갤런드의 가슴에 파문을 일게 했다.

여자는 석판 앞으로 다가와 안내문을 들여다보다가 다시 공원 쪽으로 고개를 돌리고는 생각에 잠긴 표정으로 한참을 그대로 서 있었다.

"혹시 이곳에 특별한 사연이 있습니까?"

그가 물었다.

"그게 아니라 어떤 한 인물이 생각나서요."

고개를 돌리며 여자가 가볍게 웃었다.

"어떤 인물이라면?"

"경복궁에서 왕후가 시해되던 날, 왕의 측근 한 사람이 궐 담을 넘어 일본의 범궐을 알리러 이곳에 왔었대요."

"그렇습니까?"

"오전에 경복궁을 안내하던 가이드한테서 들었어요."

"그랬군요."

"경복궁에서 이곳까지의 거리가 얼마나 되는지 아세요?"

"글쎄요."

"2킬로미터 정도 된대요."

"그렇습니까?"

"달리면 20분도 안 걸릴 그 거리가 그때 그에겐 얼마나 멀게 느껴졌겠어요?"

"그야 이루 말할 수 없었겠죠."

"이곳에 있으니 그때 그분의 그 절박했던 심정을 헤아릴 수 있을 것 같아요."

여자의 얼굴에 문득 비감이 서렸다.

"말씀하시는 그분이 혹시 미국공사로 나갔다는 인물 아닌가요?"

"그래요. 그리고는 다시 돌아오지 못했어요."

"그 인물에 관심이 있으신 모양이군요?"

"전 한국어를 전공했어요. 모스크바 대학에서요. 그래서 한국역사에 대해서도 조금 배웠어요."

"예……."

그가 고개를 끄덕였다. 여자가 덧붙였다.

"그분은 미국공사에 이어 러시아공사를 지냈어요."

"그래서 관심을 갖게 된 거군요?"

"물론 소중한 계기가 되었어요. 참, 전 나타샤라고 해요. 나타샤 표도르바."

"전 갤런드입니다. 조지 갤런드. 사업을 하고 있습니다."

"그러세요?"

나타샤가 갤런드를 향해 환한 미소를 지어보였다.

"그런데 저 안내문에 의하면 옛날 이곳에서 덕수궁까지 비밀통로가 있었다고 하는데 왠지 뭔가 심상찮은 느낌이 드는군요."

"어머, 저도 그런 생각을 했는데……."

나타샤가 그와 눈을 맞추었다. 그리고는 다시 고개를 돌려 석판에 눈을 주다가 탑 주변을 찬찬히 살펴보기 시작했다. 약간의 시간이 흐른 후 나타샤가 조금 멍한 표정으로 혼잣말처럼 중얼거렸다.

"그런데 그분에게 어린 아들이 있었어요. 그 아들도 이곳에 왔었어요. 왕후가 시해되던 날은 아니지만……. 그 아들이 보여요."

나타샤는 마치 그 광경을 실제로 보면서 그러는 것 같았다. 갤런드는 무슨 소릴 하는가 싶어 의아한 기분으로 그녀를 바라보았다. 조금 전의 생기발랄했던 모습과 달리 갑자기 창백해진 나타샤의 얼굴에 땀방울이 돋고 있었다. 그러다가 그 자리에 가라앉듯 스르륵 무너져 내렸다.

갤런드는 본능적으로 재빨리 몸을 움직여 나타샤의 몸이 지면에 닿기 직전에 두 팔로 받았다. 그리고 그녀를 땅바닥에 조심스레 앉혔다.

"어디가 불편하세요?"

그러나 나타샤는 갤런드의 어깨에 얼굴을 묻은 채 아무런 반응이 없었다. 갤런드는 잠시 당황스러웠지만 곧바로 호텔로 전화를 걸어 지배인에게 구급차를 부탁했다. 그 사이에도 나타샤는 가쁜 숨만 내쉴 뿐이었다. 그의 어깨로 전해져오는 그녀의 숨결이 뜨거웠다.

잠시 후 지배인이 도착했다. 구급차는 공원 입구에 세워져 있었다. 두 사람은 나타샤를 양 옆에서 부축해서 구급차로 옮겨 실었다.

"어떻게 된 일입니까?"

나타샤를 구급차 베드에 누이며 지배인이 갤런드에게 물었다.

"글쎄요, 저도……."

나타샤는 눈을 감은 채로 여전히 가쁜 숨을 내쉬고 있었다.

"가만. 무슨 말을 하는 것 같은데요?"

지배인이 허리를 숙이고 나타샤의 입 가까이 귀를 갖다 댔다. 그러나 잠시 들썩이던 나타샤의 입술은 곧 움직임을 멈췄다. 막 의식을 잃은 것 같았다. 동시에 지배인 옆에 있던 구급요원이 그녀에게 산소마스크를 씌웠다.

"무슨 말을 했습니까?"

갤런드가 지배인에게 물었다.

"글쎄요. 코레이 황처…… 비슷한 얘기 같았는데…….''

"코레이 황처……? 그게 무슨 뜻일까요?"

"모르겠네요."

지배인이 애매한 얼굴로 고개를 가로저었다.

구급차는 빠른 속도로 정동사거리를 돌아 J병원으로 들어섰다. J병원은 인근에서 가장 큰 종합병원이었다.

지배인이 수속을 밟는 동안 갤런드는 응급실 밖 대기실에서 기다렸다. 나타샤가 외국인이라서 수속이 까다로웠는지 지배인은 한참 후에야 돌아왔다. 다행히 병원이 갤런드가 묵고 있는 호텔과 업무상으로 연결이 되어 있어 수속은 어렵지 않았다고 했다. 갤런드가 감사를 표하자

"천만에요. 그보다 환자분이 아직 깨어나지 않은 모양입니다."

의사를 만나고 왔는지 지배인이 두 손을 저으며 나타샤의 상태를 전했다.

"무슨 까닭일까요?"

"아직은 잘 모르겠답니다. 기본적인 검사들부터 하는 것 같습니다만 너무 걱정 마십시오."

지배인이 갤런드를 안심시켰다. 사무적이지 않은 그 태도에서 갤런드는 친절하고 성실한 인상을 받았다.

"고맙습니다."

"그보다 저는 호텔로 돌아가 봐야 할 것 같습니다만 ……."

"그러십시오. 거듭 감사드립니다."

지배인이 허리를 꺾으며 공손히 인사를 하고 대기실을 빠져나갔다.

지배인이 떠난 후 한 시간가량 지났을 때 담당의사가 갤런드를 찾았다. 이십대 후반쯤 돼 보이는 젊은 의사는 나타샤가 아직 깨어나진 않았지만 기본적인 검사에서는 이상이 없다며 좀 더 지켜보자고 했다. 젊은 의사의 영어 구사력은 수준급이었다. 갤런드는 사정이 있어 나갔다가 밤에 다시 들르면 안 되겠냐고 물었다. 의사는 잠시 생각하다가 무슨 일이 있으면 호텔 지배인에게 먼저 연락하겠다며 고개를 끄덕였다.

1-2

"얌마. 사고당한 몸은 모르는 거야. 금세 이상이 나타나지 않을 수도 있는 거니까."

오후 5시. 영동고속도로에서 보험회사 차를 얻어 타고 서울로 들어온 후 현우와 호성은 교통사고를 당한 육체에 대한 보상 겸 모처럼 거한 점심을 먹고 차까지 마시고 나서 서점에 들러 잠시 신간들을 훑어보며 시간을 보냈다. 그러다가 밖으로 나왔을 때 갑자기 무슨 생각이 들었는지 호성이 현우의 팔을 잡고 근처에 있는 병원으로 이끌었다.

"이상은 무슨!"

"거 참. 내 말 들어. 교통사고는 겉으로 아무렇지도 않다고 쉽게 넘길 게 아냐."

호성의 성화에 못 이겨 현우는 병원으로 따라 들어갔다. 병원은 호성의 아버지 회사 직원들이 정기검진을 받는 곳이라고 했다.

병원에 들어선 두 사람은 X레이를 찍는 등 간단한 검사를 했다. 혹시라도 사고로 인해 어딘가 잘못된 데가 없지나 않을까 싶었던 거지만 둘의 몸엔 당연히 이상이 없었다. 호성의 팔뚝에 약간의 찰과상이 발견되었을 뿐. 그렇지만 현우 생각에 그것은 교통사고 탓이 아니라 아까 가해차량 녀석들과 몸싸움을 벌인 때문인 것 같았다. 그러나 그걸 기화로 호성은 입원을 하자고 우겨댔다.

"X레이 정도론 몰라. MRI도 찍어보고 이곳저곳 정밀하게 검사해봐야 돼. 그래야 확실히 이상이 없는 건지 알 수 있단 말이야. 게다가 가입자들이 자기 권리에 충실하지 않으면 보험회사는 터무니없이 막대한 부당이익을 얻게 되거든."

현우는 호성의 그런 막무가내에 한숨을 내쉬었다.

이현우. 28세. H대학 국문과를 졸업하고 지금은 사학과 석사과정을 밟고 있는 중이었다. 현우가 어제 속초로 간 건 인터넷 사이트에서 알게 된 중국인 여자친구 장수련이 관광차(?) 한국에 온 자기 어머니를 만나달라는 강압적인 요청에 무조건 서울 밖으로 도망쳐야 한다는 생각을 해서였다. 그럴 때 중소기업 수준을 한참 상회하는 어마무지한 재력가의 아들임에도 불구하고 똥차에 가까운 경차를 굴리며 기사노릇을 자처하는 친구는 도우미로서 썩 유용했다.

"아무튼 이참에 하루 이틀 푹 쉬는 것도 나쁘지 않을 거야. 장수련의 촉수도 피할 겸해서 말이야."

호성이 종합검사를 핑계로 2인용 입원실을 잡으며 현우에게 큰 선심이라도 쓰듯 말했다. 그러면서도 막상 입원실에 입실하자 현우와 달리 본인은 환자복으로 갈아입지도 않고 고삐 풀린 망아지처럼 병원 곳곳을 쏘다녔다.

그런 녀석을 보고 있자면 현우는 실소할 수밖에 없었지만 그래도 오전의 교통사고를 생각하면 나름대로 대견한 데도 있었다. 교통사고는 전적으로 뒤에서 들이박은 외제차 운전자의 부주의에 의한 것이었고 호성은 그야말로 졸지에 피해를 당했을 뿐이었다. 그럼에도 시시비비를 따지며 멱살잡이까지 불사한 상대방의 신분을 알게 된 후에도 끝까지 자신의 신분을 밝히지 않았던 것이다. 공교롭게도 외제차를 운전한 가해차량 운전자는 다름 아닌 호성의 아버지 회사 사원이었다. 젊은 친구가 무슨 일로 주중에 월차를 내고, 외제차까지 임대해서 강원도에 갔다 오는 것인지는 모르지만 피해차량 운전자가 자신이 다니는 회사의 회장 아들이라는 사실을 알면 곤혹스러울 것은 뻔한 일이었다. 물론 호성으로서도 이 일이 아버지에게 알려지면 불호령이 떨어질 터여서 썩 좋을 것은 없었지만.

그나저나 호성의 말대로 종합검사 겸 입원한 덕분에 쉬게 된 것은 나쁘지 않지만 현우는 조동찬 교수에게 미안했다. 시간이 되면 한번 들르라는 전화를 받은 게 벌써 며칠 전이었던 것이다. 현우는 조동찬 교수의 프로젝트를 돕고 있었다.

눈을 뜨면서 나타샤는 꿈에서 빠져나왔다

그다지 긴 꿈은 아니었다. 그러면서도 꿈의 내용은 오락가락했다. 맨 먼저 눈에 들어온 것은 텅 빈 하늘이었다. 구름 한 점 없는 푸른 하늘이 아득히 멀어져가다가 다가오기를 반복하다가 갑자기 흔들리기 시작했다. 아니, 하늘이 빙빙 돌고 있는 것 같기도 했고 자신이 그 하늘을 따라 돌고 있는 것 같기도 했다. 그러다가 이어서 보게 된 것이 어떤 방이었다. 궁전 같았는데 궁전은 아니었다. 섬세하고 아름다운 장식의 책상과 의자. 그리고 주름 잡힌 커튼과 벽에 붙은 액자들. 유럽풍의 방이었다.

그 속에 사람들이 있었다. 사십대 남자 둘과 삼십대 부인 한 명, 그리고 열 살쯤 된 소년. 그 뒤로 보이는 젊은 남자 두어 명.

사십대의 한 남자가 다른 남자에게 두루마리로 된 문서를 내밀었고 다른 남자는 허리를 굽혀 그것을 받고 있었다. 그러고 나서 남자는 두루마리를 받은 남자에게 한참 이야기를 한 후 부인과 소년을 향해 또 뭔가를 얘기했다. 부인은 고개를 숙였고 소년은 똘방똘방한 눈망울로 남자를 보며 고개를 끄덕였다. 그런 광경들이 누렇게 빛이 바랜 오래된 영화의 장면처럼 불규칙한 속도로 지나갔다.

얼마나 잠들었던 걸까.

눈을 뜨자 형광등의 하얀 빛이 폭포수처럼 쏟아져 내렸다. 그 빛에 눈이 부셔 나타샤는 잠시 감았던 눈을 다시 뜨고 천천히 주위를 둘러보았다. 사위는 조용한데 가려진 커튼 사이로 침대들이 보였다. 그제야 나타샤는 자신이 누워 있는 곳이 병원이라는 사실을 깨달았다.

왜 여기 있는 걸까.

늦은 오후의 안개 낀 거리처럼 머릿속은 아직 흐리멍덩했다. 그러나 주위에서 아무 소리도 들리지 않는 걸로 봐서 꽤 늦은 시각임은 짐작할 수 있었다.

그녀는 몸을 일으켜 팔에 꽂혀 있던 링거 주사바늘을 걸어내고 침상에서 내려섰다. 그리고 침상 옆에 놓여 있는 백을 들고 응급실을 나섰다. 여전히 머릿속이 명쾌하지 않았으므로 그것은 무의식적인 행동에 가까웠다. 때마침 당직 의사들과 간호사들이 자리를 비운 상태라 그녀가 응급실을 나가는 것을 본 사람은 아무도 없었다. 그리고 병원 뒷문을 통과할 때까지 누구도 그녀를 주목하지 않았다. 현관 밖 한쪽에서 담배를 피우고 있던 한 사람을 제외하곤.

어라?

호성은 자신도 모르게 물고 있던 담배를 떨어트렸다. 저절로 입이 벌어지는 걸 의식하지 못했기 때문이었다.

러시안 뷰티.

현관을 나서는 여자를 보며 호성은 그녀가 러시아인임을 직감했다. 여자는 러시아 여성 치고도 출중한 미인이었다. 그러므로 호성이 여자의 뒤를 따른 건 거의 본능적인 것이었다.

여자는 병원을 나서 광화문 쪽으로 걷기 시작했다.

예정에 없던 일을 벌이면 뜻밖의 일이 생긴다. 그러므로 늘 일을 벌여야 한다.

그것은 인생을 단조롭게 살아서는 안 된다는 철학을 가지고 있는 호성의 철칙 중의 하나였다.

늦은 시각이라 거리는 인적이 드물었고 흰색 원피스의 여자는 고요한 거리를 빠른 걸음으로 걷고 있었다. 호성은 별로 들킬 염려는 없었지만 약간의 거리를 두고 여자를 뒤따랐다. 그러기를 한 시간여. 여자는 광화문과 안국동을 거쳐 창경궁 앞길을 지나고 있었다. 그러나 그때쯤 호성은 조금씩 이상한 생각이 들기 시작했다. J병원에서 창경궁까진 상당한 거리였다. 그 거리를 버스나 지하철 혹은 택시 같은 대중교통을 이용하지 않고 늦은 시각 여자 혼자 걷는다는 게 예사롭게 여겨지지 않았던 것이다. 혹시 다이어트를 위해서일까.

어떤 특별한 목적을 가지고 있는 건 아니었다. 호성이 낮선 외국인 여자를 뒤쫓는 것은. 다만 고차원적 미모의 젊은 외국인 여자가 늦은 밤 어디로 가는 걸까 혹은 그런 미녀가 사는 곳은 어떤 데일까 따위가 궁금했을 뿐이었다. 그것은 단순한 호기심이었고 결코 그 이상은 아니었다. 그러나 여자가 한 시간을 넘기고 한 시간 반, 두 시간을 계속 걷자 호성은 생각이 복잡해지기 시작했다. 이건 뭔가 특별한 경우다. 문득 그런 느낌이 들었던 것이다.

여자는 북쪽으로 방향을 잡으며 쉬지 않고 걸었다. 여자가 걷는 두 시간 동안 상점이 문을 닫는 거리도 있었고 가로등이 시원찮아 어두컴컴해진 동네도 있었다. 그러나 여자는 그런 것은 아랑곳하지 않고 앞으로 걸어나갔다. 시간은 막 자정을 넘기고 있었다. 그리고 호성의 단순했던 호기심도 가슴을 두근거리게 하는 긴장감으로 바뀌고 있었다.

그리고 또 얼마나 걸었을까. 마침내 여자는 서울 북쪽 노원구의 한 대학교를 돌아 뒷산 쪽으로 접어들었다. 짙은 어둠이 두텁게 내려앉고 적막감이 한 치의 빈틈도 없이 빼곡히 채워진 산길을 하얀 옷을 입은 여자를 따라 걷다보니 호성은 돌연 섬뜩한 기분이 들었다. 당치 않은 두려움 같은 것도. 이건 결코 예사로운 일이 아니다. 그런 생각을 하는 사이 여자는 부지런히 산길을 걸어올라 이윽고 커다란 나무 아래 멈춰 섰다.

호성은 조금 떨어진 곳에서 숨을 죽인 채 여자를 지켜보았다. 그러다가 잠시 후 경악하며 터져 나오는 비명을 두 손으로 간신히 틀어막고는 도망치듯 서둘러 산길을 걸어내려갔다.

1-3

갤런드가 J병원을 다시 찾은 것은 밤 11시 가까이 되어서였다. D제약 회장을 비롯한 임원들과 저녁 식사를 마치고 그들이 마련한 2차 술자리까지 참석하다보니 시간이 많이 지체되었던 것이다. 술자리는 심적으로 부담이 되었지만 그게 한국적 문화의 한 형태라는 생각에 갤런드로선 거절하기가 힘들었다.

그러나 D제약 사람들과 함께 하는 동안에도 마음은 줄곧 나타샤에게 가 있었다. 병원이나 호텔 쪽에서 다시 연락이 오지 않는 걸 보면 별다른 일은 없는 것 같았지만 마음은 편하지 못했다. 그리고 술자리를 파하자마자 병원으로 달려왔을 때 나타샤가 사라졌다는 소릴 들었던 것이다.

"죄송합니다. 저희 쪽에서 잠시 자릴 비웠던 모양인데 그 사이에 일어나 나가신 건 같습니다."

낮에 보았던 젊은 담당의사는 연신 죄송한 표정으로 고개를 주억거렸다.

"그렇다면 별 이상이 없었다는 말씀인가요?"

"아까 말씀 드린 대로 기본적인 검사에선 큰 이상은 없었습니다."

"그런데 왜 그런 일이 일어났을까요?"

"그건 좀 더 검사를 해봐야 할 것 같습니다만……."

"보통 사람들에게도 가끔 그런 일이 일어납니까?"

"글쎄요. 어쩌면 평소에 악성 빈혈 같은 걸 갖고 계셨던 게 아닐까 추측하면서 정밀 검사를 할 예정이었습니다만……."

갤런드로선 더 이상 할 말이 없었다. 나타샤와의 관계가 애매했던 탓도 있었다. 그녀는 원래 아는 사람도 아니었고 피차 관광객으로 만난 사이였을 뿐이었다. 따라서 병원 측이나 의사에게 강력하게 책임 추궁을 할 입장이 못 되었다.

"아무튼 환자가 다시 찾아오거나 연락이 오면 알려주십시오."

결국 그렇게 말하고 갤런드는 병원을 나설 수밖에 없었다.

2. 미사일록

2-1

이튿날 아침.

병원에선 아무 연락이 없었다는 소리를 갤런드는 지배인으로부터 들었다. 혹시라도 돌아오거나 연락이 있지나 않을까 했던 일말의 기대는 그야말로 기대로 끝났다. 예상을 했으면서도 실망스런 마음이 되었다.

호텔 2층 레스토랑에서 갤런드는 늦은 아침 식사를 하면서 어제 일어났던 일들을 반추했다. 나타샤와의 만남 자체가 뜻밖의 일이었지만 그 이후로 일어난 일들을 생각하면 여전히 혼란스럽기만 했다. 탑에서 그녀가 아이를 보았다거나 갑자기 정신을 잃으며 '코레이 황처⋯⋯' 하고 중얼거렸던 걸 대체 어떻게 이해해야 할까.

식사 후 갤런드는 호텔을 나서 경복궁으로 향했다. D제약과의 업무를 마쳤으므로 시간적인 여유가 있었다. 그리고 경복궁은 한국의 대표적 유적으로 처음부터 한번 들르기로 예정했던 곳이기도 했다. 그러나 무엇보다 먼저 경복궁을 행선지로 정한 것은 나타샤 때문이었다. 어제 정동공원에서 조우하기 전 나타샤가 출발한 곳이 바로 경복궁이었던 것이다.

호텔에서 경복궁까지는 그리 멀지 않았다. 그래서 택시를 타는 대신 그냥 걷기로 했다. 갤런드는 호텔 앞 횡단보도를 건너 시청을 끼고 돌아 북쪽으로 천천히 걸음을 옮겼다. 프레스센터를 지나자 우측으로 곧 청계광장이 나타났다. 청계광장 끝에서 동쪽으로 청계천이 시작되고 있었다. 도심 한복판을 횡으로 가로지르는 청계천은 수 년 전 정비를 마치고 새 단장을 하여 서울의 명소로 자리잡았다지만 외견상 별 특징은 없어보였다.

경복궁은 서구국가 왕궁에 비해 규모 면에서 그리 큰 편은 아니었다. 한 나라 정궁으로서 면적이 넓은 것 같지도 않고 건축물들도 별로 웅장하지 않았다. 그러나 더욱 아쉽게 느껴지는 것은 많은 전각들이 새 건물처럼 보여서 고도의 정궁다운 고풍(古風)이 느껴지지 않는다는 점이었다. 마치 잘 지은 영화 촬영장 세트에 온 듯한 느낌이었다.

갤런드는 근정전 뒤편 한 전각의 툇마루에 걸터앉아 매표소에서 받은 해설서를 읽었다. 그리고 잠시 후 자신의 조금 전 그 느낌이 전혀 근거가 없지 않다는 사실을 깨달았다. 경복궁은 일제가 한국을 병합한 이듬해인 1911년 그들의 통치기구인 조선총독부로 소유권이 넘어갔으며 일제는 1915년에 조선물산공진회라는 행사를 개최한다는 명목으로 509동이나 되는 경복궁의 크고 작은 전각들 중 90%를 헐고 주요 전각 50동만 남긴 채 조선총독부 청사를 지어 궁궐 자체를 가려버렸던 것이다. 무자비하고 염치를 결여한 야만이었다. 따라서, 현재 새것으로 보이는 적지 않은 숫자의 전각들은 모두 지난 10여 년에 걸쳐 진행된 복원공사의 결과물이었다. 그러니 고풍이 느껴질 리가 없었다. 경복궁의 복원공사는 향후 20년간 계속될 거라고 했다.

근정전 옆길을 따라 몇 개의 전각을 지나 갤런드는 북쪽으로 계속 걸어 올라갔다. 이윽고 향원정이란 연못을 앞에 둔 건천궁이 나타났다. 궁 안의 궁 건천궁. 건천은 '하늘이 맑다'는 뜻으로 건천궁은 그런 궁궐을 소망하며 고종임금

이 아버지 흥선대원군의 수렴청정에서 벗어나 친정을 시작할 무렵 거처를 목적으로 지은 것이라고 했다. 그래서 이름도 궁이라 붙였다. 그러나 국왕이 친정체제를 구축하면서 정치적 자립의 일환으로 지었던 그 궁 안의 궁은 종내는 세계역사에 유례없는, 외국자객들로부터 왕후가 살해당하는 비극의 현장이 되고 말았다.

해설서에도 나와 있지만 일본이 한국을 합병하고 경복궁 내 건물 중 가장 먼저 파괴한 것도 건청궁이었다. 아마도 자신들이 저지른 야만의 현장을 그대로 두기가 세계 사람들 앞에 민망했기 때문일 터였다. 당연히 건천궁은 멀리서 보기에도 새로 지은 건물이었다.

갤런드는 건청궁 대문 안으로 들어섰다. 안은 궁이라기엔 조금 협소했고 일반 양반집 형태로 보였다. 대문으로 들어서면 맞닥뜨리는 부속건물 왼쪽으로 있는 큰 건물이 왕의 처소 장안당이었고 그 오른쪽으로는 복도각을 통해 연결된 왕후의 처소 곤녕합이었다. 곤녕합 뒤로는 궁녀들이 기거하는 부속건물 복수당이 있었다. 장안당 뜰도 크게 넓은 편은 아니었지만 곤녕합 뜰은 여염집의 뜰이 연상될 정도로 좁아보였다.

곤녕합 좁은 뜰에 서서 갤런드는 잠시 생각에 잠겼다. 그 사이 관광객들이 수시로 그의 곁을 지나갔다. 그들은 새로 지은 건물 곤녕합에서 전날의 비극의 흔적이 별로 느껴지지 않는지 팝콘 튀기듯 하이 톤의 중국어를 남발했다. 그래서인지 뜰 한쪽에선 가이드가 초등학생 가르치듯 이곳이 왕후가 시해된 곳이라고 목청을 높였다.

갤런드도 비슷한 느낌이었다. 왕후의 시해현장이라고 그대로 받아들이기엔 뭔가 석연찮은 점이 있었다. 우선 왕과 왕후의 침전으로서 장안당과 곤녕합의 경계 환경과 조건이 너무 조악하고 허술했다. 우선 궁 안의 궁이라지만 궁치고 건천궁은 규모가 작은데다가 별도의 퇴로가 보이지 않았다. 따라서 안에 많은 수의 병력을 들이기도 어려웠고 바깥에서 약간의 적병이 포위하면 속수무책이었다. 게다가 건천궁을 둘러싸고 있는 담도 너무 낮았다. 따라서 당연히 보안 유지에 어려움이 있어 보였다. 물론 바깥에 많은 수의 수비병을 포진시킬 수는 있겠지만 그것이 건천궁이 갖고 있는 취약점들을 근본적으로 해결할 수 있는 것은 아니었다. 그러나 갤런드에겐 눈에 쉽게 드러나는 그런 취약점들이 오히려 건청궁을 왕후의 시해현장이라고 선뜻 받아들이기 어렵게 했다. 이런 정도의 경계 조건과 환경이라면 반드시 그에 대한 대비책을 마련해두었을 것이고 만약에 그렇지 않았다면 왕과 왕후를 모시는 사람들은 바보멍청이였다고 해도 무방할 터였다.

나타샤는 이곳에서 무엇을 느꼈을까.

나타샤에 생각이 미치자 갤런드는 다시 한 번 정동공원으로 가보기로 했다. 경복궁에서 정동공원까지 걸으며 어제 나타샤의 행적을 답습해보고 싶었던 것이다. 그러다 보면 그동안 깨닫지 못한 어떤 것들을 떠올리게 될지도 모른다는 기대를 하면서.

2-2

지배인이 가르쳐준 대로 H대학교는 지하철역에서 곧바로 진입할 수 있었다. 그러나 지하철역 계단을 통해 대학본관 앞에 도착하고서도 넓은 캠퍼스에서 인문대학을 찾기는 쉽지 않았다. 갤런드는 사자상이 서 있는 광장을 두리번거리다가 막 본관건물을 나서는 제복차림의 경비원에게 다가가 인문대학이 어디 있는지 물었다.

인문대학은 본관 뒤편 오르막길을 한참 걸어 올라간 언덕길 맨 끝에 있었다. H대학교가 산 하나를 몽땅 차지하고 있었으므로 인문대학은 캠퍼스 중 가장 높은 곳에 위치해 있는 셈이었다.

인문대학 경비실의 직원이 일러준 조동찬 교수의 연구실

은 4층이었다. 갤런드가 노크를 하고 연구실로 들어서자 창가의 책상 앞에 앉아 있던 조동찬 교수가 의자에서 몸을 일으켰다. 조동찬 교수는 50대 후반쯤 돼 보였다.

"김영재 교수님을 통해 소개를 받고 왔습니다."

"반갑습니다."

악수를 나누며 조동찬 교수가 자리를 권했다. 책상 맞은편 한쪽 벽에 있는 소파에 앉은 후 조동찬 교수가 냉장고에서 음료수를 꺼내는 사이 갤런드는 실내를 둘러보았다. 30평방미터 남짓해 보이는 연구실은 오래된 건물 특유의 때가 곳곳에 배어 있고 정리되지 않은 책장과 마찬가지로 책상 위에도 책과 연구 페이퍼로 보이는 인쇄물들이 무질서하게 쌓여 있었다. 적어도 손님접대용 연구실은 아닌 것 같았다. 그러나 책상 너머로 보이는 창밖은 전망이 좋았다.

조동찬 교수가 미네랄워터 두 잔을 탁자 위에 내려놓았다.

"갤런드라고 합니다."

갤런드가 네임카드를 내밀자 조동찬 교수도 명함을 건넸다. 갤런드가 준 명함을 들여다보던 조동찬 교수의 눈가가 살짝 흔들리는 걸 갤런드는 놓치지 않았다.

"방문하시고 싶다는 얘길 김영재 교수로부터 전해 들었습니다만 김영재 교수와는 어떻게 아시는 사입니까?"

명함에서 시선을 떼며 조동찬 교수가 물었다.

"실은 김영재 교수님과도 직접적으로 아는 사이는 아닙니다. 대학 선배님으로부터 소개받은 분입니다."

"대학 선배라면?"

"의정활동을 하고 계시는 유석민 의원입니다."

"유석민 의원이라면 한국에선 꽤 중진 정치가지요."

"제가 유석민 의원님과 개인적으로 조금 친분이 있습니다. 연배가 한참 위시라 직접 학교를 같이 다녔던 건 아니고요. 몇 년 전 미국을 방문하신 길에 동문회에 참석하신 의원님을 뵌 후 친분을 유지하고 있습니다."

"아, 예……."

조동찬 교수가 가볍게 고개를 끄덕였다.

"유 의원님이 김영재 교수님을 소개해주셨는데 김영재 교수님께 전화를 드렸더니 조교수님을 찾아뵙는 게 나을 거라는 말씀을 하셨습니다. 조교수님이 전문가시라면서요."

"그랬군요. 그래, 오늘 방문하신 용무가 뭔가요?"

마주앉은 조동찬이 허리를 세우며 갤런드와 시선을 맞추었다.

"이범진이란 인물에 대해 조금 알고 싶어 왔습니다."

"이범진이라면…… 구한말의 중신 이범진 말씀인가요?"

"그렇습니다."

"그 이범진에 대해서라면 굳이 날 찾아오지 않아도 될 텐데…… 김영재 교수 그 친구, 국문학이 전공이지만 역사에 대한 소양이 사학과 교수 못지않은데……."

"정식으로 전공한 분의 말씀을 듣는 게 좋다고 하셨습니다."

"그랬나요. 그런데 혹시 이범진에 대해 관심을 갖게 된 특별한 이유가 있습니까? 조금 뜻밖이라서요."

조동찬 교수는 약간 의아하다는 표정이었다.

"실은 제가 몸담고 있는 미국의 갤런드 컴퍼니와 한국의 D제약이 어제 MOU를 체결했습니다. 그 일로 제가 한국에 오게 된 것이고요."

"실례가 안 된다면 어떤 내용인지 물어봐도 되겠습니까?"

"갤런드 컴퍼니는 D제약이 생산하고 있는 건강음료를 미국에서 생산 판매할 계획을 갖고 있습니다."

"D제약의 건강음료라……."

"D제약은 한국에서 가장 오래 된 기업 중의 하나이고 그 건강음료는 D제약의 간판상품이죠."

"그래요. D제약의 그 상품은 지금도 한국의 대표적인 건강음료로 대중들의 사랑을 받고 있지요."

"아시다시피 미국에는 범세계적인 음료인 콜라가 있습

니다. 그러나 콜라는 미국의 오래된 대표적 상품이긴 해도 성장세가 한계에 이르렀고 상존하는 탄산음료에 대한 비판적인 시각이 근년 들어 더욱 광범위하게 대두되고 있는 실정이죠. 그럴 때 동양의 약재인 한방 성분이 함유된 D제약의 건강음료는 음료시장의 새로운 대안이 될 수 있을 것으로 판단한 겁니다."

"듣고 보니 좋은 발상이란 생각이 드는군요."

조동찬 교수가 갤런드의 구상에 동감을 표했다.

"그 건강음료는 이미 한국에서 백 년 이상 상품성을 입증받고 있습니다. 미국의 콜라와 거의 흡사한 경우랄 수 있죠. 따라서 일정 수준까지 대중 인지도를 끌어올리면 향후 시장 확장성은 일반적인 예상을 뛰어넘을 수 있다는 전망도 갖게 되었습니다."

"그런데 갤런드 컴퍼니와 이범진이 무슨 관계가 있나요?"

"저 개인적인 추측이지만 그 건강음료의 출현엔 이범진의 역할도 있지 않았을까 하는 거죠."

갤런드의 말에 조동찬 교수는 잠시 생각하는 표정을 짓더니 고개를 끄덕였다.

"D제약의 건강음료에 대해선 이범진도 어느 정도 관련되었을 가능성은 있어요. 그 건강음료는 백여 년 전 선전관이던 민병호란 인물이 궁중에서 사용되는 생약의 비방을 기초로 하여 만든 거지요. 선전관이라면 지금의 대통령 비서실장 혹은 경호실장과 비슷한 건데 왕의 신임을 한 몸에 받고 있던 총신 이범진과는 상당히 가까운 사이였을 테니까요."

"그 민병호란 인물에게 아이디어를 준 게 이범진의 아들 이위종입니다."

"그래요?"

"이위종은 어렸을 때부터 아버지를 따라 궁궐 출입이 잦았습니다. 그때 궐에 반입된 귀한 콜라를 마셔보고 민병호에게 그와 비슷한 탄산음료를 만들 수 없을까 했답니다."

"그게 사실입니까?"

"선대의 비망록에 그런 내용이 있었습니다. 그러니까……."

"잠깐만!"

조동찬 교수가 한 손을 들어 갤런드의 얘기를 중지시키며 의미심장한 눈길을 보냈다.

"혹시 그 선대의 성함도 갤런드입니까?"

"예. 저희 그룹의 창업주이십니다."

"그 창업주께선 중국에서도 사업을 하셨지요?"

"그렇습니다만 그걸 어떻게 아십니까?"

"그보다 갤런드 씨는 창업주와 관계가 어떻게 되죠?"

"전 창업주의 5대손입니다."

"세상에!"

조동찬 교수가 믿을 수 없다는 듯 고개를 절레절레 저었다.

"왜 그러십니까?"

"그저께 김영재 교수로부터 갤런드란 미국인이 방문하고 싶어 한다는 소릴 들었을 때도 그랬고 아까 갤런드라고 적힌 명함을 보면서도 그랬지만 설마 싶었는데……."

"무슨 일이 있습니까?"

"창업주 갤런드는 이미 내가 알고 있던 이름이기 때문입니다."

"어, 어떻게요?"

이번엔 갤런드가 놀랄 차례였다. 조동찬 교수는 유리잔의 물을 한 모금 마시고 나서 잠시 사이를 뒀다가 다시 입을 열었다.

"우선 이범진이란 인물에 대해서부터 약간 얘기하는 게 좋겠군요."

"예……."

"갤런드 씨는 한국 역사에 대해서 어느 정도 아십니까?"

"잘은요. 하지만 몇 년 전부터 관심을 가지고 조금씩 공부를 해서 대략적인 흐름은 알고 있습니다."

"그래요?"

"그렇지만 개요만 알고 구체적인 내용은 전혀 모릅니다."

"그야 당연히 그렇겠죠. 아무튼, 긍정적으로든 부정적으로든 이범진은 구한말 역사에서 지금보다 훨씬 비중 있게 다뤄졌어야 할 인물인데 그렇지 못했지요."

그러면서 조동찬 교수는 그 이유로 러시아가 일본에 패한 후로 한국의 러시아에 대한 주목이 줄어들었고 한국이 일제 통치시대를 거쳐 해방이 된 후로도 소련과 적성국가로 대치한 탓에 친러파의 거두랄 수 있는 이범진에 대한 조명은 소극적일 수밖에 없었던 점을 들었다. 그리고 황현의 ≪매천야록≫ 같은 기록도 이범진에 대한 부정적인 시각이 확산되는 데 한 몫을 했다고 했다. ≪매천야록≫에서 이범진은 부분적으로 의협남아로 그려지기도 하고 더러는 무식한 건달로도 그려지고 있는데, 소문에 의거해 쓴 거지만 황현이 썼다는 사실만으로 거의 그대로 받아들여지고 있다는 것이었다. 재야학자였던 황현은 을사늑약 때 자결함으로써 높은 도덕성을 확보하고 있는 인물이기 때문이었다. 하지만 내용 자체는 사실성이 상당히 떨어진다는 게 조동찬 교수의 견해였다.

"그렇다면 교수님께서 생각하시는 이범진은 어떤 인물입

니까?"

"한마디로 정리하자면 가슴이 뜨겁고 행동에 선이 굵은 쾌남아라고나 할까요. 그렇지만 절대로 무식한 인물은 아닙니다. 오히려 정세판단력이 뛰어났지요. 가령 당대의 인물이라는 개화파의 리더 김옥균과 비교해도 시국을 보는 눈은 이범진이 훨씬 정확했어요."

그러면서 조동찬 교수는 일본의 속내를 읽지 못하고 갑신정변을 일으켰다가 실패한 김옥균과 달리 이범진은 러시아와 유대를 맺으면서 대한제국의 멸망을 상당기간 유예시켰다는 사실을 예로 들었다.

"이위종에 대해서도 비슷한 얘기를 할 수 있겠군요. 이위종은 조선을 떠날 때 열 살에 불과했지요. 따라서 한국역사에 기록될 만한 충분한 시간과 공간을 확보하지 못했어요. 그래서 이준으로 대표되는 헤이그 밀사 3인 중의 조역으로만 기억될 뿐이지요. 그러나 그 뒤의 활동을 감안하면 그의 아버지 이범진 못지않게 아니, 어쩌면 그 이상으로 구한말 역사에서 간과해선 안 될 중요한 인물이라고 할 수 있어요."

조동찬 교수는 이위종이 당시로선 극히 드물게 유년시절부터 다양한 방법으로 근대교육을 받았고 이후 미국과 유럽, 러시아 등지에서 생활하며 세계적 수준의 지식을 습득하는 한편으로 조국의 독립을 위해 삶의 모든 것을 바친 점은 반드시 새롭게 조명되어야 한다고 했다.

"종합해보건대 아버지 이범진이 비교적 단순하고 가슴이 뜨거운 인물인데 비해 이위종은 머리가 상당히 비상하고 용의주도면서도 행동엔 당찬 데가 있는 인물로 보여요. 이범진 부자는 당시의 복잡한 정치상황 때문에 어쩔 수 없이 조선을 떠나 미국으로 간 후 유럽과 러시아 등지를 돌며 다시 돌아오지 못했지만 두 사람에 대해선 앞으로 본격적인 연구가 이루어져야 할 거라고 믿어요."

갤런드는 자신이 갖고 있는 미진한 기억들을 보완할 수 있는 실마리를 조금씩 얻는 듯한 기분이었다. 조동찬 교수의 얘기에 자신이 알고 있는 내용들은 물론 새로운 내용도 상당 부분 있었던 것이다.

"그런데 저희 창업주의 이름을 알고 계신다는 게 무슨 말씀이신지……?"

"잠시만요."

조동찬 교수가 자리에서 일어났다. 그리고 서가로 가서 복사물 하나를 뽑아가지고 돌아왔다.

"이범진에 대해선 조금 전 얘기한 대로 인물의 비중에 비해 남은 기록이 그다지 많지 않아요. 그런 가운데 최근 몇 년 사이에 발굴된 자료 하나가 주목을 끌고 있지요.〈미사일록〉이라고 이범진이 조선에서 출발할 무렵부터 해서 미국에 공사로 부임한 후 처음 몇 달간의 기록이 그것인데 거기에 창업주의 이름이 나와요."

"그렇습니까."

"자, 보세요. 이게 〈미사일록〉 복사본인데……."

조동찬 교수가 갤런드 앞으로 복사물을 펼쳐 보였다. 복사물은 A4 용지 크기였다.

"아 참, 한글은 읽을 수 없으시지?"

"아닙니다. 읽을 수 있습니다."

갤런드가 자신 있게 대답하자 조동찬은 의외란 눈을 했다.

"한글은 세계에서 가장 우수한 글자이면서도 가장 쉬운 글자입니다."

"그렇긴 하지만 어떻게 그걸……?"

"로웰을 읽은 적이 있습니다."

"로웰? 조선보빙사의 안내를 맡았던 로웰 말이오?"

"그렇습니다."

물리학자 로웰은 젊은 시절 조선의 미국방문 사절단 보빙사의 가이드를 한 적이 있었다. 그는 미국으로 가는 배안에서 유길준으로부터 하루 만에 한글을 배워 익혔으며 그 한글을 최초로 미국에 소개하기도 했다.

"로웰을 읽었다면 더 말할 필요가 없겠군요."

"한글의 우수성에 대해선 헐버트도 로웰 못지않죠."

갤런드의 거침없는 대답에 조동찬 교수는 놀랍다는 듯이 양손을 들어올렸다. 구한말 육영공원의 영어교사였던 선교사 헐버트는 한글을 배운 지 3년 만에 백과사전적 교과서인 ≪스민필지≫란 책을 한글로 직접 저술했다.

"자, 그럼 보세요."

조동찬 교수는 〈미사일록〉 복사본을 펼치고는 몇 군데를 지적했다.

- 7월 16일 맑음. 인시(寅時: 3~5시경)에 폐하께 하직인사하고 국서, 국기와 훈유(訓諭), 위임장을 받았다. 내권(內眷: 아내)과 차자(次子) 위종, 그리고 주사 이익채, 하인 박경창을 데리고 만휴정으로 나왔다…… 인천항 50리까지 나아갔는데 날이 저물어 객주 서상근의 집에 이르러 잠시 쉬었다. 법국 병함수사제독(法國 兵艦水師提督) 방문(防門: 범모)에게 서로 만나자는 첩(帖)을 보냈다. 삼판 소정(小艇)을 타고 군함으로 갔다.

- 오후 늦게 출발한 배는 19일에 황해의 사미산(蛇尾山)을 지나 20일에 상해에 도착했다.

- 8월 6일에는 미국 영사와 미국인 갤런드(Garland)를 만나 미국행을 논의하였다. 이 자리에서 갤런드가 미국으로 가는 데 동행하기로 하였다.

- 9월 9일 오전에 뉴욕에 도착하였다. 이곳에서 지금까지 동행했던 갤런드와 헤어졌다.

"보다시피 〈미사일록〉에는 갤런드란 인물이 두어 차례 이상 나옵니다."

"그렇군요……."

막상 창업주의 이름이 한국 기록에 나온 사실을 확인하게 되자 갤런드는 놀라움을 금할 수 없었다. 그리고 자신이 갖고 있는 적지 않은 기억들이 한국 역사의 한 부분에 편입될 수 있을지도 모른다는 생각에 야릇한 흥분을 느꼈다.

"이 기록의 갤런드와 관련된 인물을 만나게 되리라곤 꿈에도 생각지 못했습니다."

조동찬 교수는 아직도 갤런드의 출현이 차마 믿기지 않는다는 표정이었다. 그러나 〈미사일록〉의 기록에서 지금 갤런드를 더욱 주목하게 하는 것은 맨 첫 부분이었다.

"윗부분에 '이범진과 아내, 그리고 차남 폐하게 하직인사하고'라는 기록이 나오는데 그 장소가 어디입니까?"

"이때는 1896년으로 아관파천 시기였으니까 이범신이 국왕을 알현한 곳은 당연히 러시아공사관이지요."

"아, 그렇습니까!"

갤런드는 짧은 탄식을 뱉으며 한 손으로 이마를 쓸었다. 뭔가 희미하게나마 작은 단서 하나가 잡히는 기분이었다. 오전에 경복궁을 둘러보고 나서 나타샤의 입장에서 생각해보기 위해 다시 정동공원 쪽으로 걷는 동안 그는 그 전까지 미처 깨닫지 못했던 사실 하나를 기억해냈다. 처음 이범진에 대한 얘기를 할 때만 해도 아무렇지도 않았던 나타샤가 의식을 잃으며 쓰러진 게 그의 아들이 보인다면서였다는 사실이었다.

어릴 때부터 아버지를 따라 자주 궁궐을 드나들었던 이위종이지만 국왕이 피신해 있는 러시아공사관까지 출입이 있었는지는 미지수였다. 그런데 〈미사일록〉의 기록은 이범진의 아들 이위종이 실제로 러시아공사관에 왔음을 입증해주고 있었던 것이다. 따라서 어제 나타샤가 탑에서 어떻게 이위종을 볼 수 있었는지는 설명할 수 없지만 그녀가 보았다는 내용만큼은 사실이라고 할 수 있었다.

혹시라도 이위종이 러시아공사관에 왔었다는 사실을 사전에 알고 있었던 걸까. 그러나 그렇게 생각되지는 않았다. 아무리 한국어 전공의 나타샤가 한국 역사에 대해 얼마간 공부를 했다 하더라도 그런 세세한 내용까지 배우긴 어려웠을 것이다.

그렇다면 나타샤가 탑에서 이위종의 모습을 보았다는 것은 어떻게 설명해야 할까. 그리고 그녀는 왜 이위종의 모습을 보면서 쓰러졌던 걸까.

"이 기록은 이범진이 미국공사로 부임하기 위해 국왕에게 출국신고를 하는 내용입니다. 이범진의 출국엔 우여곡절이 있었지요."

"우여곡절이라면 어떤……?"

"이 기록에서 보다시피 이범진은 미국행을 위하여 곧장 미국 배를 탄 게 아니라 상해로 가는 프랑스 전함을 이용합니다. 미국 배를 이용할 것으로 알고 있던 일반의 예상에 허를 찌른 것이지요."

"왜 그랬을까요?"

"그만큼 신변의 위협을 느꼈던 거지요. 당시 일본의 잡지에도 이범진이 신변의 위협을 느끼고 있다는 기사가 삽화까지 곁들여 나와요."

"누구로부터의 위협이었습니까?"

"그야 당연히 일본이지요. 그러므로 이범진을 위협한 일본이 남의 일처럼 이범진이 신변의 위협을 받고 있다는 기사를 쓴 건 그야말로 철면피한 짓이었지요."

"일본은 왜 이범진을 위협했습니까?"

"조선을 수중에 넣으려고 혈안이 되어 있던 일본의 입장에선 친러세력의 거두인 이범진이 눈엣가시였지요. 아시겠지만 민씨왕후가 시해당하고 친일내각이 수립되면서 국왕은 극도의 불안에 떨고 있었어요. 그때 국왕을 러시아공사관으로 이어(移御)시킨, 이른바 아관파천을 주도하여 성공시킨 게 이범진입니다. 그리고 아관파천 이후 이범진은 법부대신 겸 경무사, 지금으로 치면 법무장관 겸 경찰총장으로서 그때까지 조선인들이 감행한 것으로 일본이 조작한 민씨왕후시해사건을 본격적으로 조사하고 일본의 소행으로 밝혀내지요. 그에 따라 여러 명의 일본인들이 체포되고요."

"그런데요?"

"그런 일련의 행동들에 제동이 걸린 거지요. 조선 정부에 대한 우위를 확보한 상태에서 일본과의 관계를 필요 이상으로 악화시키지 않으려던 러시아에 의해서요. 이범진의 미국행도 그런 상황의 연장선상에서 결정된 거예요."

"그렇다고 해서 신변의 위협을 느꼈다는 건 좀……."

갤런드는 조선의 고위 대신이 자국에서 외국인으로부터 신변의 위협을 느꼈다는 게 조금 이해가 되지 않았다.

"당시 조선의 실정이 그랬어요. 그만큼 조선이 허약했다는 말도 되지만…… 비록 이범진이 고위 대신이었지만 서울 시내를 횡행하는 일본군 혹은 낭인들의 존재는 무시할 수 없는 것이었지요. 그래서 늘 암살의 위협을 느꼈고 결국 미국행도 미국 선박이 아닌 프랑스 군함을 이용하게 됐던 거예요."

"예……."

"이 기록에서 보다시피 이범진은 프랑스 군함 베이아르(Bayard) 호를 타고 떠나요. 뮈텔 주교의 기록에 의하면 이범진의 출국신고가 있기 이틀 전 일본 나가사키에서 인천항으로 입항한 프랑스 전함 베이아르 호의 함장 보몽(Beaumont) 제독을 접견한 국왕이 배편을 주선한 거라고 해요."

"말씀을 들으니 당시의 정황이 보다 분명하게 이해가 되는군요. 좋은 말씀 고맙습니다."

갤런드가 살짝 고개를 숙여 보이며 조동찬 교수에게 감사의 뜻을 전했다.

"천만에요. 그보다 이범진에 대해 알고 싶었던 건 단순히 D제약과의 관계 때문입니까?"

"그렇습니다. 그러나 정확하게는 D제약의 건강음료 출현을 가능케 한 이위종을 더 많이 이해하기 위해서라고 말씀 드릴 수 있겠습니다. 저희 갤런드 컴퍼니에 이위종은 그만큼 중요한 의미를 지니는 인물이니까요. 그럴 때 이범진에 대한 이해는 곧 이위종에 대한 이해의 폭을 넓히는 일이라 생각한 겁니다. 이위종에 대해선 제가 알고 있는 게 한국의 일반적인 수준을 상회하겠지만 이범진에 대한 지식이나 정보는 아직 알아야 할 게 더 많을 거라고 여겨졌던 거죠."

"그럴 수도 있겠군요. 그나저나 콜라에서 D제약의 건강음료를 떠올린 건 다시 생각해도 기막힌 일이에요."

조동찬 교수가 화제를 돌렸다. 화제는 다시 처음으로 돌아왔다.

"일종의 역발상이죠. 물론 그 역발상은 궁극적으로는 이위종이란 인물이 있어서 가능했던 것이고요."

"그렇다 해도 갤런드 씨의 그 역발상은 대단한 겁니다."

"글쎄요……. 그런데 교수님!"

"예, 말씀하세요."

"교수님은 어떻게 생각하십니까? 명성황후시해사건을?"

갤런드는 경복궁을 방문했던 오전의 기억을 떠올리며 과연 왕후가 그곳에서 시해된 게 맞느냐는 질문을 덧붙였다. 그러자 조동찬 교수는 잠시 사이를 뒀다가 물었다.

"언제 귀국할 예정입니까?"

"D제약과의 업무를 마쳤으니까 특별한 일이 없으면 2, 3일 뒤쯤 떠날 생각입니다."

"그럼 내일쯤 내 제자 중의 한 사람을 만나볼 수 있겠습니까? 그 친구도 민씨왕후시해사건에 대해서 갤런드 씨와 비슷한 생각을 가지고 있고 또 한국중세사가 전공인 나와 달리 이범진과 이위종, 특히 이위종에 대해선 관심이 많아서 만나게 되면 어쩜 유익한 얘기를 들을 수도 있을 겁니다."

"기꺼이 청을 올리겠습니다."

"그럼 연락해서 약속을 잡도록 하지요."

그러면서 조동찬 교수는 자리에서 일어나 서가에서 또 다른 출력물 하나를 꺼내 가지고 왔다. 그리고 갤런드에게 〈미사일록〉 복사본과 함께 건넸다.

"이건 내 제자가 〈미사일록〉을 바탕으로 하여 몇 가지 논문 등 다른 참고문헌의 기록들까지를 종합해서 이위종에 대해 정리한 거예요. 시간 나는 대로 한 번 읽어보면 조금이나마 도움이 될 겁니다."

"감사합니다."

갤런드는 여러모로 횡재한 기분이었다.

2-3

　호텔로 돌아와 갤런드는 조동찬 교수가 준 두 가지 자료들을 모두 읽었다. 〈미사일록〉은 이범진 본인이 직접 쓴 것이어서 가치의 크기를 논할 수 없을 만큼 귀중한 자료였다. 그리고 제자가 정리했다는 출력물은 〈미사일록〉을 바탕으로 한 것이지만 그보다 훨씬 자세했다. 이를테면 〈미사일록〉이 이범진이 쓴 일기 형식이어서 이범진 개인에 대한 내용은 기록되어 있지 않지만 출력물은 그 이범진에 대한 설명이 부연되어 있어 전반적인 상황을 이해하기는 데 큰 도움이 되었다. 애초에 조동찬 교수를 방문하면서 기대했던 것이 바로 그것이었다. 그런데 〈미사일록〉은 물론 제자가 정리했다는 출력물까지 손에 넣게 되니 갤런드는 기대 이상의 방문 성과를 얻었다는 느낌이 들었다.

　낮에 조동찬 교수가 얘기했던 대로 〈미사일록〉은 이범진이 조선을 출발하여 미국에 도착하는 과정과 주미공사로서 근무를 시작한 후 몇 달간의 기록이었다. 반면 제자의 출력물은 미국에 도착하기까지의 내용만 정리되어 있었다. 미국에서의 자료가 부족했던 때문인지 아니면 아직 미처 정리하지 못한 때문이 아닐까 싶었다. 그러나 갤런드의 마음을 끌었던 것은 〈미사일록〉이 이범진의 입장에서 쓴 글이라면 제자가 정리한 출력물은 이위종에도 적지 않은 비중을 두고 기술되어 있다는 점이었다.

물론 제자의 기록에도 갤런드 자신이 알고 있는 내용 중 몇 가지가 빠져 있었다. 가령, 상해에서 미국으로 가던 도중 이위종이 창업주와 나눈 대화 같은 것이 그랬다. 그러나 그것은 창업주의 비망록에만 있을 뿐 제자로선 결코 알 수 없는 내용이었다. 1896년 8월 15일 중국 상해를 떠나 일본을 거쳐 9월 9일 미국 뉴욕에 도착하는 동안 영어에 서툰 이범진 대신 이위종은 창업주와 많은 이야기를 나누었다. 이위종은 호기심 많은 어린 소년답게 미국이 어떻게 독립하고 백 년 만에 큰 나라가 됐으며 어떻게 국민이 직접 대통령을 뽑게 됐는지 등에 대해 궁금해 했고 창업주는 나름대로 성실하게 답변해주었다. 창업주 눈에 이위종은 무척 영특한 소년으로 보였던 것 같았다.

이런 부분들은 나중에 기회가 된다면 자신이 보완해주리라 갤런드는 생각했다.

제자의 출력물은 이범진과 이위종이 조선을 떠나는 장면에서 시작되고 있었다. 첫 장면에서 복잡한 정치상황으로 어쩔 수 없이 떠나야 하는 심경의 이범진과 달리 이위종은 미지의 세계에 도전하는 오디세우스 같은 모습이었다.

3. 다시는 돌아오지 못할 길을 떠나다

3-1

한 소년이 있었다.

이위종(李瑋鍾). 1886년 2월 12일 생.

그 이름과 출생연도엔 어렴풋이나마 향후 그가 감당해야 할 운명의 파란과 험난함을 시사하는 기미가 담겨 있었다.

그 이름은 세종대왕의 다섯째 아들인 광평대군(廣平大君)의 후손으로 대원군의 최측근 무반이었던 할아버지 이경하(李景夏)와 고종 임금의 신실한 총신인 아버지 이범진(李範

晋)으로부터 이어진 것이었고 출생연도는 외세의 위협으로 국가의 명운을 장담할 수 없는 몹시 위태로운 시기와 맞물려 있었기 때문이었다. 따라서 소년의 운명은 그 어느 것으로부터도 능히 자유로울 수 없었다.

그리고 1896년 7월 17일 오전 10시.

드디어 소년은 바야흐로 그 운명과 맞닥뜨리고 있었다. 그 운명이 프랑스 군함 베이아르(Bayard) 호를 전령사로 해서 소년 앞에 모습을 드러냈던 것이다. 그리고 잠시 후 소년은 그 배에 오르게 될 참이었다.

7월 중순 오전의 인천항은 벌써부터 한낮의 더위를 예고하는 듯 후덥지근했다. 바다를 향해 눈이 부신 듯 얼굴을 찡그리고 서 있는 소년의 이마에서도 송글송글 땀방울이 돋고 있었다.

소년의 일행은 평소 작은어머니로 부르는 아버지의 소실 박 씨와 하인 박경창 등이었다. 소년은 어제 새벽 아버지와 함께 서울을 떠나 저녁 무렵 인천에 도착했다. 객주 서상근의 집에서 잠시 쉬다가 새벽 3시 아버지와 주사 이익채가 먼저 승선하기 위해 나섰고 소년은 아침에 배에서 보낸 사람을 따라 막 항구로 나온 참이었다.

소년은 태어나서 10년 5개월을 넘기고 있는 중이었다. 따라서 철이 들고 어느 정도 주위의 모습을 인식하게 된 것은

4, 5년밖에 되지 않았지만 그동안 반가(班家)의 자제답게 소정의 한학을 배웠고 또 여러 경로로 약간의 신학문도 익힌 바 있어 나이보다 의젓한데다 당돌함마저 있었다. 그래서 자신을 압도하는 거대한 외국군함의 위용을 눈앞에 두고서도 마음이 설레기는 했을지언정 크게 두렵지는 않았다.

이윽고 자신 앞에 멈춰선 수병들 중 하나가 경례를 올리자 소년도 당당하게 경례로 응대했다. 그리고 수병들을 따라 일행에 앞장서 바다 쪽으로 걸음을 옮겼다.

텅. 텅. 텅.

소정(小艇)을 타고 군함으로 접근해서 철제 계단을 오를 때 울림이 있는 금속성이 소년의 귀를 파고들었다.

그 소리는 마침내 운명이 시작되었음을 공포하는 소리였지만 그러나 소년은 알지 못했다. 그리고 그 운명이 앞으로 얼마나 거칠게 전개될지도.

그것은 한국인 최초의 세계인으로 성장하며 겪게 될 험난한 여정의 시작이었다. 계단을 통해 갑판으로 올라서며 소년은 운명 속으로, 세계를 향해 첫발을 내딛었다.

3-2

"승선을 환영합니다."

갑판에서 소년 일행을 기다리고 있던 함장이 온화한 표정으로 경례를 올리며 통역을 통해 환영의 뜻을 전했다. 소년은 허리를 꼿꼿이 편 채로 정중하게 함장에게 손을 내밀었다.

소년은 왕족이었다. 실제로 그에겐 왕가의 피가 흐르고 있었고 앞으로 왕족으로서 행동하라는 말을 얼마 전 아버지로부터 들었다. 그리고 그도 그렇게 하리라 생각했다.

"먼 길 오시느라 수고가 많으셨습니다."

함장이 소년의 손을 마주잡은 채로 친근한 눈길을 보냈다. 왕족에 대한 예우로 여겨졌다. 귀밑으로부터 턱을 두르고 있는 흰 수염이 매력적인 함장은 프랑스 극동함대 사령관 보몽 제독이었다. 소년은 제독과는 이미 구면이었다.

어제 인시(寅時: 오전 4시 전후)에 소년은 아버지와 함께 러시아 공사관으로 가 국왕을 배알했다. 국왕은 궁에 있을 적에도 철야하면서 정무를 보다가 새벽녘에야 침전에 들었다. 국왕을 배알한 자리엔 두 사람의 외국인이 있었다. 프랑스 공사 프랑시와 보몽 제독이었다. 국왕이 보몽 제독을 소년의 아버지에게 소개했다. 이어 소년의 가족이 출국하는

데 프랑스 함대가 편의를 봐 주기로 했다고 덧붙였다. 보봉 제독은 일본 나가사키(長岐)를 출발해 나흘 전인 12일 밤에 도착했다고 했다.

두 명의 프랑스인이 먼저 자리를 뜨자 국왕은 프랑스 정부가 철도부설권을 요청했다고 한숨을 내쉬었다. 아관파천 이래 일본의 영향력이 약화되면서 독일, 프랑스 등 유럽 제국의 이권 개입이 잦아지고 있다는 사실을 소년도 알고 있었다.

"제독 각하의 배려에 감사드립니다."

제독과 나란히 서서 아들을 기다리고 있던 이범진이 인사를 건넸다.

"천만의 말씀을요. 그럼 저는 출항 준비를 하겠습니다."

제독이 이범진에게 살짝 고개를 숙이며 경례를 올렸다.

제독이 물러난 후 아버지와 아들은 갑판 난간에 나란히 서서 인천항을 바라보았다. 몇 년 전부터 서양식 건물이 다투어 들어서고 있는 인천항은 점점 근대식 항구의 모습을 갖추어가고 있었다. 하늘은 구름 한 점 없이 청명한데 갑판 위로 바닷바람이 심하게 불었다. 두 사람은 한동안 말이 없었다.

"아버님. 이 배로 미국까지는 얼마나 걸리나요?"

먼저 침묵을 깬 건 아들 위종이었다.

"글쎄다……."

아들의 물음에 이범진은 말끝을 길게 끌었다. 지금으로
선 모든 게 불분명한 상태라 명확하게 말해줄 수 있는 게
별로 없었다. 이 배만 해도 프랑스 극동함대 소속으로 미국
에 가는 게 아니었다.

어제 새벽 국왕을 배알한 자리에서 이범진은 아들과 소
실 박 씨를 옆방으로 물린 후 국서(國書)와 국기(國旗), 훈유
(訓諭)를 받았다. 그는 주차미국특명전권공사(駐箚美國特命全
權公使)로 발령을 받고 떠나는 길이었다. 그러나 애초에 미
국행은 예정에 있던 일도 그리고 그가 원한 것도 아니었다.
불가피한 선택. 그것은 그에게도 그리고 국왕에게도 그랬
다. 그를 떠나보내면서 국왕은 든든한 울타리 같은 친구를
잃는 것처럼 못내 아쉬워하고 불안해했다.

이범진이 주미공사로 임명된 건 약 한 달 전인 지난달
20일로 국왕의 아관파천이 이루어진 지 녁 달 열흘이 된
시점이었다.

2월 11일 아관파천 후 당일로 단행된 내각 조각에 이범진
의 이름이 빠졌다. 조선의 정국이 러시아에 의해 운영된다
는 인상을 주지 않기 위한 주조선 러시아공사 베베르의 의
도에 의한 결과였다. 그러나 열하루 뒤인 2월 22일 결국 국

왕은 이범진을 법부대신에 임명하고 경무사까지 겸하게 했다. 그의 경무사 겸직으로 국왕의 의중은 곧바로 드러났다. 바로 이튿날 국왕은 민씨왕후 시해사건과 춘생문사건의 진상을 재조사하라는 조칙을 발포했던 것이다.

춘생문사건은 민씨왕후가 시해된 후 친일내각에 의해 감금되다시피 한 채 극도의 불안과 공포에 떨고 있던 국왕을 친미파 및 친러파 인사들이 왕궁 밖으로 탈출시키고자 시도했으나 내부에서 비밀이 새어나가는 바람에 실패한 사건이었다. 왕후시해사건 후 약 석 달 만인 작년 11월 28일에 일어난 그 사건엔 이범진도 연루되어 중국 상해로 잠시 피신한 바 있었다.

법부대신 겸 경무사에 임명된 이범진은 곧바로 진상조사에 들어가 10여 명의 관련자들을 체포하고 재판을 진행했다. 그러자 두 사건에 깊숙이 관여한 일본이 그를 견제하기 위해 러시아 측에 공작을 폈다. 이에 베베르도 조선국왕의 아관파천으로 조선에서의 러시아의 영향력이 일정 수준 구축된 상황에서 일본과의 더 이상의 외교적 마찰은 피하는 게 좋다는 판단을 했다. 그리고 자신의 후원 아래 이범진이 정국을 주도한다는 국내외의 인식을 불식시키기 위해 미국공사 씰과 협의한 후 그를 주미전권공사로 발령하도록 국왕을 설득했다. 상황이 그렇게 전개되자 국왕도 마침내 정국의 안정을 위해 그를 미국으로 보내기로 했던 것이다. 조선에 나와 있는 일본인들의 공격 표적이 되고 있는 그의 신변 안전까지를 고려해서.

"그럼 미국에 가면 얼마나 있게 되지요?"

"글쎄다."

이범진은 조금 전과 똑 같은 대답을 할 수밖에 없었다.

국왕은 당분간이라고 했다. 그도 그렇게 믿었다. 정국의 변화가 무쌍한 시기에 국왕인들 자신을 오래 떨어트려 놓고 싶진 않을 터였다. 그리고 미국에 가서 당장 해결해야 할 시급한 현안도 없었다.

"그보다 너는 어떠냐? 조선을 떠나 있는 게?"

"저는 나쁘지만은 않습니다. 미국이란 나라에 가면 많은 것을 보고 배울 수 있지 않겠습니까."

"그렇게 생각한다면 다행이다."

아들의 거침없는 대답에 이범진은 천천히 고개를 끄덕였다. 영특한 아이라 말 그대로 보고 배워 얻는 게 있을 터였다.

"그보다 아버님이 안 계시면 대군주폐하께서 고충이 크지 않으실지 걱정입니다."

"폐하를 보필하는 사람이 어디 나만이겠느냐."

"그리고 아버님도 대군주폐하 걱정으로 힘드시지 않을까 싶습니다."

이범진은 아들을 내려다보며 대견한 표정을 지었다. 아직 열 살밖에 안 된 어린 나이에 나라님 걱정에 애비 걱정이라니.

실제로 이범진은 둘째아들 위종을 믿는 바가 컸다. 부인과 집안을 보살피게 하기 위해서 장남 기종을 두고 올 수밖에 없긴 했지만 그는 평소에도 위종에 대한 애착이 남달랐다. 그가 보기에도 여느 아이들보다 여러모로 출중한 데가 있었던 것이다.

군함 베이아르 호는 11시 30분에 출발했다.

굉음을 내며 군함이 육중한 몸을 틀 때 위종은 마치 땅덩어리가 움직이는 듯한 느낌을 받았다. 거센 물살을 일으키며 군함은 서서히 항구를 빠져나갔다. 물보라 사이로 멀어지는 인천항을 바라보고 있는 동안 운명이 시작되고 있다는 자각까지는 아니라고 해도 위종의 가슴엔 결코 심상할 수 없는 감정들이 요동쳤다.

항구는 점차 멀어지다가 이윽고 모습을 감추었다. 위종은 조금 전에 본 인천항의 모습을 마음에 담았다. 그러나 그것이 자신이 본 조선의 마지막 모습이 될 줄은 차마 몰랐다. 그것은 아버지 이범진도 마찬가지였다.

3-3

승선 후 함장 보몽 제독의 식사 초대가 있었다. 함장실에서 이루어진 식사는 프랑스식으로 진행되었다.

"공자님께선 프랑스 음식이 처음이 아니신 것 같습니다."

낯설 수도 있는 음식에 당황하지 않고 차분히 식사를 하는 위종을 보며 보몽이 물었다.

"손탁 여사로부터 프랑스 식사법을 배운 바 있습니다."

함장을 시립하고 있던 통역에 앞서 위종이 프랑스어로 나직하게 대답했다.

"손탁 여사라면……?"

보몽이 이범진에게로 눈길을 돌렸다. 이범진이 가볍게 고개를 끄덕였다.

"그렇습니다. 베베르 러시아공사의 처가 쪽 사람 손탁 여삽니다."

"허어, 그랬군요. 게다가 프랑스어까지 하시다니……."

"손탁 여사가 데리고 있는 사람들과 미국 선교사들을 통해 프랑스어와 영어, 러시아어를 조금씩 익히게 했습니다. 3, 4년쯤 됐습니다만 겨우 기본적인 의사소통을 하는 정도지요."

"아닙니다. 공자님의 프랑스어 발음은 상당한 수준이십

니다.”

“과찬의 말씀!”

이범진이 포도주가 담긴 잔을 들어 보몽의 잔과 마주쳤다.

“그나저나 조선을 떠나시게 되어 걱정이 크시겠습니다.”

포도주를 한 모금 들이켠 후 잔을 내려놓으며 보몽이 말했다. 보몽도 조선의 전후 사정을 웬만큼은 아는 듯했다.

“그래서 실은 마음이 많이 무겁습니다. 국내 정황은 한 치 앞을 예측하기 어려운데 미국에서 제가 특별히 할 일이 있을 것 같지 않아서 말입니다.”

“우리 프랑스 속담 하나를 인용하겠습니다. ‘물결 사이를 헤엄친다(nager enter duex eaux)’는 말이 있습니다. 상황에 따라 현명하게 대처한다는 뜻이지요.”

“하지만 그 현명한 대처란 게 말처럼 그리 쉬운 일이겠습니까. 그리고 제 우둔함으로 능히 감당할 수 있을지…….”

이범진의 얼굴에 살짝 우울이 서렸다. 그런 이범진을 말없이 바라보다가 보몽이 다시 입을 열었다.

“제가 건의를 하나 드려도 될까요?”

보몽이 표정을 바꾸며 이범진에게 물었다.

“이 공사님 선대가 무반가(武班家)라고 들었습니다.”

“그렇습니다. 제 선친이 후영사(後營使)를 지냈습니다.”

“알고 있습니다.”

보몽이 빙긋 웃으며 이범진에게 의미 있는 눈길을 보냈다.

이경하.

5년 전 작고한 이범진의 부친 이경하는 철종 때 출사한 무신으로 대원군의 깊은 신임을 받으며 군사·경찰권을 장악했다. 30년 전인 1866년 정초부터 낙동(駱洞)에 있는 그의 집에서 천주교도들을 취조하고 프랑스 신부들을 비롯한 많은 신도들을 살해하여 낙동염라(駱洞閻羅)란 별칭도 얻었다. 같은 해 9월, 프랑스 신부 살해를 보복하기 위해 로즈 제독이 이끄는 프랑스 군함 3척이 침입해오자 기보연해순무사(畿輔沿海巡撫使)가 되어 작전을 지휘하기도 했다. 이른바 병인양요(丙寅洋擾)였다.

"그러고 보면 프랑스와 조선의 관계는 악연으로 시작된 거지요."

이범진이 조금 민망한 표정을 짓자

"그리고 그 주역의 후예들이 지금 이렇게 마주하고 있습니다. 저도 로즈 제독의 군 후배니까요."

보몽이 호쾌하게 웃었다.

"묘한 인연이군요."

"바로 그겁니다. 제가 물결 사이를 헤엄친다는 말씀을 드린 이유가. 한때 전쟁을 치르고도 프랑스와 독일이 작년 삼국간섭1) 때 보조를 같이 했던 것처럼 지난 시절 잠시 상서롭지 못한 기억이 있었음에도 조선과 프랑스는 지금 서로 돕고 있잖습니까."

"무슨 뜻인지 알겠습니다. 그보다 제게 하실 말씀이란 게⋯⋯?"

"아드님을 유럽 사관학교에 유학시키시면 어떨까 하는 겁니다."

"유럽 사관학교에 유학을요?"

이범진이 되물었다.

"그렇습니다. 이 공사님 가문은 대대로 무반가였고 조선이 미국과 더불어 유럽 제국과의 관계도 중시해야 한다면 아드님을 유럽에 유학시키는 것도 훗날을 위한 하나의 포석이 될 것입니다."

"글쎄요⋯⋯."

너무 뜻밖의 얘기라 이범진은 선뜻 뭐라고 말하기가 어려웠다. 그렇지만 미처 생각지 못했던 솔깃한 발상이라는 느낌은 들었다.

"이 공사님께서 미국에 얼마나 계실지 모르겠지만 그와 별도로 아드님의 유학을 추진한다면 어떤 형태로든 장차 조선에 도움이 될 것입니다."

---

1) 청일전쟁의 강화조약인 시모노세키조약[下關條約]에서 인정된 일본의 요동반도(遼東半島) 영유(領有)에 반대하는 러시아·프랑스·독일의 공동간섭(1895년)

"유럽의 사관학교라면 어떤……?"

"저는 생 시르(Saint-Cyr)를 추천하고 싶습니다. 나폴레옹 1세가 세운 사관학교지요. 비록 여러 가지 사정으로 지난번 보불전쟁2)에서 패하긴 했지만 아직 프랑스 육군은 유럽 최강입니다."

"기회가 된다면 고려해보겠습니다. 좋은 말씀 들려주셔서 고맙습니다."

"천만의 말씀을요. 지금 우린 한배를 타고 있잖습니까."

다소 익살스런 표정을 지으며 보몽이 들고 있던 잔을 이범진의 잔에 부딪쳤다.

위종은 두 사람이 주고받는 대화를 가만히 듣고만 있었다. 그러나 유럽 사관학교 유학이란 말에 아까 보았던 프랑스 수병들의 멋진 제복을 떠올리면서 자신도 모르게 가슴이 두근거리는 걸 어쩌지 못했다.

---

2) 1870년 독일이 통일과정에서 프랑스와 치른 전쟁. 프랑스가 패해 알사스 로렌 지방을 잃었다.

3-4

베이아르 호는 청산도(靑山島)와 유공도(劉公島)를 지나 이
튿날인 18일 오후 중국 연태항(烟台港: 芝罘)에 입항했다. 보
몽 제독과 작별인사를 나누고 배에서 내린 이범진은 곧장
청국 상선으로 갈아탔다. 오후 8시경 출발한 배는 19일에
사미산(蛇尾山)을 거쳐 20일에 상해에 도착했다. 그리고 다
음날인 21일 민영익(閔泳翊)을 만났다.

전날 밤 한 호텔에서 밤을 보낸 후 이범진이 아들과 함께
외탄(外灘)에 있는 샹그리라 호텔 식당으로 들어서자 먼저
도착한 민영익이 기다리고 있다가 자리에서 일어섰다.

서로 인사를 나눈 후 이범진이 민영익에게 아들을 소개
했다.

"아주 명민하게 생겼구나. 몇 살이냐?"

위종이 머리를 숙여 인사하자 민영익이 고개를 끄덕였다.

"열 살입니다. 아직 아무 것도 모르는 철부지지요."

이범진이 대신 대답했다.

"상해는 처음이겠구나?"

민영익이 위종에게 부드러운 눈길을 보냈다.

"나라 밖으로는 처음 나옵니다."

"그래, 그렇다면 평소 보던 조선과는 많이 다른 모습이라

놀라울 거다."

민영익의 말이 아니더라도 위종은 요 며칠간 놀라움의
연속이었다. 처음 군함을 탔을 때 궁궐보다 더 큰 철선(鐵船)
이 물 위에 뜨고 엄청난 속도로 바다를 헤쳐 나가는 것도
그랬거니와 어제 상해에 도착해서 사진과 그림으로만 보던
거대한 건물들이 줄지어 늘어선 풍경을 실제로 대하니 넋
이 다 나갈 지경이었다.

"놀랍기도 하지만 두렵습니다."

"두렵다니 무슨 말이냐?"

민영익이 위종의 대답에 관심을 표했다.

"제가 타고 온 군함을 만들고 이곳의 큰 건물들을 지은
사람들이 과연 어떤 사람들일까 생각하니 놀랍고도 두려운
마음이 듭니다."

"호오, 그렇겠구나. 하긴 오래 전에 이등박문도 그랬다니
까."

"이등박문이요?"

"그렇다. 이등박문도 젊었을 때 영국 유학을 가는 길에
상해에 들렀다가 이곳 외탄의 서양식 건물들을 보고 충격
을 받았다고 들었다. 그때만 해도 일본은 지금과 같은 강국
이 아니었지. 미국의 위세에 눌려 불평등조약을 맺어야 했
을 정도로."

68

"그렇다면 우리 조선도 강국이 못 되란 법이 없지 않겠습니까."

위종의 당찬 대꾸에 민영익이 약간 놀라는 표정을 지었다.

"옳은 말이다. 그래, 공부는 얼마나 했느냐?"

"사서삼경을 읽고 선교사들로부터 신학문을 배우면서 영어와 불어, 러시아어도 조금 익혔습니다."

"참 기특하구나. 과연 천하의 이 공사님 자제답게 장차 동량이 될 재목이로다."

민영익이 이범진을 보면서 의미심장한 눈빛을 흘렸다.

천하의 이공사라…….

이범진은 내심 실소했다.

천하의 이 공사란 '장안의 범보(範甫)'란 말과 통했다. 물론 민영익이 반드시 그 뜻으로만 한 얘긴 아닐 테지만.

장안의 범보.

그것은 이범진의 출사(出仕) 이전의 별칭이었다. 젊은 시절 그는 장안에서 내로라하는 한량이자 건달로 지냈다. 아니, 그렇게 보낸 세월이 있었다. 그럴 수밖에 없었던 것이 그는 무반 가문 출신에다가 서자였던 것이다. 다행히 집안에서는 그에게 어떤 차별도 하지 않았다. 그리고 그 역시 부친이나 부친의 본부인, 즉 양모(養母)에겐 효심 지극한 자식이었다. 그러나 그것이 작은 위로가 될지언정 서출의 족쇄까지 풀어주는 것은 아니었다. 그는 한동안 되는 대로 살았다.

그렇게 지내던 어느 하루 민영주(閔泳柱)란 자가 가문의 위세를 등에 업고 패거리들과 어울려 약탈, 폭행 등 갖은 패악을 저지르고 다닌다는 소문을 들었다. 그는 비위가 상해 민영주를 징치하기로 마음먹었다. 그러자 주위에서 말렸다. 비록 아직 등과는 하지 않았다 해도 민영주 역시 나는 새도 떨어뜨린다는 민씨가의 일원이었다. 따라서 민영주를 손본다는 것은 범의 코털을 건드리는 일이라는 것이었다. 그러나 그는 자신도 범이라고 자부했다. 그리고 주위의 만류에도 아랑곳 않고 민영주와 맞붙어 치도곤을 안겼다. 그로선 의협심이 발동했던 것일 수도 있었고 아니면 서얼로서의 울분을 그런 식으로 드러냈던 건지도 몰랐지만 그만큼 세상에 무서운 게 없었다.

그 일로 그는 '장안의 범보'란 별호를 얻었다. 그리고 왈패들은 그의 이름만 듣고도 벌벌 떨었다. 실제로 그는 힘이 장사였고 담장과 지붕을 쉬이 뛰어넘을 정도로 날랬다. 그만큼 담대하고 호쾌한 성격이기도 했지만.

"이 공사님이 용맹스런 호랑이 같은 분이지만 나라를 위해 아드님도 영리한 사자로 키워주십사 하는 뜻으로 드린 말씀입니다."

"민 대감의 깊으신 속을 전들 어찌 헤아리지 못하겠습니까."

이범진이 감정이 없는 어조로 민영익의 말을 받았다.

"그나저나 아관파천을 어렵게 성사시키셨는데 다섯 달 만에 미국공사로 가신다니…… 소식을 듣긴 했습니다만 큰일입니다."

민영익의 말에 이범진은 속으로 코웃음을 쳤다. 10년 전조선과 러시아의 유착을 청국에 고변했던 장본인이 바로 민영익이었던 것이다.

"그러게 말입니다."

왕후 시해를 목적으로 일본인들이 쳐들어 온 날 밤 이범진은 궐 안에 있었다. 그 며칠 전부터 조짐이 심상찮아 숙직차 입궐했던 것이다. 결국 일본인들이 난입하고 이범진은 국왕의 다급한 명에 따라 궐 담을 넘어 러시아 공사관으로 달려가 그 사실을 알렸다. 아직 1년도 채 안 된 일이었다. 그날 밤의 일을 생각하면 지금도 가슴이 터질 것 같고 치가 떨렸다.

"그보다 이 공사님께서 떠나시고 나면 폐하는 어떡합니까?"

"실은 그래서 미국으로 곧바로 가지 않고 상해로 온 겁니다."

"무슨 말씀이신지⋯⋯?"

민영익이 고개를 쳐들고 눈을 크게 떴다.

"제가 미국으로 가게 된 건 폐하께서 원했던 일도 아니고 미리 계획되었던 일도 아닙니다. 베베르 씨에 의해 갑작스럽게 결정된 것이지요. 그래서 폐하께서는 저 대신 누군가가 곁에 있어줬으면 하시는 겁니다."

"그게 저란 말씀입니까?"

"그렇습니다. 그래도 폐하 곁을 지킬 사람으로 이 대감만 한 분이 없을 테니까요."

그러자 민영익은 곤혹스러운 표정을 지으며 한동안 말이 없더니 이윽고 입을 열었다.

"이 공사님!"

"말씀하십시오."

"저는 적당한 사람이 못 됩니다."

"무슨 말씀이십니까?"

"제가 폐하를 곁에서 도와 능히 어려운 시기를 헤쳐 나가기에 적합한 사람이 못 된다는 점을 솔직한 심정으로 말씀드리는 겁니다. 이렇게 나와 있으면서 돌아보니 제 자신을 알게 되었던 거지요."

민영익의 얼굴에 쓸쓸함이 감돌았다.

서른여섯. 아직 한창 나이였지만 민영익은 피곤에 지친 모습이었다. 그리고 초라해 보였다.

민씨가의 총아였던 민영익은 18세에 급제하고 이듬해(1878년) 조정의 인사권을 관장하는 이조참의에 오를 만큼 민씨왕후의 전폭적인 후원을 받았다. 그리고 이후 국왕을 제외한 최고 실력자로 정국을 주도했다. 그러던 중 국왕과 왕후가 러시아와 접촉하려 하자 임오군변(1882년) 이래 조선을 감독하고 있던 원세개(袁世凱)가 국왕폐위를 음모하면서 그도 직간접적으로 연루되어 상해로 망명했다(1886년). 이후 그는 상해에 머물며 조선과 청국 사이의 현안들을 조율하고 있었다.

민영익과의 만남은 별 성과 없이 끝났다. 민영익에 앞서 자리에서 일어나 호텔을 나서며 이범진은 입에 고여 있던 침을 길바닥에 뱉었다.

조졸한 자식!

자신의 주제를 깨달은 건 다행한 일이지만 임금이 부르면 어쨌거나 목숨을 버릴 각오를 하고서라도 달려가야 하거늘. 이런 저런 말로 설득을 해도 요리조리 빼는 민영익에 대해 이범진은 부아가 치밀었다. 저런 위인이 짧지 않은 10년 동안 국사를 쥐락펴락했다니.

아들과 함께 황하 강을 끼고 길게 펼쳐진 외탄 대로를

걷는 동안 이범진은 내내 마음이 무거웠다.

　이튿날 오전 이범진은 위종과 함께 어제 민영익을 만났
던 호텔로 향했다.
　"어서 오십시오, 공사 어른."
　이범진이 호텔 1층에 있는 찻집으로 들어서자 먼저 와
있던 묄렌도르프(Mollendorf, 穆麟德)가 자리에서 일어섰다.
　"목영감. 오랜만입니다."
　이범진이 반가운 얼굴을 하자
　"공사어른. 이게 얼마 만입니까?"
　묄렌도르프가 다가와 두 손으로 이범진의 손을 잡았다.
　"아, 10년이 넘었군요."
　"그렇습니다. 벌써 그렇게 됐네요."
　독일 태생으로 할레 대학에서 동양어와 법률을 공부한
묄렌도르프는 임오군변 때 청국의 이홍장(李鴻章)이 조선정
부의 외교를 돕기 위해 고문으로 파견했던 인물이었다.
　" 그동안 어떻게 지내셨습니까?"
　아들과 함께 자리에 앉으며 이범진이 물었다.
　"그럭저럭 지내고 있습니다. 두어 번 독일을 다녀오긴 했
지만 그 외에는 줄곧 상해와 북경 등지에서 생활했습니다.
그런데 아드님이신가요?"

"그렇습니다."

위종이 앉은 채로 묄렌도르프에게 꾸벅 고개를 숙였다.

"제가 조선을 떠날 때 부인께서 회임중이라고 하셨는데 혹시……?"

"예, 이듬해 태어났습니다. 뒤늦게 본 아이이지요."

이범진이 조금 민망한 듯 옅은 웃음을 흘렸다.

"아주 영특해 보입니다."

"좋게 봐주시는 거지요. 그보다 목 영감께서 떠나시고 그 빈자리가 너무 커서 많이 힘들었습니다."

"별 말씀을요. 제가 뭐 제대로 한 거나 있습니까."

"아니지요. 목영감이 아니었으면 오늘의 제가 있었겠습니까. 그래서 늘 생각나고 그리웠습니다."

실제로 그랬다. 이범진이 국왕의 측근이자 정부의 중추적인 인물이 된 데엔 묄렌도르프의 영향이 컸다. 천성이 양심적이어서였을까, 아니면 조선에 대한 남모르는 특별한 애정을 느꼈던 것일까. 청국의 이익을 위해 파견된 묄렌도르프는 청국보다 조선을 위해 열심히 일을 했다. 외무부 해관을 창설하고 청국으로부터 차관을 들여오는가 하면 독일에서 화폐주조기를 도입해 통화제도를 간소화하는 등 그는 모든 방면에 열심이었다. 그 헌신적인 태도와 노력이 국왕의 눈에 들어 조선에서 서양인 최초로 벼슬을 얻어 통리아

문(統理衙門)의 참의(參議)를 시작으로 나중에 외무협판에 올랐다.

그러나 묄렌르프가 조선정부를 위해 일한 것 중 가장 중요한 것은 러시아와 친교를 맺게 하는 데 결정적 역할을 했다는 사실이었다. 그가 조선에 부임했을 당시 청국과 일본은 각각 조선에 군대를 주둔시키고 긴장상태에 있었다. 그러나 청국은 지나치게 조선정부 내정에 간섭하고 있었고 일본도 호시탐탐 조선에 세력을 확장하려는 야욕을 보이고 있었다. 그는 제3세력이 있어야 한다고 생각하고 러시아가 적격이라고 판단하여 국왕의 가납을 얻었다. 러시아를 주적으로 삼아 친중국(親中國), 결일본(結日本), 연미국(緣美國) 해야 한다는 청국 황준헌의 ≪조선책략≫의 주장을 기억하고 있던 조선으로선 대단한 인식의 전환을 한 셈이었다.

그 후 그는 조선정부 요인 중에서 친러파를 만들어갔고 갑신년 7월엔 천진 영사 베베르를 조선에 파견하여 양국 간의 수호조약을 맺도록 했다. 그리고 이듬해엔 국왕의 명으로 특명전권대신이 되어 일본으로 가 비밀리에 러시아 교관 파견을 협의하는 등 동분서주했다. 그러나 청국의 이익에 반하는 그런 일련의 일들이 드러나면서 결국 그는 청국 이홍장의 지시에 의해 조선의 외무협판직에서 해임되었다. 이어 해관총세무사직에서도 물러나면서 조선을 떠났다. 그게 11년 전이었다.

그러나 이듬해 이범진은 청국과 일본의 개입을 저지하기 위해선 러시아와 친교관계를 맺어야 한다는 묄렌도르프의 구상을 국왕에게 적극 진언했다. 그리고 국왕도 청국 이홍장이 조선을 감국(監國)하기 위해 보낸 원세개의 위협을 무시하고 러시아 공관 개설을 허가했다. 이에 러시아정부는 곧바로 주조선 초대공사로 청국 주재공사인 베베르를 임명했다.

결국 조선정부가 한때 주적으로 생각했던 러시아와 밀접하게 되고 이범진이 주요 역할을 하게 된 것도 상당 부분 묄렌도르프의 덕분이었다. 따라서 묄렌도르프가 조선정부와 이범진에게 끼친 영향은 지대했다고 할 것이었다.

"오늘 뵙자고 한 것은 대군주폐하께서 목 영감을 곁에 두었으면 하셔서입니다."

대충 수인사가 끝나자 이범진이 본론을 꺼냈다.

"조금은 짐작하고 하고 있습니다. 혹시 민대감을 만나셨습니까?"

"예, 어제 만났습니다."

"뭐라고 말씀하시던가요?"

"목영감과 상의해보라고 했습니다. 자신은 목 영감의 생각에 따르겠다면서요."

그러자 묄렌도르프가 입꼬리를 살짝 말아올렸다.

"글쎄, 민대감께서 그렇게 말씀하셨는지는 모르겠지만 사실은 조금 다릅니다."

"다르다뇨?"

"올해 초 민대감의 부인이 왔을 때에도 민대감은 비슷한 얘기를 했습니다. 제가 가면 가겠다고요. 하지만 정작 조선에 가지 않으려는 건 민대감입니다."

"그렇습니까?"

"그리고 지금 민대감과 저는 전과 같은 사이가 아닙니다. 민대감은 청국정부와 계속 관계를 맺고 있지만 저는 청국정부로부터 기피인물이 되다시피 했으니까요."

그러면서 묄렌도르프가 쓸쓸하게 웃었다. 이범진은 이해가 간다는 듯 고개를 끄덕였다. 조선에 있을 때 묄렌도르프는 민영익을 도와 개화파와 맞섰다. 그리고 갑신년 김옥균이 변을 일으켰을 때 개화파의 칼에 맞아 사경을 헤매던 민영익을 자기 집으로 데리고 가 알렌으로 하여금 수술을 하게 한 생명의 은인이기도 했다.

"그럼 혼자서라도 가시면 안 되겠습니까?"

그 말에 묄렌도르프가 조용히 고개를 가로저었다.

"저도 그러고 싶습니다. 하지만 공사 어른께서 아시는 대로 지금 조선 사정이 제가 있던 십수 년 전과 너무 달라졌습니다.”

“물론 그렇긴 하지요.”

“그래서 제가 할 일도 없고 일을 해낼 수 있을 것 같지도 않습니다.”

“하지만 당장 거절하지 마시고 한 번 더 생각해서 결정해 주십시오. 제가 며칠 상해에 머무를 예정이니까 하루만 더 생각하셔서 내일 답을 주십시오.”

“정히 그러시다면 그렇게 하겠습니다.”

이튿날 이범진은 같은 장소에서 다시 묄렌도르프를 만났다. 그러나 묄렌도르프의 답은 전날과 같았다.

“죄송합니다, 공사어른.”

“아닙니다.”

“믿으실지 모르겠지만 조선을 떠난 후 저는 하루도 조선을 잊어본 적이 없습니다. 조선에서의 3년여의 시간은 제 생애에서 가장 빛나고 값진 부분이었으니까요. 공사 어른께서도 아시다시피 주상전하 내외분이 저를 믿어주셨고 저는 제 조국 독일보다, 저를 보내준 청국보다 오로지 조선의 입장에서 조선을 위해 살았습니다. 그리고 그때 제가 했던 일이 옳았다고 지금도 자랑스럽게 생각하고 있습니다.”

“그 지혜를 대군주폐하께서 다시 구하고 계시는 겁니다.”

지금 국왕 곁엔 아펜젤러나 언더우드 같은 선교사들이

있지만 그들은 어디까지나 미국정부와 직접적으로 관련이 없는 민간인이었다. 오히려 미국정부는 그들에게 조선의 정치에 간여하지 말라는 압력을 넣고 있었다. 그리고 베베르도 조선에 우호적이지만 러시아 입장을 우선했다. 이범진의 미국행이 바로 그런 예의 하나였다. 그럴 때 정말 필요한 건 사심 없이 오로지 조선을 위해 일했던 묄렌도르프 같은 사람이었다.

"그러나 그 하찮은 지혜란 것도 힘이 뒷받침되지 않으면 아무 소용이 없는 것 아니겠습니까. 그땐 왕후마마가 계셨고 공사 어른도 계셨습니다. 그러나 지금 제가 홀홀단신 조선으로 들어간들 무엇을 할 수 있을지 자신이 없습니다. 거칠게 말씀 드리자면 공사 어른 같은 분까지도 밖으로 나가 계셔야 하는 게 지금의 조선입니다. 그런데 하물며 저 혼자서 얼마나 버틸 수 있겠습니까."

묄렌도르프의 얼굴에 슬픔의 기색이 희미하게 돋아났다. 전날보다 상황이 많이 악화된 조선에 대한 감상 때문인 듯했다.

"영감의 심정 충분히 헤아리겠습니다."

"저도 이제 젊지 않습니다. 그리고 오랜 외국 생활 탓인지 건강도 장담할 형편이 못 됩니다."

"설마요. 아직 한창 일하실 땐데……."

그러나 말을 그렇게 했지만 조선에 처음 올 때 삼십대 중반의 패기만만했던 묄렌도르프도 이제 오십을 눈앞에 두고 있었다.

"그보다 공사 어른께선 언제 다시 돌아올 예정이신가요?"

느닷없이 묄렌도르프가 물었다.

"이제 떠나는 마당에 어찌 돌아올 일을 예측하겠습니까."

"그렇지만 조선을 위해선 하루라도 빨리 돌아오셔야 하잖겠습니까."

"저도 그렇게 희망하고 있습니다만……."

"제 생각으로 주상 전하 곁에 계셔야 할 사람은 저도 민영익 대감도 아닌 공사 어른이십니다."

"대군주폐하에게 필요한 사람이 어찌 저만이겠습니까."

"어제 공사 어른과 헤어진 후 밤잠을 설쳤습니다. 마지막 봉사를 하며 조선 땅에 제 뼈를 묻는 꿈을 꾸면서요. 공사 어른께서 돌아오셔서 저를 불러주시면 그땐 한걸음에 달려가겠습니다. 그때를 기다리겠습니다."

"그렇게 말씀해주시니 고맙습니다. 저도 가급적 빨리 돌아오도록 하겠습니다."

이범진이 양 팔을 뻗어 묄렌도르프의 두 손을 잡았다.

이범진과 위종의 상해 체류는 생각보다 길어졌다. 민영익에 이어 두 차례 묄렌도르프를 만날 때까지도 함께 갈 사람이 아직 조선에서 출발하지 못했고 적당한 배편도 물색해야 했던 것이다.

달이 바뀌고 8월 6일 이범진은 상해 주재 미국영사와 미국인 사업가 갤런드를 만나 미국행을 논의했다. 그 자리에서 갤런드가 배편을 주선하고 미국으로 동행하는 데 동의했다.

8일에는 이범진을 수행할 참서관 이의담(李宜聃)과 서기관 이교석(李敎奭)이 도착했다. 이범진 일행은 여러 가지 준비를 하면서 일주일을 더 머무른 후 15일에 상해를 떠났다.

상해를 떠난 배는 일본을 경유해 북태평양 노선으로 항해했다. 일본 연안을 벗어나 배가 태평양으로 들어섰을 때 이범진은 말할 수 없는 고적감을 느꼈다. 그리고 망망대해 한복판에서 막막한 심정이 되었다. 위종은 그런 아버지를 묵묵히 지켜보며 매일매일 일지를 썼다.

3-5

갑판 난간에 기대서서 위종은 바다 저 멀리로 시선을 보냈다. 사방으로 펼쳐진 검푸른 바다는 그 끝을 알 수 없었다.

배는 거세게 물살을 가르며 힘차게 앞으로 나아갔지만 마치 그 자리에서 제자리걸음을 하는 것처럼 눈앞엔 늘 같은 풍경이 이어졌다. 바다 위에서 위종은 해 뜨는 아침을 맞았고 석양에 타는 서쪽하늘 노을을 보았다. 그 사이로 시간이 빠져나가면 곧 밤이 되고 다시 아침이 왔다. 넓디넓은 바다 위에서 작은 점 같은 배 한 척이 밤과 낮을 이어 보이지 않는 머나먼 목적지를 향해 달려가고 있다는 게 신기했다.

조선은 목적지를 바로 알고 있는가. 그리고 제대로 가고 있는가. 또 나는 앞으로 어떻해야 할 것인가.

위종은 열 살 나이의 아이답지 않은 생각을 했다. 그러나 그는 유력한 정치가의 자식으로서 또래의 아이들이 알지 못하는 많은 일들을 겪어 제법 생각이 깊었다. 그랬던 만큼 불민한 시대에 대한 이해도 있었고 미래의 자신의 역할에 대해서도 무심하지 않았다. 미지의 세계에 대한 동경으로 미국행이 설레면서도 한편으로 마음이 무거운 것도 그래서였다.

"바람이 차구나."

언제 선실에서 나왔는지 아버지가 다가오고 있었다.

"예, 아버님."

북빙해(北氷海)에 가까워지면서 기후가 현저히 변하고 있었다.

"천하에 온랭기후가 있다더니 잠깐 사이에 절기가 달라지는 게 차마 믿기 어렵구나."

이범진은 한기를 떨치듯 어깨를 크게 펴며 아들을 내려다보았다.

상해를 떠난 지 7일째. 조선도 상해도 그리고 일본도 아직 여름이 한창이었는데 태평양 북쪽 바다는 늦가을을 연상케 하는 차가운 날씨였다. 위종은 아버지의 시선을 피해 갑판 한쪽에 부착된 계기판에 눈을 주었다. 계기판은 북위 40도 동경 151도 12분을 가리키고 있었다.

"그만 들어가자꾸나. 고뿔들겠다."

"예, 아버님."

"긴 여행을 하려면 무엇보다 건강을 챙겨야 한다."

"예, 아버님."

위종은 아버지를 따라 선실로 향했다.

다음날 24일에는 더욱 추워져서 서양인 남녀들이 털모자를 쓰고 털옷을 입기 시작했다. 배는 북위 43도 8분, 동경 158도 12분을 지나고 있었다.

26일에는 날짜 변경선을 지났다.

"미국 워싱턴과 조선은 12시간 차이가 납니다. 조선의 27일은 미국의 26일이니 조선에서 미국으로 갈 경우 26일을 두 번 쓰는 셈이 되지요. 그리고 여기서부터 동서남북이 바

꿔고 춥고 더운 것, 밤과 낮이 반대가 됩니다. 이곳의 낮이 곧 조선의 밤이지요."

위종이 갑판에 서서 어제와 조금도 다르지 않은 바다를 응시하다가 아버지에게 말했다.

"그래, 그렇다더구나. 나도 서재필 씨에게서 들었다."

출국 직전 이범진은 중추원고문 서재필을 만나 미국행 편로(便路)와 미국의 풍속, 음식, 주거, 접객 의전 등에 대해 상세히 물었다. 미국으로 망명했던 갑신역도(甲申逆徒) 서재필은 김홍집의 친일당 내각이 내린 특사령으로 작년 연말 귀국해서 금년 4월부터 독립신문을 발행하고 있었다.

다시 달이 바뀐 9월 2일 아침. 마침내 배는 미국과 캐나다 국경에 접어들어 정오에 빅토리아 항에 정박했다. 상해를 떠나 태평양을 건너는 데 보름 남짓 걸린 셈이었다.

이튿날 일행은 벤쿠버에서 하선하여 철로(鐵路)에 올랐다. 일행이 탄 기차는 캐나다 횡단노선이었다. 밴쿠버를 출발한 일행은 4일에 로키산맥을 넘고 6일에 위니버그를 지나 7일에 슈피리어 호에 도착했다. 차창에 가득 펼쳐지는 울창한 삼림과 드넓은 평야를 보며 위종은 조선의 헐벗은 산과 옹색한 전답을 떠올렸다. 그리고 8일에 오대호를 통과할 때 수첩에다 적었다.

- 호수를 지나면 산이 나오고 산을 지나면 호수가 나온다. 혹은
산을 뚫어 길을 만들고 혹은 나무다리를 놓아 건넌다.

이날 상오 11시에 기차는 잠시 몬트리올 도착하여 잠시
정차한 후 하오 7시에 오타와로 향했다.

캐나다 국경을 넘은 일행은 9일 오전 9시에 뉴욕에 도착
했다. 이곳에서 그동안 길잡이를 해주었던 미국인 갤런드
와 헤어졌다. 갤런드는 위종에게 뉴욕에 들를 일이 있거든
꼭 연락하라고 했다.

이범진은 워싱턴 주미공사관에 전보를 보내 뉴욕에 도착
한 사실을 알렸다. 그리고 이튿날 오전 11시에 뉴욕을 출발
하는 배를 타고 허드슨강을 건너 정오에 워싱턴 정거장에
도착한 후 다시 마차에 올랐다.

이윽고 마차는 최종 목적지인 워싱턴시 와이오와 서클
13가 1500번지에 소재한 공사관에 도착했다. 7월 16일 서
울을 떠난 지 두 달 가까이 소요된 여정이었다.

마차에서 내리면서 위종은 공사관 정면 옥상에 게양되어
있는 태극기를 보았다. 파란 하늘을 배경으로 바람에 가볍게
나부끼고 있는 태극기는 기분 탓인지 왠지 쓸쓸해보였다.

4. 나타샤, 떠나다

4-1

일요일 오후 3시경. 현우는 조동찬 교수의 부름을 받고 인사동의 찻집으로 나갔다. 조동찬 교수는 정부기관에서 지원하는 연구프로젝트 책임자였고 현우는 연구원으로서 돕고 있었다.

약속시간에 맞춰 도착했는데 조동찬 교수가 먼저 나와 있었다. 그런데 조동찬 교수는 혼자가 아니었다. 조동찬 교수 앞자리엔 서른 가까이 돼 보이는 외국인 남자가 앉아 있었다.

"인사하지. 갤런드 씨."

조동찬 교수가 현우에게 외국인 남자를 소개했다.

"갤런드라고 합니다."

외국인 남자가 자리에서 일어나 건넨 명함을 받아드는 순간 현우의 뇌리엔 섬광처럼 번쩍 스쳐가는 느낌이 있었다. 설마. 현우는 자신도 모르게 조동찬 교수 쪽을 쳐다보았다.

"그래. 사실이야."

그런 현우의 느낌을 읽었는지 조동찬 교수가 의미 있는 표정으로 고개를 끄덕였다.

세상에.

현우는 지금 상황이 도무지 믿기지 않는 심정이었다.

갤런드. 갤런드는 이범진의 구한말의 중신 이범진이 미국공사로 부임하는 과정에서 길잡이를 한 인물이었다. 그 사실은 〈미사일록〉이란 기록에도 나와 있었다. 당시 갤런드는 미국과 중국을 오가며 무역을 하던 사업가였다. 그렇다면 지금 눈앞의 갤런드와는?

"여기 갤런드 씨는 그 갤런드의 5대손 되지. 그 갤런드는 갤런드 컴퍼니의 창업주이고."

조동찬 교수가 현우와 갤런드를 번갈아 보며 말했다.

"그렇습니까. 저는 이현우라고 합니다."

현우는 갤런드의 손을 잡은 채 머리를 숙였다.

"반갑습니다."

갤런드가 현우를 향해 보기 좋은 웃음을 보냈다. 영화배우를 연상케 하는 매력적인 웃음이었다.

세 사람이 자리에 앉자 조동찬 교수가 차를 시켰다. 각자 차를 한 모금 마신 후 조동찬 교수가 다시 입을 열었다.

"오늘 현우 자넬 나오라고 한 건 갤런드 씨의 출현이 너무 놀랍고도 소중한 일이라고 생각되었기 때문이야."

"그야 당연히 그렇죠. 전 지금도 그 갤런드의 후손이 제 눈앞에 앉아 있다는 사실이 실감나지 않습니다."

"그런데 더 놀라운 것은 갤런드 씨도 자네 못지않게 이범진과 이위종에 대해 관심이 많다는 사실이야. 그래서 두 사람이 만나면 서로 도움이 될 거라고 생각한 걸세."

"제가 도울 수 있는 거라면 얼마든지 돕겠습니다."

그러자 조동찬 교수가 고개를 가로저으며 현우를 향해 익살스런 표정으로 장난기 섞인 웃음을 날렸다.

"아니. 내 생각엔 자네가 갤런드 씨로부터 더 많은 도움을 받아야 할 것 같아. 이범진과 이위종, 특히 이위종에 대해선 자네보다 갤런드 씨가 알고 있는 게 훨씬 많거든."

"그렇습니까."

"놀라지 말게."

돌연 현우를 향한 조동찬 교수의 표정이 바뀌었다. 조동찬 교수의 표정은 아주 엄숙했다.

"무슨 말씀인데요?"

"갤런드 컴퍼니의 창업주가 비망록을 남겼어."

"비망록요?"

"그런데 그 비망록엔 이범진과 이위종, 특히 이위종에 대한 기록이 상당 부분 들어 있다는 거야."

"그게 정말입니까?"

현우가 갤런드 쪽으로 고개를 돌렸다.

"그렇습니다. 몇 년 전 그룹 사사(社史) 증보판을 내기 위해 자료를 정리하는 과정에서 비망록을 발견하게 되었습니다. 20여 년 전 발간한 백주년 기념 사사엔 누락되었던 기록들이라 저도 많이 놀랐습니다. 참고로 저는 갤런드 컴퍼니의 비상근 이사로 회장 자문역을 맡고 있지만 그룹 일에 직접적인 관여는 하지 않고 있습니다."

"비망록엔 이범진 부자와 관련한 어떤 내용이 담겨 있습니까?"

"이위종의 미국에서의 3년 반과 프랑스와 러시아에서의 8년간의 행적이 간략하게 담겨 있습니다."

"잠깐만요. 그 말씀은 조금 이해가 안 되는군요?"

"어떤 부분이……?"

"그 말씀은 이위종이 미국에 도착한 후로도 창업주와 계속 관계를 유지했다는 뜻인데요?"

이위종이 갤런드와 함께 지낸 것은 중국 상해에서 배를 타고 미국으로 가는 한 달 가까운 기간이었다. 그런데 갤런드는 그 이후의 시간까지 이야기하고 있었다.

"꼭 그렇다고 할 순 없지만 미국에 도착한 후로 이위종은 창업주를 두 번 더 만났습니다."

"두 번 더요?"

"한 번은 미국을 떠나 프랑스로 가기 1년 전이었고 또 한 번은 러시아에서 외교관 생활을 하던 중 헤이그 밀사로 파견된 직후입니다. 헤이그에서 이위종은 소기의 활동을 마치고 유럽을 거쳐 미국으로 가서 한동안 머물면서 한인 동포들을 상대로 강연을 하곤 했죠."

현우는 내심 적잖게 놀라면서 갤런드의 말을 듣고 있었다. 갤런드가 말하는 이위종의 행적은 모두 사실과 부합하고 있었던 것이다. 1896년 9월에 미국에 도착한 이위종이 주러불오(러시아·프랑스·오스트리아) 삼국특명전권공사 발령을 받은 아버지와 함께 미국을 떠난 건 그로부터 3년 반이 지난 1900년 3월이었다. 그리고 3년 반 가량의 프랑스 생활을 끝내고 러시아공사관의 서기관으로 근무하다가 헤이그에서 열리는 만국평화회의에 밀사로 파견된 것이 1907

년의 일이었다.

"두 번 더 만났을 때 창업주와 어떤 일이 있었습니까?"

"이위종이 미국을 떠나 프랑스로 갈 때 나이가 14, 5세쯤 됐습니다. 그때 창업주에게 돈을 갚으려 했죠."

"돈요?"

"상해에서 미국으로 가는 동안 창업주가 이위종에게 얼마간의 돈을 줬던 것 같습니다. 용돈이었지만 액수가 꽤 되었던 모양입니다. 그런데 2년 반 만에 만난 이위종이 그 돈을 갚으려 한 겁니다. 막 창업한 D제약에서 돈을 보내왔다면서요. D제약에서 이위종에게 돈을 보낸 건 조교수님께 말씀 드렸던 것처럼 그 건강음료가 이위종의 발상에서 나온 것인 만큼 약간의 사례금 내지는 이익금의 일부였겠죠. 물론 창업주는 이위종이 갚으려는 돈을 받지 않았지만 몹시 대견해 했죠. 이위종은 뉴욕에 며칠 머물면서 창업주와 많은 얘기를 나누었던 것 같아요."

"그러니까 그 얘기가 미국에서의 3년 반의 얘기란 거죠?"

"대부분은요."

"이위종의 미국 생활은 어땠습니까?"

"이위종은 미국에서 많은 친구들을 사귀었습니다. 그중에는 부통령의 딸도 있고 조카도 있습니다. 그리고 멕시코 친구, 중국 친구들과도 가깝게 지내는 등 교유의 폭이 넓었어요. 그러나 미국의 위용에 경이로워 하면서도 미국의 대한제국에 대한 정책에는 많은 실망을 했고 고민도 컸던 것 같아요. 당시는 미국 역시 다른 제국주의국가들처럼 해외 경략에 발을 들이기 시작하던 때였으니까요."

"그리고 1907년도에는요?"

"그땐 이위종도 이미 결혼까지 한 스물한 살의 청년이자 유능한 외교관으로 창업주 앞에 나타난 거죠. 아니, 정확하게 말하자면 미국을 방문한 이위종에게 창업주가 찾아간 거죠. 창업주는 전날 영특했던 어린 소년이 늠름한 청년으로 성장해 조국의 독립을 위해 해외에서 눈부신 활동을 하는 모습을 보고 무척 감격하고 감명을 받았다고 했어요."

"프랑스와 러시아에서의 기록은요?"

"1907년까지의 기록은 있습니다. 다만 이위종이 미국 바깥에서 겪었던 내용이어서 약간의 검토와 보완이 필요하다고 생각됩니다."

"아무려나 이위종에 대한 그런 기록이 있다니 놀랍군요."

"물론 자세한 건 아니고 메모 식으로 간략하게 적혀 있는 것이지만 전체적인 윤곽을 파악하는 덴 조금이나마 도움이 될 겁니다. 원하신다면 뉴욕으로 돌아가는 대로 정리해서 이메일로 보내드리겠습니다."

"그래주신다면 저로선 고마울 따름입니다."

"어제 조교수님을 만나 뵙고 호텔로 돌아가 〈미사일록〉
과 현우 씨가 정리한 출력물을 읽었습니다. 두 기록이 모두
제가 기억하고 있는 비망록의 기록과 여러 군데서 일치했
습니다. 따라서 간략하고 전후가 잘 연결이 되진 않더라도
비망록의 내용 자체는 신뢰하셔도 괜찮을 것 같습니다."

"빨리 보고 싶군요."

기대감을 숨기지 못하고 현우가 대답했다.

"예. 최대한 빨리 보내드리죠. 그런데 조교수님에게도 말
씀 드렸지만 어제 오전에 경복궁에 갔다가 이상한 느낌을
받았습니다."

그러면서 갤런드는 진지한 표정으로 명성황후가 시해된
건천궁에서 갖게 된 몇 가지 의문에 대해 얘기를 꺼냈다.
갤런드의 얘기를 주의 깊게 듣고 나서 현우가 입을 열었다.

"저도 민씨왕후가 건천궁에서 시해되었다는 데 대해 여러
가지 측면에서 의문을 갖고 있습니다. 갤런드 씨가 제기하
는 건천궁의 구조 문제를 포함해서요. 제가 맨 처음 의문을
갖게 된 것은 몇 년 전 일본을 여행하면서였습니다. 후쿠오
카 지방을 돌던 중 인근 한 사찰에 민씨왕후를 시해한 칼이
있다는 얘기를 들었던 겁니다."

"시해한 칼요?"

갤런드가 깜짝 놀란 얼굴로 반문했다.

"그렇습니다. 하지만 그 얘길 듣는 순간부터 저는 민씨왕후시해사건이 사실이 아닐지도 모른다는 생각을 하게 됐습니다. 일본은 시해사건 직후 자기들이 개입되었다는 걸 부인했어요. 그리고 일본법정에 세웠던 미우라 공사 등 관련자 전원을 무혐의로 석방했고요. 그런데 왕후를 벤 칼이 있다는 건 무슨 말이죠? 심지어는 그 칼의 주인이 일본인 아무개라는 얘기까지 하면서요. 그건 재판 결과와 반대로 자기들이 민씨왕후를 시해했다고 주장하는 거잖아요? 그렇다면 경복궁에 침입했던 일본낭인들이 일본정부와 달리 양심적이어서 그런 주장을 한 걸까요? 아니죠. 그런 주장은 단지 시해하지 못했다는 반증에 불과한 거지요. 실제로 이사벨라 비숍과 언더우드 부인 등 몇 명의 외국인 여성을 제외하고 민씨왕후의 얼굴을 아는 외국인은 없었어요. 심지어는 일본의 이노우에 공사조차도요. 민씨왕후는 늘 발을 치고 그 뒤에서 사람들을 접견했거든요. 그러니까 일본은 애꿎은 궁녀만 몇 명 죽여 놓고 나중엔 민씨왕후 시해에 성공한 것처럼 떠드는 거죠. 남의 나라 왕후를 죽이려 했던 게 무슨 자랑거리나 된다고……."

"그럼 시해하지도 못한 걸 왜 시해했다고 주장하는 걸까요?"

"조선에 나와 있던, 삼류 사무라이 흉내를 내던 이른바 낭인으로 일컬어지는 일본 불량배와 건달들의 공명심이죠. 민씨왕후를 죽이고 싶었던 것은 총리대신 이토 히로부미를 비롯한 일본정부의 한결같은 소망이었으니까요. 얄팍한 자존심도 작용했을 테고요."

"또 다른 근거가 있습니까?"

갤런드의 두 눈이 빛을 발했다. 한결 진지해진 표정이었다.

"민씨왕후는 그 이전에도 여러 번 죽을 고비를 넘겼습니다. 시해사건이 일어나기 13년 전 임오군변 때 이미 한 차례 궐 밖을 탈출해 목숨을 건진 바 있으며 2년 뒤인 갑신년에 김옥균 등 개화파가 일으킨 정변에서도 비슷한 일을 겪죠. 그리고 10년 뒤 일본이 청국과의 전쟁에 앞서 30분 만에 경복궁을 점령할 때 역시 신변의 위협을 느꼈으며 갑오개혁으로 친일내각이 들어서고 일본군대가 상주하는 속에서 늘 불안해했어요. 따라서 민씨왕후는 신변안전문제에 상당히 예민했으며 상존하는 일본의 위협으로부터 신변을 보호하기 위한 은밀한 방책을 마련했을 것은 불문가지의 일이죠."

"러시아가 주도한 3국간섭으로 조선정부에 대한 일본의 영향력이 다소 위축된 것처럼 비쳐졌지만 실제로 일본 세는 수그러들지 않았어요. 러시아가 강국이긴 해도 조선에 군대를 파견해 놓고 있는 것은 일본이고 불량배와 상인들을 이주시켜 서울의 상권을 장악한 것도 일본이었거든요. 그리고 민씨왕후도 그런 사실을 잘 알고 있었어요. 그래서 일본인 교관이 지휘하는 군대를 해산시킬 생각도 했던 거예요."

주로 현우와 갤런드의 대화를 듣고만 있던 조동찬 교수가 부연설명을 했다. 현우가 조동찬 교수의 말을 이었다.

"또 한 가지. 당시 서울엔 청국 상인들이 상당수 있었는데 그들 사이에선 일본 불량배들이 일본인 교관이 지휘하는 군대와 결탁하여 민씨왕후를 시해하려 한다는 소문이 공공연하게 돌고 있었어요. 그리고 그 청국 상인들과 친분이 두터웠던 게 이범진이었고요. 따라서 일본의 경복궁 난입에 앞서 누군가 민씨왕후를 빼돌렸다면 그 사람은 아마도 이범진일 겁니다."

"이범진이 명성황후를 빼돌렸다는 게 사실이란 얘긴가요?"

"아직은 하나의 가설 수준입니다. 그러나 그럴 가능성은 충분합니다."

"이범진은 친러파인데 어떻게 중국 상인들과 친했습니까?"

갤런드는 약간 납득하기 어렵다는 얼굴이었다. 현우가 그런 갤런드를 향해 가볍게 웃었다.

"그게 이범진의 강점 중의 하나죠. 적과도 친구를 맺을 수 있는 배짱 같은 거. 남자로서의 포용력이랄까 친화력이 랄까……. 아무튼, 민씨왕후시해사건이 일어나기 11년 전, 그러니까 김옥균이 정변을 일으키기 몇 달 전인 갑신년 여름이었어요. 그 2년 전에 발생한 임오군변 진압 차 파병하여 조선을 감국하고 있던 청국은 상무공서를 짓기 위해 주조선공사 진수당(陳樹堂)으로 하여금 이범진의 부친 이경하의 낙동 저택을 사들이게 했죠. 이어 상인들의 사무소인 중화회관을 짓기 위해 남대문에서 종각으로 이어지는 큰길가의 집 세 채를 지목했어요."

그런데 이 세 채는 이범진과 이복형 범조, 범승의 소유였다. 그러나 범조와 범승은 순순히 집을 넘겼지만 이범진은 팔지 않겠다고 버텼다. 청국 상인들이 터무니없는 값을 부르기도 했거니와 청국의 개입으로 부친이 임오군변 발생의 책임을 떠안고 실세(失勢)한 마당에 부친의 집과 형제들의 집까지 모두 그들에게 넘길 수 없다는 오기가 발동했던 것이다. 그러자 청국 상인 30여 명이 이범진을 상무공서로 납치해 매질하고 집을 팔겠다는 각서를 강요했다. 당대 최고 세도가의 한 명인 이경하의 아들이자 현직 관료이며 힘이 장사였던 그가 그렇게 당했을진대 일반 백성이야 어땠겠는가를 짐작하고도 남게 하는 사건이었다.

그 일이 알려지자 조정과 장안이 발칵 뒤집혔다. 아무리 조선이 청국의 번국(藩國)이라 해도 한갓 장사치들이 현직 고위관료를 잡아다가 매질한 것은 정도를 지나쳐도 한참 지나친 일이었다. 이때 이범진과 같이 임금 측근이었던 민영익은 그 일에 간섭하지 않겠다면서 발을 뺐다. 반면 이범진과 갈등하고 있던 김옥균은 진상을 밝혀 외교적으로 강력하게 대응하라고 촉구했다. 이에 조정은 우선 '스스로 업신여김을 당하고 조정에까지 수치를 끼친 죄'를 물어 이범진을 일시 삭직(削職)하고 진수당에게 항의했다. 결국 그 사건은 진수당이 이범진에게 사과하고 중화회관 동사(董事: 대표) 웅정한(熊庭翰)을 파면하는 것으로 마무리되었다.

그 일이 있은 지 얼마 후 웅정한은 혼자 시내에 나갔다가 남의 나라에서 건방을 떤다는 이유로 조선인들에게 뭇매를 맞았다. 왈짜들을 호령하던 이범진이 사주했을 가능성이 다분했지만 사람들은 구태여 그 배후를 캐려하지 않았고 그저 통쾌하게만 생각했다. 그리고 그 사건은 결과와 별도로 이범진에게 민영익의 비열함과 김옥균의 당당함을 각인시키는 계기가 되었다.

"그랬던 이범진이 중국 상인들과 친하게 됐다니 더욱 놀랍군요."

갤런드는 묘하다는 표정으로 현우와 시선을 교차했다.

"그래서 친화력이 있다고 그랬잖습니까. 게다가 마초 기질 같은 것도 강했던 거죠. 이범진이 웅정한을 징치한 것도 그의 그런 마초 기질을 드러낸 한 예가 되겠지요. 재밌는 것은 이범진의 수하들에게 치도곤을 당했던 그 웅정한이 나중에 이범진과 호형호제하는 사이가 되었어요. 중국 상인 대표인 웅정한과 그랬으니 다른 중국 상인들과야 더 말할 필요도 없겠지요. 실제로 그 일이 있고 10년 후, 즉 아관파천이 있기 1년 전 국왕을 미국공사관으로 은밀히 모시려던 춘생문사건이 실패로 돌아갔을 때 이범진도 거기에 연루되어 한동안 상해로 피신했는데 현지에서 도와준 게 바로 웅정한이었습니다."

"그러니까 현우 씨 말씀은 결국 이범진이 중국 상인들과 친했으니까 명성황후를 시해하려는 일본의 계획을 미리 알았다는 거죠?"

"저는 거의 확실하다고 생각해요. 사바틴의 경우에도 일본의 민씨왕후시해계획을 중국인으로부터 들어서 미리 알았으니까요. 사바틴이 들었다면 중국 상인들과 교제의 폭이 훨씬 넓은 이범진이 못 들었을 리 없겠죠."

"사바틴이라고 하셨습니까?"

갤런드가 얼굴을 치켜들며 현우와 눈을 맞추었다.

"예."

"혹시 러시아 공사관을 설계했다는 그 사바틴 아닙니까?"

"그것까지 알고 계시는군요?"

"어제 정동공원에 갔다가 안내문을 보았습니다."

"그랬군요. 그 사바틴이 맞습니다."

현우의 대답에 갤런드는 잠시 멍한 표정을 짓다가 다시 물었다.

"사바틴이 일본의 명성황후시해계획을 미리 알았다는 사실에 대해 좀 더 자세히 설명해주시죠."

"그러죠. 몇몇 기록에 나옵니다만 사바틴이 그 계획에 대해 들은 건 중국인 당소의(唐紹儀)로부텁니다. 당소의는 미국 컬럼비아 대학을 유학한 엘리트로 청국이 조선에 보낸 외교고문 묄렌도르프에 의해 해관직에 임명되면서 조선에서의 생활을 시작했죠."

"묄렌도르프라면 이범진이 상해에서 만난……?"

현우가 고개를 끄덕였다. 어제 조동찬 교수로부터 받은 〈미사일록〉을 갤런드가 읽고 온 모양이었다.

"그렇습니다. 어제 〈미사일록〉에서 확인하신 대로 묄렌도르프는 청국이 종주국으로서 조선에 대한 영향력을 강화하기 위한 목적으로 파견됐지만 조선의 안녕과 독립을 위해 조선에 러시아를 끌어들인 장본인입니다. 그 일로 결국 청국으로 소환됐지만. 그런데 비슷한 시기 묄렌도르프는 또 한 사람을 발탁해요. 그게 바로 러시아인 건축기사 사바틴이었죠. 묄렌도르프의 1차적인 임무가 개방된 항구를 통하여 들어오는 교역품에 대하여 세금을 거둬들일 수 있는 부두와 해관(海館)을 세우는 것이었으므로 건축 및 토목공사 전반에 대하여 능력이 있는 사람이 절실했던 거죠."

"그랬군요."

"그런데 묄렌도르프가 발탁한 당소의와 사바틴은 공교롭게도 동갑내기였고 그래서인지 두 사람은 상당히 가깝게 지냈어요. 그러다가 당소의는 묄렌도르프가 청국으로 소환되자 임오군변 이후 조선을 감국하기 위해 이홍장이 파견한 원세개의 보좌관으로서 영문번역과 비서업무를 맡게 되죠. 한편 사바틴은 인천해관청사, 인천항 부두, 만국 공원, 손탁호텔, 덕수궁 정관헌, 덕수궁 중명전 등 개항기 조선의 주요 건축물들을 건축해요. 그 사이에도 두 사람의 우정은 변함이 없었고요. 그런데 원세개의 보좌관으로서 당연할 수도 있었겠지만 당소의는 서울에 살고 있는 청국, 러시아, 일본, 조선 외교관들과 두루 친분을 갖고 있는 정보통이었어요. 민씨왕후시해계획을 입수하게 된 것도 그 덕분이었겠죠."

"그래서 당소의가 사바틴에게 일본의 명성황후시해계획을 알려줬다는 거죠?"

"그렇습니다. 그런데 이 얘기엔 또 한 명의 인물이 보태져야 합니다."

현우는 잠시 말을 끊고 조동찬 교수와 갤런드를 한 차례 둘러본 후 다시 얘기를 이어갔다.

"그 인물이 다름 아닌 이범진입니다. 친러파의 거두인 이범진은 러시아를 조선에 끌어들인 묄렌도르프와는 떼려야 뗄 수 없는 사이였지만 사바틴과도 관계가 밀접했죠. 조선에 러시아 세력을 구축한 주역으로서 러시아공사관을 짓는 데 당연히 깊은 관여를 했을 것이고 건축 주무자인 사바틴과는 덕수궁까지 연결되는 비밀통로 같은 내밀한 작업까지도 협의했을 겁니다. 그랬던 만큼, 이범진은 일본의 불온한 움직임을 사바틴으로부터 사전에 귀띔 받았을 수도 있고 아니면 다른 중국 상인들로부터 정보를 입수했을 수도 있었겠지요. 아무튼 제 생각으론 이범진이 그 사실을 미리 알고 있었고 서둘러 그에 따른 나름대로의 조치를 한 게 아닌가 싶어요."

"그 나름대로의 조치가 러시아공사관과 덕수궁을 잇는 비밀통로와 연관이 있습니까?"

갤런드가 정색을 하고 물었다.

"비밀통로가 사바틴과 이범진의 협의하에 건축된 거라면 여러 가능성 중의 하나가 되기에 충분하지 않겠습니까.

그보다 주목할 것은 러시아공사관 건물이 양국의 수교조약이 체결된 뒤 얼마 후인 1885년에 착공되어 1890년 준공되었다는 점입니다. 그 시기에 비밀통로도 만들어졌다면 이범진은 적어도 민씨왕후시해사건이 일어나기 5년여 전에 이미 어떤 불상사를 예감하고 있었다는 뜻이 됩니다."

대답을 하면서 현우는 뭔가 이상한 낌새를 느꼈다. 대화를 나누던 처음과 달리 언제부턴가 갤런드가 상대방의 얘기에 집중하는 모습을 보이는 듯하면서도 순간적으로 딴 생각을 하는 것 같기도 하고 표정도 어두워지곤 했던 것이다.

"현우 씨 얘기를 들으니 어느 정도 일리가 있다는 생각이 드는군요. 그런데 하나 의문이 남습니다. 현우 씨 말대로 만약에 명성황후가 시해되지 않았다면 조선정부는 왜 그 사실을 나중에라도 공표하지 않았을까요? 그리고 명성황후는 또 왜 그 후로 다시는 모습을 드러내지 않았을까요?"

"중요한 질문입니다. 그러나 거기에 대해선 저도 아직 명확하게 정리를 하지 못한 상태입니다. 하지만 러시아 공사 베베르와 이범진 사이에 모종의 내막이나 내밀한 합의 같은 게 있었던 건 아닐까 추측은 하고 있습니다."

"예……."

갤런드는 복잡한 표정으로 고개를 끄덕였다.

4-2

조동찬 교수의 제의로 세 사람은 근처 식당으로 자리를 옮겼다. 아직 해가 많이 남아 있었지만 찻집에서 장시간 얘기를 나누다 보니 모두 조금씩 피곤함을 느꼈던 것이다.

세 사람은 찻집에서 조금 떨어진 골목길 안쪽의 한 한국음식점에서 이른 저녁을 들었다. 조동찬 교수가 갤런드를 위해 다양한 한국음식을 주문했다. 식사를 하면서 한동안 세 사람의 화제는 갤런드 컴퍼니와 D제약과의 건강음료 합작사업에 대한 희망 섞인 전망이 주를 이루었다. 그러다가 갤런드가 다시 화제를 돌리며 현우에게 물었다.

"그 사바틴이 황후시해사건과 관련해서 남긴 기록 같은 게 있습니까?"

"아직은요. 사바틴은 러일전쟁에서 러시아가 패하자 서울을 떠나 블라디보스토크로 갔다가 시베리아, 우랄지방 등지를 전전하던 중 사망했는데 아직 공식적인 기록은 발견되지 않고 있습니다. 그렇지만 구한말 한국역사에서 중요한 위치를 차지하는 외국인이므로 사바틴에 대해선 지속적인 연구가 필요할 것으로 생각됩니다."

"예……."

갤런드는 생각이 많은 듯한 얼굴로 고개를 끄덕였다. 현우는 여전히 안색이 밝지 못한 갤런드의 그런 모습이 신경이 쓰였다.

"혹시 무슨 걱정거리가 있습니까?"

"걱정거리요?"

"조금 그래 보이는데요."

"걱정거리라기보다는……."

갤런드는 뭔가 말을 할 듯 말 듯 하면서 주저하는 모습이었다.

"말씀해보십시오."

현우가 재촉하자 갤런드가 어렵게 말문을 열었다.

"실은 그저께 우연히 정동공원엘 갔었는데……."

그리고 지난 금요일 오후에 정동공원에서 겪었던 일이라면서 자초지종을 털어놓았다.

듣고 보니 조금 황당무계한 얘기였다. 현우가 고개를 돌리니 조동찬 교수 역시 애매해 하는 눈치였다. 그러나 상대는 MBA 출신의 갤런드였다. 그런 그가 실없거나 허무맹랑한 얘긴 하지 않았을 터였다.

"저도 제 얘기가 믿기지 않으실 거라고 생각해요. 저 자신부터도 정말 그런 일이 있었던가 싶으니까요. 그렇지만 사실은 사실이고 그래서 저도 혼란스러운 거죠."

갤런드가 짧은 한숨을 뱉었다. 현우가 곤혹스러워 하는

갤런드를 다독였다.

"무슨 말씀인지 알겠습니다. 계속하시죠."

"나타샤가 처음 얘기를 꺼낸 게 일본인들이 명성황후를 시해하려 경복궁을 난입하던 날 그곳에서 러시아공사관까지 달려온 남자에 대해서였어요. 나타샤는 경복궁에서 오는 길 같았어요. 그리고 그 얘기도 관광안내원한테 들었다고 했어요. 사실 그때까지만 해도 전 호텔 지배인으로부터 정동공원을 추천받고도 이범진과 연결시키지 못했어요. 그러다가 그 남자 얘기를 듣고서야 비로소 이범진을 떠올렸던 거죠."

"그랬군요."

"그런데 탑에 눈을 주던 그녀가 갑자기 남자의 어린 아들이 보인다고 했어요. 그리고는 곧바로 쓰러지면서 의식을 잃었던 거죠. 이 현상을 어떻게 이해해야 되는 거냔 말이죠?"

갤런드가 조금 전 했던 얘길 반복하며 현우와 조동찬 교수를 번갈아 쳐다보았다. 그러나 현우는 할 말이 없었다. 아마도 조동찬 교수 역시 마찬가지일 터였다.

"그래서 어제도 곰곰이 생각해 봤는데 나타샤가 쓰러진 게, 우연의 일치인지는 모르겠지만 이범진의 아들이 보인다면서였어요. 이범진에 대해 얘기할 때만 해도 아무렇지 않았는데 말에요."

그러면서 갤런드는 다시 한 번 현우와 조동찬 교수의 의
견을 구하는 표정을 지었다. 그러나 현우는 여전히 적절한
대답을 하기가 어려웠다. 조동찬 교수도 계속 침묵이었다.

"그리고 병원 응급실에 입실시킨 후 D제약 사람들을 만
나고 돌아오니 사라졌단 말씀이죠?"

"그렇습니다."

"병원이⋯⋯?"

"J병원입니다."

"J병원요?"

"예⋯⋯."

J병원이라. 금요일 오후 현우 자신도 호성의 성화에 못
이겨 J병원에 입원하고 있었다. 그러니까 몇 시간을 그 나
타샤란 여자와 같은 영역에 있었던 셈이었다. 공교롭다면
공교로운 일이었다.

"조금 황당하셨겠군요?"

"당황스러웠습니다. 그리고 한참 동안은 배반당한 기분
이었습니다."

"배반당한 기분이었다고요?"

"서로 호감 같은 걸 느끼고 있었다고 믿었거든요."

"그렇습니까?"

갤런드의 솔직한 대답이 현우는 마음에 들었다.

"그런데 시간이 지나면서 생각이 바뀌었습니다. 그녀에게 뭔가 잘못된 일이 일어난 것은 아닌가 하는 생각이 들기 시작한 거죠. 어떤 피치 못할 사정이 있었는지는 몰라도 그녀가 메모 한 장 남기지 않고 그냥 가 버릴 사람은 아닐 거라고 여겨졌기 때문입니다."

갤런드는 정말 나타샤가 걱정되는 듯 얼굴빛이 어두웠다.

"예……. 그럼 제 생각을 말씀 드리죠. 갤런드 씨의 짐작과 달리 혹시 나타샤 씨가 러시아공사관이었던 정동공원에 대한 사전지식을 가지고 있었던 건 아닐까요? 다시 말해 탑에서 이범진의 아들이 보인다고 한 것이 자신이 알고 있는 지식의 다른 표현법이 아니었을까 하는 겁니다. 그녀가 쓰러진 건 우리가 모르는 건강상의 문제일 수도 있고요. 그게 아니라면 달리는 설명이 안 되거든요."

"글쎄요……."

갤런드는 현우의 생각에 동의하는 얼굴이 아니었다.

"그보다 중요한 것은 그녀가 병원에 이송되는 도중 남겼다는 말입니다. 제 생각엔 거기서 단서를 찾는 게 옳을 것 같습니다. 그녀가 남긴 말이 정확하게 어떤 거였죠?"

"정확하게는 아니고 '코레이… 황처……' 비슷한 말을 했다더군요."

"'코레이… 황처'라…… 그게 무슨 뜻일까요?"

"모르겠습니다."

갤런드가 고개를 가로저었다.

세 사람은 나타샤가 말했다는 '코레이… 황처……'의 의미에 대해 각자 의견을 말했다. 그러나 어떤 의견도 세 사람 모두에게 설득력 있게 다가오지 않았다. 세 사람은 궁리를 거듭했다. 그러던 중 조동찬 교수가

"가만! 가만, 가만……."

갑자기 뭔가 떠오른다는 듯 미간을 좁혔다.

"뭐, 짚이시는 게 있습니까, 교수님?"

현우가 물었다.

"한군데 확인할 데가 있어."

"확인요?"

"그래, 잠깐 전화 좀 해 보고."

조동찬 교수가 기대에 찬 표정으로 휴대폰을 꺼내들고 천천히 번호를 눌렀다.

"어, 김 교수…… 그래, 나야…… 미안하지만 코레일(Corail)에 황 처장이란 사람이 있는지 좀 알아봐줄래?…… 뭐라고? 있다고?"

조동찬 교수의 목소리가 높아졌다. 현우도 깜짝 놀라며 갤런드 쪽을 돌아다 봤다. 갤런드 역시 두 눈에 긴장감과

초조함이 뒤엉켜 있었다.

조동찬 교수는 나타샤에 대해 황 처장에게 알아봐 달라는 부탁을 한 후 전화를 끊었다.

"내 짐작이 맞았네."

"김영재 교수님과 통화하신 거죠?"

조동찬 교수의 통화 상대가 김영재 교수라고 느껴지자 현우는 순간적으로 반가움이 일었다. 사학과 석사과정에 들어오기 전 졸업한 학과가 국문과였던 것이다.

"그래, 자네 은사 김영재 국문과 교수."

"코레일에 황 처장이란 사람이 있다는 거죠?"

"그렇다네."

"어떻게 코레일을 떠올리셨습니까?"

"문득 며칠 전 김 교수가 했던 얘기가 생각나서…… 지난 금요일 오전에 좌담회가 있다는 얘길 그 며칠 전에 교수식당에서 만났을 때 했거든. '유라시아 특집' 좌담이라면서. 김 교수가 고교동창회에서 발행하는 잡지의 편집주간을 맡고 있잖아."

현우가 알고 있는 김영재 교수는 약간 특이한 이력의 소유자였다. 과거 지방의 명문이던 K고교 출신인 김영재 교수는 재학 시절 상당한 수재여서 당연히 최고명문대 법대로 진학했다. 그런데 무슨 생각에서였는지 다른 학생들이다 하는 사법시험 준비엔 관심을 두지 않다가 졸업하자마자 다시 국문과로 학사편입해 4년을 다녔다. 그리고 국문과 석박사 과정을 마치고 H대학 교수로 부임한 후 중견 문학평론가로 활동해오고 있었다. 그런 그의 이력은 가끔 문단에서도 유별난 예로 회자되기도 했다.

"그날 김영재 교수님이 무슨 말씀을 하셨는데요?"

"모교 개교 백주년을 기념하는 특집으로 '유라시아 특집' 좌담을 마련했는데 참석자들의 면면이 묘하다는 거야. 특집 좌담의 참석자는 한국철도공사, 즉 코레일의 사장과 전 사장, 그리고 전전 사장 등인데 현 사장인 여사장은 고등학교 선배 부인이고 전 사장과 전전 사장은 고등학교 선배라는 거야. 그러니까 사장 3대가 K고교와 기막힌 인연을 갖고 있다는 얘기였지."

"그래서 코레일을 떠올리셨군요."

"그래. 그런데 김 교수 말이 그날 좌담회를 지원하는 주무부서장이 다름 아닌 황 처장이란 사람이었다는 거야."

"그렇다면 나타샤 씨에 대한 의문의 상당 부분이 풀리겠네요?"

"글쎄. 기다려 봄세. 곧 전화를 준댔으니까."

조동찬 교수의 말이 채 끝나기도 전에 그의 휴대폰 벨이 울렸다. 조동찬 교수가 재빨리 휴대폰을 집어들었다.

"그래…… 그래……? 알았어. 고맙네."

휴대폰을 내려놓는 조동찬 교수의 안색이 조금 어두웠다. 현우가 다그치듯 물었다.

"어떻게 됐습니까?"

"김 교수가 들은 애기론 지난주 금요일 황 처장이 나타샤 씨와 점심 약속이 있었대. 그런데 좌담회가 길어지는 바람에 사장을 보좌하던 황 처장이 저녁으로 약속을 연기했는데 나타샤 씨가 나오지 않았다는 거야."

"황 처장과 나타샤 씨는 무슨 관겐데요?"

"자세히는 애기하지 않았지만 코레일에 특별채용하는 일로 나타샤 씨를 만나려고 했다는군."

"그럼 그 후로 연락이 없다는 겁니까?"

"그래서 황 처장도 궁금해 하고 걱정하고 있다는 애기였네."

현우는 갤런드 쪽으로 슬쩍 눈을 돌렸다. 말은 않았지만 갤런드는 적잖게 침울해보았다.

"교수님. 김영재 교수님께 한 번 더 부탁드려 볼 수 없겠습니까?"

"무슨 부탁?"

"금요일 오후부터 현재까지 외국인 여성과 관련된 피해 사건이 없는지 좀 알아봐 달라고……."

"글쎄. 그건 사적인 청탁인데 김 교수가 응할지……"

조동찬 교수가 약간 난감해 했다. 현우는 김영재 교수가 다방면에 고위직으로 있는 K고교 출신 선후배들과 연결이 된다는 사실을 알고 있었다. 현 경찰청장도 김 교수의 후배라고 들은 기억이 있었다.

"그냥 공식적으로 보고된 상황만 파악하면 될 텐데요?"

"알았네."

갤런드를 대신해서 부탁하는 현우의 심정을 헤아린 듯 조동찬 교수가 다시 휴대폰을 들었다.

세 사람이 음식점을 나왔을 때엔 인사동 거리에 조금씩 어둠이 내려앉고 있었다. 조동찬 교수가 먼저 갤런드에게 악수를 청했다.

"알아본다고 했으니까 일단은 기다려봅시다."

갤런드가 허리를 숙이며 감사의 인사를 했다. 조동찬 교수는 갤런드의 어깨를 한 차례 두드린 후 안국동 쪽으로 걸어나갔다.

조동찬 교수가 시야에서 사라지자 현우와 갤런드는 종로 쪽으로 걸음을 옮겼다.

"한국은 치안이 괜찮은 나라니까요. 무슨 연락이 있어도 있을 겁니다. 그러니 너무 걱정하지 마세요."

현우가 위로의 말을 전하자

"저를 배려해서 마음 써 주신 점 고맙습니다."

갤런드가 애써 웃음을 지어 보였다.

현우는 갤런드와 지하철 5호선 종로3가역에서 헤어졌다. 1호선 쪽으로 걸어가는 갤런드의 뒷모습을 물끄러미 지켜보며 현우는 예기치 않은 만남이 있은 오늘 하루의 의미를 생각했다.

4-3

"그게 정말입니까?"

월요일 아침 현우는 나타샤가 발견되었다는 김영재 교수의 전화를 받았다. 발견장소는 노원구 I대학 뒷산. 쓰러져 있는 나타샤를 토요일 새벽에 등산객이 발견하고 경찰에 신고하였다고 했다.

그런데 문제는 파출소에서 안정을 취하다가 나간 후 나타샤의 행방이 묘연하다는 것이었다. 그래서 김영재 교수가 혹시나 하고 코레일의 황 처장에게도 전화를 걸었지만 여전히 연락이 없다는 얘기만 들었다고 했다.

I대 뒷산이라…….

나타샤가 발견되었다는 장소가 I대 뒷산이라는 사실에

현우는 주목했다. 정동공원과 I대 뒷산. 두 장소에는 뭔가 연결점이 있다고 느껴졌다. 동시에 어제 허무맹랑하다고 여겨졌던 갤런드의 얘기가 단순히 그렇게만 치부하고 넘길 수만은 없는 게 아닐까 하는 생각이 들었다.

현우는 곧바로 갤런드에게 연락을 했다. 그리고 갤런드가 머물고 있는 호텔 앞에서 만나 함께 택시를 타고 코레일 서울사무소로 향했다. 대전에 본사를 둔 코레일의 서울사무소는 서울역 바로 뒤편에 있었다.

미리 연락을 해둔 탓인지 1층 로비에 대기하고 있던 여자 직원이 곧바로 황 처장의 사무실로 안내해 주었다. 황경식 사무처장은 인상이 부드러운 거구의 사십대 남자였다.

간단한 인사를 마치고 여직원이 내 온 차를 한 모금 마셨을 때 황 처장은 현우 일행에게 실망스러운 소식부터 전했다.

"방금 나타샤 씨가 머물던 민박집 주인의 전화를 받았습니다. 나타샤 씨가 그저께 토요일 밤에 떠났답니다."

"토요일 밤에요?"

현우가 반문했다.

"그렇습니다. 나타샤 씨의 부탁을 받았다더군요. 급한 사정이 있어 러시아로 돌아간다고 전해달라고⋯⋯."

"왜 직접 전화를 하지 않고⋯⋯?"

"그렇잖아도 왜 직접 전화를 하지 않았는지 궁금해서 나타샤 씨의 휴대폰으로 전화를 해 봤더니 받지 않더군요."

"왜 직접 전화를 하지 않았을까요?"

"글쎄요. 경황이 없었거나 아니면 약속을 어기게 된 게 미안해서 그런 게 아닐까 싶긴 하지만……."

그러면서도 황 처장은 스스로도 납득하기 힘들다는 얼굴이었다.

"나타샤 씨는 무슨 일로 한국에 왔습니까?"

"우리 회사에선 나타샤 씨에게 어떤 제의를 할 계획을 갖고 있었습니다."

그러면서 황 처장은 나타샤에 대해 전반적인 얘기를 했다.

나타샤. 에스토니아 탈린 출생으로 모스크바 대학 한국어과를 졸업하고 한국인 방문객을 상대로 그곳에서 통역 일을 하고 있었다. 나타샤의 이번 방한은 황 처장 개인의 초청에 의한 것. 작년 4월 평양에서 열린 국제철도협력기구(OSJD) 러시아 측 통역 겸 수행단의 일원으로 사장단회의에 참석한 나탸사를 눈여겨 봐 두었던 황 처장이 모종의 제의를 위해 초청했다는 것이다.

"우리 회사에선 구 공산권 국가들과의 교류 확대를 위해 그곳 사정에 정통하고 러시아어를 잘하는 인재가 필요했는데 나타샤 씨가 아주 적격이었어요. 그래서 꽤 괜찮은 조건으로 영입하려고 했던 건데…… 저녁으로 약속을 변경할

때만 해도 좋다고 했는데 왜 갑자기 만나보지도 않고 돌아
간 건지…….”

황 처장은 이해가 되지 않는다는 듯 황망한 기색을 감추지
못했다.

“러시아 철도 측에 연락해서 나타샤 씨의 거주지나 소재
파악이 가능한지 알아봐주실 수는 없겠습니까?”

“그러겠습니다. 하지만 나타샤 씨가 그쪽 정직원이 아니
어서 그게 가능할지는 장담할 수가 없군요.”

“아무튼 부탁드리겠습니다.”

현우는 혹시라도 나타샤에게서 연락이 오면 알려달라는
부탁을 하고 갤런드와 함께 자리에서 일어섰다.

코레일 서울사무소를 나온 현우와 갤런드는 토요일 새벽
노원구 야산에서 나타샤를 구조했다는 파출소를 찾았다.
삼십대 초반으로 보이는 담당경찰은 마침 자리에 있었다.
현우가 그날 상황에 대해 물었다.

“신고를 받고 동료 한 명과 함께 출동했는데 조금 이상하
긴 했어요. 그 시각에 그곳에 사람이, 그것도 외국인 여자가
쓰러져 있다는 게 보통일은 아니니까요.”

“발견 당시 몸 상태가 어땠습니까? 새벽까지 쓰러져 있
었다면 안 좋았을 수도 있었을 텐데요?”

경찰은 잠시 기억을 더듬는 듯한 표정이더니 곧 머리를 저었다.

"글쎄요. 아주 나쁜 것 같진 않던데요. 다행히 의식을 잃고 쓰러진 게 오래 되지 않았던 것 같아요. 동료와 함께 부축해서 차를 세워둔 도로까지 왔을 땐 깨어났으니까요. 그래서 병원으로 가지 않고 파출소로 왔지요."

"그리고는요?"

"따뜻한 커피를 한 잔 끓여주며 파출소에 딸린 뒷방에서 잠시 휴식을 취하도록 했습니다. 그리고 잠시 후 간단한 조사를 했어요."

"조사 결과 특별한 점은 없었습니까?"

"외상도 없고 소지품도 다 있었어요. 그래서 폭행이나 도난 사건은 아닌 것으로 판단했습니다. 러시아 여성이 한국말을 잘해서 조사에도 별 어려움이 없었고요."

"예……."

"다만 많이 피곤해 보였어요. 그래서 우리 차로 민박집까지 태워다 줬지요."

"그 외엔 이상한 점이 전혀…… 없었습니까?"

이현우가 거듭 묻자 경찰은 고개를 갸웃거리다가 뭔가 생각난 듯이 말했다.

"아, 손에 조그만 동전, 아니 엽전 같은 걸 두 갠가 들고 있었어요."

"엽전요?"

"왜, 조선시대에 쓰이던 네모 구멍이 난 화폐 같은 것 있잖습니까? 아마 골동품 가게 같은 데서 산 거겠지요. 그것 외에는 별달리 기억할 만한 게 없었어요."

"예……."

담당경찰과 몇 마디 더 주고받은 후 이현우는 갤런드와 함께 파출소를 나왔다. 그러나 마음은 여전히 개운치 못했다. 정동공원과 I대 뒷산. 그리고 I대 뒷산과 엽전. 단정지을 순 없지만 이들은 하나로 연결되는 게 있었다.

나타샤가 묵었다는 민박집은 가회동의 한옥이었다. 그렇지만 전형적인 한옥이라기보다는 생활에 편리하게 비교적 최근에 개조된 것으로 보여서 옛 정취는 그다지 느껴지지 않았다.

현우는 오십 전후로 보이는 주인여자에게 나타샤와는 외국학생들로 구성된 인터넷 모임의 멤버라고 자신을 소개하고는 그녀가 갑자기 떠나게 된 경위를 물었다.

"그날 오전에 돌아왔는데 몹시 수척해보였어요. 무슨 일이 있었는지 하루 사이에 얼굴이 많이 안 좋아 보여 조금 걱정이 되었어요."

"예……."

"돌아와서는 좀 쉬겠다고 하면서 방으로 들어가선 점심
시간이 지나도록 나오지 않았어요. 그래, 방문을 살짝 열어
보니까 정신없이 자고 있데요."

"그리고는요?"

"그리고는 아무 일도 없었어요. 저녁 무렵에야 방을 나왔
는데 짐을 챙긴 상태였어요. 이번 주까지 묵을 거라고 했는
데 갑자기 떠나는 게 조금 이상하다는 생각이 들긴 했지
만……."

"떠나면서 코레일에 전화해달라고 했나요?"

"그랬어요."

"왜 코레일에 직접 전화를 걸지 않았을까요?"

"토요일이라 그쪽이 출근을 안 했다면서 월요일에 걸어
달라고 했어요."

"뭐, 특별히 이상한 점은 없었나요?"

"그렇잖아도 왜 벌써 떠나느냐고 물었더니 죄송하다는
말 외엔 대답을 안 했어요. 뭔가 조금 서두는 듯한 느낌이었
어요. 그렇지만 그 전엔 표정이 밝고 참 싹싹한 아가씨였어
요. 웃을 땐 약간 슬퍼 보이기도 했지만……."

주인여자로부터 더 들을 얘기는 없는 것 같았다.

민박집을 나온 현우와 갤런드는 잠시 쉴 겸 골목 입구에

있는 카페로 들어갔다. 차를 마시는 동안 갤런드는 상념에 잠긴 듯 한참 동안 창밖만 바라보며 말이 없었다.

"현우 씨는 제가 했던 정동공원에서의 얘기가 비현실적이라고 생각하세요?"

짧지 않은 상념에서 빠져나온 갤런드가 물었다.

"비현실적이라기보다 과학적으로 설명이 어렵겠다는 생각입니다."

"그렇겠죠."

"하지만 과학적으로 설명할 수 없는 현실도 있죠. 과학이 반드시 진실이 아닌 경우도 많으니까요."

그러면서 현우는 다시 한 번 정동공원과 I대 뒷산, 그리고 엽전이 하나로 이어지는 연결점을 갖고 있음을 상기했다. 그런 만큼 갤런드의 정동공원 얘기도 어쩌면 과학의 잣대로 설명할 수 없는 진실 같은 게 내포되어 있을지도 모른다는 생각이 들었다. 그렇지만 그런 생각을 섣불리 갤런드에게 드러내긴 어려웠다.

"나타샤와는 일종의 해프닝이라고 해도 좋을 만큼 잠시 만났을 뿐인데 지금도 굉장한 의미로 남아 있네요."

갤런드는 뭔가 명쾌하지 못해 미진한 감정을 다스리지 못하는 듯 보였다.

"나타샤 씨에게 마음을 많이 두셨던 모양이군요?"

"부끄럽지만 그렇습니다."

갤런드가 계면쩍게 웃었다.

"천만에요. 부끄럽다뇨. 이후에라도 코레일 쪽에서 연락이 오면 즉시 알려드리겠습니다."

"고맙습니다. 그럼 저는 뉴욕에 돌아가는 대로 현우 씨가 정리하지 않은 〈미사일록〉 뒷부분에 제가 알고 있는 사실들을 보충해서 보내드리죠."

"그래주신다면 감사할 따름이죠."

"그리고 미국을 떠나기까지의 나머지 부분도 빠른 시일 내에 정리해서 보내드리겠습니다."

"미국을 떠나 유럽에서 지낸 8년간의 기록도 있다고 하셨죠?"

"예. 1900년부터 1907년까지의 기록이 비망록 형식으로 간략하게 기록되어 있습니다. 그렇지만 무대가 미국이 아닌 유럽인 만큼 조금 더 보완이 필요할 것 같아요. 그래서 나름대로 조사를 하고 있습니다."

현우는 갤런드가 이범진과 이위종에게 일정 수준 이상의 관심을 보이는 게 궁금했다.

"이범진과 이위종에게 관심을 가지시는 게 D제약과의 관련성 외에 혹시 다른 이유도 있습니까?"

"이미 말씀 드렸다시피 저는 경영학을 전공하고 갤런드

컴퍼니의 비상근 이사로 회장 자문역을 맡고 있지만 그룹 일에 직접적인 관여는 하지 않고 있습니다. 대신 주로 이런 일을 관심을 가지고 하죠. 일종의 배려랄까요, 회장의. 몇 년 전 창업주의 비망록을 발견하고 D제약과의 파트너십 체결을 구상하게 된 것도 그 덕분입니다."

그러면서 갤런드는 한마디 덧붙였다.

"명성황후시해사건에 대해선 어쩜 현우 씨의 생각이 옳을지도 몰라요. 이위종도 그랬거든요."

5. 레이 갤런드 비망록 1

5-1

아프로디테의 현신은 한 번 보는 것만으로도 일생의 행운이다.

함께 병원에 입원하고 먼저 사라졌다가 며칠 만에 현우의 오피스텔에 나타난 호성이 그동안 참기 힘들었다는 듯 헛소리를 내뱉었다.

"그래, 아프로디테의 현신이 어떤 건지는 모르겠지만 네 앞에 나타났다면 잡지 그랬어? 한 번 보는 것만으로 그치지만 말고."

"그런데 그게 말이야. 처음엔 아프로디테의 현신이었는데 나중엔 고스트로 변해버려서……."

"고스트? 유령 말이야?"

"그래. 우리나라 처녀귀신 같기도 하구."

현우는 무슨 뚱딴지같은 소리인가 싶었다.

"그래서 혼비백산 줄행랑을 친 거냐?"

너 같은 새끼는 애초에 아버지 사업 물려받기는 글렀다. 그런 참새가슴을 가지고 무슨 사업을 하겠냐. 자고로 여자란 모두 귀신인데 새삼스럽게 겁먹기는.

그러나 유호성의 다음 말이 현우의 귀를 쫑긋 서게 했다.

"너 같으면 안 그러겠냐. 살짝 비가 내리는 밤에 흰 옷을 입은 여자가 산 속으로 들어가 갑자기 멈춰 서선 춤을 추다가 땅을 파는데 식겁 안 하겠냐고."

"뭐라구? 산에 들어가 춤을 추고 땅을 팠다고? 그게 어디 있는 산인데?"

"I대학 뒷산."

"I대학 뒷산?"

그야말로 놀랄 얘기가 아닐 수 없었다. I대학 뒷산이라니. 그리고 땅에서 무언가를 파고 있었다니. 그렇다면 녀석이 스토킹했다는 게 다름 아닌 나타샤란 얘기 아닌가.

"자초지종을 자세히 얘기해 봐."

"왜 갑자기 관심이 생겨, 예쁜 여자라니까?"

"잔말 말고 빨리 얘기해."

현우가 다그치자 호성이 J병원에서 우연히 나타샤를 발견하고 뒤를 쫓은 전말을 털어놓았다.

"하여튼 할 일 없는 인간이 하는 짓이란 게……."

"그러는 넌 왜 그 얘길 들으려는 거야?"

현우가 핀잔을 주자 호성이 느물거리는 표정으로 되받았다.

"그러니까 병원 응급실에서 나오는 걸 봤다는 거지?"

"응급실 출입문은 아니었어. 병원 뒷문으로 나왔으니까 응급실에서 나온 건지 아닌지는 모르지. 아무튼 뒤쪽 현관문을 나오는 여자를 발견하고 따라나섰던 거야."

"뒤를 쫓는 동안 특별히 이상한 점은 없었어?"

"별로. 목적지가 근처일 거라고 생각했는데 한 시간이 넘고 두 시간이 넘는 게 조금 이상하긴 했지만. 그 정도 거리라면 택시를 타든지 지하철을 타든지 할 거 아냐, 보통 경우엔."

"그 외에는 특별한 점이 없었다는 거지?"

"그렇긴 한데 굳이 하나 얘기한다면……."

"뭔데?"

"걸음이 좀 빨랐다는 거야. 그렇지만 서양여자라 키가 커서 그럴 거라고 생각했지. 그런데 지금 생각해보면 그렇게 먼 거리를 좌우도 돌아보지 않고 빠른 걸음으로 곧장 걸어 갔다는 게 조금 이상한 느낌이 들어."

"그래?"

"이상하다는 선입견을 가지고 생각하면 마치 뭣에 홀린 듯이 걸어갔다고나 할까……."

호성이 어리벙벙한 얼굴을 했다.

"그리고 I대 뒷산으로 올라가 춤을 추다가 땅을 팠다는 거지?"

"꼭 춤을 추었다고 말하긴 어려운데 아무튼 몸을 움직여 가며 이상한 동작을 여러 차례 취하다가 갑자기 앉아서 땅을 파기 시작한 거야."

"그래서 더 이상 지켜보지 못하고 도망쳤다는 거고?"

"너라면 안 그러겠냐고? 자정도 넘은 깊은 밤 아무도 없 는 산 속에서 여자가 춤을 추다가 갑자기 엎어져서 땅을 파기 시작하는데 그걸 맨 정신으로 그대로 볼 수 있겠어?"

호성은 다시 생각해도 끔찍하다는 듯 머리를 설레설레 흔들었다.

"혹시 땅에서 무엇을 끄집어내는 걸 보지는 못했어?"

"못 봤어. 땅을 파기 시작하는 걸 보고는 그대로 내려왔 으니까. 그런데 넌 이 얘길 왜 그렇게 꼬치꼬치 알려고 해?"

"아냐, 그냥."

그러면서 현우는 의자에서 일어나 외출 채비를 했다.

"어디 가?"

"김영재 교수님한테."

"그럼 나도 가."

"선생님. 한 번 알아볼 방법이 없겠습니까?"

"글쎄……."

현우의 부탁에 김영재 교수는 선뜻 대답을 하지 못했다.

"한 번 알아볼 필요가 있지 않을까요?"

"왜, 소설 써 보려고?"

"꼭 그래서는 아닙니다."

"글쎄. 직장 문제로 한국에 온 외국인 여자가 우연히 정동 공원에 들렀다가 빈혈로 쓰러졌다. 그리고 밤에 병원을 나온 후 산으로 갔다가 다시 쓰러졌는데 경찰이 조사한 바론 아무런 특별한 점이 없었다. 이 정도를 가지고 조사를 부탁하는 게 합당한 일일까?"

"그렇지만 직장 구하는 문제로 한국에 나왔다가 아무 연락도 없이 급히 돌아갔습니다."

"그야 직장에 대한 생각이 바뀔 수도 있고 개인적으로 급한 일이 생겼을 수도 있잖겠나?"

"그렇긴 합니다만……."

하긴 김영재 교수의 말이 맞다고 현우는 생각했다. 자신이 한 핵심이 빠진 얘기 정도 가지고는 그의 관심을 끌기는 어려울 터였다.

"그런데 먼 러시아에서 온 여성이 용무도 보지 않고 한마디 얘기도 없이 갑자기 돌아간 걸 그런 단순한 사유로 납득할 수 있겠습니까?"

"알았다. 한 번 생각해 보고."

"생각해보시고 꼭 좀 알아봐주십시오."

현우는 김영재 교수를 향해 꾸벅 머리를 숙였다. 그리고는 호성과 함께 김영재 교수 연구실을 나와 인문대 휴게실로 향했다.

"교수님께 좀 더 자세하게 얘기하잖구?"

휴게실 의자에 앉자마자 호성이 현우에게 투덜댔다.

"무슨 자세한 얘기?"

"여자가 산에서 땅을 판 일 말이야."

"섣불리 말씀 드릴 게 아냐. 조사하는 데 괜히 혼선이 생길 수도 있으니까."

"그래도 이상하긴 한 거지, 네 생각에도?"

"약간은."

그러면서 현우는 생각했다. 호성의 말대로 나타샤가 보

인 일련의 행동들은 예삿일이 아니었다. 보다 내밀한 사연이 있을 수도 있었다. 뿐만이 아니었다. 호성에겐 얘기하지 않았지만 I대학 뒷산에서 발견된 나타샤의 손엔 옛날 엽전이 들려 있었다. 분명 그 사실들은 하나로 연결되는 지점이 있을 것이다. 그렇지만 일단은 김영재 교수의 조사부터 지켜보는 게 순서였다. 그런 문제는 나타샤에 대한 조사 결과가 어느 정도 나오면 그때 다시 생각해도 좋을 것이었다.

김영재 교수는 한때 마피아로 불리던 지방 명문고 출신으로 아직도 사회 도처에 유력한 인사들을 친구 혹은 선후배로 두고 있었다. 따라서 마음만 먹으면 나타샤에 대한 정보는 어렵지 않게 구할 수도 있을 터였다.

호성과 헤어져 오피스텔로 돌아왔을 때 갤런드의 이메일이 도착해 있었다.

무사히 뉴욕에 도착했습니다. 한국에서의 현우 씨와의 만남을 기쁘게 생각하며 제게 베풀어주신 도움에 감사드립니다. 일단 현우 씨가 정리하지 않은 〈미사일록〉 뒷부분만 제가 창업주의 비망록을 통해 알고 있는 사실을 덧붙여 보내드립니다. 이미 현우 씨가 알고 있는 내용이므로 특별한 건 없습니다만 확인 차 읽어주십시오. 이후 이위종이 미국을 떠나기까지의 3년여의 기록은 빠른 시일 내에 정리해서 보내드리겠습니다.

　건투를 빕니다.

□

　조선을 떠난 지 거의 두 달 만에 이범진 일행은 워싱턴에 도착한다. 그리고 한 달 뒤 백악관에서 신임장제정식이 거행되고 그 자리에서 위종은 유창한 영어를 구사해 미국 대통령 클리브랜드를 놀라게 한다. 위종은 자신의 영어 교사로 아펜젤러, 언더우드, 헐버트 등 조선에 나와 있는 유력한 미국인 모두를 들먹이는 재치를 발휘한다.

　달이 바뀌고 실시된 대통령 선거에서 공화당의 맥킨리가 승리하면서 정권은 민주당에서 공화당으로 바뀐다. 그게 위종은 너무 신기하다.

　며칠 후 위종은 지난번 아버지를 따라 간 백악관 파티에서 만난 바 있는 부통령의 딸 스티븐스의 초대로 포토맥 강가 한 음식점에서 함께 식사를 한다. 그러나 그녀의 호의와 친절에도 불구하고 위종은 그게 약소국 소년에 대한 동정과 연민에 다름 아님을 깨닫고 씁쓸해진다.

다시 며칠 후 위종은 대통령 부인이 주최하는 다과회에 아버지의 소실 박 씨와 함께 참석하고 그 자리에서 오르간으로 〈아리랑〉을 연주해 주위를 놀라게 한다. 그리고 육영공원 교사 출신의 헐버트가 한글로 쓴 《ᄉᆞ민필지》를 선물한다. 그러면서 덧붙인다.

　　"헐버트 선생님께선 조선인들도 어떤 계기가 마련되고 기회가 주어진다면 어느 민족보다 발전할 가능성이 있다는 말씀을 자주 하셨습니다."

　　이범진은 아들과 함께 새 대통령 취임식에 참석하고 그 뒤로도 새 대통령 매킨리와 몇 차례 만난다. 그렇지만 그건 요식행위에 불과하고 조선은 여전히 미국의 변방이자 무관심의 대상일 뿐이다.

　　"만날 때마다 베스트 프렌드는 무슨…… 도와줄 생각은 눈곱만큼도 없으면서."

　　백악관을 나올 때마다 이범진은 심사가 뒤틀린다. 그런데 마음에 걸리는 게 있다. 젊은 시절 한량으로 지낼 때 교류한 잡다한 사람들 중에 역술인도 있어 이범진도 약간 상(相)을 볼 줄 안다. 그런 이범진에게 매킨리의 얼굴에 비치는 살(煞)이 보이는 것이다. 그는 수년 내에 비명횡사할 것이다.

미국공사로 부임한 후 몇 달 동안 이범진은 빠듯한 공사관 예산으로 인해 외교활동에 고초를 겪는다. 그런 한편으로 미국의 문물들을 두루 살펴보며 조선의 개화를 위한 나름대로의 방책들을 정리한다.

5-2

김영재도 궁금하긴 했다. 현우가 뭔가 부분적으로 숨기는 게 있는 듯했지만 아까 한 얘기만으로도 충분이 이상한 느낌이 들었다.

현우는 김영재의 외가 쪽으로 먼 친척이 됐다. 현우의 할아버지는 김영재와 같은 항렬인데 일제 말기에 징용을 갔다가 해방이 되면서 귀국했다. 찢어지게 가난했지만 부지런해서 농사일에 열심이었고 성품도 좋았다. 그 아들은 아버지의 성실한 삶에 보답하듯 나름대로 성공해서 지금 고향에서 농협조합장을 하고 있었다. 그리고 농협조합장은 아들을 서울로 유학을 보냈다. 그 유학생이 현우였다. 그러니까 현우는 항렬로는 김영재의 외손자뻘이었다. 현우는 국문과 학생으로 출중했다. 수석으로 입학해서 수석으로 졸업한 것은 물론 재학 중에 한 문학잡지를 통해 소설가로

데뷔하기도 했다. 하지만 김영재는 국문과를 졸업한 현우가 진로를 상의하러 왔을 때 대학원은 사학과로 진학하길 권했다. 국문학이나 국어학을 하지 않고 글을 쓸 요량이면 국문과에선 더 이상 배울 게 없다고 생각되었기 때문이었다. 물론 현우도 비슷한 생각을 가지고 있었다.

현우는 현재 호성의 아버지 회사에서 발간하는 출판물 번역을 하는 한편으로 일본의 극우적 행태에 맞서는 민간단체에서 일하고 있었다. 아마도 할아버지의 과거에서 영향을 받은바 컸을 것이다.

호성의 할아버지는 현우의 할아버지와 함께 징용을 간 한동네 친구였다. 징용 가서 여러 번 현우의 할아버지 덕에 목숨을 건졌는데 귀국해서는 입버릇처럼 자식에게 내 생명의 은인은 친구라며 평생토록 은혜 갚길 주입시켰다. 그래서인지 그 아들은 현우의 아버지와 달리 고향을 떠나 궂은 일부터 시작해서 그리 오래지 않아 재벌급 출판사 회장이 되었고 아버지의 친구를 극진히 모신 것은 물론 그 아들까지도 도왔다. 이를테면 현우의 아버지가 출마한 농협조합장 선거에 대신 상당한 돈을 썼을 정도로.

그러므로 김영재는 그들의 후예인 현우와 호성이 잘 어울리는 것을 보면 신기하면서도 흐뭇했다. 현우는 매사 치밀하고 성실했고 호성은 덜렁거리는 것 같아도 의리가 있었다.

김영재는 곰곰이 생각해보았다. 러시아 모스크바와 페테르부르크엔 H자동차 현지사장인 친구도 있었고 S전자 현지사장인 후배도 있었다. 그리고 S해운 본사사장인 후배도 있었다. 누구를 택할 것인가.

이윽고 김영재는 그중 한 사람을 정하고 핸드폰을 들었다.

5-3

H자동차 모스크바 지사 영업부 대리 변차왕(32세)은 이날 무려 네 대의 차를 팔았다. 그것도 여러 군데 돌지 않고 단 한 건물 안에서만. H자동차는 지난 달 러시아에서 유수 국가의 자동차들을 제치고 판매율 1위를 기록한 바 있었다. 그것은 한국 자동차의 기능이 일취월장한 탓도 있겠지만 이날 그가 네 대의 자동차를 판 것은 전적으로 자신의 능력이라고 변차왕은 믿어 의심치 않았다. 물론 본명 대신 닉네임을 사용한 덕분도 없지는 않을 것이었다. 그러나 닉네임이래야 본명에서 성을 뗀 정도이므로 판매실적이 높은 것은 상당 부분 자신의 능력 덕분이 아니고 뭐겠는가. 그는 자신의 닉네임을 사랑했다. 차왕. 모터 킹. 얼마나 근사하

냐. 그런데 굳이 성을 붙여 '똥차왕'이라고 할 필요가 있겠는가.

이날 아침 차왕은 사장의 부름을 받고 은밀한 미션 수행을 의뢰받았다. 은밀한 미션이란 모스크바 한국어과 교수들을 만나 나타샤라는 졸업생에 대해 알아보라는 것. 그렇지만 차왕은 사장이 지시한 미션이 싫지 않았다. 차를 파는 일은 곧 사람을 만나는 일 아닌가. 게다가 캠퍼스가 근사한 모스크바 대학 교수들이 대상이라니. 세계는 넓고 만나야 할 사람은 많다는 지론을 가지고 있는 차왕으로선 마다할 이유가 없었다.

오전과 오후에 걸쳐 차왕은 네 명의 한국어과 교수를 만났다. 네 명의 교수를 만난 건 앞서 세 명의 교수가 나타샤를 잘 모르거나 피상적으로만 알고 있었기 때문이었다. 그런데 세 명의 교수에게 차를 팔고 나서 만난 네 번째 고객 쿠르바노프 교수가 들려준 나타샤에 대한 얘기는 새겨볼 부분이 있었다.

쿠르바노프 교수는 중키에 육십이 넘어 뵈는 온화한 인상의 노인이었다. 순박한 러시안의 전형이랄까. 쿠르바노프 교수의 한국어 구사력은 수준 이상이었다.

"나타샤는 아름답고 총명해서 충분히 매력적인 학생이었지요."

"그렇습니까."

"그런데 신경쇠약 등 약간의 정신질환이 있어 몇 번의 휴학 끝에 조금 늦게 졸업한 것으로 기억해요."

"예. 그럼 졸업 후에는……?"

"그러나 나중에 들은 얘기지만 졸업 후 모스크바를 방문하는 한국인들의 통역을 하면서 지내는 동안 별다른 문제가 없었던 것 같아요. 작년에 국제철도협력기구의 러시아 사장단 일원으로 평양에 갔던 것도 출중한 통역실력 덕분으로 알고 있어요."

"평양에 갔다고요?"

"그렇게 들었어요. 그런 국제행사에 통역으로 발탁되려면 상당한 실력이 있어야 하는데 나타샤는 테스트를 통과했던 모양이에요."

"예…… 혹시 나타샤 씨에게 특별한 점은 없었습니까?"

"특별한 점요? 글쎄……."

쿠르바노프 교수는 회색이 도는 두 눈을 껌뻑거리다가 뭔가 생각나는 듯한 표정을 지었다.

"이것도 역시 들은 얘긴데…… 한 가지 이상한 것은 나타샤가 좀처럼 모스크바 밖을 벗어나려 하지 않았다고 해요. 그래서 페테르부르크 쪽 안내는 현지 가이드에게 맡겼다더군요."

"왜 그랬을까요?"

"그건……."

쿠르바노프 교수가 고개를 가로저었다.

"지금 어디 있는지 아십니까?"

"모스크바 사내에 거주하고 있다는 것 외에는. 얼마 전 한국으로 갔다는 얘길 들었어요."

쿠르바노프 교수는 나타샤가 지난 토요일 한국을 떠나 러시아로 돌아왔다는 사실을 모르는 것 같았다.

나타샤에게 신경쇠약 같은 약간의 정신질환이 있고 페테르부르크엔 가지 않으려 했다는 사실은 특기할 만하다고 차왕은 생각했다.

차왕은 쿠르바노프 교수로부터 나타샤와 함께 공부했던 졸업생 몇 명의 명단을 얻은 후 모스크바 대학을 나왔다. 물론 쿠르바노프 교수에게 네 대째의 차를 팔고서.

이튿날 차왕은 사장에게 어제의 경과를 보고하고 나서 다시 나타샤에 대한 탐문에 나섰다. 쿠르바노프 교수가 한 얘기 외에도 뭔가 더 내밀한 얘기가 나올 것 같아서였다. 그런데 쿠르바노프 교수가 적어준 명단의 사람들을 만나며 나타샤에 대한 정보를 수집하던 중 차왕은 운 좋게 그녀에 대해 알고 있는 여자 졸업생 하나를 만났다. 고려인이 주인인 메트로 근처의 한 레스토랑에서 서빙을 하고 있는 아자렌카라는 여성이었다. 차왕은 감자요리를 하나 시켜 먹고 나서 아자렌카에게 나타샤에 대해 물어볼 게 있어 왔다고 했다. 그러자 긴 코가 매부리를 연상케 하는 아자렌카는 대답 대신 차왕을 보며 킥킥 웃었다. 손님에 대한 예의가 바닥이었다. 아자렌카가 버르장머리 없이 웃는 이유를 차왕은 알고 있었다. 지난 해 한국의 유명가수 싸이가 이 음식점을 다녀간 적이 있는데 차왕의 외모가 싸이와 나쁜 쪽으로 많이 닮았던 것이다. 물론 나쁜 쪽이라고 해도 더 이상 크게 나쁠 건 별로 없지만.

"걔 보셨어요?"

차왕이 거듭 나타샤를 아느냐고 묻자 아자렌카가 반문했다.

"아뇨."

"무지 예쁘죠."

"허, 그런가요?"

"그런 애들은 뻔하죠."

아자렌카의 얼굴엔 근거 없는 시샘이 물씬 풍겼다.

"뭐가요?"

"마피아 깔치에요. 늙은 마피아로부터 돈 받아가며 공부하는 거죠."

"설마. 확실해요?"

"그렇잖으면 출신도 별 볼일 없는데 폼 나게 사는 이유가 뭐겠어요? 얼굴 하나를 밑천으로 막 나가는 거죠."

"글쎄요."

"정 못 믿겠으면 로스톱스키한테 가서 물어보세요."

"로스톱스키가 누군데요?"

"그년한테 침 흘리다 마피아한테 쫄아서 제풀에 떨어져 나간 얼간이 같은 녀석이죠."

"혹시 나타샤가 지금 어디 있는 줄 아세요?"

"내가 그걸 왜 알아야 해요?"

아자렌카가 빽 소리를 질렀다. 그녀의 한국어 발음은 신의 저주랄 수 있는 얼굴과 동급 수준이었다. 그래서 차왕은 안심하고 한껏 우아한 표정으로 한마디 뱉었다.

니미럴.

차왕은 아르바트 거리의 한 커피점에서 로스톱스키를 만났다. 나타샤와 같이 수업을 들은 바 있다는 로스톱스키는 내성적이고 모범생 같은 청년이었다. 러시아인 치곤 조금 작은 키에 곱상한 얼굴. 여행사에서 일하다가 지금은 쉬고 있다고 했다. 차왕은 로스톱스키에게 왠지 연민의 정 같은 게 느껴졌다.

커피를 한 모금 마시고 나서 차왕은 로스톱스키에게 나

타샤에 대해 회사 사장과 쿠르바노프 교수로부터 들어 알고 있는 사실을 그대로 얘기했다. 순수해 보이는 로스톱스키에겐 말을 돌리지 않고 사실대로 말하는 게 나을 것 같아서였다.

"한국에선 무척 걱정하고 있어요. 혹시 안 좋은 일이 있거나 한 건 아닌가 하면서…… 중요한 일로 와서는 아무 연락도 없이 돌아가 버려서."

잠시 침묵하던 로스톱스키는 길게 시간을 끌지 않고 예상 외로 쉽게 입을 열었다. 마치 혼자 지고 있던 짐을 벗고 싶다는 듯이.

"안 좋은 일이 있었어요."

"안 좋은 일이라면 어떤……?"

"나타샤의 어머니가 돌아가셨어요."

"정말요?"

비슷한 경우를 상상해보긴 했지만 막상 그 소리를 듣게 되자 차왕은 놀라지 않을 수 없었다. 그런데 로스톱스키의 다음 말이 정신이 번쩍 들만큼 더욱 놀라운 것이었다.

"나타샤가 정신질환으로 몇 차례 학교를 쉬었다는 사실을 알고 계시니까 말씀 드리는 건데…… 나타샤의 정신질환은 그녀가 갖고 있는 일종의 초능력과 관계가 있어요."

"나타샤 씨가 초능력을 갖고 있다고요?"

"나타샤의 초능력은 그녀의 어머니로부터 비롯된 거예요."

로스톱스키의 얘기에 의하면 구소련 시절 초능력자들을 관리하던 국가기관이 고르바초프의 개방정책으로 해체되었지만 그 이후로도 민간단체 차원에서 초능력자 양성은 여러 가지 이유로 은밀히 진행되었고 나타샤의 어머니도 그 일원이었다는 것이었다. 그러다가 구소련이 붕괴되면서 그 단체들마저도 없어졌다고 했다.

"나타샤 씨가 초능력이 있다는 걸 어떻게 알았어요?"

"직접 봤거든요. 나타샤는 무심코 제 물건을 만지다가 그 물건과 관련된 제 과거를 맞힌 적이 있어요. 여러 차례."

차왕이 나타샤와는 친했느냐고 묻자 로스톱스키는 그렇다고 하면서도 애인 관계는 아니었다고 했다.

"나타샤는 상냥하고 착한 여자예요. 하지만 저를 포함해서 누구와도 일정한 거리를 뒀어요."

"지금 나타샤 씨는 어디 있지요?"

그러자 로스톱스키의 슬픈 표정이 불안한 표정으로 바뀌었다.

"저도 몰라요. 어디 있는지."

그러면서 로스톱스키는 얘기를 계속했다.

"지난 일요일 아침 한국에 있는 나타샤로부터 곧 러시아로 출발한다면서 먼저 자기 어머니한테 좀 가봐 달라는 전화를 받았어요."

러시아의 일요일 아침이면 한국은 일요일 낮이었다.

"그래서요?"

"그 길로 나타샤의 어머니에게로 갔어요. 나타샤의 어머니는 모스크바 북쪽 교외의 조그만 동네에 살고 있었어요. 그런데 제가 도착했을 땐 나타샤의 어머니는 이미 숨을 거둔 상태였어요. 집안 구석방에서 시신을 발견하고 곧 경찰에 신고했어요."

"혹시 경찰에선 이상하게 생각하지는 않던가요?"

"처음에 잠시 저를 살인용의자로 의심하는 것 같았지만 시신에 외상이 없고 사망추정시간에 모스크바에 있었던 제 알리바이가 증명되면서 나타샤의 어머니는 자연사로 인정되었어요."

"그리고는요?"

"나타샤는 일요일 오후에 도착했어요. 비행기 티켓을 구하지 못해 늦어졌다고 했어요. 그녀가 도착하고 곧 어머니의 장례를 치렀죠. 그런데 제가 잠시 모스크바에 다녀온 사이 연락도 없이 자취를 감췄어요."

"나타샤 씨는 어머니와 함께 살았나요?"

"아뇨. 모스크바 시내에 방을 얻고 따로 살았어요. 어머

니가 사는 곳에선 모스크바까지 교통편이 썩 좋지 않거든
요."

로스톱스키와 대화를 나누면서 차왕은 조금 이상한 생각
이 들었다. 로스톱스키가 시원시원하게 얘기해주는 것은 고
맙지만 그는 무슨 생각으로 초면인 자신에게 나타샤의 내밀
한 부분일 수도 있는 초능력이나 그녀의 어머니의 은밀한
과거까지 털어 놓는 건가.

"미스터 변의 인상은 경계심을 누그러뜨리게 해요. 그런
면에서 미스터 변은 좋은 인상을 가지신 거예요."

차왕의 미심쩍은 기분을 눈치챈 듯 로스톱스키가 칭찬하
는 건지 빈정거리는 건지 알 수 없는 소리를 했다. 그러나
빈정대는 것 같지는 않았다.

"어쩌면 제가 약한 사람이기 때문인지도 몰라요. 그래서
많은 것을 마음에 담고 있기가 버거울 때가 많아요. 그리고
나타샤 문제는 저 혼자 마음속에 품고 누구에겐가 얘기하
지 않으면 해결되지 않을 거라고 생각해요. 그렇다고 아무
에게나 얘기하는 건 아니에요."

차왕은 그런 로스톱스키의 심정을 이해할 수 있을 것 같
았다. 로스톱스키는 뭔가 마뜩찮은 표정이었다.

"혹시 마음에 걸리는 거라도 있나요?"

차왕이 물었다.

"몇 가지 의문점이 있어서요."

"의문점이라면?"

"나타샤 어머니의 죽음이 자연사라고 하지만 거실엔 누군가 다녀간 듯한 흔적으로 보이는 신발자국이 여러 개 나 있었어요. 그런데도 경찰은 그런 쪽에 대해선 전혀 의심하지 않았어요. 그리고 이웃 사람들의 증언에 의하면 나타샤의 어머니는 죽기 며칠 전부터 외부로 출입하는 모습이 전혀 눈에 띄지 않았다고 했어요."

"그 말씀은 경찰이 나타샤 씨 어머니의 죽음과 관련해서 은폐하는 게 있다는 뜻인가요?"

"그런 느낌을 지울 수가 없어요. 그런데 무엇보다 마음에 걸리는 것은 나타샤의 태도에요. 나타샤는 어머니의 죽음에 몹시 슬퍼했지만 크게 놀라는 것 같지는 않았어요. 마치 어머니의 죽음을 이미 예상하고 있었던 것처럼요."

차왕은 천천히 고개를 끄덕였다. 듣고 보니 로스톱스키의 의혹엔 일리가 있었다.

"혹시 초능력 증상이 언제부터 생겼는지 나타샤에게 물어본 적이 있어요?"

"탈린에 살던 중학교 때 그곳에 있는 교회에서 이상한 느낌을 받으면서였다고 해요."

순간 차왕은 동물적으로 감을 잡았다. 로스톱스키는 조

금 전 말했던 것보다 나타샤와 꽤 가까웠을 거라는. 그리고 어쩜 나타샤가 자신의 초능력 증상 때문에 고민하다 어느 순간부터 로스톱스키에게 거리를 두기 시작했을지도 모른다는.

"로스톱스키 씨가 장례가 끝나자마자 모스크바로 간 이유를 여쭤 봐도 될까요?"

"그건……."

로스톱스키가 말끝을 늘이다가 입을 닫았다.

"말씀하기 곤란한 일인가요?"

"그렇진 않지만…… 그냥 개인적인 일이에요."

물론 로스톱스키의 그 대답이 차왕은 믿기지 않았다.

"그리고 돌아오니 나타샤 씨가 집에 없더란 말이죠?"

"예."

"전화도 안 받고요?"

"꺼져 있었어요."

"지금 나타샤는 어디 있을까요?"

"글쎄요."

"혹시 짚이는 데는 없어요?"

"모르겠어요. 마음을 달래러 잠시 여행 중인 건지……."

"아버지는요?"

"아버지는 없대요. 어려서 어머니와 헤어져서."

"돌아올까요?"

"돌아올 거예요. 어머니의 유품도 정리해야 할 테니까
요."

그러나 그건 로스톱스키의 일방적인 기대일 수도 있다고
차왕은 생각했다. 선량한 인상의 로스톱스키의 눈에선 금
방이라도 눈물방울이 뚝 떨어질 듯했다.

"제가 회사 몰래 개인적으로 부업 삼아 중고차 딜러도
하고 있는데 괜찮으시다면 한 대 선물할까 하는데요."

그러나 로스톱스키는 슬픈 눈으로 차왕을 바라보며 고개
를 저었다.

5-4

김영재 교수로부터 차왕의 이메일을 전달받은 현우는 착
잡한 심정이었다. 차왕의 이메일 내용은 어느 정도 짐작되
었던 부분도 있지만 그게 막상 사실로 증명되자 놀랍기 짝
이 없었다. 그러나 덕분에 부분적으로 끊겼던 맥락이 상당
부분 이어지는 것 같았다.

우선 나타샤가 쓰러졌던 정동공원과 I대학 뒷산의 연결
점이었다. 그것은 나타샤에게 초능력이 있다는 점을 감안

하면 설명이 가능했다. 두 장소는 아직 밝힐 단계는 아니지만 다 같이 어떤 측면에서 공통점을 가지고 있었다.

공교로운 건 나타샤가 정동공원에서 쓰러지고 나중에 I대학 뒷산에서 발견되기까지의 시간이었다. 그 시간은 그녀의 어머니가 외부에 모습을 보이지 않고 집안에만 있다가 사망한 시간과 일치했다. 여기엔 무슨 뜻이 있을까. 그것은 어쩌면 나타샤와 그녀의 어머니 모두 초능력을 가지고 있다는 점을 통해 해명될 수 있을 것도 같았다.

뭔가 윤곽이 잡힐 듯하면서도 명확하게 단정 짓기 힘든 부분 때문에 현우는 답답한 마음이 되었다. 그런 마음으로 갤런드가 보내온 갤런드 컴퍼니 창업주의 비망록을 읽었다. 전에 말했던 대로 이위종이 미국을 떠나기까지의 3년여의 기록이었다.

□

레이 갤런드 비망록 <1>

미국에 온 첫해 9월에 위종은 짧은 소학교 생활을 마치고 프랑스계 중등학교 꼴라쥐 장송 드 랠리(College Janson de Lailly)에 입학한다. 그리고 멕시코 출신의 세라노, 그의 사촌형 프랑코, 청국 출신의 왕유(王維) 등과 사귀게 된다. 어느 날 세라노로부터 캘리포니아를 포함한 국토의 3분의 2를 미국에 빼앗기고도 아무런 분노를 느끼지 못하는 멕시코 사람들과 달리 한때 세계 최강국이던 몽고의 지배를 받으면서도 나라를 지켜낸 조선인들에게 감명을 받았다는 얘기를 듣고 위종은 일본의 침략을 이겨내고 독립을 쟁취하기 위해 자신의 미래를 바치겠다는 결심을 한다.

다음달 12일 서울에서 대한제국이 수립되었다는 소식이 공사관에 전해진다. 대한제국의 출범이 워싱턴에 알려지면서 학교에서는 위종에 대한 이상한 소문이 돈다. 세라노가 전하는 바에 의하면 위종이 죽은 황후와 이범진 사이의 숨겨 놓은 왕자이며 황태자 다음의 황제 승계자라는 것이다. 위종은 그 소문의 발원지가 학교 내의 일본인 유학생들임을 직감하고 분노한다.

그렇지만 위종은 기억하고 있다. 평소 아버지를 바라보던 황후의 간절한 눈길을. 그리고 자신을 바라보던 안타까운 눈길도.

세자가 너 같았으면…….

위종은 세자보다 열두 살이나 어린 자신을 보며 쓸쓸한 표정으로 혼잣말을 하던 황후의 모습을 떠올려본다.

크리스마스를 전후하여 위종은 세라노와 프랑코, 왕유 등과 뉴욕여행을 떠난다. 여행 중 중국인 친구 왕유는 프랑스가 미국에 선사한 〈자유의 여신상〉을 보며 미국의 위선을 비판한다. 자유와 평등을 내세우면서 제국주의의 길로 들어서는 미국. 위종도 왕유의 심정에 공감이 간다.

왕유의 말대로 이듬해 미국은 메인호 폭발을 구실로 스페인에 선전포고를 하고 스페인의 식민지인 필리핀을 점령한다. 태평양 한가운데 있는 소왕국 하와이까지 덤으로. 미국의 정의를 믿고 기댈 수밖에 없는 자신과 아버지를 생각하며 위종은 마음이 무겁다.

방학을 맞아 무료하던 어느 날 위종은 조지워싱턴 대학을 찾았다가 프랑코의 파티에서 만났던 나탈리와 마주친다. 그리고 스티븐슨 전 부통령의 딸과 이종사촌이기도 한 그녀가 들으러 왔다는 강연을 함께 듣는다. 강연의 연사는 하버드 대학 물리학과에 입학, 전체 수석으로 졸업한 천문학자 로웰. 나탈리의 아버지의 대학동창이기도 한 로웰은 15년 전인 1883년 조선이 미국에 최초로 보내는 외교사절단인 보빙사의 인솔자였다는 사실에 위종은 놀란다. 그는 헐버트보다 3년 앞서 한글을 미국에 소개하고 조선에서 석 달간 체류한 기억을 정리해 ≪조선, 고요한 아침의 나라≫

라는 책을 하버드대 출판부에서 펴내기도 한 인물이다. 대
한제국의 미래를 걱정하는 위종에게 로웰은

"지금 한국엔 젊고 추진력 있는 세력이 필요하다."

자기 생각을 피력하며 앞으로의 계획을 묻는다. 위종이
대답한다.

"군인이든 외교관이든 조국의 독립을 위해 일하고 싶습
니다."

8월 말 워싱턴에 도착한 부인 조 씨와 큰아들 기종을 맞
으며 이범진은 국내 복귀로 예상보다 늦어질 것 같다는 느
낌을 받는다.

기종은 황제에 대한 비관적인 얘기를 한다. 황제가 역술
인에 지나치게 의지하면서 정무를 본다는 것이다. 그 역술
인에 의하면 황제의 운세는 대한제국을 선포한 정유년으로
부터 11년이라고 한다. 그렇다면 1907년에 황제에게 무슨
일이 생긴다는 말인가.

위종은 형에게 미국에서 느낀 점들을 얘기한다. 정부나
개인 할 것 없이 활력이 넘치는 나라. 그러나 그들은 대한제
국에 별 관심이 없다. 그래서 미국에서의 아버지의 역할도
극히 제한적이다. 동생의 얘기를 들으며 기종은 한숨을 내
쉰다.

1899년 새해가 되면서 위종은 열네 살이 된다. 한국으로 돌아간 형 기종의 편지는 만민공동회의 해체 소식을 전하고 있다. 형은 미국으로 치면 국회와도 같은 만민공동회를 실질적으로 주도한 사람은 이승만이었으며 첫 번째 만민공동회에서 만났던 안중근이란 사람도 퍽 비범해보였다고 한다.

1월말 위종은 뉴욕으로 여행을 떠난다.

해외에서 돌아왔다는 갤런드의 서신을 받고 그를 만나고 싶은 생각이 들었던 것이다. 공사관으로 온 서신에 의하면 갤런드는 일본과 중국을 비롯한 동아시아 여러 나라를 돌아 1년여 만에 도착했다고 한다.

뉴욕행엔 나탈리가 동행한다. 원래는 혼자 갈 생각이었다. 그런데 나탈리가 같이 출발하자고 했던 것이다. 자신도 보스턴에 갈 일이 있다면서. 위종으로선 불감청고소원(不敢請固所願)이다.

위종은 나탈리의 행선지인 보스턴부터 가기로 한다. 보스턴은 미국에 온 이듬해 잠시 들른 적이 있는 도시이다. 서광범 전 공사가 죽은 후 아버지와 휴가 차 메인 주로 가는 길에 들러 하루를 묵었던 것이다.

그때처럼 보스턴은 여전히 지하철 공사가 시내 곳곳에서 분주하게 진행되고 있다. 그때도 그랬지만 땅속으로 기차가 다니게 된다는 사실이 위종은 그저 놀랍고 거듭 신기하다는 생각이 든다. 한국은 올해 겨우 경인선이 개통되고 종로에서 청량리까지 전차가 운행될 거라는 얘길 들었다. 보스턴의 지하철은 내후년에 개통될 예정이라고 한다.

"헝가리와 오스트리아 같은 나라는 벌써 지하철이 다녀요. 파리도 내년엔 개통되구요."

처음으로 둘이서만 워싱턴을 벗어난 때문일까. 거리를 걷는 나탈리는 조금 들뜬 모습이다. 그런 느낌은 위종도 마찬가지다.

나탈리가 간 곳은 찰스 강 건너편의 하버드 대학이다. 그곳에서 나탈리는 교수로 있는 아버지 친구에게 가지고 간 서류를 전달한다. 서류는 정치학을 가르치는 교수에게 필요한 논문 자료라고 한다. 나탈리의 아버지 역시 프랑코와 그녀가 재학 중인 조지워싱턴 대학 정치학과 교수이다.

위종은 그런 것은 우편으로 보내도 될 텐데 싶었지만 굳이 말을 하진 않는다. 그날 밤 위종과 나탈리는 교수의 도움으로 대학 게스트하우스에서 묵는다.

다음날 하버드 대학을 떠나기에 앞서 나탈리가 위종을 유니버시티 홀 앞으로 이끈다. 홀 앞엔 하버드 대학 설립자 존 하버드의 동상이 서 있다. 나탈리는 동상의 발을 한번 쓰다듬고는 위종에게도 그렇게 하라고 한다.

"왜요?"

"그냥요."

무슨 의미가 있는 것 같았지만, 그리고 그게 어떤 건지 대충 짐작이 갔지만 더 이상 묻지 않고 위종은 칠이 벗겨진 채 반들거리는 동상의 발등을 손으로 쓴다.

둘은 기차로 뉴욕으로 향한다. 뉴욕에 도착할 때쯤 해서 눈이 내리기 시작한다. 한번 내리기 시작한 눈은 빠른 속도로 쌓여 사방은 금세 하얀 세상이 된다. 위종은 맨해튼에 있는 갤런드의 사무실부터 들른다.

"오, 위종 군!"

나탈리와 함께 들어서는 위종을 보며 갤런드가 두 팔을 벌리며 반긴다.

"아저씨!"

"이제 청년이 다 됐네."

위종의 얼굴을 들여다보며 갤런드가 대견한 듯 미소를 머금는다. 위종은 나탈리를 갤런드에게 소개한다.

"좋은 친구를 사귀었군. 그래, 이게 얼마만인가?"

"2년 반 만이죠. 지난겨울에도 뉴욕에 들렀었습니다."

"그때도 해외출장 중이었지."

위종과 나탈리는 갤런드와 함께 사무실을 나와 허드슨 강이 보이는 로어 맨해튼의 한 식당에서 늦은 점심 식사를 한다.

"그래, 어떤가? 미국에서 2년 반 넘게 살아본 소감이?"

식사 도중 갤런드가 묻는다.

"미국이란 나라가 대단히 역동적이라는 생각이 듭니다. 그리고 국민이 주축이 된 그 역동성이 무한대의 힘을 만들어내고 있다는 생각도요."

"맞아. 미국은 국민의 힘으로 움직이는 나라야. 정치가는 그 힘을 이용하는 것일 뿐."

"그렇지만 그 힘이 마냥 긍정적이지만은 않아요. 그 힘이 오로지 미국의 이익만을 위해 쓰이는 것 같아서요. 앞으로 상황이 어떻게 전개될지 모르겠지만 필리핀의 경우만 보더라도 그래요. 그럴 때 정의란 말이 무색해져요."

위종의 말에 갤런드가 복잡한 얼굴을 한다.

"위종 군의 지적은 충분히 이해가 돼. 돌이켜보면 어느 시기 격동기가 아닌 적이 없었겠지만 지금은 여러 가지로 어려운 시대야. 특히 위종 군의 조국 한국 같은 나라 입장에선."

"저도 미국만을 비난하기 위해서 드린 말씀은 아녜요."

"그러니 모두가 냉정을 되찾을 때까지 좀 더 지켜볼 수밖에. 그보다 위종 군은 앞으로 어떻게 할 생각이야?"

갤런드가 화제를 돌린다.

"모르겠습니다. 일단은 지금 다니고 있는 학교를 마쳐야겠지요."

"그래야겠지."

갤런드가 고개를 끄덕이면서 잠시 위종과 나탈리를 바라본다. 그리고 나서 혼잣말처럼 뜻 모를 소리를 한다.

"아름다운 그림이야."

"무슨 말씀이신지……?"

"두 사람이 나란히 앉아 있는 게 보기 좋다는 얘기지."

"선생님도!"

위종이 옆에 앉은 나탈리를 의식하며 멋쩍게 웃는다.

위종은 약간의 돈을 그에게 내 놓는다. 미국으로 올 때 그로부터 용돈으로 얻었던 적지 않은 액수의 일부라도 되돌려주고 싶었던 것이다.

"이게 웬 건가?"

"제 짧은 생각이 큰돈을 버는 데 보탬이 되었던가 봐요."

위종은 갤런드가 내 놓은 콜라를 가리키며 대답한다.

국내에 있을 때 손탁 여사 덕분에 콜라를 마셔본 바 있는 위종은 평소 의약에 대한 관심이 지대하던 무관인 선전관(宣傳官) 민병호(閔竝浩)에게 소화불량 등에 흔히 쓰이는 환약(丸藥)을 콜라 같은 탄산수로 된 약으로 만들면 좋을 텐데, 라고 말한 적이 있다. 단순하고 즉흥적인 생각으로 그런 말을 했던 것인데 이번에 온 형 기종이 그 민병호가 박하뇌 같은 특이한 배료를 배합한 물약을 만들어 거금을 벌었다며 위종에게 약간의 돈을 보냈던 것이다. 갤런드가 사양하며 묻는다.

"혹시 미국에 계속 있을 생각은 없어?"

"계속요?"

"나하고 함께 일하면서 사업을 배워볼 생각이 없느냐는 거지."

"글쎄요. 하지만 그런 생각을 하기엔 제 처지가……."

조선을 출발할 때 프랑스 함대 보몽 제독으로부터 프랑스의 사관학교 생 시르를 알게 된 이래로 위종은 군인이 되고 싶다는 생각이 강하다. 아니면 외교관이 되거나.

"그래, 그렇겠지."

갤런드가 심각한 표정을 짓고는 말을 잇는다.

"위종 군을 보면 마음이 답답하고 안타까워. 위종 군이 감당하려는 운명의 무게가 너무 무거운 것 같아서…… 아직은 마음껏 공부하고 젊음을 즐길 나이인데."

"전 그렇게 생각하지 않아요. 대한제국과 국민을 위해 제가 뭔가 할 수 있다면 그건 저에게 무척 영광스런 일이죠."

"그래, 위종 군의 그 갸륵한 마음을 존중하고 늘 기억하겠네."

갤런드가 손을 뻗어 위종의 손을 잡는다.

식당을 나올 때 갤런드가 위종에게 맨해튼을 둘러보고 저녁엔 꼭 집으로 오라고 한다. 연락하면 마차를 보내겠다면서.

갤런드와 헤어진 위종은 나탈리와 함께 마차투어로 맨해튼 명소들을 돈다. 지난겨울 프랑코들과 왔을 때 한 번 돌았던 곳이지만 나탈리와 둘이서만 갖는 투어의 의미가 그때와 같을 순 없다. 눈이 계속 내리는데도 사람들이 길을 쓸고 있는 모습이 인상적이다.

나탈리가 세인트 패트릭 대성당 앞에서 마차를 세우고 위종을 내리게 한다. 둘은 조금 걸어 첨탑 앞에 선다. 패트릭 대성당은 독일의 쾰른 성당을 본떠 지은 고딕 양식의 성당으로 미국에서 가장 규모가 큰 성당이다.

"소원을 빌어 봐요. 새해에 이곳에서 소원을 빌면 이루어진대요."

나탈리의 말에 위종도 눈을 감고 기도하는 마음이 된다.

"무슨 소원을 빌었어요?"

잠시 후 나탈리가 묻는다.

"대한제국의 독립."

"또요?"

"다른 건 말 못해요."

위종이 나탈리를 보며 짐짓 장난스럽게 대답한다. 그러나 마음속에선 어떤 슬픔의 덩어리 같은 게 울컥 치솟는다.

투어를 마치고 저녁 무렵 둘은 차이나타운에 들러 식사를 한다. 그리고 뒷골목을 걷다가 재미 삼아 집시여인에게서 점을 본다. 체코에서 왔다는 사십대의 집시여인은 촛불을 위종과 나탈리의 얼굴에 번갈아 갖다 대고 자신의 얼굴 앞에 들고 있는 커다랗고 투명한 구슬을 들여다본다. 조금 이상한 방식의 점이다. 그런데 문제는 집시여인의 점괘다.

"두 사람 뒤에 그림자가 보여. 그 두 그림자가 가늘게 연결되어 있어."

"그게 무슨 뜻이죠?"

나탈리가 살짝 긴장한 목소리로 묻는다.

"그건 두 사람이 반드시 결합할 운명이라는 뜻이야. 어떻게든 말이야."

집시여인의 점괘는 단정적이고 노골적이다. 위종은 당황해 하는 나탈리의 얼굴을 본다. 당혹스럽기는 자신도 마찬가지다.

둘은 조금 이상한 기분에 휩싸인 채 허드슨 강 연안까지 온다. 그리고 호텔로 들어선 후 보스턴 하버드 대학의 게스트하우스에서와 달리 같은 방에서 묵기로 한다.

그러나 막상 방으로 들어와선 둘 모두 한동안 아무 말도

160

할 수 없다. 피차 집시여인이 말한 그 예언의 무게에 중압감을 느끼면서도 미리 그 예언을 실현할 엄두를 내지 못하는 것이다.

"프린스!"

먼저 입을 연 건 나탈리다.

"전 프린스가 아녜요."

그러자 나탈리가 고개를 가로젓는다.

"하지만 내겐 프린스인 걸요."

그리고는 창 쪽으로 몸을 돌려 강 연안의 불빛을 바라보며 말한다.

"그렇지만 오늘이 아니어도 예언은 실현될 수 있을 거예요. 그게 정말 우리의 운명이라면……."

나탈리의 어깨가 떨리고 있다. 위종은 말없이 고개를 끄덕인다.

"대신……."

창가에 선 채로 나탈리가 돌아서며 두 팔을 벌렸다. 위종이 다가가자 나탈리가 위종의 등을 감싸 안는다.

그 밤, 나탈리의 품에 안긴 채 어렵게 잠들기까지 위종은 갑자기 밀려온 알 수 없는 슬픔에 속으로 한참을 운다.

3월에 이범진은 주러불오(러시아·프랑스·오스트리아) 삼국특명전권공사 발령을 받는다. 그러고도 프랑스공사관 설치에 따른 본국의 준비가 지체되어 다음해 봄에야 파리로 떠난다. 위종은 나탈리와 아무런 구체적인 얘기를 나누지 못한다.

5-5

K고교에서 근무하던 7년 동안 가르친 제자들 중 의사가 1,600여 명, 판검사, 변호사 등 법조인이 1,400여 명, 그리고 대학교수가 1,800여 명이나 되며 그들과 함께 한 세월은 돌이켜 볼 때 자랑스럽고 소중하기 그지없다고 강형 선생이 소감을 피력했다.

이어 단상에 올라간 김영재는 기록문화를 중시하는 미국을 예로 들며 바쁘게 사느라 미처 헤아려보지 못했던 선후배 동문들의 면면을 스승의 입장에서 일일이 기록하여 책을 펴내신 은사께 감사드린다는 축사를 했다.

국회의사당 별관 대강당.

김영재는 고교 시절 은사 강형 선생이 팔순을 맞아 펴낸 회고록 출판기념회에 참석 중이었다. 고향인 지방에 이어 서울서도 출판기념회를 갖게 된 것은 서울에 제자들이 많기 때문이며 출판기념회장이 국회의사당 대강당인 것은 유석민을 비롯한 몇 명의 잘나가는 국회의원들 덕분이었다. 특히 김영재의 2년 후배인 유석민은 강형 선생의 말이라면 꼼짝을 못했는데 그것은 강형 선생이 유석민에게 중매를 서고 결혼식 주례까지 봤기 때문이었다. 그래서인지 바쁜 와중에도 유석민은 출판기념회 내내 자리를 지키고 있었다.

출판기념회가 끝나고 구내식당에서 식사를 하는 자리에서 김영재는 졸업한 지 거의 40년 만에 고교동창 허철욱을 만났다. 그가 내민 명함이 '대테러국제협력대사' 외교부 소속이었다.

"이게 뭐하는 직업이지?"

"말 그대로 국제간의 테러 방지를 위한 공조를 하는 직업이지."

허철욱의 말은 우리나라도 경제규모가 커지고 국가 위상도 세계에서 열 손가락 안에 꼽히게 된 만큼 테러집단의 대표적인 표적 국가가 되고 있다는 것이었다. 그래서 지난달엔 이라크에도 갔다 왔다고 했다.

"이라크에?"

"그래."

"이라크엔 최익겸이 나가 있는데?"

"그렇잖아도 만났어."

이라크엔 W건설이 수도 바그다드 교외에 방대한 규모의 신도시를 건설하고 있었다. 그 사업단의 공동 책임자 중 한 사람이 김영재의 2년 후배이자 유석민의 동기인 최익겸이었다. 전날 이라크 자이툰 부대에 파견되기도 했던 3성 장군 출신 최익겸은 전역하자마자 W건설에 스카우트되어 이라크 신도시 건설현장의 안전을 책임지고 있었다.

"최익겸이 잘 있데?"

"그 친군 언제나 자신만만하잖아."

김영재는 자신이 편집 주간으로 있는 고교동문잡지에서 일시 귀국한 최익겸을 인터뷰하면서 그를 알게 되었다. 학창 시절에도 학년 대표로서 존재감이 만만찮았던 최익겸은 육사를 졸업한 후 군 내부의 요직을 두루 거치며 승승장구했다. 그중에서도 한국과 미국 간의 현안들을 포괄적으로 조율하는 전문가로서 군에서의 그의 입지는 남달랐다. 그래서 자연스럽게 차기 참모총장의 물망에 오르기도 했다. 그랬던 만큼 그가 특수부대 사령관을 끝으로 갑작스런 전역과 함께 W건설에 입사한 것은 동문 사회에서 작은 화제가 되기도 했었다. 확인되지 않은 소문에 의하면 W그룹 회장이 최익겸을 적극 원했다는 것이었다. 이라크 신도시 건설은 W그룹의 명운을 건 대규모 사업일 뿐만 아니라 향후 한국의 중동 진출의 출발점이 되는 국가적 사업이었다. 그리고 미국 유학과 두 차례 자이툰 부대의 이라크 현지 근무를 통해 최익겸은 개인적으로 그쪽 정부 고위층과 상당한 커넥션을 구축하고 있었다.

"이라크는 어때?"

"불안정하긴 하지만 여기서 생각하는 만큼 위험하진 않아. 늘 그랬기 때문에 불감증 같은 게 있지, 그쪽엔."

현재 이라크는 국가 형태의 테러집단 IS에 국토의 상당 부분을 내주고 있었다.

"이라크는 왜 간 거야?"

"우리 일이 그런 거야. 한국기업이 대규모 사업을 벌인다면 그건 국가 차원에서 관리해야 할 의무가 있지."

"지금 이라크는 여행금지국가 아냐?"

"그래서 정상적인 루트로는 들어가지 못해. 그렇지만 방법이 없는 건 아니지."

"이라크가 테러 빈발 지역이라는 건 알지만 한국도 발생 가능지역이란 게 별로 실감이 안 나는군."

"천만에. 테러에 관한 한 한국도 이젠 무풍지대가 아냐. 바로 두 달 전에만 해도 테러미수사건이 있었거든."

"그래?"

"코레일 국제행사에서 하마터면 큰일이 날 뻔했지."

"코레일?"

코레일이라는 말에 김영재는 내심 깜짝 놀랐다.

"그쪽에서 미리 정보를 입수하고 우리 쪽에 알려줘서 사전에 조치를 취했지만 하마터면 대형사고가 날 뻔했어."

"자세히 얘기해 봐."

"자세히 얘기하고 말고 할 것도 없어. 방금 말한 그대로니까."

김영재는 허철욱이 말을 아끼고 있다는 느낌을 받았다. 하긴 고교동기라고 해도 40년 만에 만난 친구에게 업무상 기밀을, 그것도 공개적인 자리에서 까발리긴 어렵기도 할 터였다.

"형님들. 바쁘신데 와 주셔서 고맙습니다."

유석민이 다가와서 이야기를 나누고 있던 김영재와 허철욱에게 인사를 했다. 강형 선생이 아니라 마치 자신이 호스트이기라도 한 것처럼. 어쨌거나 괜찮은 친구라고 김영재는 생각했다.

다음날 김영재는 코레일의 황 처장을 방문했다.

"나타샤 씨의 소재에 대해 새로 들어온 정보는 없습니까?"

나타샤가 사라진 후 황 처장은 러시아철도공사에 문의했지만 나타샤가 주소지를 비우고 있다는 대답만 듣고 김영재에게 전한 바 있었다.

"더 이상 새로운 얘기는 없습니다."

황 처장은 김영재에게 마치 죄라도 지은 듯 송구스러운 표정을 지었다.

차를 마시고 나서 김영재는 작년 평양에 이어 지난 5월에 서울에서 있은 국제철도협력기구(OSJD) 사장단회의 직전 테러 조짐이 있었던 사실에 대해 물었다. 그러자 황 처장은 무게가 많이 나가는 몸을 들썩이며 깜짝 놀라는 표정을 지었다. 그 표정은 곧 민망함으로 바뀌었다. 나타샤에 대해 숨긴 게 드러난 데 대한 미안함 때문인 것 같았다.

"어, 어떻게 그 사실을 아셨습니까?"

"우연히 어떤 경로로 들었습니다만……."

"혹시 허 대사님을 통해서……?"

"그렇습니다."

황 처장도 김영재가 허철욱을 통해 들은 것으로 짐작한 듯했다. 아마도 두 사람이 고교동기라는 사실을 알고 있는 모양이었다.

"실은 그렇잖아도 러시아 측에서 미리 보내온 참석자 명단에 나타샤 씨가 없어 연락을 했더니 본인이 사양했다고 하더군요."

"그런데요?"

"그런데 얼마 후 러시아의 나타샤 씨한테서 전화가 왔습니다.”

“전화요?”

“자신은 어머니의 만류로 러시아사장단 수행원에서 빠졌다면서 행사의 하나인 회원국 사장단이 참가하는 고속철도 시승에 불의의 사고가 날지 모르니 사전 점검과 대비를 철저히 하라는 얘기였습니다.”

“그게 정말입니까?”

“그런데 더욱 놀라운 것은 고속철도 시승은 그때까진 주최측인 저희 쪽에서도 핵심 간부 몇 사람만 알고 있던 행사였거든요.”

지난 5월에 서울에서 있은 국제철도협력기구 사장단회의는 한국철도공사, 즉 코레일 사장이 적극적으로 나서서 유치한 것이었다. 구 공산권국가들을 주축으로 회원국이 구성되어 있는 국제철도협력기구에 한국은 정식회원국이 아니었다. 그동안 수차례에 걸친 노력에도 불구하고 한국이 정식회원국으로 가입하지 못했던 것은 북한의 반대 때문이었다. 국제철도협력기구의 신입회원국 가입규약이 만장일치제였던 것이다. 그래서 한국은 정식회원국보다 낮은 단계의 제휴회원국으로 일단 가입했다. 그것을 발판으로 정식회원국으로 가입하면서 향후 한국의 철도를 북한을 통과해 러시아를 거쳐 파리와 런던에까지 잇게 하려는 사전

포석이었다. 그리고 그 상태에서 작년 평양회의에 참가했고 거기서 올해 서울회의를 유치했다. 정식회원국이 아니면서도 한국이 서울회의를 유치한 건 북한을 제외한 모든 회원국들의 협조를 얻어낸 코레일 사장의 탁월한 외교력의 결과였다.

"그래서요?"

"저흰 나타샤 씨의 그 얘기는 믿기 힘들었지만 나타샤 씨는 믿기로 했습니다. 그만큼 나타샤 씨가 신뢰할 만한 사람이라고 판단했던 겁니다."

그러면서 황 처장은 김영재에게 자리를 옮기자고 했다. 아무래도 사람들이 드나드는 사무실에서 깊은 얘기를 하기가 곤란한 것 같았다. 두 사람은 엘리베이터를 타고 옥상으로 올라가 그늘막이 파라솔 아래에 자리를 잡았다. 황 처장이 얘기를 계속했다.

"나타샤 씨는 서울서 천안 구간의 마지막 한 지점을 마치 본 것처럼 얘기했습니다. 현장을 답사하니 나타샤 씨가 얘기한 것과 똑 같았어요. 그래서 경찰과 외교부 테러대사에게 신고했지요. 테러대사는 아시다시피 전 사장님의 후배시거든요."

"그래서 어떻게 되었어요?"

"경찰과 외교부가 조사한 결과 블랙리스트엔 없지만 의

심이 가는 일단의 외국인들이 입국한 정황이 포착되었어
요. 그래서 행사 전부터 주변을 샅샅이 조사하고 당일엔 경
찰을 보통 때보다 더 많이 풀어 삼엄하게 경계를 했습니다.
덕분에 아무 일 없이 지나갔지요."

"그 외국인들의 신원은 파악되었습니까?"

"예. 러시아 주변국 사람들로 그들은 전혀 블랙리스트에
올라 있는 인물들이 아니었고 며칠 후 아무 일 없이 빠져나
갔습니다."

"그렇다면 그 사람들을 의심할 순 없는 일 아닌가요?"

"그 사람들은 관광객을 가장하고 맨 몸으로 들어왔습니
다. 그리고 오래 전 국내에 머물고 있던 사람들과 접촉하고
사고예정지역 주변을 탐문했습니다. 그 모습이 CCTV에 여
러 번 잡혔습니다. 그러다가 경계가 삼엄해지자 그냥 돌아
간 거지요."

"그랬군요."

김영재가 고개를 끄덕이자 황 처장이 말을 이었다.

"아마 폭발물 테러를 기도했던 것 같습니다. 수사 과정에
서 그들이 먼저 들어와 있던 동료들을 통해 폭발물 재료를
구입한 정황도 찾아냈습니다. 그와 관련한 후속 수사는 지
금도 계속되고 있을 겁니다."

"나타샤 씨는 테러에 대한 정보는 어떻게 얻었을까요?"

"제 느낌입니다만 나타샤 씨가 저희에게 준 정보는 본인이 아닌 어머니에게서 나온 것 같았습니다. 그렇지만 한국엔 한 번도 와 본 적이 없다는 어머니가 어떻게 현장을 그렇게 생생하게 말할 수 있는지…… 사실 이번에 나타샤 씨를 초청한 데엔 특별채용 건과 별도로 그 점에 대한 궁금증도 작용했습니다. 철도 테러는 단순히 저희 회사만의 문제가 아니라 국가적인 사안이니까요."

김영재는 모스크바의 변차왕이 보낸 이메일을 떠올렸다. 이메일에 의하면 나타샤에겐 약간의 초능력이 있고 그것은 그의 어머니로부터 비롯된 것이라고 했다. 그리고 그녀의 어머니는 오랫동안 초능력자 양성기관의 일원이었다고 했다. 그런데 그 어머니가 나타샤가 한국에 머무는 사이에 사망했다는 것이었다. 우연의 일치일까. 아니면 어떤 내막이 있는 걸까.

김영재는 변차왕을 통해 알게 된 나타샤와 그녀 어머니의 초능력에 대해 황 처장에게 이야기할까 하다가 그만두기로 했다. 현우의 부탁 때문에 관여하게 된 거지만 개인 차원에서 그런 일들을 조사하고 있다는 사실을 밝히는 건 별로 바람직한 일로 여겨지지 않아서였다.

"혹시 그때 입국했다가 빠져나간 외국인들의 정체에 대해선 아시는 게 있습니까?"

"없습니다. 혹시 경찰이나 외교부 쪽에선 뭔가 알고 있는지 모르겠지만……."

황 처장은 아직도 그때의 일이 믿기지 않는다는 듯 고개를 설레설레 저었다. 김영재는 또 궁금한 게 있었다.

"그 테러음모사건의 타깃은 누굴까요?"

"글쎄요."

"한국일까요?"

"글쎄요. 그렇게까지 생각하고 싶진 않지만 만약 테러사건이 발생했다면 한국도 타격을 입을 수밖에 없었겠죠."

"그 말씀은 한국이 직접적인 타깃이 아니었을 거란 뜻입니까?"

"단정하긴 힘듭니다."

"그럼 그 타깃이 초청된 각국 인사들이었을 거라는 가정은요?"

"그럴 가능성도 있죠."

"초청된 인사들의 면면은 어땠습니까?"

"다 VIP급들이죠. 특히 러시아의 경우 자국 산업에서 철도가 차지하는 비중이 상당히 높습니다. 그래서 철도를 관할하는 수장도 러시아의 최고 실세입니다."

"그렇군요."

대화의 내용이 깊어지자 황 처장 역시 조금씩 조심스러워

하는 기색이 비쳤다. 황 처장으로서도 자신이 알고 있는 내용이라 하더라도 발설할 수 있는 수위가 있을 것이고 더구나 모르는 일에 대해 추측성 발언을 하기도 쉽지 않았을 것이다. 김영재는 이쯤에서 얘기를 끝내야겠다고 생각했다.

5-6

현우로부터 이메일을 받고 갤런드는 깊은 생각에 빠졌다. 한국에서의 며칠. 그 며칠 속엔 나타샤란 여성이 있었다. 그리고 그 여성과의 조우는 생각할수록 운명처럼 여겨졌다. 아마도 그녀의 매력에 빠졌기 때문인지도 몰랐다. 그런데 러시아로 돌아간 그녀는 어머니의 장례를 치른 후 소재가 파악되지 않고 있는 것이다.

현우의 이메일은 가설을 전제로 이야기하고 있었다. 첫째는 정동공원과 I대학 뒷산과의 연관성. 구러시아공사관이던 정동공원은 이위종이 아버지 이범진과 함께 미국으로 떠나기 직전 궁을 떠나 머물고 있던 국왕을 알현하러 왔던 곳이며 I대학 야산은 이위종의 할아버지인 이경하가 노년에 손자를 데리고 글과 무술을 가르치던 별장이 있던 곳이라는 것이었다.

두 장소가 연결되는 데엔 모스크바의 로스톱스키가 증언한 초능력이 전제되어야 했다. 그 초능력은 몇 가지 현상으로 설명될 수 있으나 아직 확정적으로 말할 단계가 아니라는 게 현우의 얘기였다.

그리고 나타샤가 의식을 잃은 것과 그녀의 어머니가 죽은 시점이 비슷하게 일치하는 것도 초능력의 세계와 연관 지어 설명될 수 있는 부분이지만 역시 아직은 쉽게 단정할 수 있는 게 아니라고 했다. 그렇지만 나타샤가 한국철도공사에 테러 음모를 알렸다는 사실을 떠올리며 갤런드는 그녀가 초능력을 가졌다는 이현우의 생각에 동조하는 마음이 되었다.

이메일의 말미에 현우는 나타샤가 멀리 가지 않고 모스크바 어딘가에 잠적해 있을 것이며 어느 시기가 되면 모습을 드러낼 거라고 격려하듯 덧붙였다.

갤런드는 이현우에게 이메일을 보내기에 앞서 창업주 레이 갤런드의 메모를 기초로 자신이 쓴 글을 다시 한 번 읽어 보았다. 창업주의 메모는 3년 반 가량 미국 생활을 하고 떠난 이위종이 프랑스와 러시아에서 보낸 7년간의 기록이었다. 그 사이 이위종은 열네 살의 소년에서 스물 한 살의 젊은 외교관이 되어 있었다.

6. 레이 갤런드 비망록 2

6-1

1900년 3월에 프랑스에 도착한 이범진의 신임장 제정식은 5월 24일 엘리제궁에서 거행되었다. 미국에서처럼 위종은 손탁 여사로부터 배운 유창한 프랑스어로 루베 대통령을 깜짝 놀라게 했다.

"저는 프랑스가 미국의 독립을 도우고 자유의 여신상을 선물한 그 마음을 알고 있습니다. 그 마음이 대한제국과도 이어질 수 있도록 프랑스인들에게 좋은 친구가 되겠습니다."

향후 계획을 묻는 대통령에게 대답하면서 위종은 한마디 덧붙였다.

"구체적으로는 생 시르에 입학할 생각을 갖고 있습니다."

"생 시르라…… 그래요. 공자의 뜻이 반드시 이루어지길 바라오. 나도 힘껏 돕겠소."

루베 대통령이 만면에 웃음을 띠며 위종에게 악수를 청했다.

6월 8일까지 상원원장과 하원의장 그리고 정부 주요각료들과 공식적인 접견을 마친 이범진은 겸직하고 있는 러시아, 오스트리아 등 주재국에 신임장을 제정하고 공관을 설치하기 위해 장남 기종을 파리에 남겨 놓고 위종과 함께 6월 18일 러시아로 떠났다.

이범진이 비엔나에서 오스트리아 황제를 만나 신임장을 제정하고 공관 사무실을 물색한 후 다시 열차편으로 러시아 국경을 넘은 것은 7월 1일 자정 무렵이었다. 이날 밤 늦은 시각까지 이범진은 제대로 잠을 이루지 못했다. 청국과 일본이 조선을 사이에 두고 각축하던 상황에서 제3세력으로 러시아를 조선에 끌어들인 주역 중의 한 사람이 바로 그였다. 그리고 이후로 그는 자신의 선택이 옳았다고 믿었다. 러시아가 아니었더라면 조선은 이미 멸망했으리라는 것은 불문가지의 사실로 생각되었기 때문이었다.

아들이 잠든 것을 확인하고 이범진은 객실을 빠져나왔다. 그리고 식당칸으로 가 가까운 창가에 자리를 잡고 위스키를 시켰다.

식당칸엔 바텐더를 제외하곤 아무도 없었다. 이범진은 바텐더가 가져다 준 위스키를 조금씩 마시며 창밖에서 시커먼 어둠이 마구 엉긴 채 빠른 속도로 지나가는 모습을 무연히 바라보았다.

그때였다. 이범진은 순간적으로 이상한 느낌을 받았다. 어쩜 식당칸 안이 잠시 살짝 어두워졌다가 다시 본래대로 돌아왔기 때문일지도 몰랐다. 그러나 그것뿐이었다면 그냥 넘겼을 것이다. 그런데 뒤이어 알 수 없는 어떤 서늘한 기운이 기습적으로 밀려왔다. 그래서 고개를 들었을 때 맞은편 출입구를 통해 한 사내가 들어서고 있었다.

수도사들처럼 긴 팔에 무릎까지 내려오는 검은 옷을 입은 사내는 식당칸으로 들어오자 출입구 바로 앞자리에 앉았다. 마흔쯤 되었을까. 아니, 수염을 기르고 있어서 쉽게 나이 분간이 어려웠지만 서른을 조금 넘은 것 같기도 했다.

사내가 자리에 앉으면서 그 서늘한 기운은 점점 더 분명해졌다. 이상한 일이었다. 사내는 바텐더를 불렀다. 그리고 바텐더가 보드카를 가져오자 병째로 찔끔찔끔 마시기 시작했다.

볼수록 기괴하게 생긴 인간이었다. 얼굴을 좌우로 양분하는 코는 두드러지고 컸고 산발한 머리는 어깨까지 내려왔으며 툭 튀어나온 광대뼈 아래로 턱을 두른 수염은 거칠고 지저분했다. 그런 중에도 앞으로 흘러내린 머리카락에 반쯤 가린 찢어진 두 눈이 강렬한 빛을 뿜었다. 한마디로 늑대를 연상케 하는 흉물스런 용모였다.

악귀다. 서양에서 사탄이라 일컫는. 아니면 악귀의 환생이거나.

이범진은 얼핏 그런 생각이 들었다.

그래서일까. 이범진이 느끼는 서늘한 기운은 그 강도를 더해갔다. 한밤이지만 여름이었다. 따라서 한기라고 해도 무방할 그런 기운은 어떤 식으로든 이해하기 힘든 것이었다.

이범진은 난생 처음 보는 괴물에서 눈을 떼지 못했다. 그러다가 고개를 든 사내의 눈과 마주쳤다. 자신을 바라보고 있는 이범진을 발견하자 사내는 먹잇감을 노리는 야수처럼 공격적인 눈빛을 보냈다.

사내의 시선을 맞받으며 이범진은 한기 탓인지 식은땀을 흘렸다. 그러면서도 시선을 거두지 않았다. 이범진과 사내의 시선은 둘 사이의 한 지점에서 단단하게 얽힌 채 한참 동안 시간을 끌었다.

얼마나 시간이 흘렀을까. 이윽고 사내가 일어섰다. 그리고 돌아서서 출입구 문을 열다가 다시 고개를 돌려 이범진 쪽으로 시선을 던졌다. 그 시선엔 적의의 빛이 가득 담겨 있었다. 아니, 그것은 적의라기보다 저주에 더욱 근사한 것이었다.

그러나 정작 놀라운 것은 바로 그 다음 순간이었다. 사내가 출입문을 통해 사라지자 그때까지 식당칸과 이범진을 감싸고 있던 서늘한 기운이 순식간에 사그라들면서 여름밤 특유의 미적지근한 열기가 곧바로 되살아나기 시작했던 것이다.

이범진은 잠시 꿈을 꾼 듯 얼떨떨한 기분인 채 가슴을 쓸어내리며 안도의 한숨을 쉬고는 객실로 돌아왔다.

그런데 이튿날 아침. 식당칸에서 한바탕 소란이 일었다. 러시아 귀부인 모녀가 간밤에 목걸이와 반지 등 고가의 귀금속을 도난당했다는 것이었다. 그래서 열차가 정차한 역에서 경찰이 올라와서 귀부인 모녀와 승객들을 조사하는 등 부산을 떨었다.

"어젯밤 혹시 수상한 사람을 만난 적은 없습니까?"

경찰관이 묻자

"저녁 식사 후 객실로 돌아와 일찍 잠들었어요. 그 후론 한 번도 깨지 않았고요."

사십대 중반의 귀부인이 소리치듯 말하다가 갑자기 뭔가 생각난 듯 머리를 흔들었다.

"아, 그 전에 잠시 만난 사람이 있어요. 머리와 수염이 길고 검은 옷을 입은 사람이었는데…… 그 사람이 범인이에요."

"그 사람이 누군데요?"

"식당칸에서 점을 봐주던 사람이었어요."

"그 사람을 객실에 들였단 말인가요?"

경찰관이 빈정대는 표정으로 귀부인을 질책했다. 이범진은 귀부인이 말하는 사람이 어젯밤 그 사내임을 직감했다.

"미처 점을 다 보지 못해서……."

"어떤 사람이었습니까?"

"얼굴은 평범했지만 목소리가 아주 부드러웠어요. 그리고 무엇보다 점을 기가 막히게 잘 봤어요."

"점을 본 후로는요?"

"그리고는 그냥 잠이 들었어요."

"그 사람이 나간 뒤에요?"

"당연히 그랬겠죠. 점을 본 후로는 생각이 잘 안 나네요. 잠들어서……."

"아마 그 도둑은 간밤에 이미 이 열차에서 내렸을 겁니다.

"어머! 어쩨, 내 목걸이!"

귀부인이 호들갑스럽게 비명을 질렀다.

결국 좀도둑이었던가, 그 괴물은.

어젯밤 사내로 인해 극도로 긴장했던 기억을 떠올리며 이범진은 실소했다. 그러나 다음 순간 귀부인에게서 뜻밖의 낌새를 감지했다. 고가의 목걸이 등을 도난당하고 비명을 지르면서도 순간적으로 어떤 기억이 되살아났는지 귀부인의 표정에서 잠시 황홀해 하는 기미가 포착되었던 것이다. 이범진이 아는 한 그것은 남성과의 만족한 밤을 보낸 여자들에게서 흔히 보이는 그런 종류의 것이었다. 그런데 놀라운 것은 귀부인 옆에 있던 스무 살이 채 안 된 듯한 딸에서도 같은 기미가 느껴졌다는 사실이었다.

단순한 좀도둑이 아니다, 그 괴물은.

이범진은 조금 전의 생각을 정정했다.

페테르부르크에 도착할 때까지 이범진은 이따금 그 괴물을 떠올렸다. 그리고 그럴 때마다 왠지 기분이 좋지 않았다.

러시아 황제 니콜라이 2세에 대한 신임장 제정식은 페테르부르크 여름궁전에서 거행됐다. 니콜라이 2세는 이범진에게 기대 이상의 친근감을 보이며 대한제국을 지켜주겠다고 약속했다. 이범진의 국왕에 대한 충성과 남자다움에 대해선 니콜라이 2세도 베베르 공사를 통해 들어 잘 알고 있었다. 황후 알렉산드라도 위종에게 부드러운 눈길을 보이며 호감을 표시했다. 황제 부부에겐 딸만 셋 있을 뿐 아들이 없었다.

그러나 궁을 나오는 이범진의 얼굴은 밝지 못했다. 어느 전문배우보다 수려한 용모에 다정다감하고 온후한 성정을 지닌 황제 니콜라이 2세. 그 니콜라이 2세의 깊고 투명한 눈동자 속에 깃든 고요함이 못내 마음에 걸렸다. 그 고요함 속에 죽음의 그림자 같은 것이 희미하게 비쳤던 것이다. 미국 대통령 매킨리에게서 느꼈던 것과는 또 다른 그 어떤.

니콜라이 2세 황제가 건재해야 대한제국도 온전할 텐데…….

이범진은 가슴속에 드리우는 한 자락 먹구름을 쉽게 지우지 못했다.

6-2

파리로 온 첫해 위종은 별다른 일 없이 비교적 한가한 나날을 보냈다. 소망했던 생 시르 입학이 늦춰졌던 것이다. 시간적 여유가 생긴 위종은 프랑스어가 유창한 참서관 남필우(南弼祐)로부터 프랑스어를 완벽하게 익혔다.

미국에서 가깝게 지내던 연상의 여자 친구 나탈리가 말했던 대로 파리는 워싱턴을 닮은 도시였다. 그러나 파리는 워싱턴과 달랐다. 파리는 워싱턴보다 더 크고 한층 화려했다. 그러므로 모든 게 워싱턴에 비할 바가 아니었다. 잘 닦여진 넓고 긴 도로. 그 도로 양쪽으로 들어선 6, 7층 높이의 건물들. 3, 4백 년 전부터 고대 로마와 르네상스 문화를 도입하면서 짓기 시작한 그 건물들은 시원하게 뻗은 도로를 사이에 두고 일정한 외양과 형태로 균형 잡힌 아름다움을 자랑하고 있었고 도로 위로는 쉴 새 없이 마차들이 달렸다. 그리고 도시 가운데를 가로지르는 세느강이 있었다.

위종은 불어 공부에 진력이 나면 이따금 세느강변을 거닐었다. 세느강변으로 나오면 가장 아름다운 다리인 알렉산드르 3세 다리에서 자주 머물렀다. 얼마 전 페테르부르크 여름궁전에서 보았던 니콜라이 2세 아버지의 이름을 딴 알렉산드르 3세 다리는 3년 전에 착공하여 금년 초에 완공된 것이었다. 8년 전 프랑스와 러시아와의 동맹 제휴를 기념하여 러시아 황제의 이름을 붙였고 다리 건설에 러시아가 상당한 비용을 대기도 해 개통식엔 니콜라이 황제도 참석했다고 했다.

알렉산드르 3세 다리에 서면 11년 전인 1889년에 완공했다는 철제로 된 특이한 모양의 에펠탑이 보였다. 에펠탑은 같은 해 프랑스혁명 백주년을 기념하기 위한 파리만국박람회에 맞춰 만든 것이었다. 그리고 남단엔 나폴레옹 황제의 시신을 모신 군사박물관 앵발리드도 있었다. 프랑스인들에게 나폴레옹은 무엇인가. 나폴레옹을 생각하면 위종은 머리가 복잡해지곤 했다.

가끔은 다리 북단의 샹젤리제 거리를 걸었다. 개선문까지 이어진 거리를 걷다가 카페에 들러 차 한 잔을 마실 때면 스탕달과 빅토르 위고, 그리고 보들레르와 랭보를 펼쳤다. ≪적과 흑≫, ≪레미제라블≫, ≪일뤼미나시옹(Illuminations)≫, ≪악의 꽃≫ 등등. 그리고 19세기에서 20세기에 이르는 낭만주의와 사실주의, 상징주의를 이해하려고 했다. 그러나 말 그대로 그것은 위종에게 이해의 대상이지 즐길 대상은 아니었다. 외국 문학을 즐기기엔 자신의 처지가 너무 각박하다는 생각을 했던 것이다.

그러다가 종내는 아껴두었던 나탈리에게서 온 편지를 반복해서 읽었다. 나탈리를 생각하며 위종은 어쩔 수 없이 그리운 마음이 되곤 했다. 그녀와는 어떻게 될까. 그녀와의 관계가 이어질 가능성은 지금으로선 거의 없었다. 그렇다면 뉴욕에서 점쟁이로부터 들었던 예언은?

이듬해 3월 위종은 대한제국 외무대신 박제순과 한국교구

장 뮈텔 주교의 주선으로 생 시르에 입학하게 되었다. 생 시르. 정식명칭은 생 시르 특수군사학교(École spéciale militaire de Saint-Cyr)로 99년 전인 1802년에 나폴레옹이 세운, 파리 서쪽에 소재한 3년 과정의 국립군사교육기관이었다. 교훈은 '승리를 위한 훈련'. 정규 대학교의 학사학위 소지자 또는 그 랑제콜(Grande École: 프랑스 고유의 엘리트 고등교육기관) 졸업생에 한해 입학이 허락되었고 약간의 외국학생들이 매년 소정의 규정에 따라 입학허가를 받기도 했다. 사관생도들을 칭하는 공식명칭은 생시리엥(saint-cyrien). 입학생들의 평균 연령은 21세 정도이며 3년 과정의 교육을 마친 생도들에겐 문학석사(M.A.) 또는 이학석사(M.S.) 학위와 함께 소위로 임관되었다.

따라서 위종의 생 시르 입학도 외국인 특례의 덕을 본 셈이었다. 미국에서 꼴라쥐 장송 드 랠리를 다닌 경력을 인정받았던 것이다. 한국나이로 16세, 만 나이로 정확하게는 15세 1개월여. 생 시르가 개교 이래 백 년째 입학생을 받아오는 동안 최연소 입학생이었다. 그리고 그것은 15세 4개월의 나이로 프랑스 육군사관학교(Ecole Militaire)에 입학했던 나폴레옹의 사관학교 최연소 입학 기록을 한 달 앞서는 것이었다.[3]

그래서 입학 후 위종은 종종 주위의 친구들로부터 나폴

레옹에 비견되기도 했다. 그리고 위종도 알게 모르게 나폴레옹을 의식했다. 그러나 외국인이라는 신분 덕분에 입학했다는 소리를 듣지 않으려고 학업과 훈련에 한시도 소홀히 하지 않았다.

생 시르의 교육은 프랑스사, 세계사, 철학, 수학, 과학 등의 인문·자연 과목을 비롯하여 전쟁사, 군사법, 전쟁론, 군사지리 및 기상, 군사전략 등과 사격술, 기마술 등이 3년 과정으로 편제되어 있었다. 위종은 그 교육 과정을 무난히 소화했다. 비록 어렸지만 비교적 명석한 편이어서 학과 내용을 이해하는 데 큰 어려움이 없었고 아직 성장 중이어서 서구인에 비해 다소 체구가 작긴 했어도 훈련을 받는 데 별다른 지장을 줄 정도는 아니었다. 오히려 사격술과 기마술에선 뜻밖의 재능을 발휘하기도 했다. 그것은 어쩜 무반의 최고직을 지낸 할아버지 이경하와 한때 주먹으로 장안을 호령했던 아버지 이범진의 피를 물려받았기 때문인지도 몰랐다.

프랑스 혁명 이후 사회 전반에 만연한 자유롭고 자신감 넘치는 기운은 생 시르도 다르지 않았다. 적극적이고 진취

---

3) 15세 4개월의 나이로 프랑스 육군사관학교(Ecole Militaire)에 입학한 나폴레옹은 4년의 교육 과정을 11개월 만에 모두 수료하고 58명 중 42위로 졸업했다. 그러나 그의 수학 실력만은 타의 추종을 불허했다.

적인 분위기로 생 시르는 늘 활기가 돌았고 특히 군부 수뇌부로부터 간첩 누명을 쓰고 수감생활을 하던 드레퓌스가 특별사면 되고 그의 무죄를 주장한 소설가 에밀 졸라를 비롯한 양심적인 지식인과 공화주의자들의 승리가 확정되면서 장교후보생들 사이에선 시대적 정의감이 한층 고조되고 있었다.[4]

다만 불편한 것은 일본인 유학생들이었다. 생 시르엔 몇 명의 일본인들이 유학을 와 있었는데 위종과 같이 입학한 외국인 학생 중에도 두 명이 일본인이었다. 그 둘은 모두 현역 군인 출신이었다. 위종은 그들이 유학을 온 이유를 알고 있었다. 일본은 프랑스뿐만 아니라 독일과 러시아 등에도 상당수의 유학생들을 보내 놓고 있었다. 그 유학생들의 목적은 단 한 가지였다. 향후 러시아와의 일전을 위해 선진 군사교육을 익히는 동시에 그곳 군사 동향을 파악하기 위해서였다. 그래서 위종은 늘 일본 유학생들이 신경 쓰였다. 위종은 불가근불가원(不可近不可遠) 혹은 무관심하게 그들을 대했다.

그런 중에도 위종은 몇 명의 유학생 친구들과 가깝게 지

---

4) 악마도에서 5년간 수감생활을 하던 드레퓌스는 1899년 9월 대통령의 특별사면을 받았지만 재심청구를 준비하고 있었다. 특별사면이란 유죄를 전제로 한 것이기 때문이었다.

내게 되었다. 그것은 앙리 제르맹 덕분이었다.

6-3

입학하고 얼마 지나지 않은 어느 날 저녁, 일과가 끝나고 쉬고 있을 때 앙리 제르맹이 위종에게 다가왔다. 파리 은행가 고위 간부의 아들인 제르맹의 손엔 뭔가가 들려 있었다.

"푸시킨이야."

제르맹이 위종에게 건넨 건 러시아의 대문호 푸시킨의 시집이었다. 제르맹이 푸시킨에 대해 설명했다.

푸시킨. 1799년 6월 6일 모스크바에서 출생하여 1837년 2월 10일 37세의 나이로 페테르부르크에서 사망. 러시아의 위대한 시인이자 소설가. 어린 시절, 프랑스인 가정교사의 교육을 받으며 자랐음. 유모로부터 러시아어 읽기와 쓰기를 배우고 러시아 민담과 민요를 들었으며 러시아 민중의 삶에 대해 깊이 동정하고 이해할 수 있게 되었다. 가정교사로부터 배운 외국어 가운데 프랑스어에 가장 뛰어나 10세경에 이미 프랑스어로 시를 썼다.

1811년 12세에 페테르부르크 근교의 차르스코예셀로 학습원에 들어가서 자유주의적 교육의 영향을 받았고 1817년

18세에 학습원을 졸업하면서 본격적으로 글을 쓰기 시작함. 서정시, 서사시, 소설, 단편, 에세이, 희곡 등 다양한 분야에 걸쳐 창작의 불꽃을 피워 올리며 서유럽에 비해 문화적으로 뒤떨어졌던 19세기 러시아에 유럽의 모든 문학 장르를 도입시킴. 그리하여 러시아 국민의 사상과 감정을 훌륭히 표현한 러시아 국민 문학의 창시자이자 러시아 문학어의 창시자 혹은 러시아 국민 문학의 아버지, 위대한 국민 시인 등으로 불리며 러시아 문학을 푸시킨 이전과 이후로 나누게 했다. 그가 출현한 후 러시아 시 분야에서 그의 간결하고 평이·명료한 시 영향을 조금이라도 받지 않은 시인은 없다고 해도 과언이 아니며 산문에 있어서도 러시아 리얼리즘의 기초는 그에 의해 구축되었다. 푸시킨이 아니었다면 이반 투르게네프, 이반 곤차로프, 톨스토이, 도스토옙스키 등의 출현은 가능하지 않았을 것이다.

아내를 유혹하는 프랑스인 장교 단테스와 결투, 37세로 일생을 마쳤다.

"푸시킨을 좋아하는 친구들과 함께 하기 위해서 주는 거야."

6월 첫째 주 토요일, 위종은 제르맹의 주도로 체르빈스키, 플라토노프 등과 함께 첫 주말외출을 나왔다. 네 사람은 알렉산드르 3세 다리 북단의 마로니에가 늘어선 강변을 거닐다가 샹젤리제 거리의 한 카페에서 식사를 하고 커피를 마셨다.

제르맹이 위종에게 아직 서먹서먹한 사이인 체르빈스키와 플라토노프를 소개했다.

"자, 이제 이 친구들에 대해서 얘기하지. 이 두 친구는 여러 면에서 성향이 달라. 말하자면 페테르부르크 출신의 체르빈스키는 도시깍쟁이고 먼 시베리아 이르쿠츠크에서 온 플라토노프는 어리숙한 시골촌놈이지. 그러면서도 체르빈스키는 도스토옙스키를 좋아하는 반면 플라토노프는 톨스토이 신봉자야. 그런데 이 두 친구에게 일치하는 게 하나 있어. 그건 푸시킨을 좋아하고 존경한다는 점이야."

체르빈스키는 위종에게 처음부터 관심이 많았다고 했다. 그러나 먼 나라 대한제국에서 온 동양인이기 때문만은 아니라고 했다. 그러면서 푸시킨의 죽음에 대해 얘기했다.

"푸시킨의 죽음에 대한 다른 설에 의하면 러시아 최고의 미녀 콘차로바를 노린 건 단테스가 아니라 당시의 황제 니콜라이 1세였다는 거야. 실제로 푸시킨은 결혼하고 얼마 후 표토르 대제 치세의 역사를 저술하라는 제의를 받고 황제의 시종보로 임명되는데 여기엔 콘차로바가 궁정행사에 참석하기를 바라는 황제의 속셈이 작용했다는 거지. 그리고

그 기간 중 콘차로바와 니콜라이 1세가 불륜관계라는 소문
도 났고……."

"그러니까 황제가 단테스를 이용해서 푸시킨을 죽였다
는 얘기네?"

"푸시킨의 죽음에 관한 유력한 설 중의 하나지. 그러나
나는 그 설도 믿지 않아."

위종을 정면으로 바라보며 체르빈스키가 단호히 고개를
저었다.

"그럼?"

"황제가 단테스를 이용하여 푸시킨을 죽음으로 몰고 간
것은 맞아. 하지만 황제의 목적은 콘차로바가 아니었어."

"그럼?"

"데카브리스트!"

"데카브리스트? 데카브리스트가 뭔데?"

"데카브리스트는 러시아어로 '12월'에 해당되는 '데카브
리'에서 나온 건데 1825년 12월, 니콜라이 1세의 즉위식 때
군사쿠데타를 일으켰던 젊은 귀족·장교들을 일컫는 말이
야."

체르빈스키의 말에 의하면 그들은 쿠데타를 일으키기 10
여 년 전 나폴레옹 전쟁에 참전하여 승리한 젊은 귀족·장교
들로 파리까지 입성했다가 오히려 그곳에서 발전된 정치제

도와 문화·사회 전반에 만연한 자유주의 사상에 충격을 받았다. 그리고 돌아와 농노제 폐지와 입헌군주제 혹은 공화정 실시 등 개혁을 주창했다.

그러나 전제군주주의 체제의 폐정(弊政)이 계속되자 76년 전인 1825년 12월 14일 126명의 귀족·장교들이 3천 명의 군대를 동원해 페테르부르크 원로원 광장에서 거행된 새 황제 니콜라이 1세 즉위식에서 봉기했다. 하지만 그들의 봉기는 역부족으로 곧 진압됐다. 그리고 거사에 실패한 후 주모자 5명은 교수형을 당했고 나머지 121명은 시베리아 유형에 처해졌다.

"비록 군사봉기는 실패로 돌아갔지만 귀족의 특권과 보장받은 입신출세의 길을 버리고 조국 러시아와 국민을 위해 자신의 몸을 내던진 데카브리스트들의 생각은 정녕 진실하고 숭고한 것이었지."

체르빈스키의 말에 위종은 잠시 김옥균의 개화당 인사들을 떠올렸다. 김옥균을 비롯한 박영효, 홍영식, 서재필, 서광범 등 개화당의 주요인사들 역시 데카브리스트들처럼 미래가 보장된 양반가의 인재들이었던 것이다.

– 갑신년 정변의 주역들은 자기들이 살고 있는 시대보다 훨씬 앞선 시대를 살았고 그들이 원한 건 조국의 무궁한 번영이었으

며 그들의 충의는 누구보다 순수했다.

위종에게 그렇게 말한 사람은 다름 아닌 임금과 가까운 헐버트였다.

"결국 니콜라이 1세 황제가 푸시킨을 죽이려 했던 이유란 게……?"

"그래. 짐작하는 대로 푸시킨은 데카브리스트들과 긴밀한 유대관계를 맺고 있었지. 나폴레옹 전쟁엔 나이가 어려 참전하지 못했지만 학술원을 졸업한 후 외무성에서 근무하는 동안 프랑스에서 돌아온 젊은 귀족·장교들의 모임인 '녹색등 협회'에 가입하면서 그들의 정치이념인 농노제 폐지와 전제정치 타파를 시와 소설에 담았던 거야. 그러다가 결국 남부 러시아로 추방되었지. 그 바람에 다행히 데카브리스트 반란의 화를 면하긴 했지만……. 그러나 데카브리스트들의 반란이 끝난 뒤에도 계속해서 그들의 이념과 사상을 주지시키는 작품을 발표하면서 국민들에게 영향을 미치니까 마침내 황제와 궁중세력들은 불온한 그를 죽음으로 몰고 갔던 거지."

"그야말로 국민시인, 국민소설가였네."

"그래. 그는 진정으로 러시아를 사랑한 대문호였어."

"그래서 푸시킨을 좋아하는 거야?"

푸시킨에 대한 설명이 너무 길었다 싶어 위종이 묻자 체르빈스키가 머리를 흔들었다.

"그게 이유의 전부는 아니야."

"그럼?"

잠시 복잡한 표정으로 침묵하던 체르빈스키가 플라토노프를 한번 돌아보곤 다시 입을 열었다.

"나와 플라토노프는 바로 그 데카브리스트의 후예들이야."

예기치 않았던 체르빈스키의 고백에 위종은 깜짝 놀랐다. 조선의 입장에서 본다면 그들은 역모죄를 저지른 자의 자손이었던 것이다.

"조금 놀라운 사실이네. 그런 줄은 차마 몰랐어. 그렇지만 두 사람이 자랑스러워."

그것은 위종의 솔직한 심정이었다.

"그러나 그 사실과 관련하여 내가 플라토노프에게 마음의 빚이 있어."

"체르빈스키!"

그때까지 친구들의 얘기를 듣고만 있던 플라토노프가 세르빈스키를 향해 팔을 저으며 그만두라는 시늉을 했다.

"아니, 얘기할게. 우리가 진정한 친구가 되려면 서로에 대해 잘 알고 있어야 돼. 그래야 깊이 이해할 수 있을 테니까."

그러면서 체르빈스키는 데카브리스트에 대한 얘기를 계속했다.

당시 시베리아 유형에 처해진 혁명가의 부인들은 러시아 황실로부터 별도의 명령을 받았다. 국가에 반역한 남편을 버리고 페테르부르크에 남아 귀족의 신분을 유지하면서 재가하든지, 아니면 귀족으로서의 모든 특권을 버리고 시베리아 유형길을 따라가든지 결정하도록 하라는 내용이었다. 그런데 데카브리스트의 부인들 대부분이 귀족의 신분을 포기하고 페테르부르크를 뒤로 한 채 남편을 따라 시베리아 유형길에 오름으로써 역사 속에서 데카브리스트 반란은 '아름다운 혁명'으로 기억되고 있다는 것이었다.

"그런데 남편을 배반하고 페테르부르크에 남은 몇 안 되는 부인 들 중 한 명이 내 윗대 외조모이지. 그 덕분에 나도 귀족 사회 언저리서 살게 되었지만…… 그런 나에 비한다면 플라토노프는 정말 순수하고 당당한 데카브리스트의 후예지."

그 말을 하며 체르빈스키는 약간 자조적인 웃음을 웃었다. 그러나 위종이 보기에 크게 부끄러워하는 것 같진 않았다.

"그보다 중요한 것은 데카브리스트의 정신이 봉기의 실패나 푸시킨의 죽음으로 소멸된 게 아니라 지금도 러시아 국민들의 가슴 속에 절절히 흐르고 있다는 점이야."

모처럼 말문을 연 플라토노프가 푸시킨에 대한 얘기를 마무리 지었다.

6-4

6월 20일 신임 프랑스공사 김만수(金晩秀)가 파리에 도착함에 따라 이범진은 러시아로 떠났다. 프랑스·오스트리아 등 삼국겸임공사에서 러시아 단독공사로 부임하게 되었던 것이다. 그래서 생 시르에 있는 차남 위종과도 당분간 헤어지게 됐다.

파리를 떠나 열차편으로 페테르부르크로 향하는 동안 이범진은 시종 마음이 무거웠다. 그의 러시아행은 이번이 세 번째였다. 그러나 이번 러시아행의 의미는 그 이전보다 훨씬 심대했다.

유럽에서 부동항을 얻으려던 남진정책이 영국과 프랑스의 저지에 의해 지지부진해짐에 따라 러시아가 동북아시아로 눈길을 돌리게 된 것은 한국으로선 다행이라면 다행이었다. 만약에 러시아가 동북아시아에 관심을 갖지 않았더라면 한국과 만주는 진즉에 일본의 독무대가 되었을 터였다. 따라서 청국이 열강에 의해 난도질당하고 있고 믿었던 미국이 한국에 대해 소극적인 상황에서 러시아는 일본의 한국 침략을 막을 수 있는 유일한 희망이었다.

그런 만큼 문제는 그 러시아와의 관계를 얼마나 적절히 유지·발전시키느냐 하는 것이었다. 아울러, 이범진의 역할도 더욱 중요해질 수밖에 없었다. 이범진이 중압감에서 벗어나지 못했던 것도 그래서였다.

페테르부르크에 도착하여 니콜라이 2세 황제에게 신임장을 제정한 후 이범진은 축하인사부터 건넸다. 지난 달 18일 니콜라이 2세 부부는 네 번째 공주를 얻었다. 이미 세 명의 공주를 두고 있는 황제로선 아들을 원했겠지만 이번에도 그 바람은 이루어지지 않았던 것이다. 네 번째 공주의 이름은 아나스타샤라고 했다. 이범진은 공주를 위해 한국에서 급히 보내온 백자 아기인형을 선물했다.

신임장 제정식이 끝나고 황제가 간단한 연회를 베풀었다. 그 자리에서 황제가 이범진에게 위종의 안부를 묻고는 은밀히 속삭이듯 낮은 소리로 말했다.

"이 공사님께서 가까이 계시게 되어 짐은 얼마나 기쁜지 모르오."

왠지 그 말이 이범진은 가식적이거나 의례적인 말로 들리지 않았다. 자신을 향한 황제의 눈빛이 너무나 맑았던 것이다. 이범진은 말할 수 없이 황공하고 감사한 마음으로 깊이 머리를 숙였다.

연회장을 나설 때 시종장이 빠른 걸음으로 이범진에게 다가왔다.

"만찬을 정성 들여 준비하라는 폐하의 각별한 분부가 있었습니다. 폐하께서 그런 당부를 하시는 건 극히 이례적인 일입니다."

육십 줄에 들어 보이는 시종장은 굳이 그 말을 전해주어야겠다는 태도였다. 그게 고마워 이범진은 또 깍듯이 허리를 굽혔다.

며칠 후 이범진은 외무부의 한 관리로부터 뜻밖의 소식을 전해 들었다. 이 달 초 묄렌도르프가 청국 상해에서 사망했다는 소식이었다. 그렇잖아도 어디서 무얼 하고 있는지 궁금했고 페테르부르크에서 자리가 잡히면 한 번 수소문해 볼 참이었다.

5년 전 조선을 출발하여 미국으로 가는 길에 상해에 들렀을 때 이범진은 한 차례 묄렌도르프를 만나 국왕을 도와줄 것을 부탁한 적이 있었다. 그때 건강에 문제가 있는지 낯빛이 좋지 않았던 그는 여러 가지 이유를 들어 난색을 표시하며 이범진의 제안을 정중히 사양했다. 그리고 무슨 연유에서인지 그 후로도 고국으로 다시 돌아가지 못하고 청국 이곳저곳을 전전하다가 결국 불귀의 객이 되었던 것이다. 그런 그를 생각하니 이범진은 마음이 편치가 않았다. 이범진이 기억하기로 그의 나이는 쉰을. 조금 넘겼을 것이다.

그런 이범진에게 9월 들어 또 다른 소식이 전해졌다. 미국 대통령 매킨리가 암살당하고 부통령 루즈벨트가 대통령직을 승계했다는 것이었다. 첫 임기 때 쿠바의 스페인 함대를 격파하고 필리핀과 푸에르토리코를 합병하는 성과를 얻어낸 매킨리는 작년 큰 표차로 재선된 바 있었다. 그리고 그저께인 9월 6일 버팔로 시에서 열린 박람회에서 촐고츠라는 무정부주의자로부터 총격을 받았다는 것이었다. 체포 후 범인이 밝힌 저격 이유는 매킨리가 선량한 사람들, 선량한 노동자들의 적이기 때문이라고 했다.

소식을 접한 이범진은 처음 매킨리를 만났을 때 그의 얼굴에 끼어 있던 살(煞)을 보며 그가 수년 내에 죽을지도 모른다는 예감을 했던 기억을 되살리고는 스스로 놀랐다. 그리고 세계 최강국 미국 역시 안정된 나라가 못되는 것 같다는 생각을 했다. 그러나 무엇보다 그의 마음을 어둡게 하는 것은 새 대통령 루즈벨트였다. 그가 알고 있는 루즈벨트는 약소국의 입장을 고려하지 않는 호전주의자이자 국경 팽창주의자이기 때문이었다.

6-5

아버지가 러시아로 떠난 후 위종은 전에 없이 외롭다는 생각을 했다. 시간이 지날수록 프랑스에 아버지가 부재한 사실이 커다란 공허감으로 자리 잡기 시작했던 것이다.

아버지와의 헤어짐. 그리고 홀로 남았다는 사실.

위종이 어릴 적 국내에 있을 때에도 공사다망했던 아버지는 자주 집을 비웠고 더러는 잠시 외국에 피신해 있기도 했었다. 하지만 지금처럼 나라를 달리 해서 멀리 떨어져 있긴 처음이었다.

물론 단순히 아버지와 떨어져 있다는 사실 자체가 힘든 건 아니었다. 그러나 한국에 대한 걱정을 하다 보면 아버지의 부재를 의식하면서 문득 느끼게 되는 적막감이 그를 힘들고 허전하게 했던 것이다.

"우리 리틀 나폴레옹께서 외로우신 모양이군."

제르맹이 뒤에서 위종의 어깨를 툭 쳤다.

"외롭긴……."

돌아서며 위종이 마음을 들킨 듯 어색하게 웃었다.

"달타냥과 삼총사가 한번 또 출동해야지?"

"누가 달타냥인데?"

"그야 위종 자네지."

"그러니까 나더러 촌놈이란 소리네."

"그래도 소설 삼총사에서 주인공은 달타냥이야."

제르맹이 위종을 향해 장난스런 표정을 지으며 쾌활하게 웃었다.

9월 마지막 주 토요일 외출을 나온 달타냥과 삼총사가 파리 시내를 돌아다니다 오후 늦게 도착한 곳이 콩코르드 광장이었다. 콩코르드 광장으로 방향을 잡은 건 체르빈스키였다.

위종과 제르맹, 체르빈스키와 플라토노프 네 사람은 샹젤리제로 이어지는 광장 서쪽 야외 카페에 자리를 잡고 앉았다. 체르빈스키가 주문하는 사이 위종은 두 개의 거대한 분수 사이로 우뚝 선 오벨리스크가 저녁노을에 붉게 타고 있는 광장을 착잡한 심정으로 바라보았다. 콩코르드 광장은 프랑스 혁명의 상징과도 같은 것이었다.

프랑스 혁명.

프랑스 혁명은 절대권력을 가진 국왕 아래서 1할밖에 안 되는 성직자와 귀족들이 국민의 9할을 차지하는 평민들의 근로와 납세에 기생하면서 우아하고 무위한 삶을 영위하는 체제의 폐단이 극에 이르자 마침내 평민대표들을 중심으로 한 파리시민이 항거하여 왕정을 무너트린 시민혁명이었다.

1할의 특권층과 9할의 평민층. 그것은 한국이라고 다를

바 없었다. 그리고 그 불합리한 구조가 5백 년 조선을 황폐
하게 만들었음도 위종은 모르지 않았다.

"왜 아무 말이 없지?"

제르맹이 침묵하고 있는 위종에게 말을 붙였다.

"혁명을 일구어 낸 프랑스인들의 그 용맹과 기백이 부러
워."

"한국에선 그런 움직임이 없었어?"

"얼마 전에 만민공동회라는 국민운동이 있었어. 하지만
황제의 탄압으로 해산되었어."

"그래?"

"그런데 안타까운 것은 만민공동회가 해체된 후로 더 이
상 그 비슷한 움직임이 없다는 사실이야."

"왜 그럴까?"

위종은 대답하지 않았다. 그렇지만 이유는 분명했다. 프
랑스인들에게 기본적으로 축적되어 있는 힘이 대한제국 국
민에겐 없기 때문이었다. 위종은 그런 대변혁을 겪으면서
도 그것을 극복하고 발전한 프랑스가 대단하다는 생각이
들었다.

"러시아와 일본의 일전을 기정사실로 생각해도 되겠지?"

위종이 화제를 바꾸었다.

"아마도. 일본이 한국 침략을 포기하지 않는 한."

체르빈스키가 간단히 대답했다.

"누가 이길까?"

"그야 물론 러시아지."

이번에도 체르빈스키는 대답하는 데 두 번 생각하지 않았다. 위종은 건성으로 고개를 끄덕였다.

"위종이 진정 궁금해 하는 건 그게 아닌 것 같은데?"

유연한 성격이면서도 상황 판단이 빠른 제르맹이 위종의 표정을 살폈다. 위종은 허를 찔린 기분이었다.

"일본과의 일전에서 러시아가 이긴다면 한국은 러시아와 어떻게 될까?"

"그야 지금처럼 두 나라는 서로 도우며 형제국으로 지내게 되겠지."

"그럴까?"

위종이 눈만 돌려 체르빈스키를 바라보았다.

"무슨 생각을 하는 거지?"

"연해주도 원래는 중국 땅이었어."

그러자 체르빈스키의 얼굴이 순간적으로 굳어졌다. 그러다가 고개를 천천히 저었다.

"러시아가 일본처럼 한국을 병합하려는 일은 없을 거야. 애초에 그럴 의도도 없었겠지만 국제정황상으로도 러시아의 한국 병합은 불가능해."

"나도 그렇게 생각은 하지만……."

"그리고 다른 관점에서도 생각해 봐도 그래."

"다른 관점?"

"차르를 알현했다고 했지?"

체르빈스키가 약간 엉뚱한 소리를 했다

"작년 아버님의 신임장 제정 때."

"차르에 대한 인상이 어땠어?"

"글쎄."

"차르는 선량한 성품의 소유자야."

"나도 그렇게 들었어."

"강자에겐 강하고자 하는 반면 약자에겐 한없이 동정적이지."

체르빈스키는 장관을 지내다가 은퇴한 한 귀족의 둘째 부인을 어머니로 둔 외아들이었다. 그리고 그의 어머니는 황후 알렉산드라 표도르브나와 선이 닿고 있었다. 프랑스 출신의 이민자들이 설립해 페테르부르크 최고 가문들의 후원을 받는 엘리트 군사학교 콜프스 데 파쥬(Corps des Pages)를 졸업한 체르빈스키가 다시 생 시르에 진학한 것은 그의 이력에 프랑스 경력을 보태기 위해서였다. 프랑스어가 상류사회의 언어이자 명문가에서 통용되는 언어이기도 한 러시아에서 프랑스 경력은 출세의 지름길이었던 것이다. 데카브리스트 혁명에 가담했던 남편을 따라 이르쿠츠크로 가지 않고 페테르부르크에 남아 개가한 부인들의 후예인 그는 출세지향적 성향이 강했다.

"그러니까 황제의 동정심이 한국의 독립을 보장한다는 얘기네?"

"차르에겐 신하도 필요하지만 경우에 따라 친구도 필요한 법이거든. 세르비아를 형제국으로 두고 있는 것처럼."

체르빈스키가 위종 못지않게 심각한 고민을 토로한 것은 밤이 늦어서였다. 카페를 나온 네 사람은 파리 시내에 소재한 제르맹 소유의 주택에서 술을 들며 담소를 이어나갔다. 그러던 중 체르빈스키가 위종을 향해 정색을 하며 말했다.

"대한제국도 그렇지만 우리 러시아도 문제가 많아."

"무슨?"

위종은 의아한 심정으로 제르맹과 플라토노프 쪽을 돌아봤지만 그들에게선 아무런 표정의 변화가 없었다. 그들은 이미 알고 있는 얘기인 듯했다.

"지금 파리에 레닌이 와 있어."

"레닌? 마르크스주의자 말이지?"

"그래. 반차르운동을 하다가 체포되어 5년간 시베리아 유형생활을 한 후 작년에 석방되어 독일로 망명했지. 독일은 마르크스의 조국이자 모든 마르크스주의자들의 성지니까.

거기서 레닌은 러시아 사회민주노동당의 기관지인 《이스크라(Iskra, 불꽃)》를 창간하고 마르크스주의자들을 규합하고 있어. 그리고 그 세를 확장할 목적으로 얼마 전 파리에 들른 거야. 그는 마르크스로부터 이념의 세례를 받았지만 그 실천적 가능성을 프랑스 혁명에서 보았던 거지. 말하자면 프랑스 혁명의 성공으로 그들은 용기를 얻었던 거야."

"그들의 세력이 황제의 나라를 위협할 정도로 대단해?"

위종이 체르빈스키의 생각을 물었다.

"아직은 크게 걱정할 수준은 아니라고 생각돼."

체르빈스키가 미간을 잔뜩 좁힌 채 대답하며 천천히 고개를 저었다.

"그런데?"

"그렇지만 그들의 주장에 내포되어 있는 위험한 요소는 다분히 매력적인 데가 있어. 노동자와 농민을 일시에 현혹시킬 수 있을 만큼."

"그러니까 노동자와 농민은 언제든지 그들 편으로 흡수될 수 있다는 거야?"

"그런 만큼 차르는 노동자와 농민의 마음을 그들 쪽으로 돌리지 못하도록 해야 해. 그런데 문제는 차르가 개혁을 통해 노동자와 농민을 자기편으로 끌어들일 의지도 능력도 없다는 사실이야."

"결국 노동자와 농민은 머지않은 시기에 차르의 위협이 될 수도 있단 말이지?"

"개혁을 하지 않는 한 그래. 게다가 로마노프 왕조의 쇠락으로 그 가능성은 더욱 높아진 거지."

"로마노프 왕조가 쇠락해가고 있다는 게 사실이야?"

"그렇게 보여. 나폴레옹전쟁에서 승리하면서 유럽의 헌병이라고 불리던 러시아의 실체는 흑해에 부동항을 설치하기 위해 벌인 크림전쟁에서 여실히 드러났지. 프랑스와 영국의 연합군에 맥을 못 췄거든. 그래서 동방으로 눈길을 돌린 건데 일본도 마음대로 못 다루고 있잖아."

"일본과의 전쟁에선 이길 수 있다며?"

"물론 전쟁을 하게 된다면 그렇겠지만 그보다 중요한 건 내부문제야. 노동자와 농민의 불만을 해결하지 않으면 엄청난 위험에 직면하게 돼. 프랑스가 그랬던 것처럼 말이야."

"그러니까 러시아도 국민의 항거에 직면하게 되겠지만 프랑스처럼 혁명을 통해 국가의 체질을 개선할 수 없다는 거지?"

"혁명의 주체가 다르니까 그 이후의 과정이 어떤 식으로 전개될지 알 수 없다는 거야."

"전혀 다른 형태의 나라가 출현한다는 것은 우리 프랑스와 유럽 제국의 입장에서도 불안하고 우려스러운 거지."

제르맹이 체르빈스키의 얘기에 덧붙였다.

체르빈스키가 제르맹과 플라토노프 그리고 위종의 잔에 차례대로 술을 채우고는 자신의 잔을 들어 건배를 제의했다.

"그래서 우리는 상황이 위험해지기 전에 개혁을 해야 하는 거야. 그러기 위해서 우리의 노력도 그쪽에 맞춰야 할 거고. 국민이 서로 싸우며 피를 흘리는 역사를 막아야 해. 그게 데카브리스트의 혁명을 실현하는 거야."

그러면서 체르빈스키가 선창을 했다.

"달타냥과 삼총사, 아니 위종과 삼총사를 위하여!"

네 사람은 다 같이 목소리를 높여 건배했다.

6-6

10월 말 늦은 오후 위종과 친구들은 생 제르맹 거리 한복판에 있는 카페 뒈 마고(Deux Magots) 야외 테라스에 자리를 잡았다. 카페 뒈 마고는 김옥균을 암살한 홍종우가 파리 유학 시절 자주 들렀던 곳이기도 했다.

홍종우.

마흔의 나이로 프랑스에 유학을 와 기메박물관 등에서

근무하며 '봄의 향기'란 이름으로 ≪춘향전≫을 번역했던
그는 바로 이 카페 뒤 마고에서 열린 지식인들의 모임인
토론 클럽에 초대받아 연설하기도 했다. 그리고 3년 가까운
프랑스 생활을 마치고 귀국하여 김옥균을 암살했다.

"킬러는 외세에 의존하여 개화하려는 개화파 리더가 혐
오스러웠던 것 같아. 그렇지만 반대로 킬러도 철저한 근황
파로서 황제권의 강화를 꾀하며 공화정이나 입헌군주제를
갈망하는 국민들을 탄압했어. 그러니까 자주의식은 있었던
것 같지만 시대의 흐름에 역행하는 사고를 가졌던 듯해. 프
랑스에 3년 가까이 살면서 그가 뭘 배웠던 건가 싶어. 그래
서 두 사람의 경우를 생각하면 모든 게 어렵다는 느낌이
들어."

위종이 홍종우에 대해 자신의 생각을 피력했다.

10월 말의 저물어가는 오후는 가을빛이 깊었다. 거리는
건물들의 색깔이 두터워지고 바람이 불 때마다 가로수의
퇴색한 잎들이 소리를 내며 떨어져 길바닥을 쓸며 지나갔
다. 위종은 감사의 뜻으로 제르맹에게 먼저 비엔나커피를
시켜주었다. 파리 재력가의 아들 제르맹이 지난 주 위종에
게 말(馬) 한 필을 임대해 주었던 것이다. 기마술은 정규 수
업시간 외에도 틈나는 대로 익혀야 했으므로 생 시르에서
말은 필수적이다시피 했다. 그러나 가난한 유학생이 말을

구입하기란 지난한 일이었다. 그 고충을 제르맹이 해결해 주었던 것이다. 친하다고 해서 선뜻 해줄 수 있는 일이 아니었다. 그 고마움을 위종은 커피 한 잔에 담았다. 그리고 체르빈스키와 플라토노프에겐 개암 향기가 깊이 밴 헤이즐넛 커피와 위스키가 녹아내린 아이리시 커피를 돌렸다. 러시아를 한국 독립의 지원국으로 믿고 있는 위종에게 두 사람은 든든한 형 같은 친구들이었다. 제르맹과 두 러시아 친구 모두 위종보다 서너 살씩 많았다.

"다음 달 초 이토 히로부미가 파리에 와."

이야기 끝에 프랑스인 제르맹이 지나가는 투로 말했다.

"뭐라구? 왜 온대?"

위종은 뜻밖의 사실에 적잖게 놀랐다.

"총리직을 끝내고 개인자격으로 유람 차 온다는 건데 글쎄, 이토 같은 거물급 정치인이 움직이는 데 개인자격이란 게 있을까?"

"제르맹은 어떻게 생각해?"

체르빈스키가 낮은 소리로 물었다.

"당연히 정치적 함의가 숨어 있겠지."

"어떤 정치적 함의?"

"지금 파리 증권가에선 영국과 미국 관련주들의 주가가 오르고 있어. 그리고 이토 히로부미는 미국을 거쳐 유럽으로 왔고."

위종은 천천히 고개를 끄덕였다. 제르맹 역시 자신과 같은 생각을 하고 있었던 것이다.

"그러나 영국으로 가지 않고 파리로 왔잖아?"

체르빈스키가 슬쩍 제르맹을 시험했다.

"영국엔 졸개들이 따로 갈 거니까."

"그럼 이토의 최종 목적지는 어딜까? 위종 생각은?"

위종을 향한 체르빈스키의 눈빛이 날카로워졌다.

"그야 당연히 러시아지."

"동감이야."

팔장을 낀 채 지그시 눈을 감고 있던 플라토노프가 위종의 의견에 동조했다. 위종은 이토의 얄팍한 속내가 뻔히 잡혔다. 이토는 대한제국을 두고 러시아와의 일전을 벌이기에 앞서 영국과의 동맹을 맺으려는 속셈을 감추고 시간을 벌기 위해 러시아에 유화적인 모습을 보이려고 방문하려는 것이다.

"아무튼 이런 정황을 아버님껜 알려야 해. 황제께 진언할 수 있도록."

"페테르부르크로 가려고?"

"직접 갈 순 없잖아. 사람을 보내려고."

"그럼 그 사람을 통해 아버님께 내 어머니를 만나보시라

고 해. 황후와 연결이 되니까 도움을 얻을 수 있을지도 몰
라."

"체르빈스키의 눈물겨운 우정은 대한제국 사관이 반드
시 역사에 기록할 거야."

위종이 덥썩 체르빈스키의 손등에 두 손을 포갰다.

6-7

마담 마리아 사라포바.

44세. 페테르부르크 출생. 황실 인사들의 사저가 밀집한 차
르스코예 셀로에서 살롱 〈살로메〉를 운영하고 있는 사업가.

살롱 〈살로메〉는 고급 여성 의상실로 고객은 황후 알렉산
드라와 네 명의 공주를 비롯한 소수의 황실 친인척 여성으
로 한정되어 있었다. 호화롭게 장식된 살롱 실내는 극소수
의 고객들이 휴식을 취하며 한담을 나누는 공간으로 꾸며져
있고 그 한켠의 작업실에서 그녀는 몇 명의 제자들과 함께
황실 여인들을 위한 옷을 만들었다. 따라서 유행의 첨단과
사치의 극단을 선망하는 페테르부르크의 귀부인들에게 살
롱 〈살로메〉는 몽매에도 발을 들이고 싶은 동경의 장소였
다. 물론 신분의 제한으로 그것은 허용될 수 없었지만.

그런 그녀가 11월 중순의 어느 날 늦은 오후, 살롱의 작업실 옆에 딸린 그녀의 은밀한 개인 접견실에서 손님을 맞고 있었다.

주러시아 한국공사 이범진.

쉰이 채 안 된 듯한 남자는 동양인으로서는 보기 드물게 이목구비의 선이 굵고 윤곽이 뚜렷한 호남이었다. 아시아인 중에도 이런 남자가 있다니. 프랑스어와 러시아어로 된 남자의 명함을 확인하며 그녀는 생각했다.

이범진은 함께 온 남필우로부터 건네받은 대원군의 서화(書畵)를 그녀에게 선물했다.

"이건······?"

"대한제국 황제의 부친께서 생전에 그리신 겁니다."

서화는 대원군의 심복이었던 부친 이경하로부터 물려받아 보관하고 있는 몇 점 중 하나였다.

"그렇게 귀한 것을······."

"마담께서 도와주시면 대한제국의 운명은 달라질 겁니다."

"제게 그럴 힘은 없고요. 대신 대한제국이 처한 자세한 상황은 들어두고 싶네요. 제가 미력이나마 힘을 보태려면······."

"밤을 새워서라도 기꺼이 들려드리지요."

"그러시다면 술도 한 잔 하시는 게 어때요? 술상대로 나이 든 여자도 괜찮으시다면?"

이범진을 향한 사라포바의 두 눈이 묘한 광채로 빛났다. 중년의 나이에도 불구하고 적절한 음식섭취와 운동으로 그녀의 몸은 처녀 때 모습을 그대로 간직하고 있었다.

"저는 사람을 가려서 만나지 않고 술이라면 종류를 불문하고 사양하지 않는 편입니다만……."

다음 날 오후 늦은 시각.

이범진은 사라포바의 특별 주선으로 니콜라이 2세를 알현하고 아직 공식 발표가 없는 이토의 러시아 방문 예정 사실을 확인했다. 그리고 이토 히로부미와 일본의 속셈을 진언했다.

이튿날 오후 이범진은 재무장관 비테와 외무장관 람스도르프를 만났다. 다행히 대한제국을 일본에 양보하지 않겠다는 차르의 뜻은 그들에게 이미 하달되어 있었다. 그래서 이범진을 대하는 그들의 태도는 정중하면서도 부드러웠다.

11월 19일 파리를 출발한 이토 히로부미가 페테르부르크에 도착한 것은 11월 25일이었다. 러시아정부는 이토 일행의 방문을 대대적으로 환영하는 분위기를 조성했다.

이틀 뒤 니콜라이 2세는 겨울궁전 화이트홀에서 이토를

환영하는 무도회가 열었다.

문제는 이날 이범진도 참석했다는 사실이었다. 초대장을 받고 이범진은 잠시 망설였지만 곧 무도회에 참석하기로 했다. 황제가 여러모로 대한제국에 대해 마음을 써주고 있는데 불참하는 게 옹졸한 처사로 비칠까 싶어서였다.

이범진이 이토를 보는 것은 처음이었다. 국내에 있는 동안 이토가 두 번 정도 조선을 방문했지만 그때마다 공교롭게 이범진은 그를 대면할 기회가 없었다. 그 후로도 이토는 이범진이 미국으로 가 있는 사이 대한제국을 방문한 바 있었다.

연미복 차림으로 화이트홀에 입장한 후 이범진은 황제와 인사를 나누고 곧바로 그 옆에 서 있는 이토 앞으로 다가갔다.

고작 이런 놈이었구나.

이범진에게 이토는 한 마리 쥐새끼를 연상시켰다. 그 자신 장안의 건달들을 호령했던 기억이 남아 있었기 때문에 작은 체구에 몰골이 형편없는 이토가 그렇게 보였는지도 몰랐다. 악수를 나누는 동안 이범진은 이토의 눈을 똑바로 주시했다. 짧은 순간이었지만 이토의 작은 단추 같은 눈동자가 흔들렸다. 아마 이범진의 눈에서 뜻밖의 적의 같은 것을 느꼈던 듯했다.

명성황후시해사건의 배후조종자.

키 작은 이토를 내려다보는 이범진의 가슴엔 분노의 불
길이 타올랐다.

누가 뭐래도 명성황후의 시해를 주도한 건 이토라고 이
범진은 확신했다.

이 자식아. 세상이 네 놈 맘대로만 되는 줄 알지?

이범진은 한 번 경멸의 시선을 보내곤 이토의 손을 놓았다.

참석자들이 자리를 잡자 잠시 후 악단의 연주가 다시 이
어졌다. 왈츠 풍의 음악은 이바노비치의 〈도나우 강의 물
결〉이었다. 황제가 황후와 먼저 홀로 나오자 이토도 러시아
황실의 한 여인의 손을 잡고 뒤따라 나왔다. 두 커플의 춤이
시작되는 것을 보면서 참석자들이 자연스럽게 홀로 걸어
나와 음악의 흐름에 몸을 실었다.

황제와 황후의 춤은 두 사람의 몸이 음악에 녹아드는 느
낌이 들 정도로 부드럽고 우아했다. 반면 이토는 얼굴을 키
큰 여인의 가슴을 향한 채 그녀의 보폭을 따라잡지 못해
깡충깡충 뛰다시피 했다. 그 모습은 소극(笑劇)의 한 장면
같은 느낌을 주었다.

저런 꼴같잖은 자식한테 전전긍긍하는 대한제국이라니.

그런 생각이 들자 이범진은 순간적으로 슬픈 감정이 솟
구쳤다. 그때였다.

"뭘 그렇게 재밌게 보시나요?"

216

돌아보니 언제 다가왔는지 지난 주 만났던 사라포바가 입가에 묘한 웃음을 띤 채 서 있었다.

"늙은 원숭이의 재롱잔치도 보기에 따라선 아주 형편없진 않군요."

그러자 사라포바는 이범진이 눈길을 주고 있던 이토 쪽을 돌아보고는

"짓궂으셔."

하며 살짝 눈을 흘겼다. 그러면서 손을 내밀었다.

그녀의 손을 잡고 나와 홀을 돌면서 이범진이 인사치레를 했다.

"지난번에 도와주셔서 고맙다는 인사도 못 드렸습니다."

"차르를 뵌 일은 잘되셨나요?"

"아직은…… 하지만 아마 잘될 것 같습니다."

"그렇담 제 수고도 조금만 생각해 주세요."

"어떻게 하면 됩니까?"

"너무 비싸게만 굴지 않으시면 돼요."

"한국 속담에 빨리 단 쇠는 빨리 식는다는 말이 있지요."

"기대할게요. 그렇다고 갈보 취급하시면 안 돼요."

"한국에 있을 때 저는 잡놈이었습니다."

"공사님이 매력적인 분이란 건 말씀하시지 않아도 이미 잘 알고 있는 걸요."

"그게 그렇게 되는가요?"

이범진은 멋쩍게 한 번 웃었다.

곡이 끝나자 사라포바는 원래 앉아 있던 황실 여인들 쪽으로 가지 않고 이범진의 테이블로 따라와 앉았다.

이토는 황제와 함께 메인테이블 옆에 서서 다른 나라 공사들과 환담을 나누고 있었다. 이범진은 보잘 것 없는 외모에도 서양인들 사이에서 전혀 꿀리지 않고 짐짓 여유로운 척하고 있는 이토를 뚫어지게 바라보았다.

"저 사람한테 신경이 쓰이세요?"

그런 이범진이 딱한지 사라포바가 걱정스런 표정을 지었다.

"저 자 인상이 어떻습니까?"

"간지(奸智)로 똘똘 뭉친 듯한 얼굴이네요."

"천한 인상입니다."

"그러네요."

"저 자의 앞날이 어떨 것 같습니까?"

이범진이 물었다. 평범하지 않은 삶을 요령 있게 살아온 사라포바에겐 사람 보는 남다른 눈이 있을 듯싶어서였다.

"글쎄요……."

사라포바가 말을 아꼈다. 이범진은 여전히 이토에게서 눈을 떼지 않았다.

"이 공사님껜 뭐가 보이세요?"

"마담은 저 얼굴에서 느껴지는 게 없습니까?"

"얼굴만 보자면 흉상(兇相)이자 악상(惡相) 같긴 해요."

"내가 보기에 저 자는 급살(急煞)을 맞을 운명입니다."

"그 말씀이 맞을지도 몰라요. 하지만 이 공사님께선 너무 극단적인 생각은 하지 마세요. 그건 공사님께 안 좋을 거예요."

이범진을 바라보는 사라포바의 눈길에 안타까움이 서려 있었다. 그 눈길에서 이범진은 오랫동안 숨죽여 있던 감정선(感情線)이 살짝 흔들리는 것을 느꼈다.

외무장관 람스도로프를 비롯한 러시아정부 요인들과 수차례 만남을 가진 이토 히로부미는 러시아의 대한제국에 대한 굳건한 입장만 확인하고 페테르부르크를 떠났다.

그리고 해가 바뀐 1월 30일 일본과 영국의 동맹이 조인되었다.

일본이 영국과 동맹을 맺으리라고는 차마 생각지 못했던 러시아는 충격에 빠졌다. 그것은 일본이 경우에 따라 러시아와 일전을 불사할 수도 있다는 의미로 해석되었기 때문이었다. 아울러 러시아와 영국 사이에서 이중 플레이를 한 이토에 대한 페테르부르크의 혐오감도 커졌다. 니콜라이 황제는 이토를 보는 이범진의 눈이 정확했다고 생각했다.

6-8

새로 공사 발령을 받고 2월 하순 한국을 떠난 민영찬(閔泳
瓚)이 파리에 도착한 것은 4월 5일이었다. 4월 19일 민영찬
은 엘리제궁을 방문하여 루베 대통령에게 신임장을 제정했
다. 그리고 그 주말 생 시르로 위종을 찾았다. 위종은 가깝
게 지내고 있는 체르빈스키와 플라토노프, 제르맹 등과 함
께 교내식당에서 민영찬을 만났다. 그 자리에서 제르맹은
러시아와 일본 간의 전쟁이 발생하면 프랑스는 러시아 편
에 설 것이라고 전망했다. 그러면서 권고했다.

"프랑스가 이익관계가 있어야 대한제국에서 손을 뗄 수
없으므로 파리에 공사로 계시는 동안 가급적 프랑스 정부
로부터 많은 차관을 얻어내십시오."

한편 민영찬은 자신이 부임한 후의 공사관의 실정을 얘
기하며 위종의 도움을 청했다. 공사관엔 전임공사가 데리
고 온 사람들이 몇 명 있지만 실무능력이 떨어져서 위종의
도움이 필요하다는 것이었다.

결국 위종은 민영찬의 제의에 응하기로 했다. 미국에 있
을 때도 그랬고 파리에 와서도 1년간 아버지를 도와 외교업
무를 본 바 있지만 위종의 경력은 일천했다. 그렇지만 그거
라도 도움이 된다면 거절할 수가 없었던 것이다.

두 달 뒤인 6월 27일 민영찬은 새 건물(19et 21, Avenue d'Eyalu)로 공사관을 옮겨 본격적으로 업무개시를 했다. 그리고 7월 18일 위종은 프랑스 주재 대한제국 공사관 판임관 6등의 서기생 발령을 받았다. 16세의 나이로 정식 외교관이 된 것이었다. 생 시르에 재학 중인 신분이어서 주말에 주로 업무를 보기로 하면서, 대신 공사관의 재정 상태를 고려하여 무보수로.

9월 하순 위종은 생 시르로부터 임시휴가를 얻어 페테르부르크로 향했다. 어머니 조 씨를 만나기 위해서였다. 조 씨는 얼마 전 한국을 떠나 페테르부르크에 와 있었다.

조 씨가 페테르부르크로 온 건 대한제국 황제의 배려였다. 3년 전에도 조 씨는 장남 기종과 함께 미국으로 가서 남편과 막내아들을 만났다. 그리고 한 달가량 머물다 혼자 귀국했었다. 조 씨는 둘째 아들 위종에게 결혼했으면 하는 속마음을 비쳤다.

한편 이범진은 베베르를 만났다.

베베르. 카를 이바노비치 베베르. 1841년 생. 페테르부르크 대학 졸업. 전직 외교관. 1885년부터 1897년까지 만 12년간 주조선 러시아 공사로 근무.

6년 만에 보는 베베르는 많이 늙어 있었다. 이범진보다

여덟 살 연상의 그도 이제 예순두 살의 노인이었다.

청국이 파견한 묄렌도르프의 구상에 따라 18년 전인 1884년 조선이 러시아와 수교하는 과정에서 두 사람은 양국을 대표해 주도적인 역할을 했다. 그리고 이듬해인 1885년 초대 러시아 공사로 부임한 이래 1897년 대한제국을 떠날 때까지 12년간 베베르는 이범진과 협력하며 조선 정부와 러시아가 긴밀한 관계를 구축하고 유지하는 데 노력을 아끼지 않았다.

그러나 명성황후시해사건 이후 두 사람의 관계는 틀어지기 시작했다. 명성황후시해사건과 함께 들어섰던 친일내각이 아관파천으로 소멸되고 다시 친러내각이 들어섰을 때 법부대신 및 경무사로서 이범진은 명성황후시해사건과 춘생문사건의 조사에 들어가 친일세력을 압박했다. 그러자 조선에서 정국의 주도권을 확보한 러시아는 더 이상 일본을 자극하지 않기 위해서 이범진을 해외로 내보내기로 했던 것이다. 그 방침을 수행한 사람이 베베르였다.

"이 공사님을 미국으로 전보시킨 게 내 뜻은 아니었소만 그렇다고 내 어찌 그 책임에서 벗어날 수 있겠소."

"이젠 다 지난 일입니다."

이범진도 당시 베베르의 고충을 모르지 않았다. 그것이 어찌 베베르만의 뜻이었겠는가. 그러면서도 이범진은 베베르에 대한 서운한 마음을 지우지 못했다. 베베르가 추진한 미국행으로 인해 임금 곁을 떠나 해외로 나온 지 6년이나 되었고 타국에서의 외로운 생활은 앞으로도 얼마나 더 이어질지 알 수 없었다.

"아무려나 대한제국을 위해 계속 애써주십시오."

"그럴 수만 있다면 얼마나 좋겠소만 내 몸이 예전 같지가 않아서……."

베베르가 깊은 한숨을 내뱉었다. 그러고 보니 베베르의 낯빛은 그다지 좋지 않아 보였다. 이범진은 그가 어딘가 아픈 건 아닌가 싶었다.

"그분은 잘 계시지요?"

의례적인 대화가 끊길 즈음 이범진이 슬쩍 물었다.

"잘 계신다오."

베베르도 짐짓 남 얘기하듯 무심히 대답했다. 그러고 나서 둘 사이에 무거운 침묵이 한참 흐른 후에 베베르가 다시 말을 이었다.

"이 공사님과 나는 무덤까지 갖고 가야 할 둘 만의 비밀을 공유하고 있소. 따라서 우린 한 배를 탄 셈이오. 영원히 내릴 수 없는. 그런 의미에서 우리는 끝까지 한편이 아니겠소."

베베르가 의미심장한 표정으로 이범진을 바라보았다. 그

사실을 부인할 수 없어 이범진도 천천히 고개를 끄덕였다.

사흘 뒤 베베르는 대한제국으로 떠나기로 돼 있었다. 대한제국 황제의 어극 40주년 기념식에 러시아 대표사절로 참석하기 위해서였다. 철종 임금이 승하하고 현 황제가 보위에 오른 지가 어언 40년이 되었던 것이다. 그 일로 서울에서는 대대적인 행사를 거행할 모양이었다.

다음날 이범진 부부와 베베르, 그리고 기종과 위종은 페테르부르크 궁전 소연회실에서 니콜라이 2세를 알현했다. 그 자리에서 니콜라이 2세는 대한제국 황제에게 보내는 어극 40주년 축하 친서와 대형 다이아몬드로 장식된 러시아 최고훈장인 성 안드레이 훈장을 이범진에게 전달했다.

"그래, 생 시르 생활은 할 만한가?"

니콜라이 2세가 오랜만에 보는 위종에게 안부를 물었다.

"폐하의 보살핌과 격려로 잘 지내고 있습니다."

"체르빈스키도 함께 있다지?"

"예, 폐하. 체르빈스키와 플라토노프 등 러시아 친구들에게 많이 배우면서 의지하고 있습니다."

대답을 하면서도 위종은 차르가 체르빈스키를 거론한 사실에 내심 놀라고 있었다. 체르빈스키가 야망이 있고 또 정치적이라는 점은 진즉에 알고 있었지만 차르가 그 이름까지 알고 있으리라고는 생각지 못했던 것이다.

"세상에! 황제폐하께서 저렇게 자상하시다니."

격의 없는 모습으로 위종과 대화를 나누는 니콜라이 2세를 슬쩍 훔쳐보며 조 씨가 탄복을 했다.

"폐하께선 신민 모두에게 어버이 같으신 분입니다."

위종이 조 씨에게 약간 으스대듯 말했다.

"이게 꿈인지 생시인지 모르겠다. 장하다, 우리 아들!"

조 씨가 감격에 겨운 얼굴로 위종을 올려다보았다.

그렇지만 궁을 나와 마차를 타고 공사관으로 돌아오는 동안 위종은 마음이 개운치가 않았다.

"무슨 걱정이 있는 건가?"

그런 기미를 읽었는지 베베르가 물었다.

"나라 형편이 어려운데 막대한 비용을 써가며 그런 기념 행사를 하는 게 과연 옳은지 판단이 서질 않아서요."

"위종 군의 말에 일리가 있네. 하지만 다른 각도에서 한번 생각해보세."

"다른 각도요?"

"그런 기념행사도 나라의 위상과 굳건함을 대외에 알리는 하나의 방법 아니겠는가. 그리고 러시아가 대한제국을 강력하게 지원하고 있다는 사실도 다시 한 번 세계에 공표하는 기회가 될 테고……."

"글쎄요."

위종은 일면 수긍이 가면서도 여전히 마음이 무거웠다.

이튿날 아침 위종은 생 시르로 복귀하기 위해 먼저 페테르부르크를 떠났다. 조 씨는 장남 기종과 함께 그 다음 날 떠날 예정이었다. 기종이 조 씨와 함께 대한제국으로 돌아가는 것은 이범진의 결정이었다. 그 자신 비록 나라와 군주를 위해 가장 중요한 곳에서 중요한 일을 하고 있다 하더라도 언제까지나 집에 사내 하나 없어서는 안 되겠다는 생각을 했던 것이다. 그것은 한평생 소홀할 수밖에 없었던 아내에 대한 작은 배려이기도 했다.

공사관 현관에서 위종은 조 씨와 헤어졌다. 장성해서도 어머니와의 이별은 슬펐다.

"늘 강녕하십시오, 어머니."

"그래, 너도 항상 몸조심하거라."

조 씨는 막내아들을 바로 보지 못하고 고개를 돌려 눈물을 훔쳤다. 그런 어머니에게 위종은 힘차게 거수경례를 올렸다. 조 씨는 아들을 향해 애써 고개를 끄덕였다. 그렇지만 위종은 그것이 자신의 생애에서 마지막으로 보는 어머니의 모습이 될 줄을 차마 알지 못했다. 어머니 뒤에 착잡한 표정으로 서 있는 형 기종의 모습도.

주말에 파리로 외출을 나갔던 위종과 제르맹, 체르빈스키와 플라토노프는 길가에 나붙은 벽보를 보고 한 집회를 참관했다. 집회는 망명 중인 레닌이 참석한 프랑스 사회주의자들의 모임. 앞으로 러시아도 사회주의자들의 목소리가 높아질지 모르니 미리 한 번 그들의 모습을 봐 두는 것도 괜찮지 않겠느냐는 제르맹의 제의에 체르빈스키와 플라토노프가 참석에 동의했던 것이다. 프랑스 혁명의 성공이 사회주의자들의 정신적 배경으로 자리 잡고 있다는 것은 이미 널리 알려진 사실이었다.

그러나 외출에서 돌아온 다음 날 네 사람은 학교 당국의 호출을 받고 불온한 집회에 참석했다는 이유로 일주일 정학처분을 받게 되었다. 그런데 문제는 그들이 사회주의자들의 집회에 참석한 사실을 학교 당국이 어떻게 알았냐는 것이었다. 위종과 체르빈스키와 플라토노프는 와타나베 등 일본인 유학생들을 의심했다. 그 일로 일본인 유학생과의 다툼이 벌어지고 위종은 체르빈스키와 함께 상대를 보기 좋게 제압했지만 등에 약간의 상처를 입었다.

러시아와 일본의 전쟁이 임박했다고 판단한 걸까.

7월 하순 위종은 아버지로부터 미처 예상하지 못했던 전 갈을 받았다. 학교를 그만두고 페테르부르크로 오라는 것 이었다. 졸업을 1년 남긴 위종은 몹시 아쉬웠다.

8월 초 위종은 졸업을 1년 남겨 놓고 학교를 자퇴했다. 3년 과정의 생 시르에서의 생활은 2년 만에 막을 내린 것이 었다. 당연히 체르빈스키 등 달타냥의 삼총사가 아쉬움과 섭섭함을 드러냈다.

며칠 뒤 제르맹이 위종과 친구들을 시내로 불러냈다. 그 날 위종은 제르맹의 강요로 무희들의 풍성한 넓적다리가 공중에서 종횡무진으로 설쳐대는 무랭루즈에서 늦도록 술 을 마셨다. 그리고 종내에는 제르맹이 선사한 한 아리따운 무희와 인근 호텔에서 밤을 보냈다.

"지금 달타냥은 자유, 평등, 박애의 밤을 보낸 거야."

함께 밤을 지낸 무희를 돌려보낸 후 다시 모였을 때 아직 취기와 졸음이 채 가시지 않은 얼굴의 제르맹이 능청을 떨 었다.

"말하자면 프랑스혁명 정신을 실천한 거지."

조금 어이없어 하는 위종의 곁에서 제르빈스키가 킬길댔다.

"가장 자본주의적 밤이기도."

평소 늘 진지한 플라토노프까지 한마디 보탰다. 작별의 분위기를 무겁게 하지 않으려는 플라토노프의 의도가 읽히는 발언이었다.

"그 자본주의는 인간이 상상할 수 있는 모든 욕망을 실현하는 인류 최고의 제도지."

제르맹은 여전히 능글맞은 얼굴이었다.

"그런 자본주의라면 이미 미국에서도 많이 보았는걸."

"품격이 다르지. 그리고 그 원조가 유럽이야. 아마도 부분 수정이 있을지언정 그 제도 자체는 바뀌지 않을 거야, 인류가 존재하는 한. 그러니 명심해 둬."

위종은 농담처럼 하는 제르맹의 말이 어떤 의미를 담고 있는 것처럼 들렸다.

"새겨둘게. 헤어지는 마당에 그 부탁쯤은……."

네 사람은 호텔 식당에서 아침을 들었다.

"아까 품위란 말이 나와서 하는 얘긴데 난 졸부의 천박함을 부끄러워하지 않는 일본이 싫어. 반면에 잠시 낙백한 귀족 같은 한국엔 마음이 가. 슬픔 속에 간직된 품위가 느껴지거든. 내가 처음부터 위종에게 관심을 가졌던 이유이기도 하지."

2년의 시간이 흘러 헤어질 때에 이르러 체르빈스키가 속

마음의 또 다른 한 면을 열었다.

삼총사와 헤어진 다음날 위종은 혼자 여행을 떠났다. 프랑스에서 3년 넘게 살았다지만 파리를 벗어난 적이 별로 없었다. 그래서 정한 행선지가 프랑스 남부였다. 파리 시민들이 가장 소망하는 게 바다에 가고 싶어 하는 거란 소리를 들은 게 생각나서였다.

기차를 타고 남쪽으로 내려가는 동안 위종은 끝없이 펼쳐지는 아득한 평원과 수시로 나타나는 대규모의 포도밭을 보았다. 미국 못지않은 광활한 그 풍경에 압도당하면서 프랑스의 저력을 새삼스럽게 확인하게 되는 것 같았다.

화가 고흐의 자취가 고스란히 남아 있는 아를에서는 그의 그림 속에 나오는 집을 둘러보고 나서 그가 자주 찾았다는 카페에 들러 커피를 마셨다. 밤(夜)이라는 이름의 카페 라뉘(Le cafe la nuit). 카페 라뉘 역시 고흐가 죽기 2년 전인 그린 〈밤의 카페 테라스〉의 모델이었다. 고흐는 13년 전인 1890년에 죽었다.

카페 근처에 원형경기장이 있었다. 로마시대에 지었다는 원형경기장은 콜로세움처럼 격투기 경기장이었다고 했다. 과거 아를이 로마 식민지였다는 사실은 위종에게 묘한 느낌을 주었다. 르네상스 시대만 해도 프랑스는 이탈리아 피렌체의 메디치가로부터 문화의 수혈을 받았다. 메디치가의 여인들이 프랑스의 왕비가 되었던 것도 그 시기였다. 그러나 나폴레옹 시대에 들어 이탈리아는 로마의 지배를 받았다. 아를이 바로 그 한 예였다.

아를을 떠나 니스와 마르세유 등지를 둘러보고 위종은 파리로 돌아왔다. 염하의 따가운 햇살이 내려쬐는 니스 해변에서 한가롭게 해수욕을 하던 사람들의 모습과 마르세유 항을 쉴 새 없이 들어오고 나가던 크고 작은 배들의 활기찬 움직임이 뇌리에 인상 깊게 남았다. 그것은 힘을 바탕으로 한 자유와 평화여서 자연 낡은 초가집과 좁은 길로 연상되는 힘없는 대한제국의 옹색하고 남루한 풍경들과 대비되면서 여행 내내 위종의 마음속에 슬픈 물결을 일렁이게 했다.

여행에서 돌아온 며칠 후. 늦은 밤 위종은 프랑스공사 민영찬과 공사 집무실에 단 둘이 앉아 술을 마셨다. 파리에서의 마지막 밤이었다. 두어 잔 술잔이 돈 후 민영찬이 조심스럽게 명성황후가 시해된 당일의 상황을 물었다. 민영찬은 명성황후의 인척으로 사건 당시 미국 유학중이었다. 그 역시 시해사건에 대해 의구심을 가지고 있는 듯했다. 위종은 아버지의 엄명에 의해 그동안 한 번도 발설하지 않았던 얘기를 민영찬에게 털어놓았다.

7년 전의 일이었다. 그러나 그날의 기억은 바로 엊그제의 일처럼 위종의 뇌리에 생생히 간직되어 있었다.

전에도 자주 그랬던 것처럼 그날도 위종은 세자의 말벗이 되어 주기 위해 아버지를 따라 입궐했다. 그리고 세자와 함께 시간을 보내다가 자정 무렵 세자 곁에 따로 이부자리를 깔고 잠이 들었다. 국왕은 대개 새벽까지 정무를 보았고 왕후도 비슷한 시각까지는 잠을 자지 않았다. 그러나 세자는 거의 자정이면 잠자리에 들곤 했다.

바깥의 소란스런 움직임에 위종이 잠을 깬 건 아직 어둠이 채 가시지 않은 시각이었다. 얼마 안 있어 날이 밝았으므로 대략 인시(寅時)와 묘시(卯時) 사이 즉, 새벽 다섯 시 전후였을 것이다. 방문을 여니 바깥에선 다수의 군인들이 모여 웅성거리고 있었고 일본인으로 추정되는 사복을 입은 수십 명의 사람들이 곤령합(坤寧閤) 쪽으로 몰려가고 있었다. 곤령합은 국왕의 침전이었다. 뿐만 아니라 중전마마의 침전 옥호루(玉壺樓)도 뜰 하나를 사이에 둔 맞은편에 있었다.

그때 아버지가 방으로 뛰어 들어왔다. 그리고는 다급한 표정으로 위종에게 세자저하를 모시고 빨리 주상전하에게 가라고 했다. 아버지는 러시아공사관으로 간다는 것이었다. 아버지가 황급히 자리를 뜨자 위종은 아직 어리둥절한 표정인 세자를 채근해 밖으로 나왔다.

위종이 세자와 함께 곤령합으로 갔을 때 국왕은 궁내부

대신 이경직과 함께 있었다. 사색이 된 국왕은 위종을 보자마자 다이(Dye) 장군을 불러오라고 소리쳤다. 미국인 다이 장군은 왕실 경호를 책임지는 시위대의 교관이었다. 그길로 위종은 전각들 뒤편을 이용해서 다이 장군의 숙소를 향해 뛰었다. 그러나 건청궁(乾淸宮) 정문엔 이미 일본인 교관이 지휘하는 훈련대 군사들이 모여 출입을 통제하고 있어 밖으로 나갈 수가 없었다.

할 수 없이 위종은 돌아서 훈련대 군사들의 감시를 피해가며 다시 곤령합 쪽으로 내달렸다. 그러나 옥호루에 이르렀을 때 군사들이 지키고 있어 더 이상 나아가기가 어려웠다. 위종은 옥호루 한쪽 누각 지하로 재빨리 숨어들었다. 그때 옥호루에서 궁녀로 보이는 서너 명의 여자들이 뜰로 뛰쳐나오다가 뒤쫓아 온 일본인들에게 붙잡혀 다시 안으로 끌려가는 게 보였다.

그리고 그다지 길지 않은 시간이 흘렀을 때 사복 차림의 남자들이 이미 죽은 듯한 여자를 밖으로 들고 나왔다. 이어 그들은 서너 명의 여자들을 끌어내 칼로 내리쳤다. 위종은 일순 소름이 쫙 돌으면서 숨이 턱턱 막혔다.

"먼저 들고 나온 여자의 얼굴을 보았는가?"

민영찬이 긴장한 얼굴로 조심스레 물었다.

"아뇨. 거리가 조금 멀었고 사복 차림의 남자들과 훈련대

군인들에 가려 있어서 제대로 볼 수 없었습니다. 날도 아직
어두웠고요.”

“뒤에 끌려나온 궁녀들 얼굴도?”

“나머지 세 여자들도 마찬가집니다.”

“그리고는?”

“사복 차림의 남자들과 훈련대 병사들은 시신을 둘러싸
고 한참을 있었습니다. 무엇을 하고 있었는지는 알 수 없었
습니다. 제가 볼 수 있었던 건 그들의 등짝뿐이었으니까
요.”

“그 후엔 어떻게 됐나?”

“여러 명이 들러붙어 향원정 쪽으로 시신들을 나르기 시
작했습니다. 저는 건청궁 정문을 통과할 수 없어 잠시 주변
을 둘러보다 몰래 뒷담을 넘어 그쪽으로 갔는데 그땐 이미
시신들을 불태우고 있었어요.”

“위종 군은 어린 나이에 참으로 못 볼 걸 보았군.”

민영찬은 침통한 표정으로 천천히 고개를 끄덕이고 나서
다시 물었다.

“그래, 향원정에선 어디로 갔나?”

“향원정 부근에서 주상전하와 세자저하가 계시는 곤령
합으로 갔습니다. 러시아공사관으로 가셨던 아버님께서 돌
아와 계시더군요. 그래서 아버님을 뵙고 집으로 돌아갔습

니다."

"그날 아버님은 숙직이 아니셨다는데 혹시 특별한 일이라도 있었던 건가?"

"그건 잘 모르겠습니다만 아버님은 평소에도 자주 입궐하셨어요."

"그래…… 이미 여러 경로를 통해 대충 알고 있는 사실이지만 현장에 있었던 위종 군에게 직접 얘기를 들으니 뭐라 말할 수 없이 착잡한 심정이군."

"그 일에 대해서 제가 말씀 드릴 수 있는 건 두 가집니다. 첫째는, 나중에 아버님께서 경무사로서 수사를 하시면서 밝혀낸 거지만 그 사건은 단순히 조선에 나와 있던 일본인 낭인잡배들이 저지른 게 아니라 총리대신 이토와 조선 주재공사 이노우에 등 일본정부 고위층이 사전에 치밀하게 계획했던 거란 사실입니다. 사건 당일 일본 낭인 잡배들이 범궐하기 몇 시간 전에 이미 일본군 수비대 3중대가 광화문 부근에 대기하고 있었고 춘생문 쪽에도 훈련대 2대대가 집결하고 있었습니다. 그리고 추성문(秋成門) 쪽에도 일본군이 대기하고 있었다고 합니다. 따라서 그 사건은 일본 낭인 잡배 무리 차원에서 일어난 게 아닙니다."

"나도 그렇게 들었네."

"낭인 잡배들이 실패했다 하더라도 그 정도의 병력이면

경복궁을 무력으로 점령할 수도 있었을 겁니다. 실제로 그보다 1년 전인 1894년, 일본은 청일전쟁 직전 단 30분 만에 경복궁을 점령하지 않았습니까."

"그래, 정말 부끄러운 일이네."

"그리고 두 번째로, 이건 제 생각입니다만 중전마마께서 지금 곤위(梱位)에 계시지 않는다면 그날 시해되지 않으셨다 해도 그건 큰 의미가 없습니다. 중요한 건 일본이 중전마마를 시해하려 계획했고 시해하기 위한 작전을 실행에 옮겼으며 작전이 성공하면서 공식적으로 조선의 왕후는 시해되었다는 사실입니다."

"일리 있는 말일세."

"일본의 많지 않은 병력에 1년 사이로 궁궐이 거푸 유린당할 수밖에 없었던 조선의 허약함이 슬픈 거지요."

위종의 푸념 섞인 말에 민영찬은 더 이상 대꾸를 하지 못했다. 민영찬이 말을 돌렸다.

"멀리 떠나는 사람을 붙잡고 공연한 얘길 꺼낸 건 아닌지 모르겠네."

"입에 올리기 참담한 사건이지만 결코 잊어서는 안 되겠지요."

위종이 민영찬을 향해 쓸쓸히 웃었다.

다음 날 위종은 3년 4개월 동안 머물던 파리를 떠났다.

6-10

위종이 주러시아공사관 3등참사관으로 페테르부르크에 부임한 이듬해 초 결국 러시아와 일본 간의 전쟁이 발발했다. 전쟁은 2월 8일 밤 일본군의 기습으로 시작되었다. 일본은 9일 인천 앞바다에 있던 두 척의 러시아 군함을 격침시킨 다음날인 10일에야 선전을 포고하였다.

전쟁 초기엔 기습을 감행한 일본이 전황을 유리하게 이끌었다. 러시아는 일본의 도발에 설마하면서 극동에 병력을 제대로 투입하지 못한 상태였고 그런 러시아와 맞서 일본은 만주에서 선전했다.

그러나 나폴레옹 전쟁 때 그랬던 것처럼 러시아가 해를 넘기며 장기전으로 돌입하자 상황은 조금씩 역전되기 시작했다. 일본은 처음 예상했던 전비를 몇 배나 지출한데다가 전선의 확대로 보급로가 길어져 전술상의 취약점이 노출되었고 러시아는 해군의 패배에도 불구하고 육군이 건재한 상태에서 주력부대를 하얼빈에 집결시키며 대대적인 반격을 감행할 태세였던 것이다. 전쟁이 장기화되면 일본의 약세는 더욱 두드러지고 러시아의 승리가 보다 쉽게 관측될 터였다.

이에 일본은 미국에 중재를 요청했다. 어려운 국면을 맞기 전에 현 상태에서 강화를 할 속셈이었다. 외자를 유치해 전쟁을 수행해 온 일본으로선 더 이상 싸움을 계속할 여력이 없었던 것이다.

그렇지만 러시아도 마냥 느긋하게 전쟁을 치르고 있을 상황은 못 되었다. 전쟁 발발 이듬해 페테르부르크에서 발생한 대규모 노동자 시위가 발목을 잡았던 것이다. 노동자들의 시위는 일시적인 게 아니었고 그동안 누적되어 온 사회구조의 모순과 황제의 개혁 의지 빈곤에 따른, 보다 근본적인 데 원인이 있었다. 그리고 그 시위는 황제의 통치 제제의 근간을 흔들 정도로 규모와 파장이 컸다.

결국 러시아는 장기적인 측면에서 승리를 예상하면서도 미국의 중재를 받아들이지 않을 수 없었다. 그러나 단연코 전쟁에서의 패배를 받아들이지 않았다. 따라서 표면상 승전국이지만 일본은 미국의 포츠머스에서 열린 강화회담에서 패전을 인정하지 않는 러시아로부터 한 푼의 배상금도 받지 못하고 회담을 끝낼 수밖에 없었다.

러시아 황제 니콜라이 2세는 전권대사 비테를 통해 일본과의 포츠머스 강화조약에서 대한제국의 독립을 약속하고 보장한다는 조항을 명기하도록 하고 관철시켰다. 그러나 그 조항은 선언적 의미일 뿐 법적인 효력에 대해선 해석하기 나름이었다. 다시 말해 일본이 대한제국에 대해 무슨 짓을 하든 그것 때문에 다시 양국이 전쟁을 할 수는 없는 노릇이었다.

러일전쟁은 일본이 영국과 미국을 대리해서 수행한 전쟁이기도 했다. 1904년 4월에서 1905년 5월 사이에 영국과 미국은 네 차례에 걸쳐 일본에게 총 4억 1천만 달러의 차관을 제공했다. 특히 영국은 일본과 동맹국으로서의 임무를 충실히 이행했다. 러시아에 대한 제3국의 석탄 공급 및 원조 제공을 저지하는 등 일본을 위한 지원을 아끼지 않았던 것이다.

전쟁이 발발하면 중립을 지키겠다고 공언했던 미국도 예외가 아니었다. 루스벨트 대통령은 독일과 프랑스가 만일 삼국간섭 당시처럼 일본에 간섭할 경우, 즉각 일본 편에 가담하겠다고 공언하였다. 이에 주미러시아대사 카시니는 "미국은 러시아로부터 만주를 빼앗으려 하면서, 한국을 빼앗으려 하지 않았다."며 분노를 폭발시켰다.

제르맹이 민영찬에게 얘기했던 프랑스는 러시아 편에 서서 전쟁 수행을 위한 차관을 제공하는가 하면 영국의 방해를 무릅쓰고 발틱함대에 석탄 공급을 하는 등 동맹국으로서의 소임을 다하고자 했다.

이런 일련의 국가적 움직임을 보며 위종은 새삼스럽게 국제사회의 비정함을 절감했다.

전쟁 기간 동안 위종은 아버지의 명에 따라 극동 지역으로 가 이범윤을 위시한 전투에 참가할 수 있는 한인들의 현황을 조사하여 극동군사령관 크로파토킨에게 전하고 그들을 한인부대로 편성시켜 러시아군과 연계하여 싸우게 했다. 그리고 만주와 한국의 주요 전략거점에 대한 정보도 제공했다. 그 공로로 전쟁이 끝난 후 이범진은 상훈국 최고훈장인 스타니슬라프 1등급 훈장, 위종은 3등급 훈장을 받았다. 현역 외교관 신분으로 주재국의 전쟁에 기여하고 훈장을 받은 것은 이범진과 위종으로선 황제 니콜라이 2세와 러시아 황실에 대해 면목이 서는 일이었다.

러시아는 대국이었다. 한 차례의 패전에도 불구하고 별로 달라진 게 없었다. 영국과 프랑스, 독일 등 유럽 국가들의 전쟁이란 게 수시로 상대를 바꿔 가며 이기고 지고 하기를 반복했던 만큼 패전이 대수롭지 않았던 것이다. 아니, 러시아 입장에서 일본과의 전쟁은 전면전이라기보다 극동에서 벌어진 국지전의 성격이 강했던 터라 패배의식보다 일시적인 혹은 부분적인 타격을 입었지만 오히려 패배 직전의 일본을 살려줬다는 인식도 없지 않았다.

그런 기류 탓인지 전쟁 중에도 페테르부르크는 여유가 있었고 대규모의 노동자 시위로 한동안 혼란스러웠음에도 불구하고 어떤 면에서 황실엔 활기가 넘치기까지 했다. 그것은 일본과의 전쟁이 마무리 단계에 접어든 8월 마침내 황후 알렉산드라가 아들을 낳은 덕분이기도 했다.

위종은 아버지와 함께 축하 모임에 참석했다. 마담 사라포바가 주선한 모임이었다. 그 자리에서 황후는 위종이 남자아이의 출생을 기원하며 지난번에 선물한 한국 동자상(童子像)상이 알렉세이를 낳게 해 주었다며 치하를 했다. 동자상은 위종의 부탁으로 어머니 조 씨가 보내온 것이었다.

그러나 니콜라이 2세 황제 부부의 기쁨은 그리 오래 가지 않았다. 외아들 알렉세이가 출생 6주 만에 우려했던 고질병 증세가 나타났던 것이다.

14년 전 니콜라이 2세는 빅토리아 영국 여왕의 외손녀인 알렉산드라 공주와 세기의 로맨스라 할 만큼 드라마틱한 사랑을 나눈 끝에 결혼을 했다. 그러나 모든 사람들이 축복한 그 결혼엔 비극의 인자(因子)가 도사리고 있었다. 알렉산드라가 러시아 황실에 빅토리아 영국 여왕의 고질적인 유전질환인 혈우병을 가져왔던 것이다. 혈우병의 특징은 여성은 그 병을 물려주는 매개자 역할을 할 뿐 직접적인 고통은 그 아들이 당한다는 점이었다.

알렉세이에게 혈우병 증세가 나타나면서 황실은 돌연 암운에 휩싸였다. 니콜라이 2세 부부는 하나뿐인 아들 알렉세이가 어쩜 청년이 되기도 전에 죽을지도 모른다고 근심했다. 그러면서도 알렉세이의 혈우병을 극구 숨겼다.

그러나 황태자가 혈우병을 앓고 있다는 사실은 황궁 안팎에서 공공연한 비밀이었다. 그래서 다음 황제자리는 어쩌면 니콜라이 2세의 동생인 미하일에게 넘어갈 거라는 예상을 하는 사람도 있었다. 이범진도 사라포바를 통해 알렉세이의 증상에 대해 듣고 있었다. 그렇지만 황제를 돕고 싶어도 방법이 없어 마음만 무거울 뿐이었다.

6-11

그즈음 위종에게 중요한 일이 생겼다. 결혼을 하게 되었던 것이다. 결혼 상대는 위종보다 3살 연하로 스웨덴 외교관의 후손이자 토볼주 주지사를 지낸 발레리안 놀켄 남작의 딸인 16세의 엘리자베타 발레리야노브나 놀켄. 생 시르를 그만 두고 페테르부르크로 부임한 지 얼마 지나지 않은 재작년 말 위종은 아버지와 함께 황제의 초청으로 마린스키 오페라극장의 공연에 참석했다. 〈잠자는 숲속의 공주〉. 차이코프스키 서거 10주년을 기념하는 발레 공연이었다. 그 자리에서 위종은 황후로부터 아름다운 한 아가씨를 소개받았다. 그녀가 바로 13세의 엘리자베타 발레리야노브나 놀켄이었다. 황후가 위종에게 그녀를 소개한 것은 물론 아들 체르빈스키의 부탁을 받은 마담 사라포바의 간청에 의한 것이었다. 그날 처음 만난 이래 위종과 그녀는 줄곧 좋은 관계를 유지해오다가 결혼을 하기에 이르렀던 것이다.

위종이 외국인 여성 엘리자베타 놀켄과 결혼을 결심하게 된 건 그녀의 자신에 대한 마음을 읽었기 때문이었다. 러시아 귀족가문의 아름다운 여성으로서 약소국인 조국을 위해 동분서주하는 자신을 처지를 헤아려주는 그녀의 마음이 감동적으로 다가왔던 것이다. 물론 러시아와의 전쟁에서의 승리로 일본의 입김이 강화된 상황에서 페테르부르크에서 외교 활동을 계속해나가자면 러시아 귀족층과 연을 맺는 것도 큰 힘이 될 거라는 생각이 없진 않았다.

이 결혼을 위해 위종은 람스도르프 외무장관의 주선으로 러시아정교에 입교하고 페테르부르크 대주교의 허락 아래 오볼렌스키 종무원장으로부터 세례를 받은 후 '블라디미르 세르게예비치 리(Valdimir Sergeevich Li)'라는 러시아식 이름을 얻었다. 그리고 11월 11일, 페테르부르크의 한 교회에서 결혼식을 올렸다. 이 결혼식엔 니콜라이 황제의 축전과 선물도 전해졌다.

그러나 비록 일본의 다급한 요청에 의해 강화협상이 이루어지고 패전국이 아니라는 이유로 배상금을 지급하지 않는 등 패전의 책임에서 벗어났지만 러시아의 대한제국에 대한 영향력이 현저히 줄어들었다.

위종의 결혼식이 있은 지 6일 뒤 일본은 이토 히로부미를 한국에 특사로 보내 11월 17일 군대로 궁궐을 포위한 가운데 공포분위기를 조성하면서 대한제국 황제를 돌려세워 놓고 대신들을 협박하여 외교권을 박탈하는 보호조약을 체결했다. 이로써 대한제국은 일본인 통감이 지도·감독하는 일본의 보호국으로 전락하고 말았다. 보호조약이 체결되자 가장 먼저 공사관을 철수한 것은 미국이었다. 그런 미국을 두고 한 외국 외교관은 난파선을 탈출하는 쥐떼에 비유하기도 했다.

"결국 대한제국은 이렇게 역사에 종언을 고하는 건가."

위종은 낙담하지 않을 수 없었다. 그런 위종을 위로해 준 건 체르빈스키였다. 생 시르를 졸업한 체르빈스키는 두 달 전 파리에서 돌아왔다. 그리고 곧바로 황실근위대 장교로 배속됐다. 엘리트 코스를 밟은 그의 군인으로서의 경력과 역량에다가 어머니 사라포바의 내밀한 사교의 결과였지만 위종으로선 친한 친구가 지근거리에 있다는 게 그렇게 마음 든든할 수가 없었다. 또 한 명의 러시아 친구 플라토노프는 자원하여 이르쿠츠크로 갔다.

"비관적인 생각을 하긴 일러. 아직 러시아가 건재하니까. 그리고 러시아가 건재하는 한 극단적인 상황은 오지 않을 거야."

위종도 그렇게 믿고 싶었다. 그렇지만 체르빈스키의 그 말이 그의 진심이라고 위종은 생각하지 않았다. 로마노프 왕조가 쇠락하고 있다고 한 사람이 바로 체르빈스키 아니었던가.

"대한제국은 한 번도 나라를 빼앗겨본 적이 없었어. 그래서 내 생애에 그런 일이 일어난다는 건 상상조차 할 수 없어."

페테르부르크의 한 카페. 위종은 궁에서 퇴근한 체르빈스키와 저녁 식사를 하는 중이었다. 창밖엔 긴 밤의 어둠이 벌써 빼곡하게 들어차 있었다.

한국을 보호국으로 하는 을사늑약이 체결된 이듬해 외교권을 상실한 대한제국 정부는 결국 외무부를 철폐했다. 그에 따라 페테르부르크의 주러한국공사관도 폐쇄되었다. 그러나 이범진과 위종은 계속 페테르부르크에 머물렀다. 일본의 항의에도 불구하고 니콜라이 2세 황제가 배려한 덕분이었다. 니콜라이 2세로서도 이범진과 이위종을 소환시키는 것은 자존심이 허락하지 않았을 것이다.

그렇지만 니콜라이 2세의 마음도 다른 일로 해서 편하지 않았다. 어린 외아들 알렉세이 때문이었다. 태어난 지 6주 만에 혈우병 증세를 보인 알렉세이는 그 후로도 자주 출혈을 했고 고열과 극심한 두통으로 시달렸다. 그리고 그 증상들은 쉬이 낫지 않고 오래 갔다. 의사들이 백방으로 처방해도 소용이 없었다. 일정 시간이 지나면 어김없이 재발했던 것이다. 들리는 바에 의하면 그렇게 혈우병을 앓는 사람의 예상 수명은 11세에 불과하다고 했다.

대러시아제국을 이끌어갈 알렉세이의 수명이 11세라니.

차르는 우울했다. 그러나 근본적인 대책이 없었다. 다시 아들을 낳는 것도 장담할 수 없는 일이거니와 설령 낳는다 해도 알렉세이와 같은 전철을 밟지 않을 가능성은 거의 없었다. 황후의 남자아이에게 혈우병은 피할 수 없는 유전병이었다.

차르의 그 내밀한 정황을 이범진은 한참 전에 이미 사라포바로부터 들어 알고 있었다. 이범진의 수심도 깊어졌다. 차르가 건재해야 대한제국의 힘이 되어줄 수 있는 것이다.

그런데 최근 사라포바로부터 놀라운 소식을 들었다. 궁중 의사들도 손을 놓고 있는 알렉세이를 성자로 일컬어지는 한 수도사가 치유했다는 것이었다.

그 얼마 전부터 페테르부르크엔 믿기지 소문이 떠돌았다. 어려운 경제상황과 패전의 후유증으로 침체된 페테르부르크에 한 줄기 희망의 빛을 선사하는 성자가 나타났다는 것이었다. 그 성자는 오랜 수양과 기도로 고귀한 진리를 깨우친 예언자로서 수시로 주위 사람들의 병을 고치고 가르침을 베푼다고 했다. 특히 그 소문은 남녀귀족들로부터 자주 들려왔다. 성자의 가르침을 받은 남자들은 천국의 말씀을 들은 것처럼 황홀했고 성자가 일갈하여 악귀를 꾸짖으면 부인들의 병은 삽시간에 사라진다는 것이었다.

그런 줄기찬 소문이 황후로 하여금 그 성자를 궁으로 불러들이게 했다. 그런데 소문대로 성자는 단지 기도로써 알렉세이의 고통을 일시에 잠재웠다는 것이었다.

그리고 며칠 지난 어느 날 이범진은 사라포바의 전갈을 받았다. 황후가 성자를 초대했다며 차르스코예 셀로에 있는 그녀의 살롱을 방문해달라는 얘기였다.

"외모는 성자 같지가 않네요."

살롱 현관에서 이범진을 맞으며 사라포바가 애매한 얼굴을 했다. 이범진이 중앙홀로 들어섰을 때 성자는 황후가 자리한 가운데 황실 여인들에 둘러싸인 채 야릇한 표정으로 설교하듯 뭔가를 이야기하고 있었다.

성자의 얼굴을 확인하는 순간 이범진은 소스라치게 놀랐

다. 그러나 이범진에 앞서 먼저 놀란 표정을 지은 것은 다름 아닌 성자였다. 성자는 5년 전 이범진이 파리에서 기차를 타고 러시아로 오던 중 식당칸에서 보았던 악귀 형상의 바로 그 괴물이었다.

이범진이 출현하자 성자는 무슨 일인지 갑자기 일어나 황후에게 서둘러 목례를 던지고는 허겁지겁 자리를 빠져나갔다. 그 자리에 있던 황실 여인들은 어안이 벙벙한 채로 이범진을 쳐다보았다. 그러나 영문을 알 수 없긴 이범진도 마찬가지였다.

그런 일이 있은 후로도 성자에 대한 소문은 그치지 않았다. 소문은 성자가 황태자 알렉세이가 발병할 때마다 무슨 수를 썼는지 금방 낫게 하며 황후의 신임을 톡톡히 얻고 있다는 것이었다. 그리고 황후는 언제 재발할지도 모르는 황태자를 위해 성자를 아예 궁에 붙들어두려고 한다는 얘기도 들렸다.

그런 중에도 성자는 황실 귀족들이 자주 모이는 차르스코예 셀로의 살롱에 자주 출몰하며 최면술 같은 갖은 사술로 귀부인들을 홀렸다. 그녀들과 부적절한 관계를 가졌을 건 말할 필요도 없는 일. 그런데 신기한 것은 어쩌다 이범진과 궁이나 다른 장소에서 마주치면 성자는 그 오만방자하고 기고만장한 기세가 꺾여 슬금슬금 자리를 피하는 것이었다.

라스푸틴. 성자의 이름이었다. 이범진은 라스푸틴을 생각하면 뭔가 불길한 느낌이 들었다. 그 느낌은 확실했다.

6-12

1907년 여름 대한제국 황제는 이상설(李相卨)과 이준(李儁), 그리고 이위종을 네덜란드 헤이그에서 열리는 만국평화회의에 밀사로 파견했다.

4월 23일 부산을 출발한 이준이 블라디보스토크에 도착한 것은 4월 26일. 그곳에서 한 달 가까이 머물다가 을사늑약 이후 만주로 망명해 근대식 항일교육기관 서전서숙(瑞甸書塾)을 운영하고 있던 이상설과 합류해 페테르부르크로 출발했다. 이준이 블라디보스토크에서 장기간 머물렀던 것은 비용 마련 때문이었고 정순만이 2만 원을 모금해주었다. 이들이 페테르부르크에 도착해 위종을 만난 것은 6월 4일이었다.

그런데 이들에겐 황제의 친서도 신임장도 없었다.

"궁금령(宮禁領)으로 황제를 뵐 수가 없었네."

이준의 해명. 그래서 황제에 대한 일본의 감시가 심해 다른 사람을 통해 구두명령을 전달받았다는 것이었다. 그러나 위종은 황제에 대한 일말의 실망감을 지울 수 없었다. 일본에게 행여라도 꼬투리를 잡히지 않으려고 그런 게 아닐까 하는 의구심과 함께.

위종은 체르빈스키가 주선한 문서작성 전문가의 도움으로 급히 친서를 만들고 밀사들과 함께 은밀히 니콜라이 황제를 알현했다. 그리고 각국 대표들에게 제출할 공고사(控告詞: 성명서)를 프랑스어로 번역하여 헤이그로 향했다.

6월 25일 헤이그에 도착한 이들은 숙소인 용(de Jongs) 호텔에 태극기를 게양하고 본격적인 활동에 들어갔다. 이때부터 이들의 신분은 밀사에서 공개적인 특사로 바뀌었다. 그러나 이들의 활동은 곧 난관에 부딪쳤다. 각국 대표들에게 공고사를 배포한 후 28일 만국평화회의에 참석하려 했지만 거부당했던 것이다. 러시아 외무장관 이즈볼스키가 만국회의 의장인 러시아 수석대표 넬리도프에게 특사들의 참석을 정중히 거절하라는 전문을 보냈기 때문이었다.

이즈볼스키로선 차르의 부담을 덜어주려는 의도도 있었겠지만 상황이 바뀐 데도 이유가 있었다. 1905년 초청장을 받은 대한제국이 만국회의 개최가 1년 연기된 사이 외교권이 없는 보호국이 되었던 것이다. 그보다 넬리도프는 오히려 특사들의 활동이 대한제국 황제의 신상에 해가 되지 않을까 우려를 표명했다.

그러나 대한제국 황제의 명을 받은 특사들은 이에 굴하지 않고 각국 대표들을 방문하여 을사조약의 부당성과 일본의 만국공법 위반사항을 호소했다. 이런 특사들의 활동을 현지 언론들이 놓치지 않았다.

– 대한제국 왕자 이위종이 두 명의 수행원과 함께 이곳에 왔다. 이위종은 학식이 깊고, 수개 국어를 말하며, 철저하고도 강인한 생명력으로 충만한 인물로 보인다. 이들의 방문 목적은……

현지 언론은 활동을 주도하는 위종을 왕자로, 그리고 이상설과 이준을 수행원으로 소개했다.

하지만 각국 대표들은 한국의 입장을 이해하면서도 동조하지 않아 별다른 성과를 거두지 못하고 이상설과 이준은 실망감이 커졌다. 그러나 위종은 포기하지 않았다.

"낙담하긴 아직 이릅니다. 언론을 상대로 우리의 주장을 펼칩시다!"

그리고 위종은 현지의 각종 언론을 상대로 을사늑약은 대한제국 황제의 승인 없이 강압에 의해 체결된 것으로 불법적인 무효 조약이며 이러한 조약 때문에 대한제국이 평화회의에 참석하지 못하는 것은 언어도단이라고 강변했다. 그런 위종에게 현지 언론도 호감을 가지고 보도했다. 더러

악의적인 질문을 받을 때조차 의종은 의연하고 늠름하게 대처했다.

"왕자께서는 일본이 강대국이라는 현실을 간과하고 계시는 건 아닙니까?"

"그런 식으로 말한다면 당신들이 말하는 법의 신이란 유령일 뿐이며, 정의를 존중한다는 것은 겉치레에 지나지 않습니다. 그리고 당신들의 기독교란 것도 한낱 위선에 불과합니다. 왜 대한제국이 희생되어야 하는 것입니까? 대한제국이 약자이기 때문입니까? 그렇다면 도대체, 정의, 권리, 그리고 법이 무엇을 위해 있습니까. 왜 당신들은 대포가 유일한 법이며 강대국들은 어떤 이유로도 처벌될 수 없다고 솔직히 시인하지 않습니까?"

"그렇더라도 현실적인 상황을 무시한다는 건……."

"그렇다면 당신들은 정의에 관해서 내게 말하지 마십시오. 그러고도 당신들은 소위 말하는 평화주의자라고 할 수 있습니까. 대한제국은 무장하지 않은 나라였습니다. 그리고 침략적 야심이라고는 전혀 없는 나라였습니다. 대한제국은 평화롭게 그리고 조용히 살아갈 것만을 원했습니다. 그런데 지금 대한제국은 어떻게 되어 있습니까?"

"하지만 일본과 한국과의 그 조약이 취소된다고 해서 무슨 차이가 있겠습니까? 대한제국이 스스로의 외교권을 가질 수 있다고 할지라도, 늘 일본의 수중에 있게 되지 않겠습니까?"

"대한제국이 주변 강대국들에 대항해서 성공적으로 국토를 방어해 내기에 어려운 나라라고 말하지 마십시오. 대한제국은 구릉 하나하나가 천연요새를 이루는 산악 국가이며, 2천만 우리 민족은 우리나라를 극동의 스위스처럼 만들 수 있었습니다. 우리는 전쟁을 원치 않았습니다. 우리는 평화를 사랑하는 국민이었습니다. 우리는 전국에 7천의 군사만을 가지고 있었습니다. 그 결과가 도대체 무엇입니까? 내가 여기 온 것은 칼을 신뢰하는 대신에 법과 정의와 평화의 신에게 신뢰를 갖고 있는 모든 나라들과 생각과 마음을 나누기 위해섭니다."

언론을 상대로 한 위종의 외교 활동은 7월 9일 밤 헤이그 현지에 모인 기자단의 모임인 국제협회에서 행한 연설에서 절정을 이루었다. 세계 각국 기자들이 가득 모인 이 자리에서 위종은 '한국을 위한 호소(A Plea for Korea)'란 주제로 장시간 유창한 프랑스어로 연설했다. 그리고 위종의 열정적인 호소에 감동한 세계 각국 기자들은 기립박수와 함께 한국의 입장을 지지하는 결의안을 만장일치로 채택했다. 위종의 연설문과 국제협회의 결의안은 곧바로 세계 주요 언론사로 타전되었다.

이어 현지 언론들은 이위종의 활약상을 대서특필했다. ≪더 로코모티브≫를 비롯한 많은 언론들이 한국에의 동정과 일본에 대한 규탄하는 행동을 취할 것을 제안했고, 2년 전 여자 최초로 노벨평화상을 받은 바 있는 슈트너 여사는 위종이 연설한 '한국의 호소'를 국제재판소가 받아들이고 세계군(World army)을 편성하여 일본제국주의의 폭력을 견제해야 한다고 주장했다.

비록 법적인 효력이 있는 것은 아니지만 각국 대표들과의 접촉과 국제클럽에서의 연설을 통해 현지 기자들의 지지를 받으며 한국의 입장을 세계에 알릴 수 있게 되어 특사들의 활동은 오히려 강대국의 이익만 대변하는 만국회의에 참석하는 것 이상의 성과를 거두었다. 동시에 위종은 세계 각국이 주목하는 동양 약소국의 왕자이자 유능한 외교관으로 급부상했다.

국제회의 연설 직후 위종에게 아내 엘리자베타의 병환이 위중하다는 소식이 날아들었다. 위종은 며칠 내로 돌아오겠다며 급히 페테르부르크로 향했다. 다행히 아내가 위험한 고비를 넘길 즈음 위종은 페테르부르크에서 또 다른 급보를 접했다. 14일, 이준이 사망했다는 것이었다. 청천벽력 같은 소식에 위종은 서둘러 헤이그로 돌아왔다. 이준의 사인은 과로와 울화로 인한 분사(憤死).

위종은 이상설과 함께 이준의 유해를 헤이그의 공동묘지에 가매장하고 7월 19일 영국으로 향해 떠났다. 그리고 영국에서 3일 머무는 동안 한국에서 황제가 헤이그 밀사 파견이 빌미가 되어 황태자에게 양위했다는 소식을 들었다. 이상설에겐 사형, 이미 죽은 이준과 자신에겐 종신징역형이 내려졌다는 사실도 아울러.

"이럴 수가……."

위종은 소스라치듯 놀랐다. 황제의 양위 소식을 듣는 순간 문득 9년 전 미국을 방문한 형 기종이 들려준 경상도 영양의 역술인 정 아무개가 했다는 예언이 되살아났던 것이다. 그때 정 아무개는 황제의 운세가 11년으로 1907년까지라고 했다. 그런데 그 예언이 기가 막히게 맞아떨어진 것이다. 그런데 더욱 얄궂은 것은 자신의 헤이그 활동이 그 원인이 되었다는 사실이었다.

위종과 이상설은 영국을 떠나 8월 1일 2주 체류 예정으로 미국 뉴욕에 도착했다. 위종은 감개무량할 수밖에 없었다. 열네 살 소년으로 떠나 7년이 지난 스물한 살 청년으로 다시 미국에 돌아왔던 것이다. 유럽과 미국 순회는 헤이그 만국평화회의에 이어 유럽 각국 정부와 미국 정부에 을사늑약의 부당성과 대한제국 국민의 독립의지 등을 설명하고 도움을 받으라는 황제의 명에 따른 것.

미국에 도착하자마자 위종은 곧바로 브로드웨이 센트럴 호텔에 여장을 풀고 《뉴욕 타임즈》를 비롯한 현지 언론과의 인터뷰를 가졌다. 뉴욕에 도착하기 전 현지 언론들은 이미 헤이그 국제클럽에서 위종이 연설했던 '한국의 호소' 전문을 싣고 위종과 이상설에 대해선 화이트 스타(White Star) 객선 마제스틱(The Majectic) 호를 타고 온 한국의 왕자와 전 총리대신이라고 소개하고 있었다.

위종은 이상설과 자신이 일제에 의해 사형과 종신형을 언도받았고 언제 어디서 미국 내의 일본인들로부터 습격을 당할지 알 수 없지만 두려워하지 않는다고 서두를 뗀 뒤 루즈벨트 대통령과의 회견을 시도할 예정이라고 밝혔다. 그리고 을사늑약의 불법성과 헤이그에서의 활동에 대해 언급했다.

"만국회의에서 우리의 활동은 실패한 게 아니었다. 일본의 침략성과 야만성에 대해 세계에 주의를 환기시켰기 때문이다. 우리는 세계의 공감을 획득했고 세계로부터 우리의 주장에 대한 비공식적인 보증을 얻었다."

이어서 헤이그에서의 특사 활동 이후 일본의 한국 황제 퇴위의 강제성 등을 지적하고 미국을 친구로 믿고 있는 한국에 대한 지원을 역설했다.

"한국은 양국이 처음 수교할 때부터 미국을 친구로 생각해왔다. 우리는 미국이 독립을 위해 싸운 주가 13개밖에 없었을 때 프랑스가 미국을 위해 했던 일을, 미국이 한국을 위해 해주길 바라는 것이다."

한 기자가 미국의 구체적인 역할에 대해 질문했다.

"우리가 원하는 것은 신실한 친구로서의 미국의 정치적 후원이지 금전적 원조가 아니다."

위종은 거침없이 대답했다.

당당하고 패기에 찬 한국의 왕자 위종의 기자회견은 헤이그에서 그랬던 것처럼 현지 언론의 큰 관심을 불러일으켰다.

기자회견이 끝났을 때 위종에게 다가온 사람이 있었다.

"선생님!"

갤런드였다. 처음 미국으로 올 때 배편을 주선해주고 함께 왔던.

"장하네, 위종 군!"

갤런드가 위종의 어깨를 감싸 안았다.

위종이 왈칵 치솟는 눈물을 감추려고 고개를 숙였다가 다시 들었을 때 갤런드의 뒤로 보이는 정다운 얼굴들이 있었다. 미국에 와서 처음 사귀었던 세라노와 프랑코였다. 그들 뒤로 또 하나의 정말 그리운 얼굴이 숨어 있었다. 스물다섯 살 미국여성의 아름다운 얼굴이.

그 순간 위종은 자신도 모르게 속으로 외쳤다.

"나탈리……!"

그날 밤 위종은 나탈리와 함께 허드슨 강변의 한 호텔에서 밤을 보냈다. 전 날 뉴욕 뒷골목에서 점쟁이가 했던 예언을 실현하면서.

7. 동행

7-1

갤런드는 카페 뒈 마고 테라스에 앉아 헤이즐넛 커피를 마셨다. 짙은 개암나무 향기가 콧속으로 기분 좋게 스며들었다. 전날 이위종이 생 시르 친구에게 사줬다는 커피였다.

카페 뒈 마고. 130년 전 문을 열기 전엔 비단가게였다고 했다. 그래서 카페 이름도 '두 개의 중국인형'이란 뜻의 뒈 마고였다. 물론 지금도 카페 안엔 중국인형 두 개가 기둥에 걸려 있었다.

8월에 접어들면서 더욱 기온이 올라 날씨는 찌는 듯이 더웠다. 그 열기가 공중으로 솟구쳐 올라 푸른 하늘을 더욱 아득하게 하고 있는 것 같았다. 그러나 차양이 만든 그늘 안에 앉아 있으니 마치 피안의 세계에 와 있는 듯한 기분이었다.

"요즘은 계속 날씨가 좋군요."

앞에 앉은 남자가 비엔나커피를 한 모금 마신 후 길 쪽으로 눈을 줬다가 다시 고개를 돌리며 가볍게 웃었다.

장 루이 트랑티냥.

남자는 영화 ≪남과 여(Un Homme et une femme)≫의 주인공과 동명이었다. 그러고 보니 중키의 신장이나 약간 날카로우면서도 성실하게 생긴 얼굴이 그 배우와 닮은 데가 있었다. 갤런드는 트랑티냥이 신문이나 잡지 같은 데 글을 쓰는 문화평론가라고 들었다. 그런데 실제로 그를 보니 마치 영화가 상영되었던 1960년대로 돌아온 것 같았다. 트랑티냥이 약속장소를 뒈 마고로 잡은 것도 그래서일까. 트랑티냥 뒤로 가이드북을 든 사람들 외에도 원고지나 엽서에 무언가 열심히 쓰고 있는 사람들이 눈에 띄었다. 인터넷을 검색하거나 컴퓨터 자판을 두드리는 현대와는 거리가 있는 모습들이었다.

갤런드는 어제 저녁 파리에 도착했다. 그가 파리로 오기까진 약간의 망설임이 없지 않았다. 파리행의 목적이 스스로도 분명찮았던 것이다. 공식적으로 그의 파리행은 이위종에 대한 추가조사가 목적이었다. 그러나 좀 더 솔직히 말한다면 그 이면엔 나타샤라는 여성이 존재하고 있었다. 이를테면 이위종을 자세히 알고 싶어 한국 H대 조동찬 교수를 찾아 이범진에 대해 문의했듯 이위종을 통해 나타샤의 실체에 접근하고 싶은 마음이 있었던 것이다.

그러면서도 갤런드는 그런 자신이 조금 우스웠다. 나타샤와는 그야말로 지극히 짧은 조우 외엔 아무런 관계가 없었기 때문이었다. 그렇지만 그녀의 한국에서의 기이한 행동이나 러시아에서의 잠적, 그리고 이현우의 말대로 그녀가 이위종과 어떤 식으로든 관련이 되어 있을 가능성 같은 것들이 두루두루 그를 뉴욕에 마냥 눌러앉아 있지 못하게 했다. 그냥 그대로 넘기기엔 여러모로 마음 쓰이는 부분이 많았던 것이다.

"제가 알고 있는 것을 말씀 드리겠습니다."

트랑티낭이 메모 노트를 펼치며 고개를 들었다.

갤런드는 며칠 전 갤런드 컴퍼니 파리 지사에 연락해 프랑스의 한 인물에 대해 알아봐 달라고 부탁했다. 앙리 제르맹. 1904년경 생 시르 졸업. 당시 파리 저명 금융인의 아들.

그가 창업주의 비망록에서 나오는 인물들 중 제르맹에

주목했던 건 현실적으로 가장 조사가 용이할 것으로 여겨져서였다. 이위종의 다른 친구 체르빈스키와 플라토노프는 어쨌거나 공산권의 인물이었고 그래서 조사가 여의치 않을 공산이 컸다. 그랬는데 제르맹에 대해 알고 있는 사람을 찾아냈다고 파리 지사에서 답신이 왔던 것이다.

"제르맹은 크레디 리오네 은행의 창업자 앙리 제르맹의 증손자입니다. 제르맹이 생 시르에 다닐 당시 아버지는 파리 지사의 지사장이었지요. 크레디 리오네 은행은 리옹에서 창업하고 단기간에 프랑스 최고의 은행이 되었어요. 지금은 국영기업으로 바뀌고 위상도 전만 못하지만 그래도 프랑스의 대표적인 은행이지요."

"어떻게 제르맹이란 인물에 대해 알게 되었습니까?"

"오래 전부터 크레디 은행에서 발행하는 고객 대상 잡지의 기획과 편집을 책임지고 있습니다. 그러다보니까 크레디 리오네 은행의 과거 창업주를 비롯한 그 일족의 얘기들을 알게 된 거지요. 그런 걸 조사하다 보면 재미도 있고요. 그런데 그저께 은행에서 연락이 왔더군요. 갤런드 컴퍼니 파리 지사에서 창업주의 증손자에 대해 궁금해 하는 분이 있다면서요."

"그런 선생님을 만나 뵐 수 있어 무척 다행입니다."

갤런드가 감사의 뜻으로 트랑티낭을 향해 살짝 고개를

숙였다.

"천만에요. 저야 제가 좋아서 그런 인물들을 찾아 조사를 하지만 관심을 가져주는 분이 있다니 되려 기쁘지요."

갤런드는 트랑티낭의 심정을 알 것 같았다. 자신도 갤런드 컴퍼니의 이사로 적을 두곤 있지만 실제로는 여행을 하거나 책을 읽고 글을 쓰는 일을 주로 하고 있지 않은가. 그게 즐겁지 않다면 할 수 있는 일이 아니었다.

"제르맹은 생 시르를 졸업한 후 어떻게 되었습니까?"

갤런드는 이위종이 파리를 떠난 후로는 제르맹에 대해 기술하지 않은 창업주의 비망록을 떠올리며 물었다.

"제르맹은 다른 형제들과 달리 은행일에 관여하지 않았어요. 생 시르에 입학했으니까 처음부터 은행일엔 관심이 없었던 것 같아요. 졸업 후엔 장교로 임관되어 오랫동안 군 생활을 한 걸로 알고 있어요."

"그랬군요. 그럼 혹시 제르맹의 친구인 체르빈스키나 플라토노프에 대해선 들어보시거나 아시는 게 있습니까?"

그러자 트랑티낭이 살짝 놀라는 얼굴로 되물었다.

"혹시 유스포프란 인물을 아십니까?"

"예. 알고 있습니다."

갤런드가 대답에 트랑티낭은 고개를 절레절레 저었다.

"갤런드 씬 상당한 지식을 축적하신 것 같군요."

"뭐 그렇진 않습니다만."

"그렇다면 아시겠네요. 유스포프가 라스푸틴을 죽인 인물이란 사실도요?"

유스포프는 구러시아 니콜라이 황제의 조카사위로 정계를 어지럽힌 요승 라스푸틴을 살해한 것으로 알려져 있었다.

"그렇게 알고 있습니다. 미국에서 발간된 그의 자서전에 그렇게 돼 있더군요."

"그러나 그건 정확한 사실이 아닙니다."

"그렇습니까?"

"유스포프가 라스푸틴에게 독극물을 먹이고 총격을 한 건 사실이에요. 그렇지만 라스푸틴은 죽지 않고 밖으로 도망쳤지요. 그 라스푸틴을 잡아서 포대자루에 넣고 묶은 후 네바 강에 빠트린 사람이 바로 체르빈스키입니다. 라스푸틴의 정확한 사인도 독극물이나 저격에 의한 게 아닌 익사였으니까요. 그러니까 엄밀히 말한다면 라스푸틴을 죽인 사람은 체르빈스키이지요."

"그런데 왜 라스푸틴의 죽음과 관련해서 체르빈스키의 이름이 언급되지 않습니까?"

갤런드의 물음에 트랑티낭이 콧등을 찡그렸다.

"그건 유스포프가 자서전을 내면서 라스푸틴이 살해된 걸 자신 위주로 기술했기 때문일 겁니다. 아니면 라스푸틴의 살해를 자신이 주도했다고 생각하면서 체르빈스키가 신분상 자신보다 비중이 작은 인물이어서 자연스럽게 언급하지 않았을 수도 있고요. 그렇지만 실제로 유스포프는 동성애자에다가 약간 겁쟁이였거든요. 물론 라스푸틴을 제거한다는 건 웬만한 사람들로서도 두려운 일이었을 테지만 말입니다."

"그럼 체르빈스키가 라스푸틴을 죽였다는 얘긴 어떻게 해서 나오게 된 거죠?"

"유스포프는 당시 러시아 제1의 부호였어요. 그런데 라스푸틴이 죽은 직후 러시아가 레닌에 의해 공산화되자 많은 다른 귀족들과 함께 프랑스로 망명했지요. 그때 그의 재산을 관리한 게 제르맹의 아버지가 경영 책임자로 있던 크레디 리오네 파리 지사였어요. 그런데 유스포프에게 제르맹을 통해 그의 아버지를 연결시켜 준 사람이 바로 체르빈스키였지요. 그래서 당시 제르맹과 가까운 사람들은 라스푸틴의 죽음에 대한 내막을 다 알고 있었던 거예요."

갤런드가 알기로 유스포프는 프랑스로 망명하여 살다가 노년에 미국에서 사망했다. 1967년 사망 당시 그의 나이 80세였다.

"그러니까 체르빈스키가 아니었다면 라스푸틴은 사망하지 않을 수도 있었겠군요?"

"어쩌면요."

"그럼 체르빈스키는 왜 유스포프를 도와 라스푸틴을 살해하는 데 가담했을까요?"

"당시 황후의 권세를 뒷배로 해서 국정을 농단하는 라스푸틴은 황실과 뜻 있는 젊은 장교들에게 공적이었습니다. 체르빈스키도 그 젊은 장교들 중 용기 있는 한 명이었고요. 일설에 의하면 체르빈스키에게도 그럴 만한 동기가 있었다고도 합니다만……."

"어떤……?"

"라스푸틴이 어머니 사라포바를 눈엣가시처럼 여겼다는 얘기가 있습니다. 황실과 귀족 여성들에 대한 라스푸틴의 문란한 생활을 견제했던 것 같아요."

"그렇더라도 체르빈스키가 라스푸틴을 제거하는 데 앞장섰다는 건 대단한 일입니다."

"그렇지요. 하지만 그런 일은 체르빈스키도 혼자만으론 불가능했을 겁니다. 누군가의 도움 없이 독자적으로 할 수 있는 일이 아니었어요. 실제로 체르빈스키의 라스푸틴 살해에는 친구의 도움이 절대적이었다는 얘기도 많아요."

"친구라면?"

"제르맹 가문의 기록들 이곳저곳에서 리(Li)라는 동양인 친구가 함께 했다거나 도와주었다는 얘기가 나옵니다."

"'리'라고 하셨습니까?"

갤란드는 전혀 예상하지 못했던 트랑티냥의 얘기에 정신이 번쩍 들 정도로 놀랐다. '리'라면 그건 이위종을 지칭하는 게 아닐까. 이위종도 결혼하면서 러시아 이름으로 개명했던 것이다.

"그래요, '리'."

"혹시 그 동양인의 정확한 이름을 알고 계십니까?"

"예. '블라디미르 세르게예비치 리'라는 이름입니다. 흔한 이름이지만 마지막 '리'는 러시아 이름이 아니지요. 따라서 동양인이 맞을 겁니다. 아마 중국인이나 한국인 이름이라고 생각됩니다만……."

"결국 선생님 말씀은 그 동양인이 라스푸틴의 죽음에 상당한 역할을 했을 수도 있다는 거군요?"

"제 생각입니다만 아마 그랬을 가능성이 커요. 왜냐하면 체르빈스키만 해도 감시망을 피해 황실근위대 소속으로 궁에서 근무했기 때문에 라스푸틴 측근들의 감시망을 피해 마음대로 조력자를 구하기가 쉽지 않았을 거예요. 왜냐하면 라스푸틴은 궁과 정부 안에 자신의 세력들을 상당수 심어 놓고 있었거든요. 그래서 가까우면서도 보다 덜 알려진 궁 바깥 인물의 도움이 필요했을 거예요."

이 사실을 어떻게 받아들여야 할까.

갤런드는 엄청난 사실을 접하게 되자 흥분이 되면서도 더위가 순식간에 달아나는 듯한 느낌이었다.

"혹시 체르빈스키나 플라토노프에 대해선 더 아시는 바가 없습니까?"

"체르빈스키는 제르맹을 통해 유스포프가 막대한 재산을 가지고 프랑스로 망명하는 데엔 도움을 주었지만 러시아가 공산화되고 얼마 후부터 연락이 끊긴 것 같습니다. 연락을 취하기엔 국내사정이 너무 혼란스러웠기 때문이겠지요. 그리고 플라토노프에 대해서도 생 시르 졸업 후 극동으로 배속되었다는 얘기 정도가 나오는데 아마 평범한 수준 이상의 군인이 되지 않았을까요? 물론 공산당원으로서 말입니다."

"체르빈스키에게 공산당이 맞았을까요?"

"제르맹 가문의 저작물에서 간헐적으로 보이는 기록에 의하면 체르빈스키는 생 시르 시절부터 개혁적인 성향이 있었던 것 같아요. 푸시킨을 좋아했다는 대목이 여러 군데서 보였으니까요. 귀족적인 데가 있어서 개혁군주가 다스리는 체제 같은 걸 지향했지 않나 싶어요. 그래서 러시아가 공산화되면서 내면 갈등이 컸을 거예요. 그렇지만 다른 귀족들처럼 러시아를 떠날 생각을 하진 않았던 듯해요. 어쩜 현명해서 대세를 거스르는 대신 시대의 흐름을 잘 탈 수도 있었겠지요."

그 점은 갤런드도 창업주의 비망록을 통해 어느 정도 추측하고 있었다.

"아무튼 고맙습니다. 만나 뵙고 여러 가지로 유익한 말씀을 듣게 돼서……. 제가 저녁 식사라도 대접하고 싶군요."

"천만에요. 그보다 갤런드 씨께서 제르맹에 대해 알고 싶어 하시는 이유를 제가 알아도 될까요?"

갤런드는 그러고 보니 대화의 순서가 잘못되었다는 사실을 깨달았다. 이쪽 얘기부터 먼저 하면서 시작했어야 하는 건데. 그래서 갤런드 컴퍼니와 한국의 D제약과의 사업파트너 체결이 이위종이란 인물에서 비롯된 것이고 그에 대해 더 많은 것을 알고 싶어 제르맹과 체르빈스키를 조사하게 되었다고 대답했다.

"백여 년 전 인물 덕분에 사업파트너가 되었다? 하! 그것 참 재밌는데요?"

트랑티낭이 환하게 웃으며 갤런드를 바라보았다.

"그 이위종이란 인물과 제르맹을 비롯한 친구들이 백여 년 전 바로 이곳에서 커피를 마시곤 했습니다."

"그래서 저도 약속장소를 이곳으로 정했지요. 그 동양인 생각은 미처 못했지만……."

두 사람은 일어서서 악수를 나누었다. 헤어지면서 트랑

티낭은 궁금한 부분이나 미진한 부분이 있으면 언제든지 연락을 달라고 했다. 갤런드도 앞으로 자주 연락하자고 대답했다.

그 길로 갤런드는 호텔로 돌아왔다. 내일은 이위종의 족적을 더듬으며 생 시르와 세느 강변, 콩코르드 광장 등을 둘러보고 모레나 글피쯤 러시아로 떠날 작정이었다. 이현우의 말대로 나타샤의 이해할 수 없는 행위가 이위종이란 인물에서 비롯된 거라면 그리고 나타샤가 모스크바 어딘가에 잠적해 있다면 어쨌거나 러시아로 가 볼 수밖에 없다고 생각되었기 때문이었다.

갤런드는 이현우에게 혹시라도 러시아에 올 수 없겠느냐고 메일을 보냈다.

7-2

전대원이 김영재의 연구실로 들어섰다.

"방학 때도 나와?"

"특별한 일이 없으면. 학교가 편하니까."

"아무튼 고맙네. 백수에게 일자리를 줘서."

"고맙긴. 되려 학교가 고마워해야 할 일이지."

전대원. 블라디보스토크 총영사를 거쳐 4년간 우즈베키스탄 대사로 지내다가 재작년에 은퇴했다. 김영재는 고교 동기인 전대원을 정치외교학과 특임교수로 그쪽 학과 관계자에게 추천했다. 그래서 전대원은 다음 학기부터 출강하기로 돼 있었다.

"호출한 사유는?"

"그냥 저녁이나 먹자고."

"그럼 나갈까?"

"잠깐만. 올 사람이 있어."

"누가 오는데?"

"내 제자."

김영재의 말이 떨어지기가 무섭게 노크소리와 함께 이현우가 들어왔다.

"좀 늦었습니다. 선생님."

김영재는 두 사람을 소개시켰다.

학교를 나와 세 사람은 정문 앞 한식집에서 저녁 식사를 했다. 어느 정도 식사가 진행될 즈음 김영재가 말을 꺼냈다.

"얼마 전에 강형 선생 출판기념회에 갔었는데 안 왔대?"

"어, 그날 사정이 있어서 못 갔어."

"그날 허철욱이 나왔던데?"

"그 친구가?"

전대원도 조금 놀라는 눈치였다.

"근 40년 만에 봤나? 고등학교 졸업하곤 처음 봤으니까."

"그 친군 동창들 사이에서도 약간 수수께끼 같은 인물로 알려져 있지. 거긴 왜 갔을까?"

"글쎄…… 그런데 그날 그 친구가 이상한 얘기를 하데."

"이상한 얘기?"

전대원이 큰 눈을 치켜떴다.

"코레일에 테러미수사건이 있었다는 거야. 지난 5월 OSJD 서울회의에서."

"그래?"

"지난번 우리 코레일에서 만났을 때 사장한테서 그 얘기 못 들었잖아?"

지난번 코레일 서울지사에서 있었던 유라시아 특집 좌담회엔 전대원도 러시아 전문가의 자격으로 참석했었다. 그의 외교관 경력 중 상당 부분이 러시아와 인근국가였기 때문에 김영재가 특별히 부탁했던 것이다.

"자넨 뭐 아는 것 없어? 같은 외교부 소속이었으니까 혹시 뭐라도……?"

"글쎄 그 친구는 내가 현직으로 있을 때 블라디보스토크와 타슈켄트에도 왔었지. 그렇지만 특별한 현안이 있었던 건 아니고 현지 공관 점검 차원의 순방이었지."

"그럼 이라크에도 그래서 갔던 걸까?"

"아마도. 이라크엔 한국 건설사도 있고 또 우리나라에서 전투기를 수십 대 팔기도 했으니까 주변국과의 마찰 상황이나 테러 가능성 같은 걸 체크하려고 갔을 거야."

"우리나라에서 이라크에 전투기도 팔았나?"

김영재로선 전혀 못 듣던 얘기였다.

"은정기가 있는 회사에서 팔았잖아?"

"은정기?"

고교 동기 은정기는 몇 년 전 공군 장성으로 퇴역 후 민간 차원에서 군과 관련된 일을 하고 있다고 들었다.

"그 친구가 몸담고 있는 회사가 전투기도 팔고 전투기가 이착륙할 비행장 건설도 하고 있어."

"그런가. 그렇담 반이라크 세력 쪽에선 한국에 대한 감정이 좋지 않을 수도 있겠네? 가령 이라크의 상당 부분을 점령한 IS 같은 데서도 그렇지 않겠어?"

"가능성이 전혀 없다곤 할 수 없겠지."

전대원이 뜻 모를 한숨을 길게 내쉬었다.

"그나저나 코레일엔 왜 그런 테러사건이 일어날 뻔했을까?"

"글쎄. 모르겠네. 여러 가지 추측이 가능하니까."

"여러 가지 추측이라면?"

"우리나라에 감정이 있거나 아님 다른 참가국에 감정이 있거나……."

"코레일 황 처장 말론 용의자들이 러시아 주변국가 사람들이라고 했어. 다 빠져나갔지만……."

"러시아 주변국가 사람들이 다?"

전대원이 김영재가 한 말을 반복하며 미간을 좁혔다.

"그렇다면 우리나라나 서울회의 참가국이나 다 대상이 될 수 있겠지. 대상이 되는 자세한 내막이나 이유는 모르겠지만."

"가령 어떤……?"

"한 예로 그 서울회의에 참가했던 러시아 대표만 해도 그래. 러시아에선 2인자라고 불릴 만큼 푸틴과 아주 가까운 권력자지. 그러니까 러시아에 불만인 나라의 입장에선 괜찮은 테러 대상이 되겠지. 그건 다른 나라 대표들에 대해서도 마찬가지고. 아니면 러시아나 다른 참가국과 교류를 가지는 우리나라에 대해 불만을 가지고 있기 때문일 수도 있겠고. 그래서 뭐라고 딱 꼬집어 말하긴 어려워."

"그런 문제에 대해 정부에서 전직 대사에겐 자문 같은 거 안 해?"

"현직을 물러난 지 2년이 되었어. 그러니까 현직들하고만 의논을 하는 거지. 내 얘기 같아서 뭣하지만 정부는 인력을 허비하고 있는 거야. 그동안 쌓은 정보나 지식이 얼만데 은퇴하면 그걸로 끝이야. 비단 외교 분야뿐만 아니라 통일 분야도 그렇고…… 전반적으로 그런 부분이 많아서 안타까운 생각이 들어."

블라디보스토크 총영사로 오래 있었던 탓일 수도 있겠지만 전대원은 한국과 러시아 간의 경제 교류에 관심이 많았다. 그래서 지난번 좌담회 자리에서도 북한과 러시아의 합작 사업인 나진·하산 프로젝트에서 한국이 러시아 측의 지분을 확보하는 문제부터 북한에 통관 수수료를 주고서라도 러시아의 천연가스를 도입하는 문제에 이르기까지 자신의 생각을 열정적으로 피력했었다.

"자, 그 얘긴 그쯤 하고…… 오늘 전대사와 만나는 자리에 우리 현우 군을 부른 건 다른 얘길 좀 듣고 싶어서야."

코레일 테러 얘길 접으며 김영재가 화제를 바꾸었다.

"그래?"

"사실 여기 현우 군은 전대사와 공통점이 많아. 둘 다 상당히 문학적이니까."

"내가 무슨 문학적이라고……."

전대원이 천만의 말씀이라는 듯 두 손을 내저었다. 그러나 김영재가 아는 전대원은 그런 소리를 들어도 무방할 만한 데가 있었다.

S대 불문학 전공의 전대원은 재학 시절 외무고시에 합격하고 졸업과 동시에 외교관의 길로 들어섰다. 그로부터의 경력이 30년이 넘었다. 그는 글쓰기를 좋아해서 공직생활을 하는 틈틈이 전공을 살려 여러 권의 책을 저술했다. 물론 본격적인 문학작품은 아니지만 주재국을 옮길 때마다 근무했던 나라의 문화를 담은 수필 형식의 책을 한 권 꼴로 펴낼 만큼 말하자면 그는 충분히 문학적이었고 밀도 있는 삶을 살았던 것이다.

"무슨 얘길 듣자는 건데?"

"블라디보스토크 얘길."

"블라디보스토크 얘기?"

"혹시 사바틴이라고 들어 봤어?"

"사바틴? 구한말 건축가 말이지, 러시아공사관과 독립문을 설계한?"

역시 전대원은 성실한 만큼의 지식이 풍부한 친구였다.

"그래, 맞아."

"그 사바틴이 왜?"

"그 사바틴이 러시아공사관을 지으면서 덕수궁을 잇는 비밀통로를 만들었어."

"그런 일이 있었나?"

"그 비밀통로는 지금도 약간 남아 있어. 그런데 그 비밀통로의 용도가 무엇이었느냐 하는 거지."

"글쎄."

"현우 군은 그 비밀통로를 명성왕후의 탈출로로 추측하고 있어."

"그렇다면 현우 씬 명성왕후가 을미지변 때 시해당하지 않았다는 거지요?"

전대원이 진지한 표정으로 현우에게 물었다.

"그렇습니다."

현우는 조선과 러시아가 수교를 하고 러시아공사관을 짓게 된 과정과 건축가 사바틴과 친러파의 대표적인 인물 이범진과의 관계와 역할에 대해 얘기했다.

"사바틴은 일본인들이 왕후를 시해할 거란 사실을 사전에 인지한 사람들 중의 한 명이었습니다. 이범진과도 상당히 가까운 관계에 있었고요. 그리고 그는 러일전쟁에서 일본이 승리하자 곧바로 블라디보스토크로 가 그곳에서 정착해서 오랫동안 살았습니다. 나중에 방랑을 하다 러시아 돈 강 유역에서 사망하긴 했지만……."

"그러니까 블라디보스토크에 사바틴과 관련된 얘기가 없느냐는 거지요?"

"예. 그렇습니다. 사바틴은 이십대 초반부터 삶의 가장 황금기인 20년간을 조선에서 보내고 블라디보스토크로 갔죠."

"비밀통로 얘긴 모르겠는데 명성황후가 시해되지 않았다는 얘긴 블라디보스토크에서 가끔 회자되곤 했어요. 현우 씨의 추측대로 아마도 사바틴의 영향 때문이었는지도 몰라요. 하지만 그건 일종의 바람이 아니었을까 싶어요. 그렇게 믿고 싶어 하는. 소문에 의하면 명성황후가 연해주에 왔다, 혹은 간도 지방에 왔다는 등 여러 설이 있었어요. 그렇지만 그건 어디까지나 설에 지나지 않았어요. 뚜렷한 증거가 있는 것도 아니었으니까."

"저는 독일로 간 게 아닌가 생각해요."

"독일? 어떤 근거에서요?"

"저는 민씨왕후의 탈출 혹은 사전 피신을 이범진과 베베르 공사와의 내밀한 합의에 의한 것으로 봐요."

"이범진과 베베르의 내밀한 합의라…… 계속해 봐요."

전대원이 재밌다는 듯 현우를 재촉했다.

"이범진은 오래 전에 이완용과 일본 나가사키를 방문해 한동안 머문 적이 있어요. 그런데 그곳에는 이토 히로부미가 일왕을 암살하고 자기 부하를 대신 일왕으로 세웠다는 소문이 만연해 있었어요. 즉, 일왕은 가짜라는 거죠. 아마 이범진도 그 소문을 들었을 거예요."

"그런데요?"

"거기서 힌트를 얻었을 겁니다. 일본의 가게무사처럼 때에 따라 다른 인물을 그 자리에 앉히는."

"그래서요?"

"일본과 수교한 이래 왕후는 임오군변과 갑신정변, 그리고 청일전쟁 때 일본군의 경복궁 난입 등을 겪으며 수차례 위험한 경우에 직면했습니다. 그랬던 만큼 뭔가 대비책을 마련했겠죠. 본인 스스로든 측근에 의해서든. 그 대비책 중의 하나가 덕수궁과 러시아공사관을 잇는 비밀통로라고 저는 생각합니다."

김영재와 전대원은 관심 있는 표정으로 현우의 말을 듣고 있었다. 현우는 잠시 숨을 고른 후 말을 이었다.

"중국인 혹은 사바틴으로부터 일본인들의 계획을 입수한 이범진의 종용으로 왕후는 을미지변 며칠 전에 아니면 당일 낮이나 저녁 무렵에 가마를 타고 경복궁을 빠져나와 덕수궁으로 갔을 겁니다. 덕수궁은 고종에게 보위를 허락한 조대비가 몇 년 전까지 기거하고 있었던 곳이죠. 그리고 시기를 보아 인천에 정박해 있는 러시아 군함을 타고 한국을 떠난 게 아닌가 합니다."

"그렇다면 이범진과 베베르 사이의 내밀한 합의란 것은?"

김영재가 물었다.

"전에도 선생님께 한번 말씀 드렸다시피 러시아가 주도한 삼국간섭으로 대외적으론 일본세가 한풀 꺾였지만 국내 상황은 꼭 그렇지는 않았습니다. 조선보다 우선 만주에 주력하고 있는 러시아는 아직 멀리 있고 조선부터 수중에 넣으려는 일본은 이미 군대를 파견해 놓고 있었으니까요. 즉, 어떤 경우에도 러시아에겐 불안이 상존했던 거죠. 따라서 일본은 마음만 먹으면 왕후는 언제든지 제거할 수 있었습니다. 그걸 이범진도 베베르도 알고 있었고요. 그랬던 만큼 삼국간섭에 따른 일본의 반격이 있으리란 건 충분히 예견되었겠죠. 그런 상황에서 이범진과 베베르는 왕후를 궁에서 빼내기로 합의를 합니다. 이범진으로선 무엇보다 왕후의 목숨을 보전하는 게 우선이었으므로 경우에 따라 왕후가 다시 그 자리로 돌아오지 못할 수도 있다는 점을 수용할 수밖에 없었을 거고요. 어쨌거나 그렇게 해서 결국 을미지변 때 왕후의 희생을 막았던 거죠. 선생님 생각은 어떠세요?"

"글쎄."

김영재는 수긍도 부정도 하기가 애매해서 대답을 피했다.

"사실 여부와 관계없이 왕후 시해의 배후로 일본이 지목된 것은 조선정부나 러시아공사관엔 일본의 야만성과 침략

성을 세계에 부각시키고 일본을 압박할 수 있는 좋은 카드
가 된 거죠. 그런데 아관파천으로 친일내각을 붕괴시키고
법부대신 겸 경무사에 오른 이범진은 일본을 더 이상 물러
날 수 없을 만큼 강하게 밀어붙입니다. 그러자 베베르도 당
황하기 시작한 거죠. 그래서 페테르부르크의 지시를 받고
국왕과 상의하여 이범진을 미국으로 보낸 겁니다. 러시아로
선 조선에서의 정치적 우위를 확보한 상태에서 일본을 더
이상 자극하여 조선에서 맞붙는 상황만큼은 피하고자 했던
거죠."

"일리가 있는 얘기네요."

전대원이 가볍게 웃으며 고개를 끄덕였다. 그리고는 물
었다.

"그런데 황후가 독일로 갔으리라는 근거는요?"

"왕후의 탈출 사실은 이범진과 베베르를 비롯한 최소한의
사람들만 알았을 겁니다. 아마 손탁 정도? 고종도 몰랐거나
알았더라도 나중에 알았겠죠. 러시아 쪽에서도 마찬가지였
을 거고요. 그렇다면 러시아로서도 시해되었다고 공표된 조
선 왕후를 수용하긴 어려웠을 겁니다. 그래서 선택된 게 독
일입니다. 독일은 베베르의 처가가 있는 나라였거든요. 실
제로 나중에 고종은 이범진과 또 다른 측근 이용익을 통해
독일 현지은행에 상당한 액수의 돈을 예치합니다. 아마 조

선의 상황이 개선되었다면 왕후는 돌아올 수도 있었겠죠. 그러나 안타깝게도 조선은 그럴 상황을 만들지 못했고요."

"듣고 보니 일관된 근거와 논리가 없진 않군요. 한번 다시 생각해 볼 만하네요."

실제로 믿는지 어떤지 전대원은 현우의 얘기에 일정 부분 공감을 표했다. 김영재가 한마디 보탰다.

"현우 군은 소설가야."

그러자 현우가 씩 웃으며 전대원을 바라보았다.

"그런데 대사님? 한 가지 여쭤 봐도 될까요?"

"그렇게 하세요."

"대사님께서 러시아에도 오래 계셨던 걸로 알고 드리는 질문입니다만 러시아 역사에서 라스푸틴은 어느 정도의 비중으로 얘기가 됩니까?"

"라스푸틴이라……."

전대원은 입가에 빙긋이 미소를 띠며 현우를 바라보다가 대답했다.

"모든 역사가 다 마찬가지겠지만 역사란 어떤 시각으로 보느냐에 따라 성격이 달라지지 않겠어요? 러시아 역사도 그래요. 사회적 관점, 문화적 관점 등 관점에 따라 다른 얘길 할 수 있겠지요. 그럴 때 라스푸틴을 중심축으로 놓고 보면 20세기 초 러시아 역사는 라스푸틴에 의한 흑역사(黑

歷史)라고 할 수 있겠지요."

"그 정돕니까?"

"그래서 관점에 따라 다르게 얘기할 수 있다고 그랬잖아요. 아까 얘기한 사바틴도 테니스를 잘 쳤다는데, 테니스의 경우를 생각해 보세요. 한 경기가 길게는 5세트 게임으로 다섯 시간을 넘길 때가 있지요. 그런데 정확하게 관찰하면 승패는 그 다섯 시간 중 어느 한순간에 결정되는 거예요. 역사도 그래요. 라스푸틴이 없었다면 로마노프 왕조가 붕괴되지 않았을지도 모른다는 가정은 그래서 가능한 거지요."

"로마노프 왕조의 붕괴와 연관시킬 수 있다면 어쨌거나 대단한 인물이긴 하겠군요?"

"라스푸틴이 대단해서 로마노프 왕조를 붕괴된 게 아니라 로마노프 왕조가 붕괴되었으니까 라스푸틴이 대단한 걸 수도 있겠지요."

"둘러치나 메치나."

김영재가 누구에게라고 할 것 없이 한마디 거들었다.

"그러게. 그렇지만 현우 씨 말대로 대단한 인물임엔 틀림없어. 옛날 진시황 때도 노애(嫪毐)란 인물이 수레바퀴를 돌리는 걸출한 남근으로 황제의 어머니와 사통하다가 진나라를 멸망시켰다지만 라스푸틴도 출중한 물건 하나로 러시아 황실과 귀족 사회 여성들을 휘저어놓으며 3백여 년을 이어온 제정 러시아를 종식시켰으니까. 오죽 했으면 그 물건이 지금까지도 전시되어 있겠어?"

"뭐야? 그 물건이 지금까지도 보관되고 있다는 거야?"

김영재가 말도 안 된다는 듯이 물었다.

"블라디보스토크 자연사박물관에 보관되어 있지."

전대원이 다소 민망한 표정으로 현우를 한번 쳐다보고 대답했다.

"자연사박물관이라니. 대체 그게 진품 맞아?"

"글쎄. 난 아닐 것으로 생각해. 왜냐하면 한동안 라스푸틴의 물건은 그 행방이 묘연했고 가짜를 들고 나타나 거액에 판매하려던 사람들도 있었으니까."

"별 희한한 인간들도 다 있군."

김영재가 입꼬리를 말아올리며 웃었다.

7-3

김영재 교수와 헤어지고 오피스텔로 돌아온 현우는 한바탕 난리를 쳤다. 차수련이 들이닥쳐 닦달을 해 댔던 것이다. 자기 어머니가 중국에서 입국한 이래 전화를 받지 않았다는 게 이유였다. 현우로선 미칠 노릇이었다.

대체 무슨 사이인데 자기 어머니를 만나란 말인가.

낡여도 더럽게 낡였다고 현우는 생각했다. 다행히 그녀의 어머니는 그저께 출국했다고 했다.

차수련과 엮이게 된 걸 생각하면 현우는 인생이 더럽게 꼬였다는 느낌을 지울 수 없었다. 3년쯤 전이었다. 무심코 들어간 채팅 사이트에서 현우는 차수련이란 이름의 한 중국인 여대생과 대화를 나누게 되었다. 사이트에 올라온 그녀의 얼굴은 중국 북방 미인의 전형처럼 우아하고 기품이 있었다. 그리고 절제된 대화에도 조신함이 느껴졌다. 그게 짧은 영어실력 때문이란 걸 나중에야 알게 됐지만.

사이트에서의 대화는 서너 달 계속됐다. 그런데 그 이후에 경천동지할 일이 발생했다. 어느 날 갑자기 차수련이 학교로 찾아왔던 것이다. 더욱 놀랄 수밖에 없었던 건 그녀가 중국에서 다니던 학교를 그만두고 외국인 자격으로 현우가 다니는 학교 학사과정에 입학했다는 사실이었다.

그러나 무엇보다 현우를 놀라게 한 건 차수련의 얼굴이었다. 그녀의 얼굴은 인터넷 사이트에서 추측했던 자연산이 아니라 숱한 수정의 과정을 거친 결과물이었다. 그녀는 몇 년 전 고등학생 때 방학을 이용하여 한국하고도 서울, 서울하고도 강남, 강남하고도 가장 비싼 성형외과에서 부분 수정을 했다고 털어놓았다. 부분수정이라니. 현우가 대충 파악하기로도 이목구비의 개수만큼은 한 차례 이상 한 것 같았다.

현우는 차수련을 보는 순간 밥맛이 싹 떨어지는 기분이었다. 얼굴이 가짜면 다른 것은 진짜일 수 있을까. 말도 생각도 성형했고 또 할 거라고 생각하면 소름이 끼쳤다. 그런데도 그녀는 현우가 가입한 외국인 학생모임이나 국제활동 모임에 가입하면서 졸졸 따라다녔다. 그게 2년 반이 넘었다.

그런데 결국 현우의 짐작은 맞아떨어졌다. 차수련이 어느 날부턴가 본래의 것으로 여겨지는 말투를 고스란히 드러내기 시작했던 것이다. 남들과 함께 있을 땐 성형된 얼굴처럼 성형된 말투였던 그녀는 둘만 있으면 거칠기 짝이 없는 말투를 서슴없이 구사했다. 본래의 얼굴을 연상케 하는 말투였다.

그게 언제였던가. 작년 겨울 정말 어쩌다 한 번 차수련과 밤을 보낸 일이 있었다. 순전히 그녀의 악착같이 들어붙는 찰거머리 작전에 넘어갔던 것이다. 그 후부터 그녀는 마치 자신이 약혼자나 되는 것처럼 굴었다. 현우는 후회스럽기 짝이 없었다.

간신히 어르고 달래어 차수련을 보내고 났을 때 호성이

모습을 나타냈다. 호성을 보는 순간 현우는 다시 화가 치솟았다.

"네가 그랬지? 오피스텔 주소 가르쳐 준 거?"

입때껏 오피스텔 주소만큼은 차수련에게 극구 비밀로 했던 현우였다.

"야! 그럼 어쩌냐. 남들 보는 앞에서 네가 있는 곳 가르쳐 달라고 울고불고 난리 치는데. 잘못 보면 내가 걔한테 무슨 말 못할 잘못이라도 저지른 줄 알게 말이야."

"네가 허투루 보였기 때문에 그러는 거야."

"그러는 넌 왜 걔를 못 자르냐?"

그 소리에 현우는 할 말이 없었다. 틀린 말이 아니기 때문이었다.

"됐다."

그나저나 차수련이 오피스텔 주소를 알았으니 큰일이었다. 오피스텔은 호성의 아버지 유 회장이 마련해준 것이었다. 현우가 대학원에 진학했을 때 유 회장이 말했다. 너는 네 하고 싶은 것을 하고 살아라. 큰 욕심을 내지 않으면 사람에겐 큰돈은 필요 없다. 필요한 만큼의 돈은 내가 줄 테니 너는 네가 하고 싶어 하는 일을 하며 의미 있는 삶을 살아라. 나는 필요한 만큼만 쓰면 줄지 않을 돈이 있고 너는 필요한 만큼의 돈만 있으면 의미 있는 삶을 살 수 있으니 내가 너를 도우면 서로의 기쁨이 아니겠느냐. 대신 네가 사양하는 것만은 내가 용납하지 못한다. 내 할아버님에 대한 고마움 때문에 내가 그러는 게 아니다. 그러면서 그 자리에서 마련해준 게 바로 이 오피스텔이었다.

"미친 놈. 도대체 차수련이 어때서? 내가 보기엔 네놈한텐 백 배 천 배 아까운 앤데?"

현우가 잠자코 있자 호성이 이죽거렸다.

아까우면 너 가져라, 새꺄. 걔 더러운 성질을 알면 그따위 소릴 할까.

아까도 그랬다.

딴 개집애한테 한 눈 팔면 죽어. 우리 아버지가 사람 시키면 멀쩡한 인간 한두 명 정도 없애는 건 일도 아냐.

차수련의 아버지는 중국 항주에서 백화점을 운영하고 있다고 했다. 그리고 차수련은 그 아버지의 무남독녀 외동딸이었다. 그러나 알게 뭐람. 못 믿겠다. 눈, 코, 입, 얼굴 전체를 한국 성형외과에서 몽땅 갈아엎은 가짠데 그 말은 진짤까. 설령 진짜인들 대수냐. 정말이지 중국 조폭의 딸이 아닌지 모르겠다.

현우는 책상 앞으로 와 차수련이 나간 뒤 보고 있던 컴퓨터의 이메일을 다시 들여다보았다. 갤런드가 보낸 것이었다. 갤런드는 현우에게 러시아로 와 줬으면 하고 있었다.

현우는 고민스러웠다.

이위종에 대해 수년 전부터 관심을 가져오긴 했지만 그 이유만으로 러시아로 간다는 것은 선뜻 마음먹을 수 있는 일이 아니었다. 이미 다른 일로 한 번 다녀온 바 있는 만큼 더더욱. 돈 때문도 아니었다. 다만 아직은 그렇게 살 시기가 아니라는 생각이 들었던 것이다.

"야, 이거 그때 그 친구한테서 온 거네?"

현우의 등 뒤에서 컴퓨터 화면을 들여다보던 호성이 소리쳤다.

"그래."

"가자!"

"뭘?"

"러시아로 오라잖아."

"너보고 오란 게 아냐."

"내가 오면 안 된다는 말이 거기 어디 있어?"

"네가 놀 물이 아니라니까."

"I대 뒷산에서 나타샤에 대해 결정적인 단서를 잡은 게 나야."

현우가 계속 망설이는데도 호성은 무조건 가자고 졸라댔다. 러시아 가는 게 적적한 생에 은총처럼 떨어진 무슨 어드벤처나 되는 줄 착각하면서.

그러나 거절한다고 물러설 호성이 아니었다. 대신 현우는 조건을 내걸었다. 갤런드가 제공하는 비행기 티켓을 포함한 경비는 한 명분이므로 네 것은 네가 책임질 것. 둘째는 떠나기 전에 차수련의 촉수에 포착되지 않도록 철저히 보안을 유지할 것. 정말이지 차수련이 알고 따라붙는다는 건 상상만 해도 끔찍했다.

"야, 원님 덕에 나발 좀 불자."

호성은 소풍날을 맞은 아이처럼 환호성을 올렸다.

현우는 떠나기에 앞서 좀 더 자료들을 보완해서 정리하기 위해 갤런드에게 2, 3일 여유를 달라고 했다. 그리고 갤런드에게 일단 탈린에서 만나자는 수정 제안을 했다. 이위종과 나타샤와 관련해서 뭔가 짚이는 게 있어서였다.

8. 추적

8-1

차왕은 오늘도 로스톱스키의 뒤를 따르고 있었다. 사장
의 은밀하고 지엄한 지시도 있긴 했지만 개인적으로도 왠
지 로스톱스키에 대한 관심의 촉수를 접을 수가 없었다. 뭔
가 스스로 납득할 만한 결말이 있기까진.

잠시 후 로스톱스키는 버스터미널로 들어섰다. 그런데 뭔
가 느낌이 왔다. 아니나 다를까. 로스톱스키가 작은 여행가
방을 맨 젊은 여자와 얘기를 나누고 있는 모습이 눈에 들어

왔다. 차왕은 한눈에 여자가 나타샤임을 직감했다. 늘씬한 키에 이목구비의 선이 가녀린 여자는 빼어나게 아름다웠다. 모스크바 시내에선 두 번 다시 찾기 힘들 정도로. 로스톱스키는 나타샤를 걱정하는 듯한 표정이었고 나타샤는 그런 그를 안심시키듯 다독거리는 것처럼 보였다.

잠시 후 로스톱스키가 돌아섰다. 그리고 두어 걸음 걷다가 뒤를 돌아 나타샤를 향해 손을 흔들었다. 나타샤도 마주 손을 흔들었다. 나타샤는 조금 슬프게 웃는 얼굴인데 로스톱스키의 얼굴엔 수심이 가득 서려 있었다.

왜 승강장까지 가서 배웅하지 않는 걸까, 로스톱스키는.

아마도 나타샤가 그만 돌아가라고 다독인 것 같았다.

터미널 밖으로 빠져나가는 로스톱스키의 뒷모습을 지켜보다가 나타샤가 돌아서서 승강장을 향해 걷기 시작했다. 차왕은 나타샤를 뒤따라가 그녀가 버스에 오르는 것을 확인했다. 그리고 버스의 행선지도. 탈린.

버스의 행선지를 확인하면서 차왕은 순간적으로 혼란을 겪었다. 이제 어쩔 것인가. 나타샤를 추적할 것인가. 아니면 돌아가 로스톱스키를 만나 그동안 있었던 일들을 물어볼 것인가. 나타샤를 따라붙는다는 것은 만만한 일이 아니었다. 그녀가 왜 버스를 택했는지 모르겠지만 탈린은 버스로 15시간 이상 걸리는 곳이었다. 차라리 돌아가 로스톱스키부터 만나 볼까. 로스톱스키에게 물어보면 그동안 나타샤가 어디 있었으며 탈린에는 왜 가는지를 알 수 있을 테니까.

그렇지만 차왕은 고민할 겨를도 없이 곧 판단을 내렸다. 그리고 로스톱스키를 만나는 대신 나타샤를 따라붙기로 했다. 로스톱스키를 만나는 것은 과거형의 얘기를 듣는 데 지나지 않지만 나타샤를 뒤따르는 것은 로스톱스키도 알 수 없는 미래를 향한 현재진행형의 상황을 실시간 목도하는 것이다. 그런 만큼, 나타샤를 추적하는 일이야말로 현장감이 백배하면서도 보다 유익한 일이 아니겠는가.

그러나 그 판단은 다음 순간 미처 깨닫지 못했던 난관에 부딪쳤다. 여권을 가지고 나오지 않았던 것이다. 여권이 없으면 티켓을 발매할 수가 없었고 국경 통과도 불가능했다. 그래서 나타샤가 탄 버스가 승강장을 빠져나가는 것을 속수무책으로 지켜볼 수밖에 없었다.

그래, 버스 행선지 확인으로 나타샤의 목적지는 파악이 되었다. 내가 할 일은 여기까지다.

모처럼의 어드벤쳐의 기회를 상실한 데 대한 애석함을 씹으며 차왕은 자신을 위로했다. 그리고 천천히 대합실을 빠져나왔다. 그 사이 나타샤가 탄 버스는 대로로 막 진입하고 있었다.

그랬는데 대합실을 막 벗어나는 순간 차왕은 머리 뒤편

대뇌 부분이 갑자기 근질거리는 것 같았다. 이어서 이상한 느낌이 엄습했다. 조금 전 대합실 한쪽에서 나타샤를 바라보던 건장한 두 남자. 그땐 별 생각 없이 무심코 넘겼는데 아닐지 모른다는 생각이 들었다. 고개를 돌리자 남자 둘이 대합실에서 빠른 걸음으로 걸어 나와 길가에 세워둔 차에 올라타는 게 보였다. 아까 대합실 한쪽에서 나타샤를 지켜보던 남자들이었다. 차에는 또 한 사람이 타고 있었다. 그들은 버스가 대로로 접어들자 곧바로 그 뒤를 따르기 시작했다.

차왕은 헐레벌떡 택시를 잡았다. 그리고 얼마 떨어지지 않은 숙소로 가서 여권을 챙긴 후 앞마당에 세워둔 자신의 차를 몰고 출발했다. 나타샤가 탄 버스가 달리는 길은 정해져 있고 조금만 속도를 내면 버스와 승용차는 쉽게 따라잡을 수 있을 것이었다. 신호등에서 차가 멈췄을 때 차왕은 사장에게 전화를 걸어 한국에 연락해 달라고 부탁했다.

언제였을까. 자신에게 이상한 조짐이 보이기 시작했던 건. 창가에 앉아 멀어지는 모스크바 풍경에 눈을 주며 나타샤는 중학교 때의 일을 떠올렸다. 그날의 기억은 지금까지도 너무나 생생했다. 그날 그 시각 왜 갑자기 성당에 들어가보고 싶어졌던 걸까. 그전까지 수도 없이 그냥 지나치던 성당을. 겨울이라 일찍 해가 져 사위는 어두웠다. 열려진 문을 통해 성당건물 안으로 들어가자 낮은 촉수의 전등불과, 성단(聖壇)과 벽면 촛대에서 타오르는 촛불들이 간신히 어둠을 몰아내고 있었다. 평일이어서인지 아무도 없고 조금 섬뜩한 기분이 들었다.

성당 안엔 신도들이 앉는 의자가 없었다. 그녀는 성단 앞 중앙에 멈춰 섰다. 그리고 자신도 모르게 두 손을 모은 채 눈을 감았다. 기도란 게 어떻게 하는 건지 잘 몰랐지만 뭔가를 고백하고 소원하는 마음이었다. 그리고 얼마 후, 고요하면서도 영묘한 기운이 자신 속으로 흘러들어오는 것 같았다. 그러기를 또 얼마나 됐을까.

어떤 알 수 없는 느낌에 눈을 뜨고 옆을 돌아보니 한 남자가 바로 옆에 서서 자신처럼 기도를 올리고 있었다. 멋진 군복 차림의 잘 생긴 동양남자였다. 예수 형상이 담긴 스테인드 그라스를 올려다보며 기도하는 남자의 얼굴엔 눈물이 흐르고 있다.

왜 우는 걸까.

그녀는 물끄러미 남자를 쳐다보았다. 남자는 그녀를 의식하지 못한 채 뭔가 애타게 갈구하는 듯한 눈으로 앞만 주시하고 있었다. 여전히 남자의 얼굴엔 눈물이 볼을 타고 흘러내렸다.

무슨 슬픈 일이라도 있는 걸까.

더 이상 남자를 쳐다보지 못하고 그녀는 고개를 돌려 다시 눈을 감고 기도하기 시작했다. 이상한 것은 성당 안엔 남자와 자신 둘밖에 없는데 그녀는 낯선 사람과 함께 있는 게 두렵지도, 어색하거나 불편하지도 않다는 것이었다. 그래서 처음 들어왔을 때 느꼈던 섬뜩함 같은 것은 어느샌가 사라지고 없었다. 오히려 마치 오랫동안 알고 지내던 이웃을 만났을 때처럼 익숙한 따뜻함과 포근함이 밀려왔다. 그러다가 그녀는 다시 한 번 놀랐다. 어느 순간부턴가 그 남자의 알 수 없는 슬픔을 위해 기도하고 있는 자신을 발견했던 것이다.

그 사실을 깨달으며 그녀는 남자를 확인하고자 하는 생각으로 눈을 뜨고 고개를 돌렸다. 그런데 옆에 서 있던 남자가 보이지 않았다. 아무런 기척도 없었는데. 그녀는 갑자기 이상한 생각이 들기 시작했다. 정말 그 남자를 봤던 것일까. 혹시라도 착각을 했거나 헛것을 본 건 아닐까. 그녀는 자신의 기억을 믿기가 어려웠다. 동시에 새삼스럽게 두려움이 느껴졌다. 그녀는 무서워서 도망치듯 밖으로 나왔다.

오전 11시 30분 호성과 함께 인천공항에서 핀란드 항공기에 탑승한 현우가 9시간가량 비행한 끝에 헬싱키 반타공항에 도착한 것은 현지 시각 2시 30분경이었다. 공항을 빠져나와 택시를 잡으려는데 스마트 폰이 울렸다.

"현우?"

"예, 선생님!"

전화를 건 사람은 뜻밖에 김영재 교수였다.

"잘 도착했나?"

"예. 방금 도착했습니다."

"조금 전에 모스크바에서 전화가 왔어. 강 사장한테서."

"모스크바요?"

"나타샤를 찾았다는군."

"그게 정말입니까?"

현우는 벼락이라도 맞은 것처럼 깜짝 놀랐다. 나타샤를 찾았다니.

"변차왕이란 친구한테서 연락이 왔다는군."

"변차왕? H자동차 모스크바 지점 영업부 대리 말이죠?"

"그래. 로스톱스키란 러시아 청년과 나타샤가 만나는 걸 확인했대."

"예……."

"그런데 말이야."

"예, 선생님."

"나타샤가 탈린으로 떠났다는 거야."

"탈린요?"

"그래, 탈린."

탈린이라니. 공교로운 일이었다. 현우는 들뜬 감정을 진정시키며 물었다.

"탈린엔 왜요?"

"그건 몰라. 일단 나타샤를 찾았고 그녀가 탈린으로 떠났다는 것밖에는. 그래, 내가 강 사장한테 자네 전화번호를 가르쳐 줬어. 변차왕한테 전해주라고. 앞으론 변차왕이 직접 자네한테 전화할 거야."

"고맙습니다, 선생님."

"나타샤를 찾은 것도 다행이지만 그녀가 탈린으로 갔다니 잘된 일 아닌가. 일이 수월케 돼서……."

"그렇습니다."

"잘 해보게. 난 자네가 거기까지 가고 그러는 게 조금 엉뚱하다는 생각은 들지만 기왕 시작한 거 잘해보게."

"예, 선생님. 고맙습니다."

"호성이한테도 잘 다녀오라고 전해주고."

"예, 선생님."

전화를 끊고 현우는 택시를 집어탔다.

핀란드 최고의 민족주의 음악가 시벨리우스를 기념하여 만든 시벨리우스 공원과 암석교회라 불리는 템펠리아우키

오 교회를 주마간산 격으로 훑어보고 헬싱키 대성당에서 택시를 내린 것은 4시가 다 되어서였다.

핀란드. 한때 덴마크와 스웨덴의 지배를 받았고 1800년대 이후 백 년 이상 제정 러시아의 영역에 속했다가 1917년 러시아 혁명을 기점으로 독립을 선언했다. 2차대전 땐 러시아를 상대로 전쟁을 치르면서 전국토가 초토화되었고 패전으로 6억 달러에 달하는 금전적 배상을 하기도 했다. 그러고도 국민들의 엄청난 노력으로 어려움을 극복하며 복지국가의 기틀을 마련했다.

국민소득 4만여 달러. 인구가 5백만 남짓함에도 불구하고 영토가 한반도의 1.5배나 돼서 싱가포르처럼 강소국이란 소릴 듣지 않았고 한국에 비해서도 국가지명도가 앞섰다.

현우는 호성과 함께 대성당 건물 앞 계단에 나란히 앉아 앞쪽으로 나 있는 원로원 광장을 내려다보았다. 헬싱키 시민들과 여행자들의 만남의 장소로 활용되고 있다는 원로원 광장의 한복판에 큼지막하게 자리 잡고 있는 러시아 황제 알렉산드르 3세의 동상이 이 나라의 지난 역사를 말고 있는 듯했다. 광장 끝에선 예쁘장하게 생긴 초록색 전차가 횡으로 움직이고 있었다. 대성당 맞은편의 건물들 때문에 바다는 가려졌지만 그 너머로 크루즈선 상단부분이 보였다.

탈린 가는 페리 탈링크의 출발 시간은 5시 30분. 아직 1

시간 반이 남아 있었다. 비행기 도착시간이 지연될 경우를 예상해 한국에서 승선 시간을 여유 있게 예약해두었던 것이다.

믿기지 않는 일이었다. 어떻게 일이 한꺼번에 진척이 되는지.

종적을 감춘 나타샤를 찾을 방법은 묘연했다. 갤런드가 러시아로 와 줄 수 없겠느냐고 했을 때 탈린으로 수정제의 했던 건 나타샤가 태어나고 자란 곳을 한 번 직접 보면서 뭔가 그녀의 행방을 추적할 수 있는 자그마한 실마리라도 얻기 위해서였다.

그런데 그녀가 나타났다니. 그리고 탈린으로 오고 있다니.

현우는 계단에 앉은 채로 담배를 꺼내 물었다. 그리고 불을 붙여 연기를 한 모금 빨아들였다가 뱉으며 한국에서 맛보지 못했던 흡연의 자유를 노골적으로 만끽했다.

그동안 그녀는 어디 있었던 걸까. 그리고 탈린으로 오는 이유는.

그녀가 왜 잠적했으며 어디에 있었는지는 모르겠지만 탈린으로 오는 이유는 어쩜 알 것도 같았다.

"가자, 그만."

계단에서 일어선 현우는 바로 옆에서 요가 시범을 보이느라 상의가 올라가 매끈한 허리살을 드러내고 있는 여대생들에게 얼이 빠진 호성의 어깨를 툭 쳤다. 그리고 계단을 내려가 원로원 광장을 가로질러 마켓광장으로 가는 골목으로 들어섰다.

광장에서 마켓광장까지는 5분 거리였다. 싱싱한 생선과 야채, 과일이 관광객을 사로잡는다는 마켓광장은 오후라서 그런지 별로 볼 게 없었다. 파라솔 하나를 골라 앉아 과일주스를 마시고 나서 아직 시간이 꽤 남아 있음을 확인한 현우는 마켓광장에서 빤히 보이는 우스펜스키 대성당으로 가보기로 했다.

"야, 그 성당이 그 성당인데 뭐 하러 자꾸 보나."

호성이 초장부터 투덜거렸다.

마켓광장 끝자락에서 큰길 쪽으로 서 있는 우스펜스키 대성당은 서유럽 최대의 정교회 성당이었다. 러시아에 지배받던 시절인 1868년에 성모 승천을 기념하여 세워진 성당은 양파 모양의 꾸뿔라와 금으로 된 첨탑이 모스크바의 붉은광장에 있는 바실리 대성당과 많이 닮아 있었다. 성당 내부의 그리스도와 12사도 벽화는 천연물감으로 그린 것이라 했다.

마켓광장에서 얼마 떨어지지 않은 란시 터미널에서 탈링크에 오르면서 현우는 탈린에 먼저 와 있을 갤런드에게 배를 탄다는 전화를 했다. 탈링크는 탈린에 2시간 반 후에 도착할 예정이었다.

모스크바 시내를 벗어나 고속도로로 진입한 지 30분가량 지났을 때 차왕은 앞서가는 나타샤가 탄 버스를 발견했다. 그 뒤를 좇고 있는 세 명의 사내들이 탄 승용차도.

이제부터 길고 긴 추적이 시작되는 것이다.

차왕은 마치 영화의 주인공이나 된 듯한 기분으로 한 번 길게 심호흡을 했다. 그렇지만 버스와 승용차를 발견한 덕분인지 마음은 느긋했다.

버스가 첫 번째 휴게소에서 들렀을 때 차왕은 버스에서 멀찌감치 차를 세웠다. 그리고 가급적 나타샤와 거리를 두고 그녀를 관찰했다. 고속도로 휴게소랬자 한국의 편의점 규모였으므로 자칫하면 그녀의 눈에 띄어 의심을 살 우려가 있었다.

승용차로 따라온 녀석들은 휴게소 건물 밖에 서서 안에서 커피를 마시고 있는 나타샤를 감시하고 있었다.

뭐하는 놈들일까.

셋 다 키가 크고 체격이 건장했다. 그러나 별 특징이 없는 놈들이었다. 사이즈와 관계없이 러시아 남자들은 웃는 법이 없고 대체로 음흉하게 생겼으므로 그놈이 그놈 같았다.

로스톱스키에게 전화를 해볼까 하는데 스마트 폰이 울렸

다. 로스톱스키였다. 예상 밖이었다. 기대는 했었지만 그가 전화를 걸어올 줄은 차마 몰랐었다.

"예, 로스톱스키 씨!"

"차왕 씨. 안녕하세요."

"예. 오랜만입니다."

두어 시간 전에 봤음에도 차왕은 시침을 떼고 인사를 했다.

"나타샤가 돌아왔어요."

"그래요?"

차왕은 무척 놀란 듯 말꼬리를 높였다.

"아까 전화가 와서 만났어요."

로스톱스키의 목소리가 가라앉아 있었다. 그럴 테지. 그러고 곧장 헤어졌으니까.

"그렇습니까? 그동안 어디 있었대요?"

"그건 말하지 않았어요."

"혹시 위험한 곳에 있진 않았대요?"

"그렇진 않았다고 했어요.

"지금 나타샤 씬 어딨습니까?"

"떠났어요. 탈린으로요."

"탈린요? 탈린엔 왜요?"

차왕은 계속 모른 척했다.

"잘 모르겠어요. 고향이니까 그곳에 가서 자신을 돌아보고 싶어졌는지도…….”

“언제 돌아온다는 얘긴 없었습니까?”

“곧 돌아온다고 했어요. 걱정하지 말라면서요.”

곧 돌아온다? 차왕은 왠지 그 말이 믿기지 않았다. 그래서 버스 터미널에서의 로스톱스키도 수심에 찬 얼굴이 아니었을까.

“예…… 혹시 서울에서 걱정하더란 얘길 했습니까?”

“그 점에 대해선 몹시 미안해했습니다. 곧 돌아와 연락을 드리겠답니다. 그보다 지금 어디 계세요?”

로스톱스키는 차왕을 만나고 싶어 하는 눈치였다. 아마도 나타샤에 대한 얘기를 나누고 싶은 모양이라고 차왕은 추측했다.

“제가 페테르부르크로 출장을 가게 돼서……. 돌아오는 대로 곧 바로 연락드리겠습니다.”

“예, 그러시군요.”

로스톱스키의 실망하는 기색이 분명하게 느껴졌다.

“고맙습니다. 전화를 해 주셔서…….”

“도움이 되었는지 모르겠습니다.”

“많이요. 로스톱스키 씨가 말씀하신 그대로를 서울에 전달하겠습니다. 코레일 쪽에선 몹시 궁금해 하거든요.”

차왕은 나타샤에 대한 탐문을 의뢰한 사장과 김영재 교

수 대신 코레일을 입에 올리며 통화를 끝냈다. 그리고 서울의 김영재 교수로부터 받은 전화번호를 눌렀다.

"이현우 씨?"

"변차왕 씨?"

탈링크로 헬싱키를 출발한 지 삼십 분쯤 지났을 때 현우는 변차왕의 전화를 받았다. 서로 모르는 상태에서 전화로 둘은 인사를 나누었다. 그런데 차왕의 그 다음 말이 걸작이었다.

"가능하시다면 그냥 차왕이라고 불러주시길 정중하게 요청 드리겠습니다. 제 공식적인 닉네임이 차왕, 모터 킹이거든요."

"예, 그러겠습니다."

그러고 말고. 현우가 웃자 호성도 따라 웃었다.

"지금 나타샤 씨는 버스로 이동 중입니다. 저는 제 차로 버스를 따라가고 있고요. 이제 첫 번째 휴게소니까 아마 내일 오전 여섯 시나 일곱 시경에나 도착할 겁니다."

내일 오전 여섯 시나 일곱 시라. 나타샤와 차왕의 탈린 도착이 무려 열서너 시간이나 남았다는 얘기였다.

"힘드시겠군요. 그리고 고맙습니다."

"천만에요. 괜찮습니다. 그럼 다시 연락드리겠습니다. 버스가 출발해서요."

차왕이 황급히 전화를 끊었다.

현우는 전화 통화만으로도 차왕이 성격이 적극적이고 쾌활하다는 느낌을 받았다.

그나저나 나타샤는 다른 교통수단을 두고 왜 버스로 오는 걸까.

현우는 호화스러운 별장들이 줄지어 있는 연안과 핀란드만의 작은 섬들 사이를 통과하는 페리 갑판 난간에 서서 조금은 초조한 마음으로 담배를 피워 물었다.

"저런 것들 얼마쯤 할까?"

옆에 서 있던 호성이 별장들을 바라보며 혼잣말처럼 중얼거렸다.

"얼만지 알면 사게?"

"못 살 것 없지."

"턱도 없는 소리 하지 마. 돈 한 푼 벌어본 적이 없는 놈이."

호성의 아버지 유 회장은 상당한 재력의 기업인임에도 불구하고 별장은 물론 콘도 회원권 한 장 가지지 않은 사람이었다. 그런 유 회장에게 외국의 별장을 사겠다는 아들이 가당키나 하겠는가.

"그래도 꿈을 가져야지, 사람은."

"저런 경치를 보면 시 한 편이라도 쓸 생각을 해. 삼류 시인이라도 되고픈 꿈을 이루려면."

현우의 핀잔에도 호성은 킥킥 웃으며 느물거렸다.

"저런 것 가진 사람들이라고 해서 우리하고 다른 사람들 아니거든."

조금 멍한 기분으로 나타샤는 창밖으로 흐르는 풍경을 바라보았다. 모스크바에서 페테르부르크까지. 러시아에서 가장 인구가 밀집한 지역임에도 불구하고 창밖 풍경은 별 특징이 없었다. 작은 도시와 도시들 사이로 들판과 야산들이 섞여들었고 거기서 아름다움을 느끼기는 어려웠다. 그래서 창밖 풍경에 정이 가지 않는지도 몰랐다. 그러면서도 탈린 행에 버스를 선택한 것은 스스로도 알 수 없는 일이었다. 천천히 보고 싶다는 마음이었지만 정작 무엇을 보고 싶었는지는 꼭 집어 말하기 힘들었다.

모스크바 대학 한국어과로 진학하게 된 것은 고등학교 때 탈린에 불어닥친 K-Pop 열풍 때문이었다. K-Pop에 매료되면서 한국 드라마를 보았다. 재미있었다. 무엇보다 사실적이어서 실감이 났다. 그리고 내용도 마음에 와 닿는 부분이 많았다. 이상하게 정서에 맞았던 것이다. 그래서 탈린 대학에 다니면서 한국어 강좌를 들었다. 그러다가 한국어

를 제대로 배워보고 싶은 생각으로 모스크바 대학으로 갔
다. 물론 그게 다라고는 할 수 없을 것이다. 어머니도 탈린
을 뜨고 싶어 했으니까. 그리고 자신도.

어머니가 탈린을 뜨고 싶어 했던 것은 나타샤가 중학교
시절 성당에서 경험했던 그 이상한 현상을 얘기하면서부터
였다. 그리고 나타샤도 탈린보다 좀 더 큰 도시로 가보고
싶었다. 한류를 접하면서 보다 넓은 세계에 대한 동경 같은
게 생겼던 것이다. 그래서 나타샤가 탈린 대학을 그만두고
모스크바 대학으로 진학하게 되면서 모녀는 탈린을 떠났다.

이상한 현상이 일어난 건 모스크바에 와서였다. 대학 초
기 페테르부르크 여행을 하던 중 나타샤는 다시 탈린 성당
에서와 같은 현상을 겪었다. 네프스키 대로, 마린스키 극장,
이삭 성당 등 곳곳에서 나타샤의 눈앞에 탈린 성당에서 보
았던 그 남자의 모습이 떠오르는 것이었다. 그래서 이후로
다시는 페테르부르크로 가지 않았다.

8-2

현우와 호성이 에스토니아의 수도 탈린에 도착한 것은
헬싱키를 떠난 지 정확하게 2시간 반이 경과한 오후 8시였

다. 백야의 하늘은 아직 어둠을 맞아들일 기색이 없었다. 둘은 탈린의 구시가지의 중심인 라에코야 광장에 있는 구 시청사 앞에서 기다리고 있던 갤런드를 만났다. 갤런드는 어제 파리에서 도착했다.

"먼 길 오시느라 수고가 많으셨죠?"

갤런드가 현우에게 반갑게 손을 내밀었다. 3주 가까이 지나서 보는 갤런드는 예의 정중하고 단정한 모습이었다. 현우는 동행한 호성과 갤런드를 인사시켰다.

세 사람은 시청광장이라고 일컬어지는 라에코야 광장의 한 옥외 카페에 앉아 맥주를 들었다.

에스토니아는 한때 한자동맹으로 북유럽 무역의 중심지가 되면서 부를 누렸지만 17세기 이후 핀란드처럼 스웨덴과 제정러시아에 번갈아 지배를 받다가 1940년대 이후론 구소련 치하의 16개 자치공화국의 하나로 전락했다. 그리고 1991년 구소련이 붕괴되면서 독립했다.

수도 탈린은 유럽에서 가장 잘 보존된 도시의 하나였다. 중세광장과 미로 같은 길 사이에 자리 잡은, 고딕과 바로크, 고전주의 양식이 결합된 옛 건축물들은 전 세계적으로 찬사를 받아 17, 8년 전 유네스코 세계유산에 등록되기도 했다.

광장엔 그 흔한 분수나 벤치 하나 없이 가운데가 깨끗하게 비어 있었고 그 위로 관광객들을 실은 무궤도 열차가

휘젓고 다녔다. 광장 주변으론 빈틈없이 늘어선 카페가 바글거리는 관광객들을 수용하고 있었다. 그런가 하면 전통 의상을 입고 사탕이나 기념품을 파는 어린 소녀들도 곳곳에서 보였다. 광장은 현지인이나 관광객 할 것 없이 모두 활기가 넘쳤다.

"도무지 50년을 공산국가로 살아온 나라 같지가 않네요."

중세 복장을 한 점원이 가져다 준 맥주를 한 모금 비우고 나서 광장을 바라보며 현우가 말했다.

"인간의 본성이 솔직하게 드러나는 현장이죠. 자유롭고 행복하게 살고 싶어 하는. 그리고 공산주의가 얼마나 융통성 없고 허망한 체제였던가를 증명하는 한 단면이기도 하고요."

갤런드가 입가에 미소를 지으며 말했다.

"보내 주신 창업주의 비망록은 잘 읽었습니다."

잠시 몇 마디 주고받다가 현우가 본격적인 얘기로 들어갔다.

"도움이 되셨다면 다행이네요."

"체르빈스키와 플라토노프, 앙리 제르맹 등의 인물들을 확인하게 되어서 많이 유익했습니다."

"나름대로 정리를 했지만 부족한 부분이 많을 겁니다."

그러면서 갤런드가 주위를 둘러보고는 현우와 눈을 맞추

었다.

"자리를 옮길까요? 여긴 조금 시끄러운 것 같아서…… 피곤하시면 숙소로 가시든가."

사실 분주하게 오가는 관광객들로 대화를 나눌 분위기는 아니었다.

"그냥 조용한 데로 가죠."

"그러시죠."

갤런드가 먼저 일어나 앞장섰다. 미리 와서 장소를 봐 둔 모양이었다. 갤런드가 안내한 곳은 광장을 대각선으로 가로지르는 구시청사 맞은편의 한 건물 지하에 있는 카페였다.

지하 카페여서인지 바깥에 비해 손님이 적어 한결 조용했다. 자리에 앉아 현우가 먼저 아까 하던 얘기를 이었다.

"갤런드 씨가 시간적 여유를 주신 덕분에 관련 자료들도 좀 찾아보고 또 이것저것 생각을 정리할 수 있었습니다. 보내주신 창업주의 회고록을 읽으면서 느꼈던 점을 몇 가지 말씀 드리겠습니다."

현우가 창업주 갤런드의 회고록을 통해 느낀 것은 다음과 같았다.

첫째, 이범진이 처음 러시아로 가는 열차에서 라스푸틴을 만나는 장면이 의외로 상세하다는 점이었다.

"그 장면이 상당히 자세하고 비중 있게 서술되어 있어 어떤 함의가 숨어 있는 게 아닌가 하는 생각이 들었습니다."

현우의 말에 갤런드가 고개를 끄덕였다. 동의하면서 다음 얘길 계속 듣겠다는 표정이었다.

"둘째로 이위종의 생 시르 입학과 체르빈스키 등의 친구들과의 만남입니다."

그것은 이위종의 삶에 중요한 의미를 지닌다고 현우는 생각했다. 파리로 오기 전 이위종은 이미 미국의 정치와 사회의 속성을 체험했다. 그리고 그것들에 경이로워하면서도 실망감을 동시에 느낀 바 있었다. 그런 이위종이 파리생활을 통해 배우게 된 것이 혁명정신이었다. 데카브리스트 정신을 신봉하는 친구들과 가깝게 지내는 동안 자연스럽게 개혁적 성향이 형성되었던 것이다.

세 번째는 이위종의 아버지 이범진과 사라포바와의 관계였다. 한국에서라면 정사가 아닌 야사 수준으로 받아들일 정도의 얘기지만 비망록의 기록을 신뢰하면서 유추하면 두 사람은 기록 이상의 관계였을 수도 있다는 추측도 가능했다.

"추측이고 뭐고 할 것 있나? 대번에 알겠는데. 보통 사이가 아니었다는 걸."

호성이 두말 할 필요도 없다는 듯 결론을 내렸다. 그런 호성을 보며 갤런드가 빙긋이 웃었다.

"그리고 네 번째는 명성황후에 대한 기록입니다. 이 기록은 제가 개인적으로 관심이 갔던 부분이지만 이위종에 대한 보다 정확한 이해를 위해 그 실체에 접근해보려는 우리의 작업과는 직접적으로 관계가 있는 얘기가 아니라서 다시 언급은 하지 않겠습니다. 그리고 마지막으로 나탈리라는 여성입니다."

현우는 잠시 말을 끊고 물을 한 모금 마신 후 다시 얘기를 이어갔다.

"아시는 대로 이위종은 1907년 헤이그에서의 활동을 끝내고 그 길로 미국으로 가 한동안 머뭅니다. 그리고 그 사이 7년 만에 나탈리를 다시 만납니다. 그런데 7년 전의 기록에 비해 1907년의 기록은 상대적으로 많이 짧습니다. 오히려 더 많은 얘기가 있을 법한데요. 이런 점들을 중심으로 해서 얘기를 나눠볼까요?"

현우가 갤런드와 호성을 둘러보았다.

"그러죠. 현우 씨는 먼저 라스푸틴이라는 인물에 주목하셨는데 저도 동감입니다. 현우 씬 라스푸틴이 어떤 인물이었을 거라고 생각하십니까?"

갤런드가 고개를 끄덕이며 현우에 물었다.

"글쎄, 단정적으로 말씀 드리기는 어렵지만 상당히 유의

미한 인물임엔 틀림없는 것 같습니다."

"유의미하다면?"

"단순히 흥밋거리로 회자되는 데 그칠 인물이 아니라 실제로 러시아 역사에 많은 영향을 끼친 인물이란 뜻입니다. 다시 말씀 드리자면 제정 러시아의 붕괴를 얘기하는 데 있어서 반드시 언급되어야 할 인물이라는 거죠."

"그럼 라스푸틴의 신비한 능력에 대해선 어떻게 생각하세요?"

"저는 일정 수준의 신비한 능력이 있었을 거라고 생각합니다. 이를테면 지금 우리는 초능력의 실재에 대해서 부정하지만 그러면서도 규명할 수 없는 기이한 현상을 목격하기도 하지 않습니까."

"그러니까 기록에서 보이는 라스푸틴의 그 신비한 능력들을 인정해야 한다는 뜻인가요?"

"당시의 관점에서 보자면 부인할 수 없을 거란 얘기죠."

"그 말씀은 바꿔 말한다면 지금의 관점에선 다르게 설명될 수도 있다는 얘기가 되는데요?"

"현상에 대한 규명이 가능하다면 그럴 수도 있겠죠. 가령, 다량의 독약이 들어 있는 음식을 먹었는데도 혹은 총을 맞았는데도 죽지 않았다는 건 오늘날 관점에선, 사실이든 아니든, 어떤 식으로든 설명이 되지 않겠습니까?"

"어떻게?"

호성이 급하게 물었다.

"12명의 치사량에 해당하는 독이 들어 있는 음식을 먹고도 죽지 않았다는 건 그것을 견딜 만한 특별한 체력이 있었다거나 아니면 독성분을 희석시킬 수 있는 예방약 같은 걸 사전에 복용했을 수도 있었지 않았겠느냐는 거죠. 그리고 총을 맞고도 죽지 않았다는 것 역시 러시아 황실에 막강한 영향력을 행사하고 있었던 것과 비례해서 많은 적을 만들고 있었던 만큼 평소에 지금의 방탄조끼 비슷한 걸 착용하고 있었기 때문일 수도 있고요. 그러나 이건 제 개인적인 생각이고 증명되지 않았으니까 라스푸틴의 신비한 능력은 그대로 수용하면서 그에 대한 이해를 해야 하지 않을까 하는 겁니다."

"왕자 알렉세이의 병을 낫게 한 것도 그런 설명이 가능할까요?"

"사람들은 대체로 초능력을 믿지 않으면서도 초능력이 존재하길 기대하는 경향이 있죠. 예수가 죽은 지 3일 만에 부활했다는 얘기에 반신반의하면서도 믿고 싶어 하는 것처럼요. 따라서 알렉세이의 이야기에도 과장이 섞여 있으리라고 봐요."

"그렇다면 알렉세이에 대한 진실은 뭘까요?"

"라스푸틴은 알렉세이의 병을 낫게 하면서 황제와 황후의 신임을 얻습니다. 하지만 실제로는 병을 근본적으로 치료하지는 못했습니다. 다만 병이 재발할 때마다 통증의 시간을 단축시켜 일시적으로 고통을 줄여준 거죠. 그렇다면 여러 가지 가정이나 상상이 가능해집니다. 단지 기도로써 병을 치료했다지만 신비를 가장하기 위하여 아편 성분이 들어 있는 향을 피웠다거나 아니면 최면술 같은 걸 사용했었을 수도 있지 않겠습니까. 좋은 의사는 치료를 잘하는 의사일 수도 있지만 환자로 하여금 병에 대한 두려움을 없애고 환자에게 병이 나을 수 있다는 생각을 심어주는 의사일 수도 있겠지요. 알렉세이에게 라스푸틴도 그런 의사였을지도 모르겠습니다."

"일리가 있는 말씀이군요."

"혹시 들어보셨는지 모르겠지만 20여 년 전에 인도에서 대단한 성자가 화제가 된 적이 있었습니다. 암 같은 웬만한 고질병도 한번 쓰다듬기만 하면 낫게 해서 사람들이 쇄도했지요. 그래서 한국의 유명 연예인도 가서 치료를 받기도 했어요. 그리고 본인 말로는 병이 나았다고 했어요. 그런데 나중에 방송국 취재팀에서 정밀촬영을 한 결과 숙달된 손장난에 의한 교묘한 눈속임으로 드러났습니다. 그러나 저는 라스푸틴을 인도의 성자와는 차원이 다른 인물로 생각합니다.”

“구체적으로 어떤……?”

갤런드가 현우를 쳐다보았다.

“어떤 과정을 통해서였든 라스푸틴은 여러모로 출중한 능력을 획득한 인물이 아니었을까 하는 겁니다. 라스푸틴은 수도승에다가 예언자로 자처했습니다. 그리고 상당한 수준의 의학적 지식과 강한 카리스마를 지닌 인물이기도 했을 겁니다. 그랬던 만큼 고대주술과 남을 설득시킬 수 있는 뛰어난 화술, 해박한 지식과 사람들을 끌어들이고 움직일 수 있는 마력 같은 걸 자유자재로 구사했을 것으로 생각됩니다. 말하자면 그는 신비한 인물이 아니라 대단한 인물이었을 거란 얘기죠. 그렇잖으면 그렇게 오랫동안 황실에서 영향력을 발휘할 수 있었겠습니까.”

“결국 그런 인물이 사악했다는 점이 러시아의 비극이었다고 볼 수 있겠군요.”

“라스푸틴의 능력이 일반의 상식적 수준을 한참 상회하다보니까 그가 외계인이 아니었을까 하는 음모론자들의 황당한 견해도 있습니다.”

“외계인이라…….”

갤런드가 뜻 없이 살짝 웃었다.

“외계인까지는 아니더라도 라스푸틴을 일루미나티의 일

원으로 보는 견해도 있고요."

"일루미나티? '다빈치 코드'를 쓴 댄 브라운의 소설 '천사와 악마'에 나오는 일루미나티 말야?"

자기가 아는 단어가 나오자 호성이 갑자기 치고들어왔다.

"그래. 그 일루미나티 맞아."

일루미나티(illuminati)는 광명이란 뜻으로 빛을 받아 우주 만물의 법칙을 깨닫는 것을 의미하며 1776년 결성된 '중세 독일의 자연신교를 신봉한 공화주의의 비밀결사'를 지칭하기도 했다. 그러나 각 분야의 상층부 인물들로 조직을 구성해 세계를 그들의 지배체제 아래 두려던 일루미나티는 그 세력이 각국으로 확산되자 바바리아(옛 독일) 당국의 탄압을 받아 18세기 말엔 완전히 소멸되었다. 그런데도 잔존세력이 여전히 세계 도처에서 은밀히 활동하면서 세계 역사를 조종해오고 있다는 얘기는 끊임없이 흘러나왔다. 그 구성원엔 정치가, 기업인, 언론인, 과학자, 철학자 등 세계 각국, 각 분야의 주요 인사들이 총망라되어 있었다. 프랑스 혁명과 러시아 혁명을 그들이 주도했다는 연구가 발표되는가 하면 1906년에는 러시아어로 쓰인 일루미나티 문서가 발견되기도 했다.

"라스푸틴이 일루미나티는 아니라 하더라도 거기에 대한 지식을 접했을 가능성은 크죠. 아무튼 확실한 것은 로마노프 왕조 붕괴에 라스푸틴의 사악하면서도 비범한 능력이 그 원인의 하나가 되었다는 사실입니다. 그런데 의문은 그 라스푸틴과 이위종의 관계입니다. 창업주 갤런드의 비망록에 라스푸틴의 이야기가 그처럼 상세히 기록되었다는 건 뭔가를 암시하는 것 같긴 한데……."

현우가 고개를 가로저으며 조금 답답한 표정을 짓자 갤런드가 입을 열었다.

"그 점에 대해선 저도 동감하면서 말씀 드리겠습니다."

그러면서 갤런드는 파리에서 트랑티낭을 만나 들었던 얘기들을 전했다. 현우로선 뜻밖의 내용이었다.

"이위종이 라스푸틴의 죽음에 관여를 했다는 게 사실이라면 이건 거의 역사적 얘기가 되겠는데요?"

"현우 씨와 만나는 시간을 맞추기 위해 2, 3일 더 파리에 머무는 동안 트랑티낭 씨를 한 차례 다시 만났습니다. 트랑티낭 씨 얘기론 백여 년의 세월이 흘러 제르맹 가문의 자손들이 많이 퍼졌지만 복수의 자손 혹은 관계자들이 남긴 기록에서 조금씩 제르맹과 유스포프의 관계가 언급되어 있다고 했어요. 부수적으로 체르빈스키와 동양인 친구에 대해서도."

"이위종이 체르빈스키의 거사에 동조한 이유가 뭘까?"

호성이 현우에게 모처럼 평균 수준의 질문을 했다.

"체르빈스키나 이위종 모두 황제를 위한 마음이 있었겠지. 체르빈스키는 개혁성향이 강했지만 황제가 다스리는 나라를 원했고 이위종도 황제를 돕는 게 곧 대한제국을 위한 거라고 생각했을 테니까."

현우의 대답에 갤런드가 자기 생각을 보탰다.

"게다가 체르빈스키나 이위종 모두 라스푸틴과는 원만한 관계가 아니었던 것 같아요. 비망록 첫 부분에 이범진과 라스푸틴의 이상한 만남도 나오지만 나중에 다시 만났을 때 라스푸틴은 이범진을 불편해하면서 피했어요. 뭔가 자기 마음대로 움직일 수 없는 껄끄러운 인물로 봤던 게 아닌가 싶어요. 이범진과 그랬다면 이위종과도 마찬가지였을 테고요. 그리고 체르빈스키의 어머니 사라포바와 라스푸틴의 관계도 썩 좋은 건 아니었어요. 이 얘기 역시 두 번째 만났을 때 트랑티낭 씨로부터 들은 건데 사라포바는 라스푸틴이 공략에 실패한 몇 안 되는 여자였어요. 그리고 이범진이 자결하자 얼마 후 역시 스스로 목숨을 끊었어요."

"러시안 열녀셨군, 사라포반. 이범진을 따라간 거라면."

호성이 분위기에 맞잖게 킬킬거렸다.

"그것보다 사라포바의 죽음이 라스푸틴과 무관하지 않다는 얘기였어요. 그래서 이위종이나 체르빈스키에겐 라스푸틴을 제거할 개인적인 동기도 있었다는 거죠."

"그럼 나탈리에 대한 얘기를 좀 해보죠. 혹시 갤런드 씨는 D제약과의 사업파트너십 건 말고 이위종에 대해 관심을 가지시는 다른 특별한 이유가 있습니까?"

현우가 갤런드에게 단도직입적으로 물었다. 이현우의 물음에 갤런드는 가볍게 미소를 지었다.

"이미 아셨을 텐데요?"

"나탈리와 관련이 있는 겁니까?"

"그렇습니다. 나탈리는 헤이그 밀사 사건 직후 다시 미국을 방문한 이위종의 딸을 낳았습니다. 그리고 그 딸은 창업주 갤런드의 손자와 결혼했고요. 그러니까 나탈리의 딸은 제 선대의 할머니 중 한 분이 되겠지요. 결국 제 핏속에도 이위종의 피가 얼마간 흐르고 있다고 할 수 있습니다."

"그 점은 저와 비슷한 데가 있군요. 저도 전주이씨 광평대군파의 후손이거든요. 따라서 멀리 거슬러 올라가면 같은 조상을 만나게 되겠지요."

세 사람은 저녁까지 먹고 카페를 나왔다. 10시 가까이 된 시각이었지만 아직 해는 남아 있었다. 해는 언제 질 것인가. 현우는 궁금한 마음으로 백야의 하늘을 올려다보았다.

8-3

갤런드가 마련해 놓은 숙소는 탈린에선 드문 고층 호텔이었다. 객실 창으론 도보로 약 20분쯤 거리에 아까 페리를 내렸던 탈린 항이 보였다. 갤런드가 객실에서 잠시 쉬는 사이 현우와 호성은 사우나를 하며 장시간 여행의 피로를 풀었다. 갤런드가 현대식 호텔을 잡은 건 시설을 고려한 때문인 듯했다.

방으로 돌아온 현우는 갤런드에게 연락해서 와 줄 수 없겠느냐고 물었다. 해야 할 중요한 얘기가 남아 있었던 것이다. 갤런드는 곧바로 왔다. 세 사람은 객실 창가에 앉아 잠시 와인을 마셨다. 시간은 11시를 넘어가고 있었다. 그러나 창 밖에선 창백한 보랏빛 여명이 밤새도록 계속될 것 같았다.

와인을 비우는 시간이 어느 정도 흐르자 현우는 그동안 정리했던 생각들을 얘기하기 시작했다.

"이미 이메일로 나타샤 씨가 정동공원의 건물 잔해에서 이범진과 아들 이위종의 모습을 본 것이나 병원을 나와 I대 뒷산으로 간 것은 우리가 이성적으로는 인정하기 힘든 초능력의 한 현상으로밖에는 설명할 수 없다고 말씀 드렸습니다. 그리고 두 장소에서 나타샤 씨가 의식을 잃었던 것도 초능력이 발휘될 때 괴로움이 수반된다는 속설을 뒷받침합니다. 아울러 갤런드 씨가 직접 목격했고 또 모스크바 대학의 쿠르바노프 교수와 그녀의 대학 친구의 증언으로 나타샤 씨가 약간의 초능력을 가졌다는 게 입증되기도 했습니다."

"저도 인정합니다. 제가 조사한 바로 나타샤 씨의 초능력은 물체와 접촉해 과거를 읽는 사이코메트리(Psychometry)나 대상에서 과거를 읽는 과거시(過去視) 같은 게 아닐까 싶습니다. 사이코메트리에 대해선 네덜란드인 피터 허커스 등 여러 사람들의 사례가 있어 비공식적으로 인정이 되고 있고 과거시에 대해서도 역시 사례가 있어 마냥 부정할 수만은 없는 분위기입니다. 그런데 제가 궁금한 건 나타샤 씨가 어떤 계기와 과정을 통해 과거를 읽고 어릴 적 할아버지와 함께 지내던 I대 뒷산으로 갔느냐 하는 것입니다."

갤런드의 질문을 받고 현우는 어떻게 말을 할까 잠시 고심하는 듯하다가 입을 열었다.

"저도 그 부분에 대해 생각을 많이 했습니다. I대 뒷산은 이위종이 유년 시절 할아버지 이경하와 함께 지냈던 곳이라는 말씀은 이미 드렸지만 역사적으로도 정동공원 못지않게 나름대로 의미가 있는 곳입니다. 아직 이위종이 태어나기 전의 일이지만 갑신년 정변 때 이범진이 김옥균 일당과 일본군을 피해 민씨왕후를 업고 궁에서 10여 킬로미터 떨어진 그곳으로 피신한 적도 있거든요."

"혹시 그때 민씨왕후가 이범진에게 정들지 않았을까?"

호성이 방자한 발언을 했다. 갤런드도 궁금한 표정이었다.

"어쨌거나 그 일로 이범진은 왕후의 절대적인 신임을 얻었어요. 그래서 곰곰이 생각해보다가 결론을 내렸습니다. 결국 한국적 무속신앙에서 해답을 찾을 수밖에 없다고 말입니다."

"한국적 무속신앙요?"

갤런드가 눈을 치켜뜨며 현우를 바라보았다.

"나타샤 씨는 병원을 나와 먼 길을 걸어 I대 뒷산까지 가서 그곳에서 땅을 파고 엽전을 찾아냈습니다."

"아, 그랬지요. 그때 파출소 경찰이 엽전을 들고 있더란 말을 했지요."

기억을 더듬으며 갤런드가 고개를 끄덕였다.

"그 장면을 직접 목격한 사람이 바로 접니다."

현우에 앞서 호성이 잽싸게 끼어들었다.

"그랬습니까?"

갤런드가 믿기지 않는다는 듯 개선장군처럼 의기양양하는 호성을 쳐다보았다. 현우는 호성을 무시하고 하던 얘기를 계속했다.

"엽전을 찾았다는 건 한국 무속세계에선 흔히 있는 일입니다. 엽전은 일종의 신물(神物)로 무속인들이 신을 부르는 매개체 역할을 하지요. 그런 관점에서 생각하자면 그 엽전은 어린 시절 이위종이 할아버지한테서 받았거나 갖고 놀았던 게 아닐까 싶습니다. 그러나 무엇보다 유념할 것은 그 일을 통해 나타샤 씨에게 한국 무속세계에서 말하는 신이 내린 게 아닌가 하는 겁니다."

"신이 내렸다는 것은 무슨 뜻이죠?"

"무녀의 자질을 획득하게 되었다는 얘깁니다. 일종의 예언자 혹은 엑소시스트 같은 게 되었다는 거죠."

"정말 나타샤 씨에게 그런 일이 일어났을까요?"

갤런드의 표정이 살짝 일그러졌다.

"이미 나타사 씨에겐 그런 소양을 갖고 있었잖습니까. 정동공원에서 사이코메트리 같은 초능력을 보였던 것처럼요. 그런데 한국의 무당은 과거만 보지 않습니다. 미래도 보지요. 그 점에서 진일보한 거라고 생각됩니다. 그리고 그것은 정동공원에서의 충격에서 비롯된 게 아닌가 싶습니다."

갤런드는 아무 말이 없었다. 뭐라고 말할 수 없는 상태가 아닌 것 같았다.

"제가 알 수 없다고 생각되는 것은 왜 서양인인 나타샤 씨에게 한국적 무속현상이 일어났을까 하는 점입니다. 나타샤 씨는 정동공원에서 열 살의 이위종을, 그리고 I대 뒷산에선 4, 5세의 이위종을 보았습니다. 따라서 이 시점에서 무엇보다 가장 중요한 것은 나타샤 씨가 이위종과 무슨 관계인가 하는 겁니다."

그러면서 현우는 갤런드에게 물었다.

"아까 나탈리가 딸을 낳았다고 하셨죠? 혹시 나탈리의 딸에 대해서 아시는 게 있습니까?"

그 질문에 갤런드는 한참 동안 망설이다가 이윽고 입을 열었다.

"정신질환을 앓으면서 그리 오래 살지 못한 것으로 알고 있습니다."

"그렇다면 나타샤 씨에 대해서도 비슷한 추론을 할 수 있을 것 같습니다."

"어떤……?"

"나탈리 같은 여자가 러시아에도 있었을 겁니다. 말하자면 나타샤 씨 역시 갤런드 씨처럼 이위종의 후손이 아닐까 하는 거죠. 알려지지 않은."

"혹시 짚이는 데가 있습니까?"

"어느 정도는요. 이위종의 자손은 공식적으로 밝혀진 사람들이 지금 몇 명 있습니다. 정식 부인 엘리자베타 놀켄 사이에 낳은. 그것도 소련과의 수교 이후 겨우 알게 된 거지요."

"그렇다면 나타샤 씨는?"

"이위종에게 혼란스런 시기가 있었습니다. 그 시기를 주목하면 답이 나올 겁니다. 최근까지 러시아 쪽에서 흘러나온 자료들을 바탕으로 추측하게 된 겁니다."

"혹시 나타샤 씨에게 한국적 무속현상이 일어난 걸 이범진과 연관시킬 순 없을까? 이범진도 사람의 상을 잘 봤다잖아?"

호성이 뜬금없는 소리를 했다. 현우가 호성을 돌아보며 등짝을 내리쳤다.

"대박!"

호성의 지적은 하수가 방심한 고수의 허를 찌르는 것처럼 느닷없고 예리한 데가 있었다. 데리고 온 보람이 있군. 현우는 감사한 마음으로 소리 없이 웃었다.

"1907년 이후, 그러니까 창업주의 비망록 이후의 이위종의 행적에 대한 자료가 많습니까?"

갤런드가 물었다.

"많진 않지만 제법 됩니다. 구소련이 붕괴되면서 자료들이 조금씩 흘러나오고 있죠. 그런데 뜻밖에 일본군 쪽에서 나온 이위종을 경계하는 기록도 적지 않습니다. 후일 이위종이 일본군을 상대로 싸웠기 때문인 것 같습니다. 거기에 대해선 러시아로 가는 동안 틈틈이 말씀 드리죠. 그보다 제가 또 하나 알 수 없는 것은 나타샤 씨의 현 상태입니다."

"현 상태라면 어떤……?"

"그에 앞서 다른 얘기부터 해야겠지요. 중학교 시절 초능력을 얻게 된 나타샤는 모스크바로 가서 공부를 합니다. 그런데 걸리는 것은 페테르부르크엔 절대 가지 않았다는 점입니다. 그것은 페테르부르크에서 무슨 일이 있었기 때문이 아닐까 합니다."

아직 초능력이 완전하지 않은 나타샤는 페테르부르크에서 여러 가지 이상한 현상을 겪었다. 페테르부르크엔 이위종의 흔적이 많이 남아 있는 곳이기 때문이었다. 이후 그녀는 가급적 초능력에서 벗어나고 싶어 했지만 마음대로 되지 않았다.

나타샤의 어머니가 왜 죽었는지도 알 수 없었다. 물론 그녀의 집에 낯선 발자국들이 많이 남아 있었다는 사실은 의심스러웠다. 하지만 아직은 타살이라고 단정할 순 없었다. 그보다는 나타샤와 어머니가 같은 시각에 고통을 당하고 있었다는 점에 주목할 필요가 있었다. 그것은 어쩌면 어머니의 초능력이 딸에게로 전이되는 현상은 아니었을까. 아니면 그 반대의 현상이었거나. 어떻든 그 부분은 설명되어야 할 것이다.

나타샤가 어머니의 죽음에 슬퍼하면서도 놀라지 않았다

는 것도 범상한 일이 아니었다. 그것은 어머니의 죽음을 이미 예견하고 있었다는 얘기나 다름없었다. 그러나 어머니가 죽은 궁극적인 원인까지 나타샤가 알고 있었는지는 속단하기 어려웠다.

지금 나타샤의 상태는 어떨까. 나타샤의 어머니가 한국 코레일 행사의 테러음모를 사전에 알았다면 그녀에겐 과거시보다 훨씬 어려운 미래시(未來視) 같은 초능력을 갖고 있었다고 봐야 했다.

"경복궁의 건천궁에서 나타샤 씨는 이위종에 대한 아무 것도 보지 못했습니다. 그러다가 정동공원에 와서야 비로소 이위종의 모습을 봅니다. 그 이유를 뭐라고 생각하십니까?"

현우의 질문에 갤런드는 깊이 생각하는 표정을 짓다가 이윽고 대답했다.

"건천궁은 새로 지은 건물이었습니다. 이위종이 드나들던 그 옛날 건물이 아니었던 거죠."

"그렇습니다. 나타샤 씨는 로스톱스키가 말한 것처럼 약간의 초능력만 가지고 있었습니다. 단지 사이코메트리 같은. 건청궁에서 아무 것도 못 보았던 것처럼 과거시 능력도 미약했던 거죠. 그런데 지금은 어떨 것 같습니까. 정동공원에서의 충격으로 I대 뒷산으로 가 신물을 찾아냈고 또 어머니로부터 어떤 능력을 전달받았을 가능성도 있습니다. 물론 하나의 가정입니다만. 그래서 그 점이 몹시 궁금하군요. 그 부분을 알 수 있다면 나타샤 씨가 잠적한 이유도 추론해 볼 수 있을 것 같은데요."

"그럼 우리는 어떡해야 할까요?"

갤런드의 미간에 깊은 주름이 패였다. 현우가 물었다.

"혹시 갤런드 씬 러시아행을 결심하면서 어떤 구체적인 생각을 갖고 계셨습니까?"

"모스크바엔 갤런드 컴퍼니 지사도 있으니까 부탁해서 러시아철도 측과도 접촉하면서 나타샤 씨의 소재를 파악할 생각을 하고 있었죠. 병행해서 직접 수소문도 하면서."

"그보다는 나타샤 씨부터 먼저 만나야하지 않을까요?"

"나타샤를 만나다뇨?"

"새벽녘엔 만날 수 있을 겁니다."

"어떻게요?"

"지금 나타샤가 이곳으로 오고 있습니다."

"정말입니까?"

"전화를 받았습니다. 헬싱키에서요."

그때 현우의 스마트폰이 울렸다.

"차 대리님! 뭐라고요? 국경이라고요?…… 고맙습니다."

스마트폰을 내려놓으며 현우가 갤런드를 향해 산타클로

스 같은 표정을 지었다.

"내일 새벽 여섯 시에서 일곱 시 사이에 도착할 거라는군요."

잠은 다 잘 것 같았다. 갤런드는 물론 현우 자신도. 그런 현우의 낌새를 알았는지

"이위종에 대한 얘기나 마저 나누시죠."

갤런드가 와인 잔을 치켜들어보였다.

9. 제국의 그늘

9-1

괴물 출사

1869년 1월 하순 어느 날.

극심한 추위가 살을 에는 시베리아의 한 작은 마을 포프로프스코의 깊은 밤.

이날 밤 이 작은 마을은 후세 역사에 길이 남을 한 인간의 출현을 예고하는 전조를 한껏 드러냈다. 초라한 집들이 황량한 들판에 드문드문 박혀 있고 남루한 삶을 영위하는 농부들이 대부분인 마을이었지만 모든 것을 어둠으로 덮은 어느 날 밤하늘은 신의 은총처럼 금가루를 뿌린 듯한 별들로 찬란해서 보기 좋았는데 이날 밤만은 아니었다.

하늘 한가운데에 알 수 없는 이상한 별 하나가 초저녁부터 뜬금없이 나타나 붉은 기운을 주변에 퍼뜨리며 제 맘대로 휘젓고 다녀 뭔가 불길한 조짐을 예고했다. 그나마 다행한 것은 마을 사람들 모두 추위에 떨며 방구석에 처박혀 있느라 그 조짐을 보지 못했다는 사실이었다. 그렇지 않았다면 너나할 것 없이 겁을 먹고 두려움에 떨었을 것이다. 그럴 수밖에 없는 것이 마을 사람들 하나하나가 죄짓고 살지 않는 인간이 없었기 때문이었다. 그런 점에서 이 마을 사람들은 순박하고 착한 러시아 농부들의 전형과는 거리가 멀었다. 그들은 마치 어떤 상서롭지 못한 탄생을 예비하는 적절한 배경으로서 존재하는 듯했다.

그리고 깊은 밤 어느 집에선가 한 사내아이가 태어났다. 상서롭지 못한 기운을 안고 태어나서인지 당연히 아이는 자라면서 동네사람들의 자질구레한 악행을 빠짐없이 차례차례 재현한 것은 물론 스스로 창안하고 개발한 악행을 저지르기를 서슴지 않았다. 이를테면 이웃집 말의 목을 자른다든가 말 주인을 줘 패고 그 처와 딸을 차례로 겁탈하는 등등. 그러다가 그런 일들에 시들해지면 산을 오르고 들판을 달리며 나무와 풀들의 얘기 소리를 듣고 말과 소와 대화를 나누었다. 그래서 초목의 성분에 대해 알았고 독을 이기는 독초로 몸을 단련시키는가 하면 소의 뿔을 무디게 하는 근육도 키웠다.

그는 힘이 장사였고 성정이 사나웠지만 다른 능력도 뛰어나 마음만 먹으면 별들이 흘러가는 소리를 들을 수 있었고 사람들의 속 깊은 마음도 쉽게 꿰뚫어 보곤 했다. 그랬던 만큼 언제부턴가 자신이 살고 있는 작은 마을은 시시해졌고 18세 되던 어느 날 드디어 넓은 세상을 향해 떠났다. 그리고 수도원을 돌며 따분한 교리를 배우다 싫증이 나면 스스로 교리를 뜯어고쳐 자기 식으로 마음에 새겼고 수도사들이 오랜 수련 끝에 터득한 의술을 훔치는가 하면 도처에서 횡행하는 사술(邪術)을 습득하기를 즐겼다. 그러기를 10여 년.

세상은 그의 것이었고 그의 마음대로 되지 않는 것이 없었다. 그러다가 31세 되던 어느 날, 마침내 보다 큰 세상인 페테르부르크로 입성하기 위해 기차를 탔다. 그리고 그 날 밤기차 식당칸에서 그 전에 보지 못했던 한 희귀한 인간을 만났다. 차마 믿기 어려웠지만 기싸움에서 그를 압도하는 초유의 발칙한 인간이었다. 그로선 기분 더러운 만남이었다. 그래서 자리를 피하는 대신 기차에 탔던 귀부인 모녀에게 천상의 쾌락을 동시에 선사하고 대가로 목걸이와 귀걸이를 챙긴 다음 역에서 내렸다. 그날은 결코 유쾌하지 않았다. 난생 처음으로.

9-2

러시아여야 하는 이유

이범진은 자주 꿈을 꾸었다.

연해주에서 두만강을 건너서 일거에 함경도를 점령하고, 길게 몰아쳐 서울에 들어가 승리의 노래를 연주하는 그런 꿈.

"가능하겠느냐, 위종아?"

"예, 아버님."

아들의 대답에 이범진은 안도했다. 아들이 가능하다면 가능한 것이다. 아들이 누군가. 생 시르를 다녔고 유럽에서 각국 기자들을 상대로 사자후를 토하던 걸출한 아이였다.

블라디보스토크의 1만 5천을 포함해서 연해주에는 4만 가량의 한인들이 살고 있었다. 이 중엔 러일전쟁 때 참전했던 이범윤(李範允)의 충의대(忠義隊)를 비롯한 한인부대에서 전투를 했던 사람들도 상당수가 됐다. 그리고 작년 8월 일본의 한국군대 해산 후 국경을 넘은 많은 한국 군인들도. 그래서 여건이 될 때, 그리고 한국 사정이 더 이상 악화되기 전에 진격해야 하는 것이다.

1월에 태황제(고종)로부터 밀지가 당도했다. 당신은 러시아의 한국 구원을 믿고 있으며 경제적인 어려움이 있으면 니콜라이 황제에게 도움을 청하라고, 그리고 당신이 죽은 후에도 계속 러시아에 머물라고 했다. 이범진은 덕수궁에 유폐되다시피 지내고 있을 태황제를 생각하면 뭐라고 말할 수 없는 심정이 되었다.

그렇잖아도 차르는 일본의 이범진 소환 요구를 묵살하고 있을 뿐 아니라 한국공사관 폐쇄 후로도 이범진이 생계수단이 확보되지 못한 상태에서 지내는 것은 러시아의 자존심과 결부된 문제라면서 매달 백 루블의 보조금을 비밀리에 지급해주고 있었다.

그러나 돈이라면 이범진에게도 없는 게 아니었다. 재작년 페테르부르크를 찾았던 이용익이 건네준 돈도 상당한 액수가 됐다. 정부의 재산을 관리해 온 이용익은 일본 몰래 여러 곳에 자금을 분산시키고 있었던 것이다. 그 이용익이 작년 2월 블라디보스토크에서 사망했다. 페테르부르크에서 일본 밀정의 습격을 받은 후유증으로. 그러므로 그가 관리하던 나머지 자금의 행방은 안타깝게도 추적이 난망이었다.

"연해주에 우선 신문부터 만들라고 하자."

"예, 아버님."

작년에 잠시 블라디보스토크에 머물렀던 이준이 헤이그에서 분사하자 조국의 국권 회복에 대한 연해주 한인들의 열기가 고조되고 의병운동의 분위기도 점차 무르익고 있다고 했다.

신문 발행을 위해 연해주로 약간의 돈을 보내기로 한 이범진은 잠시나마 행복한 얼굴이 되었다.

"그래, 승산이 있을 것 같은가? 상대는 일본인데, 러시아와 대적한."

황실근위대 소속 대위 체르빈스키가 위종에게 걱정스레 물었다.

"한국은 산악지형이 많은 곳이야. 그러니까 싸우면 현지인이 유리하지. 그리고 도처에서 아직도 의병운동이 계속되고 있는 곳이고. 연해주에서 밀고 내려갈 때 그들이 일시에 봉기하면 결과가 반드시 비관적이지만은 않을 거야."

작년 7월 헤이그에서 각국 기자들을 상대로 한 인터뷰에서 했던 말이기도 했다.

그래서 미국이 아닌 러시아여야 한다.

또 그것은 작년 9월 미국에서 7년 만에 나탈리를 만났을 때 했던 말이기도 했다.

미국에서 할 순 없나요, 독립운동을요?

나탈리는 위종이 미국에서 독립운동을 하길 원했다. 그러나 위종은 고개를 저었다. 미국은 한국을 집어삼키려는 일본에게 전쟁비용을 빌려주고 일본이 전쟁에서 승리하자 가장 먼저 한국과의 외교 관계를 단절한 나라였다. 그런 나라에서 독립운동이 얼마나 유효할까. 만민공동회를 주도했던 이승만도 을사늑약 전 미국으로 건너가 루즈벨트 대통령에게 한국의 독립을 호소했지만 아무런 성과를 얻지 못한 채 지금까지 이곳저곳을 전전하고 있었다. 그리고 작년 위종이 헤이그를 거쳐 미국에 갔을 때에도 루즈벨트는 위종의 면담 요청을 거절했다. 반면 러시아는 일본과 싸웠고 언제까지일지는 모르겠지만 아직은 한국 편에 서 있는 나라였다.

그보다 독립운동은 멀리서 말로만 하는 게 아니다.

위종도 미국에서의 독립운동을 생각해 보지 않은 게 아니었다. 그러나 자신에게 무인의 피가 흐르고 있기 때문일까. 종내는 가까이서 직접 싸우면서 해야 한다고 생각했다. 그래서 안창호도 샌프란시스코에 공립협회를 설립한 후 한국으로 돌아갔고 블라디보스토크로 이강 등의 원동위원을 파견한 게 아닌가.

위종은 아직 미혼이라는 나탈리에게 자신의 결혼 사실을 숨기지 않았다. 그러면서도 그날 밤 그녀와 함께 한 것은 7년 전의 예언을 완성하기 위해서라기보다 그것을 거부할 수 없었다고 해야 할 것이다.

나탈리를 생각하면 가슴이 먹먹한 대로 위종은 애써 마음을 다잡았다.

지금 자신은 독립운동을 하려는 게 아니라 바야흐로 독립전쟁을 하려는 것이다.

안중근을 만나다

아내 엘리자베타는 아름답고 보석 같은 영혼을 지닌 여자였다. 더욱이 러시아 귀족의 자녀로서 존망이 불투명한 약소국의 외교관인 자신을 선택해준 데 대해 위종은 늘 감사하고 미안한 마음이었다. 그런데 그런 그녀를 두고 먼 길을 떠나야 하는 것이다.

"금방 돌아오실 거죠?"

딸 하나를 둔 열여덟 살의 아내가 묻자 위종은 대답 대신 가만히 그녀를 포옹했다. 이번 연해주행은 얼마나 걸릴지, 그리고 어떤 위험에 직면하게 될지는 자신도 알 수 없었다.

３월 중순 위종은 1만 루블을 소지하고 장인 놀켄 남작과 함께 페테르부르크를 출발했다. 그리고 3월 말 남우스리스크 국경지대에 도착하여 미리 나와 있던 이범윤과 그가 인솔하고 온 40명의 병사들의 영접을 받았다. 그들은 장차 국내진공의 한 축이 될 것이었다.

남우수리스크 국경수비대사령관 스미르노프는 40명의 병사들을 대동하고 나타난 위종의 출현이 매우 당황스럽고 부담스러운 모습이었다. 그가 누구인지 알고 있고 왜 왔는지도 짐작을 하고 있기 때문일 터였다. 그러나 동행이 귀족인 놀켄 남작이라는 사실 때문에 함부로 행동할 수도 없는 것 같았다. 위종은 스미르노프 뒤에서 빙긋이 웃고 있는 부관장교를 보며 슬쩍 눈짓을 했다. 부관장교는 다름 아닌 생시르 동기생 플라토노프였다.

위종은 연해주에는 얼마간 머물 거냐고 묻는 스미르노프에게 대답했다.

"두 달 정도요."

물론 그것은 사실이 아니었다. 그리고 스미르노프도 그 말을 믿는 눈치는 아니었다.

위종의 연해주 출현 소식은 페테르부르크에도 곧바로 전해졌다. 그리고 이범진은 궁으로 들어오라는 차르의 전갈을 받았다.

"연해주 주지사가 국경수비대사령관으로부터 보고 받은 내용이오."

늦은 밤 소연회실에서 마주한 이범진에게 황제가 전문을 내밀었다.

"송구합니다, 폐하."

차르는 모든 것을 알고 있었다. 러시아정부로부터 생활보조금을 지급받는 이범진이 아들에게 1만 루블을 주어 연해주로 보냈으며, 무슨 목적으로 보냈는지를. 그러나 전혀 질책하는 빛은 없었다.

"세르게이는 이 공사님에게 귀한 아들이오. 절대로 위험한 일이 없도록 하시오."

그러면서 차르는 이범진과 술잔을 기울이며 이토 히로부미에 대한 배신감부터 시작해서 유일한 아들인 황태자 알렉세이에 대한 걱정까지 토로하며 인간적인 모습을 드러냈다. 다정다감하되 소심하고 우유부단하여 결단력이 부족하다는 평을 듣는 황제 니콜라이 2세. 시대는 강한 군주를 원하는데 정치보다 가정생활이 더 큰 관심사인 황제는 이범진에게 그래서 스스로도 많이 힘들어하고 있는 것처럼 보였다.

연해주로 들어온 위종은 노보키예프스크(延秋: 연추)에 있는 최재형(崔在亨)의 집에 여장을 풀었다. 연해주 한인사회의 최고실력자 최재형은 노비인 아버지와 기생인 어머니 사이에서 태어난 함경도 경원 출신으로 9세 때 노보키예프스키로 건너와 농업과 상업, 그리고 건축업 등으로 크게 성공한 입지적인 인물로 한인 최초의 러시아 관리가 되었고 차르로부터 다섯 개의 훈장도 탄 바 있었다. 그리고 을사늑약 후 이범윤을 후원하며 의병대를 조직하고 있었다.

　최재형의 집에서 머무는 동안 위종은 유림을 대표한 의병장 유인석과 '날으는 장군'으로 명성이 높은 신출귀몰한 홍범도를 비롯한 여러 사람들을 만났다. 그중에서도 한 인물과의 만남은 의미 깊었다. 오랫동안 이름으로만 기억하고 있던 인물이었다.

　"선생님의 존함은 이미 오래 전에 들어 익힌 바 있습니다."

　안중근(安重根). 형 기종이 미국으로 왔을 때 만민공동회에 대한 얘기를 나누던 중 들었던 이름이었다. 이곳 의병대의 군사훈련을 맡고 있다는 안중근은 양반가의 자제로 연해주로 넘어오기 전 한국에서 두 개의 학교를 운영했으며 열여섯의 나이에 40명의 군사로 2천 명의 동학잔당을 섬멸한 경력도 있었다.

다음날 위종은 교외로 나가 최재형이 보는 앞에서 안중근과 마상사격을 겨루고 보기 좋게 패배했다. 생 시르 시절 마술에서 으뜸이었고 사격에서도 발군의 실력을 뽐낸 바 있던 위종이지만 정식 군사교육을 받은 바 없는 안중근의 상대가 되지 못했던 것이다.

일곱 살 연상의 안중근과 대화를 나누는 동안 위종은 그가 한학에 대한 조예는 물론 동양평화에 대한 연구와 소양 또한 남다른 경세가란 사실을 발견하면서 깊은 감명을 받았다.

위종은 안중근과 함께 퇴역군인들이 넘쳐나는 노보키예프스크 거리를 둘러보았다. 안중근의 말에 의하면 일본과의 전쟁에서 패한 후 극동군의 장교들은 대부분 파면되었고 하사 이하는 만기가 되어 해산했지만 모두 여비가 지급되지 않아 수천 명 이상이 노보키예프스크와 포시에트 등 남우수리 구역에 머무르면서 한인들의 의병 결성을 촉구하거나 후원하면서 생계를 유지하고 있으며 한인들은 그들과 봉급이 끊긴 현역군인들로부터 상당수의 무기를 저가로 구입하거나 지원받고 있다는 것이었다.

위종은 그것이 극동군 일부에 한한 것이라 할지라도 러시아군의 몰락을 암시하는 상서롭지 못한 조짐으로 여겨져 마음이 밝지 못했다.

동의회를 조직하다

노보키예프스크에서 며칠 머문 후 위종은 안중근과 함께 연해주 최대의 도시 블라디보스토크로 갔다. 그리고 그곳에서 한인 지도자들을 만나 가지고 온 군자금을 내 놓고 의병 초모(招募)와 의병대의 운영, 국내진공에 대한 진반적인 논의를 했다.

위종의 연해주 방문에 한인사회 지도자들은 크게 고무되었다. 장인 놀켄 남작을 대동한 위종은 한인을 대표하는 러시아 공사의 아들이었다. 뿐만 아니라 러시아 귀족의 딸과 결혼하고 차르와도 가까운 사이로 소문이 나 있었기 때문이었다.

위종은 최재형이 세운 계동학교에 한인들을 모아놓고 한국의 독립에 대한 의지를 역설하고 헤이그에서의 그의 활약을 알고 있는 한인들은 열렬한 호응으로 지지를 보냈다.

블라디보스토크에서 일정을 소화하던 위종은 또 한 번 놀랄 만한 만남을 가졌다. 미국 시절 친하게 지냈던 왕유를 보게 되었던 것이다.

왕유는 왕창동이란 중국이름을 가진 한인 정순만과 친한 사이였다. 정순만은 만민공동회 도총무부장 출신으로 이상설과 함께 간도 용정에서 서전서숙을 운영하다가 블라디보스토크로 와 이상설과 이준의 페테르부르크행 비용 2만 원을 모금해 준 바 있었다. 그리고 블라디보스토크 한인회에 정소추(鄭小秋)라는 중국 부호를 후원자로 연결시키기도 했다.

왕유는 지금 정소추를 모시고 있다고 했다. 청국인 정소추는 최재형을 능가하는 상당한 재산가로 한인들의 독립에 대한 의지와 노력에 감명을 받은 한편으로 교육자이자 종교가, 경세가의 다양한 면모를 갖춘 안중근이라는 인물에 매료돼 있었다.

위종은 작년 미국에서 다시 나탈리와 세라노, 프랑코 등을 만난 데 이어 올해 연해주에서 왕유를 다시 만나게 되니 인연의 끈이라는 게 묘하다는 생각이 들었다.

"지난 전쟁 때 난 러시아가 이기기를 바라지 않았어. 러시아가 야심을 품고 있었던 건 한국이 아니라 만주였으니까. 그러나 지금은 달라. 일본은 청일전쟁 때 품었던 그 야욕을 러시아를 꺾은 지금 다시 펼치려는 거지."

위종은 8년 만에 보는 스물다섯 살의 왕유가 그동안 많이 성장한 것 같다는 느낌을 받았다.

위종은 연해주 전역을 돌며 의병 참여를 독려하고 한 달 만에 노보키예프스크로 돌아왔다. 그리고 동의회 창립총회는 5월 초 최재형의 저택 마당에서 열렸다. 노보키예프스크와 수청, 수찬 지역 대표 150명이 참가한 총회에서 최재형이 총재, 이위종이 부총재로 선출되었다. 이에 오랫동안 연해 주에서 활동해 온 이범윤이 젊은 위종에게 밀렸다는 사실을 납득할 수 없다며 반발하자 위종은 그에게 부총재 자리를 양보했다. 그리고 원래 계획에 없던 회장이 되었다. 동의회 창립을 막후에서 추진한 안중근은 백의종군하기로 했다.

동의회는 표면적으로 연해주 한인들의 화난상구(禍難相救)와 교육을 통한 자강 등을 설립 목적으로 하고 있었다. 그것은 일본과의 관계를 고려해 러시아 당국이 공식적으로는 의병운동을 허용하고 있지 않기 때문이었다. 그러나 동의회가 한국의 독립을 위한 의병운동의 조직이라는 것은 러시아 당국도 모르지 않았다. 연해주 한인은 러시아 군부대가 은밀히 매각하는 무기와 전투장비의 주요 고객이기 때문이었다.

그보다 문제는 이범윤이 최재형과 대립각을 세우고 있다는 사실이었다. 대한제국 황제로부터 간도관리사 벼슬을 받은 바 있는 이범진은 러일전쟁 때 사포대(私砲隊)란 한인 의병대를 조직하여 일본과 싸운 바 있었다. 그리고 그 의병대는 창의회(彰義會)란 이름으로 지금도 대부분의 전력을 그대로 유지하고 있었다.

위종은 의병대의 국내진공에 앞서 장인 놀켄 남작을 페

테르부르크로 돌려보냈다.

국내진공

연해주 의병대의 정식 명칭은 대한독립의군(大韓獨立義
軍). 이범진의 창의회와 별도로 동의회 의병대를 지휘하는
총사령관엔 전제익이, 참모장엔 오내범이 선출되었다.

안중근은 의병참모중장으로 동의회와 창의회를 별개의
조직으로 운영하되 국내진공을 위한 전투가 있을 땐 공동
작전을 펴자는 쪽으로 이범윤의 동의를 구했다. 전투에 직
접 참가하려 했던 위종은 안중근의 만류에 따라 후방에서
작전 수립과 그에 따른 전투 지원의 업무를 맡기로 했다.

출전 전날 위종은 안중근을 찾았다.

"지난 전쟁 때 러시아와 일본은 각각 백만이 넘는 병력을
가지고 싸웠습니다. 우리의 의군과는 규모가 다르지요."

위종의 말에 안중근은 말없이 고개를 끄덕였다.

"지금의 국내진공은 우리가 나아가야 할 도정의 시작입
니다. 그러므로 이번 한 번의 승리가 우리의 독립을 가져다
주지 못하듯 패배로 모든 것이 끝나는 게 아닙니다. 중요한
것은 이후에 해야 할 더 많은 일들을 위해 살아남아야 한다
는 겁니다."

안중근은 위종의 속 깊은 뜻을 헤아리며 뜨거워진 눈시울을 한 손으로 쓸었다.

연해주 의병대의 국내진공은 크게 두 개의 경로, 작게는 세 개의 경로로 이루어졌다. 첫째는 지신허를 거쳐 러시아와 연한 중국 국경을 넘어 훈춘(琿春)으로 모인 후 중국과 마주보고 있는 경원과 온성으로 침투하는 것으로 이범윤의 창의회가 맡았다. 두 번째는 연추(노보키예프스크)를 출발해 산악지대를 이용하여 국경도시 핫산에 집결한 후 경흥으로 침투하는 것으로 안중근이 속한 동의회가 담당했다. 그리고 세 번째 역시 동의회 담당으로 포시에트에서 해안의 소로와 해로를 따라 녹둔도에 이른 후 배편으로 청진에 침투하는 것이었다. 이 세 경로에 투입되는 병력은 대략 천여 명.

위종은 중국인 정소추와 함께 세 번째 경로의 집결지인 두만강 녹둔도까지 갔다. 정소추와 동행한 것은 녹둔도에서 해로로 청진을 침투하는 병력을 위한 배편을 그가 제공했기 때문이었다. 그리고 거기서 안중근을 만나 승리를 다짐했다.

안중근의 동의회 의병대는 두만강을 건넌 후 홍의동 전투에서 승리하고 이어 3시간의 전투 끝에 30여 킬로미터 떨어진 경흥을 점령했다. 그리고 북상하여 이미 훈춘에서 침투한 창의회 의병대와 합세하여 경원을 공략하고 적을 물리쳤다. 이로써 대한독립의군은 국경의 북단 전역을 수중에 넣게 된 것이었다. 때맞춰 청진에서 상륙한 동의회 의병대의 승전 소식이 전해졌다.

동의회와 창의회 의병대는 곧장 남하하여 회령을 공격하기로 했다. 그러나 회령에서 십여 리 못 미친 영산으로 접어들었을 때 적의 엄청난 저항을 받았다. 의병대의 병력이 1만 명이나 된다는 과장된 정보로 일본은 한국 전역에 있는 병력을 중화기로 무장하여 총출동시켰던 것이다. 전투는 점차 의병대 쪽에서 밀리기 시작하고 급기야 이범윤의 창의군과 엄인섭의 동의회 좌영은 퇴각을 결정할 수밖에 없었다.

그러나 안중근의 동의회 우영은 전투를 계속하며 남하했다. 하지만 결국은 중과부적으로 패하고 남은 대원들은 각자 뿔뿔이 흩어졌다.

노보키예프스크를 떠난 지 한 달이 넘어 안중근은 피골이 상접한 모습으로 간신히 살아 돌아왔다. 죽은 줄로만 알았던 안중근을 보며 위종은 깜짝 놀랐다.

안중근의 기력이 회복되는 것을 기다려 블라디보스토크에선 국내진공의 희생자들을 위한 추모식이 거행되었다.

이 자리에서 위종은 페테르부르크로 돌아갈 뜻을 밝혔다.

안중근과 최재형, 그리고 블라디보스토크의 한인 지도자들은 위종의 뜻을 받아들였다. 국내진공을 위해 그들도 많은 준비를 하고 있었지만 정작 그 도화선에 불을 붙인 건 위종이었다. 그래서 아쉽기 짝이 없었다. 그러나 그들도 알았다. 위종이 페테르부르크로 돌아가 할 일이 더 많다는 사실을.

위종의 페테르부르크 귀환길엔 안중근과 왕유가 동행한다. 하바로프스크까지 배웅하기로 한 것이다. 하바로프스크까지 가는 동안 위종은 안중근에게 이별의 정표로 권총 한 정을 건넸다. 7연발 브라우닝 M1900. 연해주에 도착할 때부터 국내진공 때까지 항상 소지했던 것이었다.

"체르빈스키 대위!"

집무실로 향하던 니콜라이 2세가 체르빈스키를 불러세웠다.

"예, 폐하!"

"어디 가는 길인가?"

"황태자 전하를 모시러 가는 길입니다."

체르빈스키는 네 살 난 황태자 알렉세이의 제식훈련을 맡고 있었다. 그러나 알렉세이의 혈우병이 언제 다시 재발

할지 모르기 때문에 조심조심하지만 늘 조마조마한 마음이
었다.

"어떤가, 알렉세이는?"

"탁월하십니다. 장차 러시아 제국을 통치할 황태자로서
손색이 없으십니다."

"가능하다면 앞으로 사격도 가르쳤으면 하는데……."

"맡겨주신다면 사격은 물론 승마도 가르쳐드리고 싶습
니다. 사격은 몰라도 승마만큼은 생 시르에서도 세르게이
와 1, 2등을 다퉜으니까요."

"참, 연해주 소식은 듣고 있나?"

니콜라이 2세가 갑자기 생각난 듯 위종의 소식을 물었다.

"곧 돌아오지 않을까 여겨집니다."

"상심이 크겠지. 세르게이가?"

"반드시 승리할 목적으로 연해주로 간 건 아닐 겁니다."

"아무튼 돌아오면 자네가 위로해주게."

"세르게이는 저의 위로를 필요로 할 만큼 약한 사람이
아닙니다. 그 친구의 머릿속은 한국의 독립을 위한 생각으
로 가득 차 있고 그것을 실현하기 위해 또 노력을 경주할
겁니다."

체르빈스키의 대답에 황제의 입가에 희미한 미소가 번졌다.

"세르게예비치는 좋은 친구를 뒀군."

"폐하께서 보살펴주시면 세르게예비치는 장차 한국을 이끌어 갈 동량으로 성장할 것입니다. 그리고 우리 러시아를 위해서도 큰 인물이 될 것입니다."

"알겠네. 세르게예비치라면 나도 좋아하네. 내가 자네를 좋아하는 것처럼. 그리고 자네가 그를 좋아하는 이상으로."

9-3

안중근, 이토 히로부미를 저격하다

연해주에서 돌아온 지 몇 달이 되었다. 위종은 연해주에서의 국내진공이 오래 전에 꾸었던 꿈처럼 아련했다. 그러나 실패로 끝났을지라도 그것이 하나의 시작임이 분명할 거라고 믿었다. 그곳 한인들 사이에서 무관학교 등 여러 단체가 만들어질 조짐을 보이고 있는 만큼. 작년 말엔 한국과 연해주에서 대한제국 황제의 망명이 검토되었다는 소식도 들렸다. 구체적인 진행이 있었던 건 아니지만 여러 가지 경우를 검토하고 있는 듯했다.

6월 14일자로 이토 히로부미가 한국 통감을 사임하고 추밀원의장이 되었다는 소식이 며칠 후 페테르부르크에도 전해졌다. 러시아정부 수뇌부는 일본 정계에 복귀한 이토의 다음 행보가 무엇일까 촉각을 세웠다. 그동안 완충역할을 해 왔던 연해주 의병이 궤멸된 이상 러시아와 일본은 어떤 식으로든 대치국면을 피할 수 없었다. 그리고 페테르부르크도 더 이상 한국에 대한 미련을 접고 현안에 현안인 만주 문제에 본격적으로 접근할 시점이 된 것이다.

그러나 이토의 정계복귀로 누구보다 긴장한 건 위종이었다. 그동안 한국에서 제왕으로 군림해왔던 이토가 사임했다는 건 일본정부의 한국병합을 수락했다는 뜻이었다. 따라서 일본이 한국병합이란 이익을 취함으로써 만주에 대한 발언권이 약화되기 전에 어떤 움직임을 보일 거라는 것은 어느 정도 예상되는 일이었다. 그게 어떤 걸까.

얼마 후 재무장관 코코프체프가 블라디보스토크의 방위 실태와 극동 정세를 살피기 위해 극동을 방문할 거라는 위종의 전언에 이범진이 소리쳤다.

"기회다!"

"기회라시면?"

"코코프체프가 극동으로 간다면 일본은 그 기회를 놓치지 않을 것이다. 이토가 그곳으로 갈 거라는 얘기다. 그건 우리에게도 기회가 아니겠느냐."

위종은 아버지의 통찰력에 내심 감탄했다. 지난 몇 년간 상심 속에서 심신이 많이 황폐해진 아버지지만 전체적인 상황을 조망하는 능력은 전날과 크게 다르지 않았던 것이다.

"안중근이라고 했던가, 동의단지회를 결성한 사람이?"

"그렇습니다. 지난 3월 독립투쟁의 일환으로 이토를 처치하겠다고 맹세했답니다."

"그렇게만 되면 우리 한국인의 위신도 서련만……."

그리고 며칠 후 이범진은 이르쿠츠크에서 통역을 하던 조도선이라는 사람을 불러 청국령 밀산부에서 이상설의 한흥동 건설을 돕고 있는 안중근에게 보냈다. 위종도 블라디보스토크의 왕유에게 연락을 취했다.

남우수리스크 국경수비대사령관 전속부관 플라토노프는 몇 년 만에 느닷없이 나타난 체르빈스키를 보며 어이없어 했다.

"해임이라니, 그게 말이 되는가?"

"황태자에게 승마를 가르치려다가 떨어뜨렸으니 그보다 더 한 죗값을 받아도 할 말이 없네."

그러나 그 좋은 황실근위대에서 쫓겨났다면서도 체르빈스키의 얼굴엔 아쉬워하는 기색이 전혀 없었다.

"그래, 어디로 갈 건가?"

"글쎄, 하얼빈으로나 가볼까 싶네."

"하얼빈?"

"지난 전쟁 때 군사들만 잔뜩 모아 놓고 정작 일본과는 붙어보지도 못했던 곳 아닌가. 그곳에서 전투만 치렀어도 지난 전쟁은 우리의 승리였을 텐데. 그래서 가보고 싶어."

"원 사람도!"

체르빈스키의 엉뚱한 얘기에 플라토노프는 그냥 웃고 말았다.

체르빈스키는 생각했다. 위종이 입에 침이 마르도록 칭찬한 그 한국인은 과연 어떤 사람일까. 그 말이 사실이라면 자신이 총을 쏠 일은 없을 것 같았다. 그렇지만 역사적 현장을 지켜보는 것도 그리 나쁜 일은 아닐 터였다.

10월 하순으로 접어드는 하얼빈의 모처 중국인 가옥.

정소추는 왕유와 함께 하얼빈 치안을 담당하는 경찰서장 장철(張鐵)과 시내에서 사진관을 운영하는 라열(羅烈)과 함께 머리를 맞대고 있었다.

"역 주변의 경비는 누가 하오?"

"예, 대인. 전체적으로는 우리 청국 경찰과 군대가 합니다. 부분적으로는 러시아 군대가 배치되기는 하지만……."

정소추의 물음에 경찰서장은 허리를 곧추세우며 대답했다.

엄연히 하얼빈은 청국 영토였다. 따라서 청국 영토를 청국 경찰이 경비하는 건 너무도 당연한 일이었다. 다만 러시아가 약간의 군대를 주둔시킨 건 동청철도를 건설하면서 하얼빈을 조차했기 때문이었다. 그렇지만 하얼빈의 전체적인 치안은 청국 소관이었다.

"그러니까 서장께선 왕유를 라열 사장의 조수로 함께 들어가도록 해주시오. 총은 활동사진기 빛 차단막 속에 숨기고요."

"예, 대인."

"그러나 왕유가 대신 총을 쏠 일은 없을 거요. 내가 아는 한 그분은 최고의 사격술을 가진 분이니까."

10월 26일 하얼빈역.

열차는 정확하게 9시에 정차했다. 동시에 군악대의 경쾌하고 우렁찬 주악이 시작되고 병정들이 일제히 열차를 향해 경례를 올렸다. 곧바로 플랫폼 정중앙에서 손님을 기다리고 있던 코코프체프를 비롯한 몇몇 사람이 열차로 올라갔다.

안중근은 일본 거류민단 사람들 속으로 비집고 들어갔다. 군악대의 주악소리가 귀를 찢을 듯이 사방을 진동시켰다. 사람들은 오직 이토가 언제 나오나 열차 귀빈칸 승강구

쪽으로 시선을 모으고 있었다. 안중근은 사람들 사이를 왕래하며 라열을 찾았다. 라열은 일본 거류민단 앞쪽 일본인 대표들 옆에 사진기를 세우고 있었다.

이윽고 코코프체프가 열차에서 내려오는 모습이 보였다. 그리고 그 뒤를 작달막한 노인이 모습을 드러냈다. 이토 히로부미였다.

열차에서 내려선 이토가 코코프체프의 안내로 정면에 서 있던 요인들과 악수를 나누었다. 그리고 우측으로 몸을 돌려 코코프체프와 나란히 앞으로 걸어 나가기 시작했다. 러시아인 2, 3명과 일본인 7, 8명이 그 뒤를 따랐다.

이토 일행이 거의 중앙에 다다랐을 때 안중근은 사람들을 제치고 앞으로 나아갔다. 그리고 사진기 햇빛 차단막에 손을 넣고 있는 라열을 스치며 러시아 의장대를 지나 다가오고 있는 이토 행렬을 향해 섰다. 7, 8미터 전방 약간 좌측에서 이토가 천천히 걸어오고 있었다.

이 사나이였던가.

고작 160센티미터 정도밖에 안 되는 작은 키에 통통한 체격. 모자 밑으로 드러난 얼굴은 흰 수염에 가려져 있었다. 그 모습은 우스꽝스러웠고 살찐 늙은 원숭이를 연상시켰다.

이 늙은이가 일본과 한국을 호령하고 세계를 움직인 인물이었던가.

순간적으로 중근과 시선이 얽힌 이토의 두 눈이 두려움으로 흔들렸다. 중근은 약간 실망스러웠다. 그래서 수년 동안 벼르고 별렀던 대상을 앞에 두고서 오히려 맥이 빠지는 기분이었다.

중근은 침착하게 오른손으로 외투 속 양복 호주머니에서 권총을 꺼냈다. 이토가 걸어오고 있는 지면이 비스듬한 경사로 낮았고 또 이토의 키가 작았다. 총의 반동을 감안해서 일반적으로 표적보다 낮게 겨냥하는 게 사격의 기본이지만 이토의 경우 좀 더 총구를 아래로 내려야 했다. 중근은 팔을 뻗어 이토 어깨와 허리 사이를 겨냥했다. 그리고 부드럽게 방아쇠를 당겼다. 이어 세 발의 총성이 울려퍼지는 것과 동시에 이토가 쓰러졌다. 연해주를 떠나던 이위종에게서 받은 브라우닝 권총은 한 번 방아쇠를 당기면 일정한 간격으로 자동발사가 되게 돼 있었다. 다시 세 발이 더 발사된 후 안중근은 방아쇠를 당기고 있던 손가락을 풀었다.

하얼빈 역 지붕 밑 천정에 한쪽 무릎을 꿇고 앉은 채 체르빈스키는 라이플 조준경에서 눈을 떼며 허탈한 심정으로 플랫폼을 내려다보았다. 방금 전에 눈앞에서 일어났던 일임에도, 그리고 아직도 그로 인한 플랫폼의 혼란은 채 사그라지지 않았는데도 불구하고 너무도 순식간의 일이어서 모든 게 비현실적으로 느껴졌다. 그래서인지 그의 눈앞엔 이토가 도착하기 전의 플랫폼 풍경이 환영처럼 겹쳐졌다.

이토는 일본과의 전쟁에서 러시아가 패전한 이래 수년간 그가 별러온 인물이었다. 이토가 만주를 방문한다는 소식을 듣고 황실근위대 장교로 있던 그는 해임으로 위장하여 전역했다. 황실근위대에 근무하는 동안 그는 황제의 마음을 읽었다. 아니, 황실근위대 장교들 대부분의 마음도 황제와 다르지 않았다. 그런데 선수를 빼앗긴 것이었다.

허망한 가운데서도 그는 작은 위안을 느꼈다. 사나이의 거사가 성공한 것으로 보였던 것이다.

그는 마음속으로 소리 없이 외쳤다.

황제 폐하 만세!

니콜라이 2세 만세!

9-4

한국, 일본에 병합되다

이토 히로부미가 하얼빈에서 절명한 지 며칠 지난 11월 초 어느 날 이범진에게 차마 예상치 못했던 손님이 찾아들었다.

미스 손탁.

자신이 거주하는 체르노레첸스카야의 집을 방문한 손탁을 보며 이범진은 이게 꿈인가 생시인가 싶었다.

"많이 늙으셨구려, 대감!"

그러나 그렇게 말하는 손탁도 예전의 그 얼굴이 아니었다.

1885년 베베르와 함께 조선에 발을 디딘 이래 25년간 그녀는 조선 정부와 국왕을 위해 헌신했다. 그녀가 한국을 떠나 독일로 가는 길에 러시아에 들른 건 베베르의 병세가 위중해서였다고 했다. 손탁은 베베르의 처남의 처형이었다.

1885년에 주조선 러시아공사 카를 베베르가 임명되자 한국어 통역사의 자격으로 입국한 그녀는 우아한 자태로 세련된 매너로 곧바로 조선 고관과 외교사절들 사이의 프리마돈나로 부상했다. 그리고 경복궁의 양식 조리사로 임명되면서 명성왕후를 알현하고 국왕에게 커피를 진상하여 신임을 받는 한편으로 이범진 등 친러파의 정치적 후원자 역할을 하기도 했다.

그동안 광무황제로부터 하사받은 재산을 모두 희사하고 한국을 떠나는 이유를 묻자 손탁은 더 이상 머무를 이유가 없어졌기 때문이라고 대답했다. 황제의 친러반일 정책에 충실했던 터라 러일전쟁의 패배로 러시아공사관이 폐쇄되면서 일본의 탄압을 이길 수 없었다는 말을 부연하면서.

"러시아로 오는 길에 들었습니다. 이토 히로부미의 피살 소식을요. 대감께는 적잖은 위안이 되리라 싶어 마음이 흐뭇했습니다."

"고맙소."

그리고 두 사람 사이엔 잠시 묘한 기류가 흘렀다. 그리고 마침내 손탁이 먼저 입을 열었다.

"중전마마 때문에 마음을 접었지만 대감은 제가 한국에서 남자로 생각했던 유일한 분이었어요."

살아생전에 그 말을 하고 싶었던 걸까. 처음 조선에 왔을 때 이범진보다 한 살 어린 서른한 살이던 그녀도 오십대 중반을 넘고 있었다.

자신을 향했던 손탁의 그 마음을 이범진도 모르지 않았다. 자신도 그녀와 마찬가지였으니까. 그래서 그녀가 위종을 남달리 아꼈는지도 몰랐다.

연락을 받고 달려온 위종에게 손탁은 유언을 하듯 당부했다.

"아버님을 부탁해요. 위종 군."

이듬해 3월 26일 안중근이 여순 감옥에서 사형당했다는 소식을 듣고 위종은 상념에 빠졌다. 작년 10월 26일 하얼빈

역에서 이토를 저격 살해한 안중근은 곧바로 여순 감옥으로 옮겨지고 몇 차례 형식적인 재판 끝에 금년 2월 14일 사형 언도를 받았다. 그리고 한 달여 만에 졸속으로 사형이 집행된 것이었다.

여러 전언에 의하면 수감생활을 하는 동안 안중근은 고결한 품위로 주위를 감동시키며 대한제국 독립을 염원하는 구도자의 모습을 보였다고 했다.

안중근의 이토 저격과 관련하여 일본은 위종도 연류혐의자로 지목했다. 그리고 한국에 있는 위종의 가족까지 체포되었다. 어머니는 5일 후 석방되었으나 형 기종은 심한 고문을 받고 몇 달이 지나도록 감옥에 갇혀 있다는 것이었다. 그 생각을 하면 위종은 가슴이 미어지는 듯했다.

그런 이범진 부자를 위로하려는 걸까. 얼마 전 니콜라이 황제는 이범진 부자에게 3월부터 생활보조금을 상향조정하여 지급하도록 했다. 다행히 국내에선 기종도 5월에 석방되었다. 그러나 몸은 고문으로 만신창이가 된 후였다. 그 소식을 접하며 이범진과 위종은 찢어지는 가슴을 애써 어루만졌다. 한국에 있는 지인들은 이범진에게 부인과 기종을 러시아로 불러들이는 게 어떠냐는 서신을 보냈다. 그렇지만 그것은 불가능한 일이었다. 그들이 받는 연금만 해도 황제가 일본의 눈치를 보면서 비밀리에 지급 명령을 하달한 것이었다. 대제국 황제로선 자존심 상하는 일이지만 일본은 페테르부르크에 머물고 있는 이범진 부자를 감싸는 러시아정부에 대해 늘 못마땅해 하는 시선을 보냈던 것이다.

그런 한편으로 일본은 지속적으로 이범진의 소환을 러시아정부에 요청하곤 했다. 4월에는 이범진 부자의 이전의 과실에 대한 어떠한 책임도 묻지 않겠다면서 한국으로 소환하라며 러시아정부를 회유하기도 했다. 그러나 이범진 부자는 일본의 제의를 믿지 않을 뿐더러 결단코 러시아를 떠나지 않으리라 결심했다. 지구상에서 한국을 도와줄 나라는 러시아밖에 없다고 믿고 있기 때문이었다.

그보다 위종은 한동안 무력감에 빠져서 헤어날 수가 없었다. 헤이그에서 세계를 향해 을사늑약의 부당성과 한국의 독립의지를 피 끓는 심정으로 호소했고 연해주에선 의병을 모아 목숨을 건 전투를 벌였으며 하얼빈에선 안중근을 통해 침략의 마물(魔物) 이토 히로부미를 응징함으로써 그의 침략정책에 대한 한국인의 거부감을 극단적으로 드러내기도 했다. 그런데도 아무 것도 달라지지 않는 것이었다.

이제 더 무엇을 해야 할 것인가. 그리고 할 수 있을 것인가.

위종은 문득 '물결 사이로 헤엄치라'는 보몽 제독의 말을 떠올려보았다. 그러나 일본의 한국 병합이 지극히 명백하

게 예견되는 시점에서 그 말은 부질없었다. 헤엄쳐 나가기
엔 그 물결이 너무나 거센 것이었다. 그렇다면 그 다음은
그냥 그 거센 물결에 휩쓸려 침몰하는 것뿐이다.

그리고 마침내 8월 22일 일본의 한국병합이 체결되고 29
일에 공표되었다. 이로써 대한제국은 반만 년 역사를 이어
오다가 처음으로 나라를 잃게 된 것이었다.

이범진, 자결로써 생을 마감하다

이범진에겐 어설픈 선무당 정도의 능력이 있었다. 그래
서 때로 남의 상을 보고 운세를 가늠하기도 했다. 젊은 시
절, 잠시 가까이 지냈던 여자 무속인 신령군 덕분이었다.

그러나 남의 운세를 보면서도 자신의 명운에 대해선 도
통 모르겠다고 생각해 왔다. 지금까진. 그런데 이젠 알겠다
는 생각이 들었다.

이범진은 자신의 지나온 일생을 조용히 돌이켜 보았다.
조선 최고의 무신 이경하의 서자로 태어나 젊은 시절 장안
을 호령하는 건달로 살았다. 부모의 사랑이 도타웠으되 신
분에 대한 자격지심이 그로 하여금 방황의 시기를 겪게 했
던 것이다. 그러다가 신령군의 천거로 왕후를 알게 되면서
국왕 내외의 신임을 얻었다.

그는 기억했다. 갑신년 김옥균의 정변 때 왕후를 등에 업고 창덕궁에서 노원까지 달렸던 일을. 그때 그의 뒷덜미에 쏟아져 내리던 왕후의 뜨거운 숨결은 30년이 다 되어가는 지금도 어제 일처럼 생생한 느낌으로 살아 있었다. 그리고 자신을 바라보던 왕후의 의미 있는 눈길도.

다소 유약하고 소심했던 국왕에 비해 자신의 직선적인 성격과 선이 굵은 행동이 왕후에겐 남성적인 매력으로 보였는지도 몰랐다. 그러나 왕후의 자신에 대한 마음을 알면서도 그는 흔들리지 않고 일정한 선을 지켜 신하로서 충실하고자 했다. 미스 손탁에 대한 마음까지도 왕후를 위해 억제하면서.

일본의 간계를 사전에 파악하고 덕수궁 비밀통로를 통해 피신시킨 것이 그로선 왕후를 위한 최선의 도리였다고 그는 믿었고 지금도 믿고 있었다.

그러나 이제 자신의 운명도 알겠고 모든 것은 끝났다고 생각했다. 그리고 서서히 준비하기 시작했다. 매일매일 조금씩 가재도구를 정리해서 내다 팔고 장의사에 들러 자신의 관을 구입하기도 했다. 5년 전 공사관이 폐쇄된 후로 아들과 따로 살기로 한 것도 혹시 있을지 모를 이 순간을 위해서였다.

마지막 순간에 이르러 이범진은 기도하듯 속으로 읊조렸다.

마마. 소인과의 연은 이생에선 이룰 수 없는 것이었습니다. 남은 세월 손탁 여사를 벗 삼으시면서 내내 만수무강하옵소서.

그리고 지극히 미안한 마음으로 사라포바에 대한 고마움을 되새겼다.

진실한 벗으로 대해주신 데 깊은 감사의 마음을 남깁니다.

1911년 1월 26일 정오 마침내 이범진은 노바야 제레브나 체레노레첸스카야 거리 5번지 자택 거실에서 천장 전등에 밧줄을 설치하고 목을 매달아 자진했다.

– 우리의 조국 한국은 죽었습니다. 소신은 이외에는 다른 아무 것도 할 수 없습니다. 소신은 오늘 생을 마감합니다.

서울의 태황제에게 보내는 유서를 통해 이범진은 죽음으로써 일본에 대한 저항을 표시했다. 그리고 경찰서장에게 보내는 유서에서도

– 나는 지극히 평정한 마음으로 죽음을 택한 것이다.

죽음이 전적으로 자신의 선택임을 명백히 했다.

외무장관 사조노프로부터 이범진의 자결 소식을 보고받

은 차르는 깊은 애도의 뜻을 표하고 장례에 관한 모든 처리를 외무부에서 맡도록 지시했다.

장례식 날 이른 아침부터 페트로파블로프스키 병원 영안실에는 수많은 군중들이 모여들었다. 이범진의 장례는 러시아 황실의 전례에 따라 거행되었다. 오전 10시 교회에서 거행된 장례식에는 위종 부부와 장인인 놀켄 남작 부부, 사라포바와 체르빈스키 모자, 러시아 정부 고위인사들과 페테르부르크 한국 교민 대표단, 모스크바 등지에서 거주하고 있는 한국인과 러시아인 일반 조문객들이 참석했다. 이범진의 시신은 황제가 보낸 6필의 백마가 이끄는 마차에 실려 특별 운구열차로 옮겨지고 우즈펜스키 묘지에 안장되었다.

평소 사적으로는 경제적인 어려움 때문에 옷, 시계 등을 전당포에 맡기고 돈을 빌려 쓰기도 했던 이범진은 1만 2천 루블 가량의 돈을 남겼다. 그 돈은 고인의 유언에 따라 미국 대한인국민회와 한민학교와 청년회 등 연해주의 한인 단체, 그리고 이상설, 유인석 등 독립운동가 및 이준, 안중근의 가족들에게 전달되었다.

9-5

망국의 왕자에서 러시아 귀족으로

이범진이 죽자 위종은 급격히 허물어졌다. 열 살의 어린 나이로 조선을 떠난 이래 타국 생활을 하는 16년 동안 아버지는 그에게 유일무이한 정신적 지주였던 것이다.

그런데 이젠 고립무원의 상태에서 홀로 살아가야 했다. 그래서 슬프고 막막하고 쓸쓸한 기분에서 벗어날 수가 없었다.

장례를 마치고 난 며칠 후 그런 위종을 니콜라이 2세가 불렀다. 특별사면으로 황실근위대에 복귀한 체르빈스키와 함께 위종은 비공식적으로 차르를 알현했다.

"아버님은 짐보다 강하셨고 짐보다 의연하셨다. 짐이 아버님을 지켜주지 못한 것 같아 심히 마음이 아프노라."

차르도 이범진의 죽음에 충격을 받은 듯했다. 어쩜 그것은 차르와 이범진과의 특별한 관계 때문일지도 몰랐다. 차르에게 이범진은 단순히 자국에 주재하는 외국공사가 아니었음을 위종도 알고 있었다.

그러나 차르의 그런 위로도 위종에겐 힘이 되지 않았다. 이젠 차르도 한국을 위해 해줄 수 있는 그 어떤 것도 없기 때문이었다. 그리고 앞으로 자신은 러시아에서 나라를 잃은 외국인으로, 외교관도 아닌 신분으로 살아가야 하는 것이다. 그런 만큼 더 이상 차르를 만날 이유도 기회도 없었다.

그런 위종에게 차르는 재무장관 코코프체프와 외무장관 네라토프에게 위종을 위해 생활연금을 지급하고 직장을 알선하도록 지시했다. 셋째 딸이 태어나면서 가족을 부양하기 위해 가옥과 지출을 줄이고 수시로 나은 직장을 찾아 옮겨가면서 동분서주하던 위종이었다. 무너져 내리는 자신을 추스르며 철저히 생활인으로 살아가려는 것이었다.

그러나 그런 노력만으로 온전히 살아갈 수는 없었다. 위종은 페테르부르크를 포함한 러시아의 수많은 일본인들로부터 신변의 위협을 느꼈다. 일본과 맞서며 살아왔던 위종은 그들에게 위험이 상존하는 인물이기 때문이었다.

그런 사정은 러시아정부도 마찬가지였다. 위종에 대한 일본의 항의를 받을 때마다 러시아정부는 골머리를 앓았다. 여름에 전 일본총리 카스라 타로가 러시아를 방문했을 때도 러시아정부는 위종을 요주의 인물로 지목한 일본을 위해 페테르부르크 시보안과장을 통해 감시를 붙인 바 있었다.

"귀족의 지위를 내려달라고 청원해 보는 게 어떻겠나?"

위종의 고충을 헤아리고 있는 체르빈스키가 제안했다.

그것은 나라 없는 외국인 신분의 위종에겐 러시아에서 살아갈 수 있는 획기적인 방안 중의 하나였다. 문제는 차르가 받아들이느냐 하는 것이다.

그러나 차르는 이범진이 왕족 출신이며 한국의 태황제가 자신에게 보내는 서신에서 이범진을 일컬어 '나의 친애하는 형제'라고 불렀던 사실에 주목하며 위종의 청원을 승인했다. 이를 통해 위종은 한국 국적 대신 러시아 국적을 취득했다. 그리고 망국의 왕자에서 러시아 귀족으로 신분이 바뀌었다.

방황의 나날

아내 엘레자베타는 아름답고 선량하되 가련하고 현명하지 못한 여성이었다. 그렇지 않다면 망국의 운명을 감당해야 하는 무거운 짐을 짊어진 외교관인 자신을 선택했을까. 그 짐은 곧 삶의 짐일진대.

그렇게 생각해야 위종은 마음이 편했다. 그러나 결혼하면서부터 줄곧 엘리자베타는 그런 남편의 처지를 이해하고 격려하며 위로했다. 그 점 위종은 고맙고 미안했다.

그렇지만 위종은 자신이 감당할 수 있는 인내의 한계점에 왔음을 자주 느꼈다. 나라를 잃은 슬픔과 다시 나라를 찾을 수 없다는 절망감은 아내의 이해와 격려와 위로로도 도무지 삭힐 수가 없었던 것이다. 그것은 귀족 신분이 되었다고 해도 달라지지 않았다. 그러다보니 아내를 보면 미안하고 고마운 감정이 이따금 거친 말과 행동으로 폭발하곤 했다. 신경이 예민해지면서 싸우게 되는 것이었다.

그래서 직장에서 퇴근하고도 곧바로 집으로 가는 대신 술집으로 향하는 날들이 잦아졌다. 돈을 마련하는 건 얼마든지 가능했다. 아직 그는 젊고 잘 생긴 용모를 가지고 있었다. 그리고 러시아 귀족 신분에다가 동양의 왕자라는 전력도 있었다. 낙백한 귀족, 영락한 왕자. 그것은 불온한 호기심과 값싼 연민을 불러일으키며 여자들을 그의 주위에 몰려들게 했다. 그는 이 여자의 돈으로 저 여자와 지내는 식으로 하루하루 방종한 나날을 보내곤 했다.

그러다가 급기야 아내와는 별거에 들어가고 그는 페테르부르크 시내에서 여자들을 바꿔가며 동거생활을 계속했다. 그 여자들은 지체 높되 천박한 귀족부인들부터 아름답되 영혼이 없는 술집 여급까지 실로 다양했다. 농익은 과실의 달다 못해 쓴 과즙을 마시듯 그녀들과 쾌락을 향유했던 것이다. 그런가 하면 철부지 여대생의 품에 안겨 밤새도록 펑펑 울기도 했다.

"언제까지 이럴 건가?"

위종의 타락한 모습을 보다 못한 체르빈스키가 질책을 하지만 그는 아랑곳하지 않았다. 스스로도 자신을 일으켜 세울 수가 없었던 것이다.

그러나 체르빈스키의 질책도 거기까지였다. 그의 어머니 사라포바가 스스로 목숨을 끊었던 것이다. 그녀의 자살 동기에 대해선 잘 알려지지 않았다. 다만 분명한 것은 그녀는 라스푸틴이 농락하지 못한 몇 안 되는 여자 중의 한 명이었고 이범진 살아생전엔 출입을 조심하던 라스푸틴이 이범진 사후로 그녀의 살롱에 거침없이 드나들었다는 사실이었다. 그리고 그녀가 라스푸틴은 거부할 줄 알면서 이범진에겐 왜 그렇게 쉽게 빠졌는지에 대해 사람들의 뒷말이 무성했다.

체르빈스키 역시 위종처럼 한동안 실의에 빠졌다.

9-6

제국의 그늘

그러나 먼저 실의에서 벗어난 것은 체르빈스키였다.

해가 바뀐 1914년 봄 어느 날. 체르빈스키가 극동에서 휴가를 얻어 페테르부르크로 온 플라토노프와 오랜만에 셋이서 모이는 자리를 만들었다. 여전히 무절제한 생활을 하고 있는 위종이었지만 셋이서 모이다 보니 생 시르 시절의 풋풋하고 순수했던 기억이 떠올랐다. 세 사람은 시내의 고급 술집에 앉아 생 시르에서 배웠던 프랑스의 혁명정신인 자유와 평등, 그리고 박애에 대한 얘기를 나눴다.

그런데 얘기 도중 체르빈스키가 로마노프 왕조의 미래에 대한 우려를 드러내어 위종을 놀라게 했다. 체르빈스키는 다름 아닌 차르를 모시는 황실근위대 장교였다.

"나폴레옹 침공 때 러시아가 파리를 점령하고도 혁명정신 대신 와인밖에 수입하지 못한 것은 두고두고 후회할 일이야."

체르빈스키의 말을 위종과 플라토노프는 쉽게 공감했다. 굳이 체르빈스키의 입을 빌지 않더라도 현재 러시아 사회에 만연되어 있는 혁명적 분위기를 잘 알고 있기 때문이었다.

러시아는 프랑스 등 서유럽 국가들과 달리 20세기에 들어서도 수백 년 동안 유지되어 온 봉건적 악습을 그대로 답습하고 있는 까닭에 인구의 대부분을 차지하는 농민과 노동자들의 삶은 비참하기 짝이 없었다. 그런데도 열악한 경제상황을 개선시켜줄 것을 요구하는 그들에게 돌아간 것은 차르의 총칼뿐이었다.

"그러니까 혁명을 해야 한다는 얘긴가?"

374

플라토노프가 물었다.

"영국의 입헌군주제든 프랑스의 공화정이든 국민의 의사가 반영되는 체제가 되어야 해. 미국처럼 국민이 직접 통치자를 바꾸지 않더라도 말이야. 러시아는 너무 오래 전제군주제로 버텨 왔어. 시대는 이미 되돌아갈 수 없을 정도로 흘러왔는데 말이야."

"그러나 혁명은 피를 부를 수밖에 없어. 루이 16세가 처형된 것처럼. 우리가 그런 혁명을 감당할 수 있을까."

플라토노프의 얼굴이 어두워졌다.

"물론 절대로 그런 일이 있어선 안 되겠지. 그러니까 그러기 전에 개혁이 있어야 해."

우울한 표정을 짓는 체르빈스키에게 위종이 물었다.

"황태자는 어때?"

"늘 위태위태하지."

체르빈스키가 걱정스런 표정으로 고개를 저었다. 그러다가 갑자기 목소리를 높였다.

"저자가 왜 저기 있지?"

위종과 플라토노프가 고개를 돌리니 술집 한쪽에 기괴하게 생긴 중년의 사내 하나가 다수의 여자들에 둘러싸인 채 히히덕거리며 술을 들이키고 있다.

"저잔 라스푸틴?"

위종이 묻자 두 눈에 적의를 번득이며 체르빈스키가 고개를 끄덕였다. 위종도 그에 대해선 웬만큼 알고 있었다.

"듣던 대로군."

플라토노프도 냉담한 반응을 보였다.

라스푸틴은 시베리아의 농민 출신으로 갖은 악행을 저지르다 자신이 살던 마을 떠난 후 수도원을 전전하던 '돌중'으로 러일전쟁이 시작될 무렵인 1904년 경 페테르부르크로 흘러들어와 최면술을 이용하여 사람들의 병을 치유하며 성자 행세를 하는 동안 귀족부인들 사이에서 인기를 끌었다. 그러다가 마침내 알렉세이 황태자를 치료하게 되면서 차르 부부의 신임을 얻었다. 특히 황후 알렉산드리아의 그에 대한 신뢰는 절대적이라고 했다.

그러나 라스푸틴에 대한 소문은 좋지 못했다. 신문에 보도된 내용만 해도 그는 궁정에서는 매우 정중하게 행동하고 농민의 꾸밈없는 소박한 모습을 보여주지만, 밖에만 나오면 '개'가 되고 어리숙한 귀부인들에게 '육체의 속죄'를 통해 구원받을 수 있다고 설교하며 숱하게 농락했다는 것이었다. 뿐만 아니라 황후로부터 권세를 이용하여 부정한 청탁을 들어주고 그 보상으로 남녀불문하고 청탁자 본인과 자녀와의 성교를 요구한다고도 했다.

"저 자가 존재하는 한 러시아엔 미래가 없어."

체르빈스키가 단언하듯 내뱉었다.

"러시아는 니콜라이 2세가 다스리는 나라지만 니콜라이 2세를 움직이는 건 알렉산드라 황후고 알렉산드라 황후를 움켜쥐고 조종하는 것은 바로 저 라스푸틴이라지."

플라토노프도 체르빈스키의 말에 동조했다.

"저 자를 쳐내지 않으면 개혁을 할 수 없어. 개혁을 하지 않으면 혁명을 부르게 되고. 일본과의 전쟁 중에 발생했던 민중봉기를 잊어선 안 돼. 다시 그런 일이 일어날 때 러시아가 어떤 모습의 나라가 될지 그게 두려워."

여전히 라스푸틴을 향한 시선을 거두지 않고 있는 체르빈스키의 두 눈이 여전히 차가운 빛을 뿜었다.

위종은 라스푸틴을 보며 고려말의 괴승 신돈을 떠올렸다. 고려의 멸망을 재촉케 하는 한 원인이 된 신돈. 정말 라스푸틴도 신돈과 같은 인물일까. 그렇다면 체르빈스키의 말대로 장차 러시아는 어떤 모습의 나라가 될까.

러시아 군사학교에 입교하다

위종과 체르빈스키, 플라토노프가 오랜 만에 만나 회포를 푼 지 두어 달 지난 6월 28일 예기치 않았던 엄청난 사건이 사라예보에서 발생했다. 그곳을 방문한 오스트리아 황태자 페르난디트 부부가 세르비아 청년 프린치프의 총격으로 사망했던 것이다.

이 사건으로 오스트리아가 세르비아를 침공하면서 전쟁이 발발했다. 그러자 러시아가 군대동원령을 내리고 독일도 중립국인 룩셈부르크와 벨기에를 침공하면서 프랑스로 진격했다. 그리고 영국도 독일에게 선전포고를 하는 등 유럽 전역이 갑자기 전화에 휩싸였다. 이른바 세계대전이 시작된 것이었다.

그런데 러시아가 가장 먼저 전쟁에 참여한 데엔 같은 슬라브 민족을 돕는다는 이유도 있지만 경제침체로 오랫동안 쌓여온 국민들의 불만을 해외로 돌리려는 데 더 큰 목적이 있었다. 처음에는 차르와 정부의 그 의도가 먹혔다. 차르가 동원명령을 내리자 애국심에 불탄 백만 명이 넘는 젊은이들이 기꺼이 총을 들었던 것이다.

그러나 지휘관들의 무능함으로 러시아군은 자멸하다시피 패전을 거듭하면서 전쟁 1년 만에 사망 15만 명, 부상 70만 명에다 무려 90만 명이 적군의 포로가 되었다. 그리고 수많은 젊은이들이 전쟁에 투입되는 바람에 사회 노동력은 급감하고 국민의 복지에 써야 할 국가예산이 전비로 전용되면서 국민들의 생활은 오늘 당장 먹을 빵과 우유조차 살 수 없을 정도로 어려워졌다.

그런 상태는 해가 바뀌어도 전혀 개선될 조짐을 보이지 않았다. 위종은 불안한 생각이 들었다. 정말 체르빈스키의 말대로 러시아가 쇠락의 길을 걷고 있는 것은 아닐까 의구심이 드는 것이었다. 그러면서도 아내와는 여전히 별거 상태로 전과 같은 자포자기한 생활을 계속해나갔다. 자신이 어쩔 수 있는 것은 아무 것도 없었던 것이다. 그런 생활을 계속하는 것 이외엔.

그러던 어느 날, 위종을 찾은 체르빈스키가 또 하나의 제의를 했다.

"군사학교를 다니는 게 어때?"

"군사학교?"

"졸업하면 내가 황실근위대로 올 수 있도록 손 써 보겠네. 자네도 러시아 귀족이니까 어쩜 가능할 거야."

"글쎄."

"나를 도와줘."

체르빈스키의 말대로 황실근위대에서 근무하게 된다면 그보다 더 좋을 수가 있을까. 차르의 지근거리에 있다 보면 한국을 위해서 할 수 있는 어떤 일이 생길지도 몰랐다.

위종은 자신에게 마음을 써주는 체르빈스키가 고맙기 그지없었다. 그리고 자신이 부끄러웠다. 자신과 달리 체르빈스키는 어머니의 죽음으로 인한 슬픔을 딛고 분주하게 움직이고 있는 것이었다.

"그리고 말이야. 차르가 곧 전선으로 떠날 것 같아."

"전선에?"

"전황이 안 좋으니까 직접 가겠다는 건데 문제는 그걸 건의한 게 라스푸틴이라는 점이야."

"자네도 따라 가?"

"난 알렉세이를 지켜야지. 따로 할 일도 있고."

그러면서 체르빈스키가 의미심장한 표정을 지었다.

"따로 할 일?"

"나중에 얘기하지. 그보다 전쟁 기간 동안 군인이 된다면 자넨 차르는 물론 페테르부르크 고위관리들에게도 당당할 수 있을 거야."

그동안 마음고생이 심했는지 오랜만에 보는 엘리자베타의 얼굴이 말이 아니었다. 위종은 막상 아내 앞에 서자 자신이 얼마나 몹쓸 남편이었던가를 새삼스럽게 절감하게 되었다. 엘리자베타는 여전히 아름답지만 눈가엔 잔주름이 생기고 피부도 거칠었다.

엘리자베타를 처음 본 건 그녀 나이 열네 살 때였다. 그리고 열여섯의 나이로 자신의 아내가 되었다. 결혼 10년. 그동안 그녀가 행복했던 적이 얼마나 될까. 생각이 거기에 미치자 위종은 가슴이 미어지며 눈물이 솟구쳤다.

"내가 당신을 사랑했고 또 죽을 때까지도 그 마음을 간직하고 있을 거란 사실을 믿어줘."

"왜 죽음을 입에 담아요?"

위종이 짊어진 삶의 무게를 헤아린 때문일까. 엘리자베타는 자신에게 견디기 힘든 마음의 상처를 준 남편을 끌어안으며 등을 어루만졌다. 아마도 위종은 그녀도 울고 있지 않을까 생각했다.

위종은 군사학교에 입교하는 길이었다. 지난 해 12월 중순 위종은 페테르부르크의 브라디미르 군사학교 교장에게 입교 허가 진정서를 보내고 자신은 2년간 생 시르 군사학교를 다니던 중 러일전쟁으로 불가피하게 퇴교하게 되었다며 입교를 허락해달라고 청원했다. 그리고 올해 1월 14일 입교 허가를 받고 어제 그레베야카야 18번지에 있는 군사학교에서 신체검사를 통과한 것이다.

엘리자베타는 졸업 후 전선으로 배치될지도 모를 남편을 위해 늘 무사하기를 기도하겠다고 했다.

황제를 위하여

생 시르에서의 경력을 인정받은 위종은 3개월 반 가량의 장교교육으로 군사학교를 졸업했다. 그러나 체르빈스키의 말과 달리 황실근위대가 아닌 전선으로 배치를 받게 되었다. 일종의 특혜랄 수 있는 황실근위대 배치가 그의 힘으로는 어려웠는지도 몰랐다.

졸업과 동시에 위종은 전선으로 떠났다. 긴 원정길을 가던 도중 한 교회에 들러 눈물로써 지난 수년 동안 가까운 사람들을 마음 아프게 했던 데 대한 반성과 통회의 기도를 올렸다.

그런데 차르가 총사령관으로 와 있는 전선의 전황이 그다지 밝지 못했다. 차르가 전쟁 경험이 없다는 것도 문제였지만 모든 작전이 페테르부르크, 정확하게는 라스푸틴의 '명령'에 따라 진행되고 있었던 것이다. 라스푸틴은 꿈에서 신의 계시를 받았다며 황후를 통해 전선의 차르에게 계속 '명령'을 전했다.

우리의 친구가 식량공급은 걱정 말라네요. 다 잘될 거라는군요.

우리의 친구가 너무 고집 세게 진격하지 말라고 해요. 피해가 더 클 거래요.

마침내 차르의 어머니인 대황후가 전선으로 달려가 차르에게 수도 귀환을 청했지만 차르는 라스푸틴이 '신께서 보낸 성자'라면서 어머니의 말을 따르지 않았다.

12월 초 위종은 페테르부르크로 복귀하라는 체르빈스키의 은밀한 전갈을 받았다. 그리고 전선을 떠남과 동시에 위종은 행방불명 처리가 되었다. 그 사실은 아내 엘리자베타에게도 전달되었다.

전황이 불리해지고 그에 따른 심각한 경제난으로 노동자와 농민들의 시위는 날로 격해졌다. 그리고 차르가 전선으로 떠난 사이 라스푸틴이 황후의 위세를 빌어 장관들과 관리들을 제 맘대로 내쫓고 무능한 인물들로 그 자리를 채우자 황실에 대한 국민들의 반감도 급속히 확산되었다. 거리엔 황후와 라스푸틴의 관계를 조롱하는 벽보가 나붙고, 심지어 둘이 동침하고 있다는 유언비어까지 나도는 지경이었다. 그러자 황실과 귀족사회 일각에선 차르를 퇴위시키고 차르의 아저씨뻘인 니콜라이 대공을 옹립하려는 움직임을 보였다. 이에 위기를 느낀 차르 측근들은 모종의 결심을 했다.

그러던 12월 30일, 유스포프 공의 자택에 초대된 라스푸틴은 매우 흡족한 기분이었다. 유스포프가 최근 그가 결혼한 차르의 조카이자 페테르부르크 최고의 미인인 이리나 공주가 자신을 만나고 싶어 한다는 것이었다. 라스푸틴은 사교계에서 가장 아름다운 여인을 유혹하게 되었다는 생각에 마음이 들떠 있었다.

남편이 있는 자리면 어떠랴, 내가 유혹하겠다는데.

잠시 후 연회가 시작되었다. 참석자는 유스포프 외에 차르의 첫째 딸 올가의 남편감으로 물망에 오르고 있는 디미트리 파블로비치 대공과 두마(의회)의 지도자 중 한 명인 푸리슈케비치. 유스포프는 공주가 2층에서 손님들을 접대하고 있는데 곧 내려올 거라면서 라스푸틴에게 독이 든 술과 케이크를 권했다. 그런데 12명 분의 독이 든 술과 케이크를 먹어 독이 퍼진 라스푸틴은 연신 거친 숨을 몰아쉬면서도 기타를 잘 치는 유스포프에게 집시 노래 연주를 부탁했다. '겁에 질린 암살자'는 기타를 치고 '시체'는 술 마시며 노래 부르는 기이한 광경이 몇 시간이나 계속되었다.

두려움을 견디다 못한 유스포프가 마침내 권총을 꺼내 라스푸틴을 쏘았다. 그때 갑자기 '시체'가 벌떡 일어서서 유스포프의 어깨를 움켜잡더니 견장을 북 뜯어내고는 비틀비틀 걸으며 마당 쪽으로 향했다. 푸리슈케비치도 뒤따라가며 연신 몇 발을 더 쏘았다.

마당으로 뛰쳐나온 라스푸틴은 숨어 있던 날렵한 동양인 한 명을 포함한 두 명의 다른 공모자들에게 얻어맞고 쓰러졌다. 그리고 밧줄에 양손이 묶인 채 포대자루에 넣어져 인근 네바 강 물속으로 던져졌다.

사흘 뒤 왕후가 사람을 풀어 라스푸틴의 시체를 발견했다. 그의 몸엔 네 발의 총탄이 박혔지만 사인은 독극물에 의한 것도 충격에 의한 것도 아닌 익사로 밝혀졌다.

"자네의 공로를 차르도 알 걸세."

체르빈스키가 말했다. 위종도 그 말이 맞다고 생각했다. 차르가 동아시아에 대한 관심을 갖지 않았다면 그리하여 조선과 관계를 맺지 않았다면 조선은 청일전쟁 때 아니면 그 이전에 이미 일본에게 먹혔을 것이다.

또, 차르가 건재해야 한국을 위한 어떤 일이든 할 기회가 생길 것이다. 그러므로 차르가 건재하려면 라스푸틴 같은 인물이 차르 곁에서 제거되어야 하는 것은 지극히 옳은 일이라고 위종은 생각했다.

그러나 이제 전선으로 복귀할 수도 아내에게 갈 수도 없었다. 위종은 체르빈스키가 권유하는 대로 잠시 잠적해 은신해 있기로 했다. 라스푸틴의 죽음에 대한 복수를 꿈꾸는 황후의 시선 때문이었다.

니콜라이 황제, 가족과 함께 총살당하다

그러나 라스푸틴을 제거해서 차르를 곤경에서 구하려는 신실한 측근들의 시도는 시기적으로 늦은 것으로 판명났다. 그만큼 상황은 이미 너무 많이 악화되어 있었던 것이다.

라스푸틴의 죽음을 전해들은 차르는 곧바로 전선에서 돌아왔다. 그러나 그를 기다리고 있는 것은 쉽게 예감할 수 있는 혁명의 전조뿐.

3월 8일 폭동이 페테르부르크에서 일어나고 차르는 군대를 출동시켰지만 그들조차도 시위대에 동정심을 느끼고 돌아서자 차르는 모든 것이 끝났음을 깨닫고 양위를 선언했다. 이로써 304년 동안 지속돼 온 로마노프 왕조의 군주제는 역사 속으로 사라지고 케렌스키의 임시정부가 들어섰다.

그리고 차르는 가족과 함께 서(西) 시베리아 토볼스크 예카테인부르크로 이송되고 이전의 호화로운 궁전이 아닌 평범한 민가에서 군인들이 가족들 간의 대화까지도 감시하는 통제된 분위기 속에서 지내게 되었다.

그러나 사회주의자들이 주축이 된 케렌스키의 임시정부도 민생을 어렵게 한 원인이 된 전쟁을 끝내길 바라는 국민들의 열망을 충족시키지 못하고 한계를 드러냄으로써 지지기반을 잃어갔다. 그리고 11월 7일 레닌이 주도하는 볼셰비키 군이 케렌스키 임시정부를 타도하고 소비에트 정권이 수립됐음을 선언했다.

라스푸틴의 죽음만으로 차르에 대한 분노를 접을 수 없었던 걸까, 러시아 국민들은.

라스푸틴이 죽은 후 알렉산드라 황후의 눈을 피해 우랄 산맥 서쪽의 한 작은 도시에서 은신하던 중 위종은 차르가 양위를 하고 로마노프 왕조를 무너뜨린 새 정부에 의해 가족들과 함께 체포되었다는 소식을 듣고 엄청난 충격에 빠졌다. 혹시나 하긴 했지만 3백 년을 넘게 존속해 온 로마노프 왕조가 종식될 거란 생각은 차마 해보지 않았던 것이다. 그것도 자신의 생애 중에. 따라서, 이젠 그나마 한국을 되찾는 데 도와줄 나라가 없었다.

그 길로 위종은 페테르부르크로 돌아와 아내와 재회했다. 전선에서 행방불명이 되었다는 전갈을 받고 죽은 줄만 알았던 남편이 돌아오자 아내는 눈물로 반겼다.

오랜만에 아내와 함께 생활하면서 위종은 전에 없던 행복을 느꼈다. 그러면서도 마음 한구석에 도사리고 있는 불안감은 어쩔 수가 없었다.

로마노프 왕조가 무너지고 혁명세력의 케렌스키 정부가 들어선 이래 많은 귀족들이 국외로 떠나고 있었다. 위종도 생각해 보았다. 그들처럼 탈출할까. 그러면서 미국을 떠올려보았다. 그렇지만 엄두가 나지 않았다. 파리는 어떨까. 그건 가능할 것 같았다. 그리고 그곳엔 제르맹도 있었다. 그러나 한국을 도와줄 나라가 전혀 없는 상태에서 여전히 망설여졌다. 그래서 보다 확실해진 러시아를 확인하고 싶었다. 과연 러시아는 어떤 모습의 나라가 될까.

어디서 무얼 하고 있는지 체르빈스키와는 연락이 닿지 않았다. 플라노포트 역시 극동에 머물고 있는지 소식이 없었다.

그러다가 11월 레닌의 볼셰비키 군이 케렌스키 임시정부를 타도하고 소비에트 정권을 수립하면서 위종은 집으로 들이닥친 일단의 군인들에게 체포되고 수감되었다. 예상했던 대로 반볼셰비키 반혁명분자라는 죄목이었다.

그러나 두어 달 만에 석방되면서 위종은 러시아군사혁명소비에트로부터 소환당했다. 그리고 군인으로 복무할 것을 제의받았다. 그들이 석방한 이유는 위종이 차르의 군인이었지만 장교로서 전선에서 전투를 치른 경력이 있고 무엇보다 외국어에 능통하다는 사실이 첩보전에 유용하다고 판단되었기 때문이라고 했다. 위종으로선 선택의 여지가 없었다.

작년 11월 레닌 정부가 수립된 이후 러시아는 차르를 지지하는 백군과 혁명을 지지하는 적군이 내전을 치르고 있는 중이었다. 정확히 말하자면 레닌 주도의 혁명 세력 및 혁명을 지지하는 러시아 국민들과, 백군과 백군을 후원하는 영국, 프랑스, 미국, 일본 등의 제국주의 국가들 간의 전쟁을 벌어지고 있었던 것이다.

그런데 놀라운 것은 위종의 석방에 체르빈스키가 영향력을 발휘했다는 사실이었다. 위종이 만난 체르빈스키는 러시아군사혁명소비에트의 주요 간부가 돼 있었다.

"나는 국민들이 저주하는 라스푸틴을 제거한 사람이야, 자네와 함께. 그 사실을 국민을 위한 혁명군이라는 저들도 무시하지 못했던 거지."

그러면서 체르빈스키는 라스푸틴이 은닉해 놓은 막대한 비자금을 찾아내 레닌의 볼셰비키에게 넘겼다고 했다.

위종은 차르의 소식이 궁금했다.

"아직도 그곳에 연금되어 계시지. 내가 차르를 사랑했던 건 차르의 러시아와 러시아 국민들을 사랑했기 때문이야."

유스포프 공의 재산을 프랑스로 옮기는 데 간여하기도 했던 체르빈스키였지만 종내 그가 택했던 건 러시아와 러시아 국민이었다. 러시아는 체르빈스키의 조국이었고 그 역시 러시아 국민이었던 것이다.

7월 17일. 프랑스, 영국, 미국 등 서방세계의 지원을 받는 백군이 차르를 구출하러 올 거라는 소문이 퍼지자 볼셰비키군은 차르와 가족들을 모두 총살하고 화장시켰다.

위종의 장인 놀켄 남작이 주지사로 있던 토볼스크에서 죄수처럼 지내던 니콜라이 2세가 죽음을 예감하며 위종을 떠올렸는지는 알 수 없었다. 그러나 분명한 것은 라스푸틴을 가까이 한 게 자신의 우매함으로 인한 악연이었음을 절감했을 거란 사실이었다.

전선에서 돌아오기 직전 니콜라이 2세는 라스푸틴으로부터 한 통의 괴상한 편지를 받은 바 있었다.

나는 내년 1월 1일이 되기 전에 죽을 것 같습니다. 만일 나의 죽음을 가져온 자가 폐하의 황실 사람이라면 황실은 머지않아 몰락할 것이고 폐하의 자녀와 친척 어느 누구도 2년 후까지 살아남지 못할 것입니다.

라푸스틴은 정확히 편지를 보낸 그해, 강물에 던져진 12월 31일 새벽에 죽었다. 그리고 니콜라이 2세도 라스푸틴이 암살된 지 두 달여 만에 제위에서 쫓겨났고, 그로부터 1년 남짓 후 가족들과 함께 살해당했다.

9-8

소비에트 한국을 꿈꾸다

"앞으로 어떻게 될까, 러시아는?"

위종이 물었다.

"아마도 이제껏 우리가 보지 못했던 나라가 되지 않을까. 그게 어떤 형태의 나라일지는 모르지만."

그러면서 체르빈스키는 덧붙였다.

"그러나 분명한 것은 러시아가 과거로 되돌아가지 않을 거란 점이야. 설령 과거보다 못한 나라가 된다 해도. 그건 국민들이 원하지 않을 거야."

체르빈스키의 그 말은 맞을 것이다.

내전 초기만 해도 혁명정부의 국가 체계나 군대 체계는 매우 엉성한 상태였다. 반면에 백군은 제정시대 장교들의 통솔력과 영국, 프랑스, 미국, 일본 등 제국주의 국가들로부터 후원받은 강력한 무기로 인해 상대적으로 적군보다 우위에 설 수 있었다. 하지만 백군은 혁명에 반대하는 구체제 귀족 출신이나 장군들이 주축세력으로 이들에겐 국민들을 위한 뚜렷한 제도나 정책이 없었다. 이들의 목표는 단순히 볼셰비키 정부를 무너뜨리고 구체제를 회복하는 것뿐이었다. 그래서 농민들과 노동자들은 백군에 등을 돌리고 볼셰비키 정권을 지지하고 있는 것이었다.

위종은 선택의 여지가 없는 상황을 받아들이기로 했다.

한국에서 3.1만세운동이 일어났다는 소식에 위종은 막막했던 가슴 한편이 확 뚫리는 듯한 느낌을 받았다. 조국이 일본에 병합되고 유일한 후원국이던 차르의 러시아마저 사라지면서 나라를 되찾을 방도가 막연했던 것이다. 그런 그에게 3.1운동은 희망의 한 줄기 강렬한 빛과 같았다.

그리고 3.1만세운동의 연장선상에서 4월 13일 청국 상해에 임시정부가 수립되었다는 소식이 이어졌다. 위종은 가슴이 벅차올랐다. 더구나 임시정부의 각료 중엔 연해주에서 국내진공을 함께 했던 최재형이 재무총장으로 있다고 했다. 이제 자신도 러시아에서 할 일이 있다고 위종은 생각했다.

그래서 용기백배하는 마음으로 4월 말 보병부대 기관총부대 부대장으로 참전했다. 그리고 반혁명군으로부터 우랄산맥 서쪽의 우파(Ufa) 지역을 탈환하는 데 혁혁한 전공을 올렸다.

8월 12일 모스크바 보고슬로브스키 퍼르스펙트 1번지 소재 동방연맹 건물에서 3.1만세운동을 기념하는 한인집회가 열렸다. 2백여 명의 한인 대표들이 참석한 이 대회에서 외무 인민위원회 동양국 국장인 보스네센스키가 위종을 소개했다. 단상에 오른 위종은 러시아와 시베리아에 거주하는 모든 한인들이 뭉쳐 한인부대를 창설하고 시베리아와 한국으로부터 일본군을 몰아내자고 역설했다. 그리고 그를 위해 러시아소비에트정부와의 연대를 강화하면서 한인중앙집행위원회를 세우자고 제안하여 참석자들의 만장일치의 동의를 받았다.

이 집회에서 위종은 전날 연해주에서 만났던 신출귀몰한 '날으는 장군' 홍범도와 재회했다. 그는 여전히 블라디보스토크를 중심으로 일본과 대항하며 독립운동을 활동하고 있었다.

"볼셰비키 정부는 혁명의 성공을 위해 우리 한인들의 도움을 필요로 하고 있습니다. 그래서 일본과 싸우는 우리 한인들과 연대하며 지원할 생각입니다. 대장께서도 더욱 힘써주십시오."

"그야 여부가 있겠소."

위종은 생각했다. 차르의 러시아는 사라졌지만 소비에트에 한인들의 생활 영역을 확보하는 자치구 소비에트 한국을 세우고 군대를 창설하여 혁명정부로부터 지원을 받아 조국을 되찾는 기반을 구축하겠다고.

러시아에는 10만여 명의 한인들이 거주하고 있었다. 위종은 그중 2만 명 정도의 한인들을 동원하여 한인부대를 만들고 시베리아와 한국으로부터 일본인들을 몰아낼 계획을 수립하고 있다고 러시아 신문은 보도했다.

일본 측 첩보기록에 의하면 이후 위종은 모스크바 극동국에서 근무하는 동안 병역징집법을 수립하고 레닌의 자금을 받아 모스크바에서 이르쿠츠크 사이의 한국인 7천 8백 명을 징집했다. 그것은 위종이 구상하는 소비에트 한국 건설의 시작이었다.

9-9

시대의 바다를 항해하다가 역사 밖으로 사라진 영혼을 위하여

"정말 가려는 건가?"

체르빈스키의 물음에 위종은 분명하게 고개를 끄덕였다. 자신에게 무인의 피가 흐르고 있는 때문일까.

모스크바에서 한인들을 징집하고 한인부대를 지원하던 위종은 마침내 시베리아로 가기로 결심했다. 볼셰비키 혁명 후 벌어진 내전에서 제국주의 국가들이 백군을 지원할 때 러시아 극동 지역에서 가장 먼저 무력간섭을 시작한 건 일본이었다. 일본이 시베리아에 투입한 병력은 5만이 넘었다. 이제 한인들을 집결하여 보다 한국 가까이서 그들과 직접 싸우려는 것이었다.

서른한 살의 아름다운 아내 엘리자베타에게 위종은 말했다.

"내 조국에 당신과 아이들을 데려가는 게 내 꿈이야. 그 꿈을 버리고는 살 수가 없어."

엘리자베타는 그런 위종을 가로막지 못했다. 위종이 조국을 버리고 한 여인의 남편으로만 살 수 없는 사람이라는 것을 알고 있기 때문이었다. 그것이 그의 운명이라는 것도.

이후 위종은 이르쿠츠크 서부 지역에서 한인적군부대 사령관으로서 4천여 명의 한인병사들을 이끌고 일본과 싸우고 대부분의 전투에서 승리했다고 일본 측 첩보요원은 기록했다. 그리고 일본군 사이에서 위종은 마주치고 싶지 않은 대상이 되었다.

그러던 중 사건이 발생했다. 1921년 6월 28일, 러시아 자유시(알렉셰프스크)에서 3마일 떨어진 수라셰프카에 주둔 중인 한인부대인 사할린 의용대를 러시아 적군 제29연대와 한인보병자유대대가 무장해제시키는 과정에서 서로 충돌, 쌍방 간에 다수의 사상자를 낸 사건이었다. 일명 자유시 참변 혹은 흑하사변(黑河事變)으로 그 이면엔 이르쿠츠크파 고려공산당과 상해파 고려공산당 간의 갈등이 내재되어 있었다. 그리고 내전이 마무리 단계에 접어듦에 따라 한인들에 대한 지원을 약속했던 적군의 태도 변화도 한 원인으로 작용했다.

위종은 볼셰비키에 심한 배신감을 느꼈다. 볼셰비키는 혁명 완성을 위한 한인들의 동참을 위종에게 요청했고, 위종은 한인부대를 결성하고 적군의 일원으로서 서시베리아에서 일본군을 몰아내는 데 상당한 역할을 했다. 그런데 막상 일본군이 더 이상 버티지 못하고 시베리아 전역에서 물러날 조짐을 보이자 적군은 한인들이 삶의 뿌리를 내릴 수 있는 대량의 토지 공급 약속을 뒤집는 등 다른 모습을 보이기 시작했던 것이다. 물론 그것이 혁명 초기의 혼란스런 상황에서 레닌에게까지 보고되지 않은 현지 부대 책임자의 결정에 의한 것이었다 하더라도 위종에겐 볼셰비키의 속성을 가늠케 하는 한 단면으로 비쳤다.

위종은 회복불능의 막대한 타격을 입고 궤멸상태에 빠진 한인부대를 복원하기 위해 직접 부대를 이끌고 서시베리아를 떠나 극동으로 가기로 마음먹었다. 이젠 볼셰비키도 믿을 수 없고 한인부대 끼리의 갈등도 막아야 했던 것이다. 그리고 그 땅에 한인들이 서로 힘을 모아 모두 뭉치는 삶의 터전을 마련해야 했다. 그것은 보다 한 발짝 더 조국으로 가까이 다가가 일본과 싸우며 조국의 독립을 하루라도 앞당기는 일이기도 했다.

그러나 운명이란 그런 걸까. 그 즈음 위종은 자신의 몸에 감당할 수 없는 병이 자라고 있음을 알게 되었다.

서시베리아에서 일본군이 완전히 밀려나던 1922년 11월 어느 날 밤, 위종은 전투에 나서고 치열한 교전 끝에 총상을 입었다. 그리고 부하들의 만류에도 불구하고 앞으로 나아갔다. 이윽고 부대에서 멀어졌을 때 밤은 깊고 그는 심한 출혈로 쓰러져 의식을 잃어갔다. 흐릿한 의식 속에서 아버지 이범진의 얼굴이 떠올랐다. 그리고 어릴 적 뛰놀던 서울 거리의 모습도.

위종은 자신의 운명이 여기까지라고 생각했다. 그리고 차가운 눈 바닥에 누워 하늘을 올려다보았다. 옹기종기 모여 있는 별 네 개가 그의 눈에 들어왔다. 그 별들을 보며 아내 엘리자베타와 두 딸 니나와 예브게니아의 모습을 그려보았다.

독립된 조국에 내 그대들과 함께 가길 원했거늘……

그 별들 중 하나가 점점 희미해지고 있었다. 위종은 그 별이 자신의 별이라고 생각했다. 눈을 돌리자 조금 떨어진 곳에서 또 다른 별들이 자신을 내려다보고 있었다. 나탈리. 엘리자베타…… 언젠가 우리는 별이 되어 만날 수 있을까.

눈물이 흘렀다. 그래서 멀어져가는 기억처럼 별들이 흐릿해졌다. 그런 중에도 위종은 조만간 독립국가로 탄생할 소비에트가 어떤 형태의 나라일지 궁금했다. 그리고 그때 조국도 독립해 있을지도.

며칠 후 이르쿠츠크에 도착한 체르빈스키가 소비에트 극동군 사령관 플라토노프의 지원을 받아 위종이 싸웠던 지역을 수색했다. 그러나 종내 위종의 시신은 발견되지 않았다.

"세르게이는 어디로 갔을까?"

플라토노프가 물었다. 잠시 생각하던 체르빈스키가 울음 섞인 소리로 대답했다.

"시대의 바다를 항해하다가 역사 밖으로 사라진 게 아닐까. 우리의 세르게이는."

10. 시대의 바다를 항해하다가
역사 밖으로 사라진 영혼을 위하여

10-1

새벽 3시. 짧은 여름밤의 어둠이 조금씩 물러나고 있었다. 페테르부르크 국경사무소를 벗어난 버스는 두어 시간 가량 고속도로를 달려 다시 휴게소에 멈추었다. 버스에서 내린 나타샤는 휴게소 건물 안으로 들어가 커피를 주문해 마시며 생각했다. 로스톱스키의 말에 의하면 모스크바의 한국자동차 대리점 사원이 자신에 대해 묻고 갔다고 했다.

그는 누굴까.

한국에서 걱정하고 있다고 했다는 것이다. 로스톱스키는 코레일 쪽으로로부터 부탁 받은 사람 같더라고 했다.

그렇지만 그녀는 고개를 저었다. 코레일 쪽 사람은 아닐 것이다. 그때쯤엔 코레일 쪽 사람들도 자신의 한국 출국에 대해선 양해가 되었을 테니까. 그렇다면 누굴까. 한 사람이 짚이긴 했지만 그건 너무 만화 같은 얘기였다. 전혀 현실성 없는.

로스톱스키를 생각하면 고맙고 미안했다. 착한 남자. 그는 너무 착하고 여렸다. 그래서 자신과 같은 운명을 가진 여자를 감당하기 어려울 터였다. 로스톱스키에 대해선 늘 애잔한 마음이 앞섰다.

그나저나 한 남자가 신경 쓰였다. 휴게소에서 유일하게 한국인으로 보이는 남자여서일까. 아님 한국가수 싸이를 닮아서일까. 남자가 모는 한국산 회색 고급 승용차는 버스가 들르는 휴게소마다 멈추었다. 우연일까. 혹시 로스톱스키가 말했던 한국자동차 대리점 사원은 아닐까.

만약 그렇다면 그는 한국의 누구로부터 부탁을 받고 자신에 대해 알아보려는 걸까.

그녀는 다시 한 번 한 사람의 얼굴을 떠올려보았다. 하지만 잘 떠오르지 않았다. 당연한 일이었다. 그 사람과의 만남은 아주 짧은 시간에 불과했으니까.

뭐, 싸이라고?

국경 사무소에서의 일을 생각하면 거듭 차왕은 기가 막히고 울화통이 터졌다. 도대체 공산주의를 버린 지가 언젠데 아직도 공산주의의 그 덜떨어진 관습에 사로잡혀 있는 건지. 공산당이 있고 공산주의를 살아가는 중국이나 베트남도 그렇지 않은데 공식적으로 공산당을 해체한 나라가 공산주의보다 더 공산주의처럼 구는 건 정말이지 볼썽사나운 일이 아닐 수 없었다.

11시경 국경사무소에 들렀을 때였다. 보통 때 같으면 2, 30분이면 족했던 국경 통과가 무려 2시간 가까이 걸렸다. 이유도 없었다. 원래 러시아는 그랬다. 그냥 지네 마음대로였다. 통과시키면 시키고 말면 말고.

아까도 그랬다. 무슨 이유에서인지 차량들이 뱀 몸통마냥 길게 늘어서 있는데도 국경 통과 게이트는 열릴 생각을 하지 않았다. 한 관광버스에서 여권 문제가 있는 모양이었지만 게이트가 다른 승용차까지 왜 따로 통과시키지 않고 붙들어 매 놓고 있는 건지. 하여튼 일이라고 한다는 게 융통성 없고 느려 터져 다른 나라 같았으면 욕을 바가지로 먹고도 남을 일이었다. 아님 모가지가 잘리거나.

게다가 남자건 여자건 사무소 직원이란 것들은 친절이란 건 조상 대대로 내려온 배타적 덕목이라도 되는 듯 도무지

웃지를 않았다. 애초에 웃는 걸 모르거나 아니면 아예 웃기를 작정하고 포기한 것처럼.

차왕은 한참 차례를 기다려 겨우 차를 게이트 앞으로 당겨 세워 놓고 서둘러 사무실로 들어섰다. 그런데 열불 터질 일은 그 안에서도 이어서 일어났다. 여권검사하는 여직원이 여권사진과 차왕의 얼굴을 번갈아보면서 악착같이 도장을 찍지 않는 것이었다. 차왕이 왜 그러느냐고 묻자 여직원이 한다는 얘기가 가관이었다. 왜 자기 사진을 붙이지 않고 한국가수 싸이의 사진을 붙였냐는 것이었다. 기가 막힐 노릇이었다. 차왕은 회사사원증과 운전면허증 등을 통째로 내밀며 비교해보라고 소리쳤다. 그러자 여직원은 한술 더 떴다. 어떻게 가짜 사진을 하나도 모자라 여러 군데 붙이냐는 것이었다. 이런 러시안 돌탱녀, 곰탱녀. 총이라도 있으면 그 자리에서 여직원의 얼굴을 그냥 쏘아버리고 싶었다. 그러면 색 바랜 긴 오이의 잘게 터진 파편들이 공중으로 보기 좋게 솟구쳐 오를 것이었다. 잠시나마 그런 상상이라도 하지 않으면 정말이지 못 견딜 것 같았다.

그 사이 먼저 여권검사를 마친 나타샤가 탄 버스가 떠나고 있었다. 우여곡절 끝에 간신히 여권검사를 통과한 차왕이 사무실을 나왔을 땐 이미 버스는 보이지 않았다. 그래서 차에 오르자마자 열라 가속 페달을 밟아야 했다. 버스를 따라잡는 게 문제가 아니라 그녀를 뒤따르는 승용차 때문에 신경이 당겼던 것이다. 지금까진 아무 일도 없었지만 언제 무슨 일이 벌어질지 모르는 일이었다.

휴게소 자판기에서 커피를 뽑아 마시며 차왕은 남자들에게서 눈을 떼지 않았다. 여전히 남자들은 자기들끼리 대화를 나누는 척하며 건물 안에서 커피를 마시고 있는 나타샤에게로 수시로 시선을 꽂고 있었다. 모스크바를 출발한 이래 세 명의 남자들이 탄 검은 승용차는 버스가 서는 휴게소마다 멈춰 섰다. 결코 우연일 수 없었다.

뭔가 일이 벌어지고 있는 게 틀림없다고 차왕은 생각했다. 모스크바에서부터 세 명의 남자가 뒤따르고 있고 탈린에는 또 그녀를 기다리는 몇 명의 사람이 있었다. 물론 휴게소의 세 남자와는 달리 그쪽은 나타샤와 적대적인 관계는 아닌 듯했다. 그렇지만 도대체 무슨 일일까.

그나저나 다시 보니 정말 나타샤는 기막히게 예뻤다. 저런 여자에게도 영혼이란 게 있을까.

어머니에게 특별한 능력이 있다는 사실을 나타샤가 알게 된 건 모스크바 대학에 진학해서였다. 탈린 시절 나타샤가 성당에서 겪었던 이상한 경험을 얘기했을 때에도 어머니는 그 사실을 숨겼다. 다만 탈린을 떠나는 게 어떻겠느냐고 했을 뿐이었다.

그러나 그 후로 나타샤에게 별다른 이상한 현상이 일어나지 않았다. 그래서 계속 탈린에 머물렀다. 그러다가 탈린 대학을 그만 두고 모스크바 대학에 진학하면서 어머니와 함께 탈린을 떠났다. 그런데 모스크바 대학에 진학하고 한 차례 페테르부르크 여행을 하면서 나타샤는 다시 탈린에서와 같은 이상한 현상과 맞닥뜨렸다. 그리고 자신에게 어떤 특별한 능력이 있음을 깨달았다. 물건을 통해 과거를 보는 그런 능력이.

그래서 어머니에게 물었다. 그러자 어머니는 차마 믿기 어려운 놀라운 얘기를 했다. 나타샤가 태어나기 직전까지 국가기관과 민간단체에서 특별한 능력을 키우는 훈련을 받았다고 고백했던 것이다. 그리고 고르바초프의 개방정책에 이어 구소련이 붕괴되면서 그 조직도 해체되자 전력을 숨기고 살기 위해 탈린으로 왔다고 했다. 탈린은 어머니의 고향이었다. 그게 이십 수 년 전 일이었고 나타샤도 그 무렵 태어났다.

그러면서 어머니는 나타샤에게서 발견된 그 능력이 아직은 초능력의 초기 단계이며 가급적 페테르부르크엔 가지 말라고 당부했다. 초능력을 갖고 사는 게 정상적인 삶이 될 수 없고 경우에 따라 감당하기 힘든 삶이 될 수도 있다는 것이었다. 나타샤도 그러겠다고 했다. 그리고 어머니의 말대로 지금까지 몇 년 동안 다시는 페테르부르크로 가지 않았다.

그러던 중 몇 달 전부터 나타샤는 어머니에게 이상한 사람들로부터 연락이 오는 것을 눈치 챘다. 그것은 정확히 어머니가 코레일 행사에 테러 음모가 있다는 것을 알아낸 뒤부터였다. 그들이 누군지 나타샤는 알지 못했다. 하지만 어머니는 알고 있는 것 같았다. 그리고 그들이 궁극적으로 요구하는 것이 무엇인지도.

그 후 어머니는 마침 한국 코레일에서 취업 제안이 오자 나타샤에게 떠나라고 했다. 그것은 지금 생각해보면 어머니가 당신의 삶의 영역에서 가급적 딸을 멀리 떼어 놓기 위해서였던 것 같았다. 아마도 어머니는 그때 뭔가를 예감하고 또 결심했던 듯했다. 어머니는 평소 자주 말했다.

내겐 정해진 운명이 있는 것 같다. 그 운명이 네 삶에 그늘을 지우지 않으면 좋으련만…….

그게 무슨 뜻인지 나타샤는 이해하기가 힘들었다. 그리고 그런 말을 하는 게 싫었지만 어머니의 슬픈 표정 때문에 아무 말도 하지 못했다.

어머니는 마흔의 늦은 나이에 나타샤를 낳았다. 오랫동안 혼자 살았고 자식 없이 살 생각이었다고 했다. 그러다가 탈린에 온 후 어쩌다 한 남자를 만나 나타샤를 낳게 됐다는 것이었다. 그렇지만 남자와는 얼마 안 있어 헤어진 모양으로 나타샤는 어릴 적부터 아버지가 없었다.

어릴 적 탈린 성당에서 그랬던 것처럼 한국 정동공원에서 다시 예기치 않았던 이상한 현상을 접했을 때 받은 충격은 엄청났다. 그 후유증으로 아무 것도 의식하지 못하는 혼돈의 상태로 멀리 떨어진 한 야산으로 가 물건을 찾아내기도 했다. 그리고 또 한 번 정신을 잃었다가 구조된 후 그 길로 숙소로 돌아가 한나절 이상을 앓았다. 그때 꿈처럼 앓는 속에서 나타샤는 어머니가 죽어가고 있다는 걸 느꼈다.

그러나 모스크바로 돌아와 어머니의 죽음을 확인한 후 슬픔으로 한동안 힘든 시간을 보냈지만 마침내 결심했다. 자신의 운명을 피하지 않고 마주하기로. 어머니와 자신의 생에 드리운 어두운 그림자의 실체를 확인하고 맞서 극복하기 위해서였다. 그것은 자신을 위해서도, 그리고 어머니의 바람이기도 할 터였다.

10-2

간밤을 뜬눈으로 샌 세 사람은 아침 일찍 호텔을 나섰다. 온 듯 만 듯했던 밤은 벌써 저만치 사라지고 거리엔 새벽의

축축하고 신선한 기운이 상쾌하게 흐르고 있었다. 갤런드가 현우와 호성을 구시가지 뒤편에 있는 꽃시장으로 이끌었다. 새벽 꽃시장은 일찌감치 몰려든 관광객들로 북적거렸다. 갤런드는 한 가게에서 튤립과 프리지아 등 몇 가지 꽃을 골라 다발을 만들었다. 그리고 그 길로 일행과 함께 버스 터미널로 향했다.

나타샤는 7시가 조금 넘어 모습을 드러냈다. 살짝 고개를 숙인 채 대합실로 들어서는 그녀는 열대여섯 시간 버스를 타고 온 탓인지 약간 피곤한 기색이었다. 아름다운 여성의 피곤한 그 모습이 엄청 매혹적이라고 현우는 생각했다. 뭔가 생각에 잠긴 듯한 얼굴로 걸어 들어오던 그녀는 낯선 남자에 의해 앞이 가로막히자 고개를 들었다. 그리고 꽃을 든 남자의 얼굴을 확인하며 깜짝 놀라는 듯하다가 곧바로 환하게 웃는 표정을 지었다. 현우는 그 웃음 사이로 재빨리 빠져나가는 슬픔의 빛을 보며 다시 한 번 그녀가 아름답다는 생각을 했다.

잠시 후 네 사람은 시청 광장 뒤편 골목에 있는 카페로 들어가 자리를 잡았다. 갤런드가 나타샤에게 현우와 호성을 소개했다.

"그동안 어디 계셨습니까?"

가벼운 아침 식사를 하고 차를 마시고 난 후 갤런드가

나타샤에게 물었다. 묻고 싶은 말이 어디 그것뿐이었을까. 그러나 그녀에 대해선 로스톱스키와 코레일로부터 얼마간 정보를 얻었고 또 그 사실을 그녀도 어느 정도 짐작하고 있을 터였던 만큼 첫 질문으로선 적당하다고 현우는 생각했다.

"궁금한 게 많으시죠? 먼저 서울에서의 일부터 사과를 드릴게요. 절 병원에 옮겨주시고 많은 도움을 주셨는데…… 제가 그땐 너무 혼란스러워서……."

"천만에요."

갤런드가 고개를 저었다. 나타샤가 그렇게 인사를 하며 예의를 차리는 게 갤런드는 오히려 서운한 듯했다. 현우는 그 심정을 충분히 이해했다. 그녀가 사라진 후부터 오매불망했던 그의 그녀에 대한 마음은 그런 예의를 차리는 차원을 훨씬 뛰어넘는 데 있었던 것이다.

"그 전 일은 대강 아실 테니까 서울을 떠날 때부터 말씀드릴게요."

"예……."

갤런드가 고개를 끄덕였다.

일요일 오후 1시 인천공항을 출발한 나타샤가 9시간가량 비행 끝에 모스크바에 도착한 건 현지 시간 오후 5시경이었다. 공항에 내려 로스톱스키에게 곧바로 전화했더니 아니나 다를까 어머니가 돌아가셨다는 것이었다. 예상은 했었지만 막상 어머니의 죽음을 확인하게 되자 어쩔 수 없이 슬픔이 밀려왔다.

애써 슬픔을 가누며 나타샤는 그 길로 어머니가 살던 모스크바 근교로 가서 로스톱스키의 도움을 받아가며 장례를 치렀다. 경찰은 어머니의 사인을 단순한 자연사라고 했다. 시신에 특별한 외상이나 독극물 등에 따른 예후 등 이상 징후가 보이지 않았다는 것이었다. 그러나 로스톱스키도 그랬지만 어머니의 죽음이 자연사가 아니란 건 경찰도 알고 있는 것 같았다. 다만 나타샤에겐 함구했을 뿐.

"어머니의 신원을 확인하면서 경찰은 어머니의 전력을 알게 되었던 것 같아요. 아마 구소련 시절의 기록이 그대로 남아 있었던 모양이에요."

그리고 장례식을 끝냈을 즈음 뜻밖의 인물이 나타났다. RZD, 즉 러시아철도공사 사장의 비서 표도르였다. 표도르는 작년 4월 그녀도 통역 겸 수행단 일원으로 참가했던 국제철도협력기구(OSJD) 평양회의 러시아사장단의 실질적인 책임자였다. 그와는 몇 달 전 서울회의 참가 문제로 연락을 주고받기도 했었다. 어머니의 만류로 참가를 사양하고 말았지만.

"그 사람이 무슨 일로 나타난 거죠?"

현우의 질문에 나타샤는 생각을 정리하는 듯했다. 갤런드는 애틋한 표정으로 나타샤를 바라보고 있었다.

"사망자의 전력을 알게 된 경찰이 상부에 그 사실을 보고했나 봐요. 아마 어머니는 돌아가실 때까지도 그 전력 때문에 관찰 대상에 올라 있던 것 같아요. 그런데 그 보고가 어느 정도 중요한 건지 몰라도 철도공사 사장에게까지 전달되었어요."

"철도공사가 무슨 관련이 있습니까?"

그러자 갤런드가 나타샤 대신 대답했다.

"러시아의 산업에서 철도가 차지하는 비중은 상당해요. 러시아는 국토가 넓고 인구 밀도가 낮아서 자동차보다 철도가 교통수단으로선 훨씬 효과적이죠. 그러다 보니 철도에 종사하는 인원도 많고 철도가 가지는 정치적 파워도 엄청나지요. 철도를 잡아야 정권을 잡는다는 속설이 있을 정도로요. 실제로 죽은 옐친도 철도학파가 밀어서 대통령이 된 거나 다름없어요. 그리고 철도를 중요하게 생각하고 있는 건 지금의 푸틴도 다르지 않고요. 대통령 푸틴도 2인자라고 일컬어지는 자기 최측근에게 철도공사를 맡겼거든요. 그런데 푸틴과 철도공사 사장은 둘 다 KGB, 즉 소련비밀경찰 출신입니다. 그래서 나타샤 씨 어머니가 사망했다는 보고가 철도공사 사장에게까지 간 거라고 여겨져요. 그건 나타샤 씨 말씀대로 러시아가 아직도 구소련의 정보체계를 일정 부분 유지하고 있고 또 그 정보를 중요시하고 있다는 뜻도 되지요. 나타샤 씨 어머니의 경우 오래된 사안이라 일선 경찰에선 손 놓고 있었을 수도 있겠지만."

"말씀하신 그대로예요."

나타샤가 갤런드를 바라보며 고개를 끄덕였다. 나타샤가 제대로 갤런드에게 눈을 주기는 처음인 것 같았다. 그 눈에 다시 만났다는 반가움과 안도감, 그리고 주체할 수 없는 애정 같은 게 복합적으로 담겨 있어 현우는 갤런드가 부러웠다. 하긴 짧은 순간의 만남 하나로 미국에서 날아온 갤런드였던 만큼 그를 향한 그녀의 애정 어린 눈길은 지극히 합당한 것이었다.

"그리고 표도르 씨와 함께 철도공사의 안가로 갔어요."

표도르는 로스톱스키를 다른 구실을 붙여 잠시 모스크바로 보낸 후 나타샤를 철도공사가 갖고 있는 안전가옥, 즉 안가로 데리고 갔다. 그게 일요일 밤이었다. 안가로 가는 도중 표도르는 어머니의 사망 소식을 입수하고 곧 나타샤에게 연락을 취했으나 전화기가 꺼져 있더라고 했다. 다행히 다음 날 로스톱스키의 말이 나타샤가 러시아로 오고 있는 중이라고 해서 걱정을 덜었다고도.

안가는 모스크바 시내 남쪽에 있었다. 안가래야 일반 집들보다 조금 규모가 큰 평범한 주택에 불과했다. 안가로 들어선 후 표도르는 나타샤에게 사장의 부탁이라면서 당분간 그곳에서 지내줄 수 없느냐고 정중히 그리고 간곡하게 요청했다. 사장도 자신처럼 어머니의 죽음이 자연사로 여겨지지 않아서 그런다는 말과 함께. 표도르는 세련된 매너에 업무 능력이 뛰어나 사장으로부터 상당한 신뢰를 받고 있는 인물이었다. 나타샤는 그러겠다고 했다.

표도르가 추정하고 있는 어머니의 사인은 쇼크에 의한 심장마비. 병원 기록에 특별한 지병이 없는데다가 어머니가 사망한 현장에 외부인들이 머물렀던 흔적이 남아 있는 것으로 미루어 그들로 인한 쇼크가 아닐까 추측하고 있다고 했다.

표도르는 나타샤에게 최근 어머니에게 이상한 일이 없었느냐고 물었다. 나타샤는 어머니와 따로 살았지만 대개 주말이면 들렀는데 어머니가 어디론가부터 걸려온 전화를 받고 불편해 하는 것을 목격한 적이 있다고 대답했다. 나타샤가 추측하기로 그런 전화는 처음이 아닌 것 같았다. 그게 지난 5월 서울에서 열린 국제철도협력기구 사장단회의가 있은 직후였다.

표도르는 나타샤가 로스톱스키에게 어머니에게 가 봐달

라고 부탁했던 사실을 들어 그녀가 혹시 어머니의 죽음을 미리 알았던 건 아닌가 하는 의혹을 제기했다. 나타샤는 삼청동 한옥에서 잠에 빠져 있을 동안 꿈같은 환영을 보았었다. 그렇지만 그것에 대해 얘기할 순 없었다. 말해도 믿기지 않을 얘기거니와 해서도 안 될 얘기 같았던 것이다. 그래서 외국에 나가 있으니 늙은 어머니가 걱정이 되어서 그랬다고 둘러댔다.

표도르와 얘기를 나누다 보니 어느 새 아침이 시작되고 있었다. 8시쯤 되었을 때 표도르에게 전화가 왔다. 한국 코레일의 황 처장이었다. 방문하기로 했던 나타샤가 아무 연락도 없이 귀국해버려서 전화를 했다는 것이었다. 그러면서 지난 5월 서울 사장단회의에서의 테러미수사건의 제보자가 다름 아닌 나타샤이며 그 정보는 나타샤의 어머니에게서 나온 것 같다는 얘길 덧붙였다. 표도르도 서울에서의 테러미수사건에 대해선 이미 들어서 알고 있는 것 같았다. 다만 그 제보자가 누구인지 몰랐을 뿐.

"그렇다면 황 처장은 왜 제보자에 대해선 얘기하지 않았을까요?"

갤런드가 의문을 제기했다.

"아마 황 처장님이 테러미수사건에 대해 표도르 씨에게 얘기한 것은 서울회의가 끝난 뒤였을 거예요. 숨기기 힘든 정황 같은 게 있었던 게 아닌가 싶어요. 그리고 제보자에 대해서 얘기하지 않은 것은 제가 부탁했기 때문이에요."

나타샤가 갤런드를 보며 대답했다.

표도르는 나타샤가 한국에 있는 동안 어머니가 사망했으며 지금 그녀를 보호하고 있는 중이라고 했다. 그리고 나타샤 어머니의 죽음과 관련하여 은밀하게 조사할 부분이 있으므로 이 사실을 당분간 비밀에 붙여달라고 했다.

"그때가 갤런드 씨와 제가 서울역 뒤에 있는 코레일 서울 지사에 다녀간 직후입니다."

현우가 기억을 되살리며 말했다.

"그럴 거예요."

"그런데 그 후 김영재 교수님이 다시 황 처장을 만났을 때 나타샤 씨에게서 아무런 연락이 없다고 했어요. 그러니까 교수님에겐 거짓말을 한 거죠."

"죄송해요."

나타샤가 죄송해 할 일은 물론 아니었다.

"그렇지만 황 처장님이 한국의 테러 관계자 한 분에겐 사실을 얘기했을 거예요."

"그렇습니까?"

한국의 테러 관계자라. 혹시 김영재 교수의 친구를 말하는 게 아닐까 현우는 생각했다. 은사의 출판기념회에서 김영재 교수가 만났다는.

표도르는 나타샤의 어머니가 모스크바에 앉아서 서울의 테러 음모를 사전에 어떻게 알았는지 궁금해 했다. 그러나 그것은 나타샤도 알지 못하는 일이었다. 그 후 어머니가 이상한 전화를 받았다는 사실 외에는. 아마 어머니가 말했던 당신이 갖고 있다는 그 특별한 능력에 의한 것인지는 몰랐다. 그리고 표도르가 주목하는 것도 바로 그 점인지도.

표도르는 서울에서의 테러 용의자들과, 어머니가 죽기 전 전화를 했던 정체불명의 사람들, 그리고 어머니가 사망한 현장에 흔적을 남긴 사람들이 동일인이거나 적어도 서로 관련이 있는 인물들일 것으로 심증을 굳혔다. 나타샤의 생각도 표도르와 다르지 않았다.

그러나 정작 나타샤가 궁금한 것은 어머니에게 전화를 건 사람들이나 어머니의 사망 현장에 흔적을 남긴 사람들이 어머니에게 요구했던 게 무엇이었는가 하는 것이었다. 거기에 대해선 표도르도 전혀 예측을 못하고 있었다.

표도르는 동일인이거나 서로 관련이 있을 그들이 다시 출현할지도 모른다는 가정 하에 나타샤에게 당분간 안가에서 지내달라고 재차 부탁했다. 안가는 겉으로 보기엔 평범한 주택이지만 보안시설이 잘 돼 있고 주변에서의 감시망도 완벽하므로 누군가 접근하면 금세 포착이 된다는 것이

었다. 그러면서 나타샤에겐 가까운 바깥출입도 상관없다고
했다.

표도르는 매일 한두 차례씩 안가에 들렀다. 그만큼 신경
을 쓰고 있는 듯이 보였다.

"두 주 남짓 머무르는 동안 가끔 바깥출입도 했지만 아무
런 이상 징후가 포착되지 않았어요. 그래서 표도르 씨도 실
망하고 어머니의 사망에 대한 수사는 일단 경찰 쪽에 넘기
겠다고 했어요. 은밀하게 지속적으로 수사하도록 하겠다면
서요. 그리고 저도 안가를 나왔고요."

"그러셨군요."

갤런드는 나타샤에게 아무 일도 없어 다행이라는 듯 고
개를 끄덕였다. 그렇지만 달라진 건 아무 것도 없었다. 나타
샤의 신변에 대한 위험 가능성은 하나도 제거되지 않았던
것이다. 현우가 물었다.

"혹시 I대 인근 파출소에서 삼청동 한옥으로 돌아와 잠든
동안 본 어머니의 죽음을 직감한 꿈이랄까 환상 같은 것에
대해 말씀해주실 수 있나요?"

그러자 나타샤는 현우에게 한 번 시선을 준 후 짧게 한숨
을 쉬었다.

"제가 늘 보아 왔던 어머니의 방이었어요. 어머니는 혼자
사시면서도 큰방은 늘 비워두고 거실 안쪽에 있는 방에 기

416

거하셨어요. 일찍 그늘이 들어 편안하다고 하셨지만 큰방은 제 방이라고 여기셨던 것 같아요. 하지만 저는 가끔 들르면 늘 어머니의 방에서 함께 잤어요. 그런데 그날 제가 봤던 건 거실에 있던 식탁 의자가 놓여 있고 어머니와 세 명의 남자가 앉아 있는 모습이었어요. 남자들은 따로 떨어져 앉아 있는 어머니에게 뭔가 강요하고 있는 듯했고 어머니는 그것을 거부하며 몹시 힘들어하는 것처럼 보였어요. 잠든 동안 몇 번이나 깼지만 곧 잠이 들었고 그때마다 같은 꿈이랄까 환영 같은 게 계속 이어졌어요. 그래서 잠든 동안에도 어머니가 돌아가시는 중이 아닌가 싶은 느낌이 들었어요."

"이건 제 생각입니다만 서울에서의 테러 음모가 있기 전 그들은 이미 어머니의 정체나 소재를 파악하고 있었던 것 같은 생각이 드네요. 그리고 서울에서의 테러 음모가 미수에 끝나자 어머니에게 어떤 능력이 있다고 확신하고 전화를 걸어왔던 게 아닌가 싶네요."

"표도르 씨도 그렇게 추측했어요."

"그리고 역시 제 생각입니다만 그 사람들은 나타샤 씨의 어머니가 과거에 몸담았던 조직에 있던 사람들이거나 연관된 사람이 아닐까 싶습니다. 그렇지 않으면 그들이 어머니에 대해 알 수가 있었겠습니까."

"저도 그렇게 생각해요."

나타샤가 천천히 고개를 끄덕였다.

"그런데 한 가지 더 여쭤보고 싶은 것은 나타샤 씨의 지금의 상탭니다. 나타샤 씨에게 약간의 능력이 있다고 로스톱스키 씨로부터 들었습니다만 혹시…… 혹시 그 능력이 지금도 그대로인지 아니면 더 발전하거나 약화된 건지……."

"그건…… 그건 저도 모르겠네요."

나타샤는 조금 어둡고 혼란스러운 표정으로 고개를 저었다. 피곤한 기색이 역력했다. 갤런드는 그만 하고 나타샤를 잠시 쉬게 했으면 하는 눈치였다.

그때 카페 한쪽 구석에 앉아 있던 남자가 일어나 현우 쪽으로 다가왔다. 처음 본 사람이지만 왠지 낯이 익은 느낌이었다. 호성이 먼저 한 손을 번쩍 치켜들며 소리쳤다.

"어, 싸이 씨!"

고개를 돌린 나타샤는 그 남자가 모스크바에서부터 줄곧 따라왔던 사람임을 기억하고 깜짝 놀라는 표정을 지었다. 현우가 일어나 남자에게 다가갔다.

"차 대리님?"

남자는 차왕이었다. 차 대리가 아니라 변 대리이긴 했지만.

"그렇습니다. 차왕입니다."

남자는 나타샤 쪽으로 가볍게 목례를 던진 후 현우에게

명함을 내밀었다.

"예, 차 대리님. 반갑습니다. 이현웁니다."

현우는 일행에게 그동안 나타샤의 소재를 파악하는 데 많은 도움을 준 차왕을 소개했다.

갤런드의 바람대로 현우는 잠시 나타샤를 쉬게 하기로 했다. 그때 차왕이 현우를 따로 한쪽으로 이끌더니 어디에서 묵고 있는지 물었다. 현우가 호텔 이름을 대자 차왕은 구시가지에 있는 작은 호텔로 옮기는 게 어떻겠냐고 했다. 거실 하나에 방이 여러 개 둘러싸고 있는. 현우는 차왕의 뜻을 알아차렸다. 차왕도 나타샤의 신변 안전에 대해 걱정하고 있는 것이었다. 그래서 거실이 독립된 큰 호텔보다 투숙객의 동선이 잘 드러나는 오래 되고 작은 호텔로 옮기는 게 어떻겠냐는 얘기였다. 현우는 차왕에게 고마움을 표하고 이왕 탈린에 왔으니 하루라도 묵고 가십사 하고 제의했다. 그동안 도움을 준 게 고맙기도 했지만 재밌는 사람이고 들을 얘기도 많을 것 같아서였다. 차왕도 흔쾌히 현우의 제의를 수락했다.

그러나 무엇보다 차왕을 기쁘게 한 건 호성이었다. 호성이 나서서 차왕에게 러시아에서 출고된 최고급 한국산 승용차 한 대를 덜컥, 호기롭게 계약했던 것이다. 그 차는 러시아를 떠나 조만간 서울에서 위용을 과시하게 될 터였다.

"이참에 나도 수리 중인 똥차 버려야지. 안 그렇습니까, 변 대리님?"

정신세계가 어수선하기 짝이 없는 녀석이 그래도 차왕의 존함만큼은 제대로 파악하고 있는 게 현우는 기특했다.

차왕의 말대로 호텔을 옮기고 나서 현우와 갤런드는 나타샤를 방에서 쉬게 한 후 거실에서 얘기를 나누었다. 갤런드가 방 네 개에 공용 거실이 딸린 2층을 통째로 빌렸던 것이다. 대화는 주로 나타샤의 초능력과 안전 문제에 집중되었다.

"표도르란 사람이 나타샤 씨를 안가에서 내보낸 게 적절한 일이었을까요?"

갤런드는 여전히 나타샤의 안전에 신경이 쓰이는 모양이었다.

"현실적으로 나타샤 씨를 묶어둘 마땅한 근거가 없지요. 그리고 나타샤 씨도 무한정 거기 머물 수도 없고요."

모스크바 거주인 차왕이 첫 의견을 선보였다.

"그럼 나타샤 씨는 앞으로 어떡하실 것 같습니까?"

갤런드는 생각이 복잡한 얼굴이었다.

"아마도 나름대로 어떤 생각을 굳혔을 겁니다."

"그럴까요?"

갤런드가 현우 쪽으로 시선을 옮겼다.

"나타샤 씨가 탈린 행을 결심했을 땐 어떤 생각이 있었지 않겠습니까."

"그보다 나타샤 씨의 초능력은 어떻게 되었을까?"

I대 뒷산에서 나타샤의 이상한 행동을 목격한 바가 있는 호성이 누구에게랄 것 없이 물었다.

"어떻게 되었든 별 상관이 없으리라 생각합니다. 그리고 그것 때문에 정부든 철도공사든 당국이 나타샤 씨를 묶어 두지는 못할 겁니다. 공식적으로 그런 사람들을 관리하는 기관은 해체되었거든요."

차왕의 의견에 현우도 동의했다.

"제 생각도 차 대리님과 같습니다. 내면적으로야 어떻든 당국은 공식적으로 초능력이나 그것을 가진 사람을 인정하지 못할 것입니다. 따라서 스스로 인정하지 못한 일을 가지고 어떤 행동을 할 순 없겠지요."

"저도 비슷한 생각입니다. 사람의 초능력을 관리했던 건 구소련과 미국, 그리고 독일과 이스라엘 등이었습니다. 그렇지만 미국의 경우, 그 성과를 증명해 보이지 못했습니다. 그건 다른 나라도 비슷한 것 같고요."

갤런드도 초능력에 대해 약간의 사전 조사가 있었던 듯했다. 현우는 자기 생각을 추가했다.

"그러나 중요한 건 나타샤 씨 자신입니다. 전에도 말씀 드렸다시피 과학적으로 설명할 수 없는 현실도 있고 과학이 반드시 진실이 아닌 경우도 있습니다. 그럴 때 나타샤 씨는 그것을 어떻게 받아들이고 어떻게 대응해야 할지 생각해보아야 할 겁니다."

"그렇겠죠."

갤런드가 심각한 표정으로 허공을 응시했다.

네 사람은 소파에 앉은 채로 잠시 눈을 붙였다.

잠을 깬 나타샤가 거실로 나온 건 정오가 조금 지나서였다. 나타샤와 현우 일행은 숙소 1층에 마련된 식당에서 간단한 점심 식사를 하고 광장으로 나왔다.

"저는 따로 좀 돌아보겠습니다."

광장 초입에서 차왕이 현우에게 양해를 구했다. 현우 일행과 섞이기가 조금 거북한 건지 아니면 혼자가 편해서일 거라고 현우는 생각했다.

광장은 어제처럼 축제라도 열린 듯 들끓고 있었다. 나타샤가 피크 거리로 방향을 잡았다. 어릴 때 자주 걷던 거리라고 했다. '긴 다리'라는 의미를 지니고 있다는 돌길 피크거리는 항구로 이어지고 있었다. 현우는 어제 페리로 도착했던 항구를 바라보다가 나타샤를 따라 성벽을 끼고 걸었다.

그리고 쌍둥이 탑의 비루문을 통과해 다시 광장으로 들어섰다. 햇빛을 피해 파라솔 그늘에 자리를 잡은 일행은 음료수를 주문해 마시며 잠시 시간을 보냈다.

"오랜만에 보는 풍경들이 정겹네요."

나타샤가 갤런드를 향해 살가운 웃음을 지었다. 이어 독백을 하듯 말했다.

"저는 제 운명의 실체를 확인하고 싶은 마음으로 탈린에 왔어요."

어제 현우가 했던 질문에 대한 답일까. 현우는 나타샤의 마음을 헤아릴 수 있을 것 같았다. 그게 출발이라는 뜻일 터였다. 현우가 고개를 돌리자 갤런드도 나타샤의 마음을 이해할 수 있다는 듯 의미 있는 시선을 보냈다.

잠시 쉰 현우 일행이 나타샤를 따라간 곳은 톰페아 언덕에 서 있는 알렉산더 네프스키 성당이었다.

알렉산더 네프스키 대성당.

러시아정교회 대성당으로 1242년 네프스키 왕자가 독일과의 전쟁에서 승리한 것을 기려 1900년에 완공된 성당이었다. 그리고 나타샤가 중학생 때 처음 들어갔다가 이상 현상을 겪었던 성당이기도 했다.

현우와 갤런드, 호성을 두고 나타샤는 혼자 성당 안으로 들어갔다.

"어떻게 나타샤가 탈린으로 올 거라고 생각했습니까?"

성당 앞 돌계단에 앉아 나타샤를 기다리면서 갤런드가 현우에게 물었다.

"자신이 겪은 이상 현상의 시원으로 돌아가 보려고 할 거라고 추측했던 거죠. 한국에서 이위종의 어린 모습을 찾아 I대학 뒷산으로 갔듯이. 하지만 이렇게 빨리 올 줄은 몰랐습니다."

갤런드는 초조한 빛을 감추지 못하고 있었다. 시간은 더디게 흘러갔다.

한참 후 나타샤가 창백한 얼굴로 성당을 나왔다. 일행은 아무 말 없이 조금 걸어 라에코야 광장 뒤편 골목의 카페로 들어갔다.

"보셨습니까?"

자리에 앉은 후 현우가 묻자 나타샤가 나직이 대답했다.

"예, 분명히. 더욱 선명하게. 그때보다……."

현우는 나타샤 앞에 세 종의 사진을 내밀었다. 이위종의 사진이었다. 현재 이위종의 사진은 단 세 종이 전해지고 있었다. 열 살 남짓한 나이에 아버지 이범진과 양복을 입고 찍은 사진. 그리고 헤이그 밀사 시절 이상설, 이준 등과 함께 찍은 것. 마지막으로 헤이그 만국평화회의의 세계 기자단 모임인 국제협회에서 '한국의 호소'를 연설할 때의 모습.

잠시 사진들을 들여다보던 나타샤가 그중 하나를 지적했다.

"이 사진…… 정동공원에 보았던 그 소년의 모습이네요."

그것은 이위종의 열 살 남짓한 모습의 사진이었다. 미국 공사로 부임하는 아버지 이범진을 따라 조선을 떠나기에 앞서 러시아공사관에 머물고 있는 국왕을 알현한 후 그리 오래지 않아 찍은 사진으로 보였다. 양복을 입은 것으로 보아 아마 미국에 도착하고 얼마 안 되어 찍은 사진인 것 같았다.

"그럼 이 사진들은?"

현우가 이위종의 헤이그 특사 시절의 모습이 담긴 나머지 두 사진을 가리켰다.

"맞아요. 중학생 때 본 군복 입은 남자는 이 사진들과 동일한 인물이었어요. 나이는 좀 들었지만…….

현우가 고개를 끄덕였다.

"1916년 초 이위종은 1차대전이 진행 중이던 독일 전선으로 가는 길에 탈린에 머물게 되었습니다. 그로선 한국이 일본에 병합되고 아버지를 잃는 등 여러 가지로 상당히 힘든 시기를 보낸 후였지만 조국과 자신의 처지를 생각하면서 여전히 지쳐 있었겠죠. 그때 성당을 발견하고 기도를 한 것으로 생각됩니다. 그도 러시아정교회 영세를 받은 신자였거든요. 게다가 과거 독일과의 전쟁에서 승리한 왕자를 기리는 교회니까 더더욱. 그리고 저쪽 탈린 항구에서 배를 타고 떠났습니다."

"그런데 이 사람이 저하고 무슨 관계가……?"

현우의 설명에 나타샤가 불안감을 드러냈다.

"그 점에 대해선 좀 더 시간을 주십시오. 제가 생각을 정리 중인데 조금만 더 다듬은 후에 말씀 드리죠."

10-3

"정말 가실 수 있겠습니까?"

갤런드가 걱정스레 물었다.

"가겠어요. 처음부터 그럴 예정으로 탈린부터 들른 거니까요."

나타샤가 결연한 표정으로 대답했다.

저녁에 숙소로 돌아왔을 때 나타샤가 말했다. 내일은 페테르부르크로 가겠다는 것이었다.

"괜찮겠습니까?"

나타샤가 자기 방으로 들어간 후 거실에 모여 앉자 갤런드가 현우에게 물었다.

"어떻게 말리겠습니까. 나타샤 씬 본인 말대로 그러려고 온 건데요. 다만 걱정이 되는 것은 나타샤 씨가 견딜 수 있겠느냐 하는 것입니다."

특별한 능력을 가진 사람의 경우 그 능력이 발휘될 때 건강이 많이 손상된다는 것이 일반적으로 알려진 사실이었다. 그것은 나타샤의 예에서도 이미 확인된 바 있었다. 정동공원과 I대학 뒷산에서 정신을 놓았던 것이 바로 그런 예였다.

나타샤가 갖고 있다는 약간의 초능력은 이전과 별로 달라지지 않은 것처럼 보였다. 낮에 나타샤가 알렉산더 네프스키 대성당에서 중학생 때 보았던 이위종의 모습을 다시 보았다면 그녀의 초능력은 적어도 이전보다 약화되진 않은 게 아닐까 싶었다.

다행인 것은 그녀가 알렉산더 네프스키 대성당에서 이위종의 모습을 확인하고도 정동공원이나 I대 뒷산에서처럼 정신을 놓지 않았다는 점이었다. 얼굴이 몹시 창백해지긴 했지만. 그렇다면 페테르부르크에서 과거에 경험했던 일들을 다시 반복한다 하더라도 충격은 그전만 못할 수도 있을 것이다. 대체로 이상체험은 반복하면 그 후유증이 약화된다고 들었다.

"나타샤 씨가 감당해낼 수만 있다면 저도 페테르부르크로 가는 걸 반대할 생각은 없습니다."

갤런드도 나타샤의 생각에 따르기로 마음의 결정을 내린

듯했다.

"그러시죠. 나타샤 씨가 낮에 본인이 얘기했던 대로 자신의 운명의 실체를 맞닥뜨리기 위해 온 거라면 우리는 그걸 막으려하기보다 할 수 있도록 도와주는 게 옳지 않을까 싶습니다."

현우로서도 나타샤가 페테르부르크로 갈 수만 있다면 하나 확인할 게 있었다. 그것은 현우 자신은 물론 나타샤에게도 썩 유익한 일이 될 터였다.

이틀날 오전 8시. 현우는 갤런드, 나타샤와 함께 페테르부르크로 향하는 버스 럭스 익스프레스에 올랐다. 페테르부르크 도착시간은 오후 3시 10분이었다.

"저는 제 차로 가겠습니다."

차왕이 말했다. 호성은 말동무도 할 겸 혼자 운전할 차왕의 차에 동승하기로 했다.

버스에 오른 현우는 옆 좌석이 비어 있는 창가 자리에 혼자 앉았다. 갤런드와 나타샤는 통로 맞은 편 자리에 나란히 낮았다. 현우가 보기에 다시 만난 지 만 하루밖에 되지 않은 두 사람은 마치 신혼부부 같았다. 순간적으로 현우는 서울에서 눈에 쌍심지를 켜고 자신이 나타나길 기다리고 있을 차수련이 떠올라 갑자기 피곤해졌다.

버스는 예정대로 오후 3시 조금 지나서 페테르부르크에 도착했다. 버스에서 내린 현우는 잠시 생각하다가 갤런드에게 이삭 성당부터 가 보자고 했다. 표도르 대제가 1818년 공사를 시작하여 무려 40년에 걸친 공사 끝에 1858년에 완공한 이삭 성당은 현우가 몇 년 전 러시아 여행을 할 때 한 번 들렀던 곳이었다.

"이곳과 관련해 재미있는 예언이 있죠."

이삭 성당의 건축가인 몽페랑은 성당이 완공되면 건축가는 죽을 거라는 예언자의 예언에 일부러 성당 건설을 서두르지 않았다. 그런데 성당이 완공된 후 1개월도 채 살지 못하고 죽었다.

"과연 예언이 맞긴 맞는 모양이죠?"

갤런드가 현우를 향해 의미 없이 웃었다.

"그보다 몽페랑은 자신의 분신과도 같은 이 성당 안에 묻히길 원했지만 정교회 신자가 아니라는 이유로 거절당했답니다."

"아이러니하군요."

현우는 이삭 성당이 이위종의 결혼식을 거행한 곳으로 추정되지만 나타샤에겐 보이는 게 있느냐고 묻지 않았다. 그녀를 편안하게 내버려두기 위해서였다.

모이카 강변에 위치한 유스포프 궁전은 이삭 성당에서

도보로 10분 거리였다. 일행은 블루 다리를 건너 유스포프 궁전으로 향했다. 현우는 왠지 마음이 조마조마했다. 혹시 무슨 일이 일어나지 않을까. 그래서 자신은 차왕과 함께 밖에 남고 갤런드와 호성을 딸려 나타샤를 건물 안으로 들여보냈다.

유스포프 궁전은 온갖 사술로 국정을 농단하며 제정 러시아를 파국으로 몰고 간 요승 라스푸틴이 유스포프 후작에게 살해당한 곳이었다. 건물 지하에서는 유스포프와 라스푸틴의 밀랍인형으로 살해 당시의 모습을 재현해 놓고 있었다. 그 라스푸틴에 대해선 뒷얘기가 많았다.

"차 대리님은 어떻게 러시아 생활을 하게 됐습니까?"

나타샤와 갤런드가 나오기를 기다리며 현우가 물었다.

"원래 연극 공부하러 왔다가 생활비가 떨어져 아르바이트로 시작했던 게 오늘에 이르렀습니다."

"그랬습니까."

"그렇지만 후회하거나 안타까워하지는 않습니다. 지금 생활이 너무 즐거우니까요."

"그러시다면 다행입니다."

"그런데 말입니다."

갑자기 차왕이 정색을 하며 말을 끊었다.

"예, 말씀하십시오."

"제가 잘못 보고 있는 건 아닌지 모르겠지만 나타샤 씨가 모스크바를 출발할 때부터 뒤를 따르는 사람들이 있었습니다."

"그래요? 그게 정말입니까?"

"그래서 어제 탈린에서도 호텔을 바꾸자고 하고 또 낮엔 그들이 미행하는지 살펴보려고 따로 움직이겠다고 한 겁니다. 물론 탈린으로 가는 동안에도, 그리고 탈린에서도 아무 일이 없었습니다. 그런데 그들은 오늘도 우리 뒤를 따라왔습니다. 지금쯤 이 근처 어디엔가 있을지도 모릅니다."

"그렇담 큰일 아녜요? 갤런드 씨와 나타샤 씨가 있는 곳으로 가 봐야 하지 않을까요?"

"거긴 사람들이 많으니까 무슨 일이 일어나진 않겠죠."

꽤 시간이 지나서 나타샤가 갤런드와 호성의 부축을 받다시피 하며 천천히 건물에서 걸어 나왔다. 나타샤의 얼굴은 그 사이에 더욱 수척해진 것 같았다.

"아무래도 조금 쉬어야 할 것 같습니다."

갤런드가 염려스러운 표정으로 나타샤를 보다가 현우의 동의를 구했다. 일행은 미리 예약해둔 네프스키 팰리스 호텔에 여장을 풀기로 했다.

호텔로 향하는 도중 호성이 낮은 소리로 현우에게 속삭

였다.

"야! 죽는 줄 알았다, 저 여자. 쓰러질 뻔한 걸 겨우 잡았어."

10-4

이날 저녁, 식사를 마치고 잠시 쉬는 시간. 현우는 한 중년 한국남자의 방문을 받았다. 외교부 소속 대테러대사 허철욱. 김영재 교수와 전대원 전 우스베키스탄 대사의 친구였다. 허 대사는 수행원으로 보이는 삼십대 남자와 동행이었다. 현우는 허 대사의 요청에 따라 호성과 함께 자신이 묵고 있는 방에서 따로 만났다.

"지난 5월 코레일 행사 때 황경식 처장으로부터 테러음모에 대한 제보가 있다는 얘길 들었어요. 제보 내용을 분석하고 현장을 점검한 결과 테러의 가능성이 농후했어요. 그래서 우리는 경찰을 통해 현장 경계를 강화하는 한편으로 곧 수사를 의뢰했지요. 그리고 수사는 행사가 끝난 후에도 지금까지 계속해오고 있고요."

"용의자가 파악된 것으로 들었는데요, 김영재 교수님으로부터요."

"그래요. 용의자는 러시아 주변국가 사람들로 행사 며칠 전에 입국했다가 행사 직전에 출국했어요. 아마 테러 음모가 사전에 노출된 걸 알고 급하게 빠져나간 것 같아요. 그런데 경찰이 수사한 바로 그들은 한국에 입국해서 직접 움직이지 않았어요. 대신 오래 전부터 한국에 거주하고 있던 동남아시아인들과 접촉했지요. 동남아시아인들은 사전에 포섭되었던 것 같아요. 폭발물 제조에 필요한 원료를 구입하고 현장을 사전 답사한 것도 바로 그 동남아시아인들이었고요. 그러니까 같은 편 혹은 조력자가 있었던 거지요. 물론 그 동남아시아인들도 함께 빠져나갔지만요."

"예…… 그런데 저를 찾으신 이유가……?"

"그 테러음모사건과 관련하여 제보자가 있었다는 얘길 황경식 처장으로부터 들었어요. 그런데 지난 달 그 제보자가 황 처장을 만나러 한국에 온다기에 기다렸는데 왔다가 만나지 않고 그냥 돌아가 버렸다더군요."

현우는 허철욱 대사의 방문 목적이 나타샤에 있다고 짐작했다.

"그러니까 대사님께선 나타샤 씨를 만나기 위해 오신 겁니까?"

"지금 나는 모스크바에 머물고 있어요. 모종의 현안을 가지고 러시아 측과 협의하기 위해서요. 그리고 내가 여기 온

건 그 현안이 페테르부르크와도 연결이 돼 있기 때문이에
요."

"그 현안은 제가 알아선 곤란한 것입니까?"

현우의 물음에 허 대사는 한참 생각하다가 고개를 저었다.

"글쎄, 그렇진 않아요. 이미 김영재 교수를 통해 얼마간
들어 알고 있을 내용이니까. 지금 우리는 러시아와 공조해
서 코레일 테러미수사건에 대한 수사를 계속하고 있어요."

"공조수사를 한다는 건 그 테러분자들의 타깃이 한국과
러시아라는 뜻입니까?"

"우리는 그럴 가능성을 열어 놓고 수사를 진행하고 있어
요. 왜냐하면 코레일 즉, 한국의 철도공사와 RZD 즉, 러시
아의 철도공사는 철도사업에 있어 협력관계를 구축하고 있
거든요."

그러면서 허 대사는 한국과 러시아와의 철도사업 협력관
계에 대해 설명했다.

한국은 오래 전부터 한국철도를 시베리아를 경유해 유럽
까지 운영하는 목표를 세우고 있었다. 그것은 유럽국가 및
러시아와의 관계 개선과 증진은 물론 그 나라들과의 수출입
에 따른 물류비용도 현저히 절감시키는 효과가 있었다. 그
러기 위해선 구소련과 동구국가들이 주축이 되어 결성된
국제철도협력기구에의 가입이 필수적이었다. 그래야 한국

철도의 북한통과가 본격적으로 논의될 수 있기 때문이었다. 그런데 회원국의 하나인 북한이 회원가입 의결이 만장일치제인 점을 악용하여 한국의 회원가입에 대해 유일하게 거부권을 행사했던 것이다. 한국철도의 북한통과 논의를 사전에 봉쇄하려는 의도에서였다. 이에 한국철도공사는 작년에 제휴회원에 가입하고 이어 평양 사장단회의에 사장이 참석하여 금년 5월에 있은 서울회의를 유치했다. 회원국들에게 한국철도의 수준을 보여주면서 만장일치제인 회원가입 규정을 완화시키기 위해서였다. 따라서 국제철도협력기구 서울 사장단회의는 한국철도공사 사장의 적극적 로비와 러시아 철도공사 사장의 협조에 의한 결과물이자 양국 철도의 협력 체계 구축의 한 단면을 상징적으로 드러낸 것이었다.

"한국으로선 블라디보스토크와 연해주를 경유하는 러시아의 시베리아횡단철도(TSR)를 통해서든 심양과 하얼빈을 경유하는 중국의 만주횡단철도(TMR)을 통해서든 시베리아를 거쳐 유럽에 이르려면 우선 북한을 통과해야 하기 때문에 북한을 설득할 수 있는 러시아와 협력관계를 구축하지 않을 수 없어요. 다행히 우리의 북방정책 이후 러시아와의 관계는 상당한 진전을 이루었고 최근엔 협력체계가 더욱 굳건해졌지요."

그 한 예가 한국의 나진·하산 프로젝트 참여였다. 북한은 중국과의 관계가 소원해지자 러시아를 끌어들여 합작사업인 나진·하산 프로젝트를 추진했다. 그러나 형식적으로는 합작사업이지만 실제로는 경제적 능력이 없는 북한은 대지 및 시설을 제공하고 러시아가 자금을 대는 방식이었다. 그렇지만 러시아 역시 자금력이 충분하지 않아 한국의 참여를 희망했고 한국은 일정분의 러시아 측 지분을 확보할 계획을 수립 중이었다.

"그러니까 러시아와의 경협을 통해 한국철도의 북한통과를 압박해나가겠다는 거군요?"

"압박이라기보다는 설득이지요. 한국철도의 북한통과는 한국만이 아니라 러시아로서도 바라는 바거든요. 가령 러시아는 시베리아에서 생산되는 천연가스를 한국에 수출하고 싶어 하고 한국 역시 그걸 도입했으면 하지요. 그러면 북한은 그에 따른 통과 수수료를 얻게 되겠지요. 물론 한국 입장에선 그래도 싸게 먹히겠지만. 그리고 북한의 철도를 여는 게 통일의 한 단초도 될 거고요. 아무튼 그처럼 양국은 철도사업이 서로에게 이익이라는 인식을 공유하면서 협력체계를 더욱 굳건히 하고 있어요. 그럴 때 테러분자들의 타깃은 러시아뿐만 아니라 러시아와 협력체계를 구축하고 있는 한국도 포함될 수 있겠지요. 그래서 여러 가능성을 모두 열어 놓고 러시아와 함께 수사를 하고 있는 거예요."

"혹시 북한이 개입된 건 아닐까요? 자국의 철도를 여는 건 자칫 개방화로 이어질 테니까요."

"북한은 러시아를 상대로 테러하진 못하지요."

"그렇다면……?"

허 대사가 담배를 꺼내 현우에게 권했다. 현우가 사양하는데도 극구 권해서 현우는 할 수 없이 한 개비를 받아들었다. 허 대사는 현우에게 불을 붙여주고는 자신도 담배를 피워 물었다. 그리고 길게 연기를 내뿜은 후 말을 이었다.

"거기에 대해선 이 얘길 해주고 싶군요."

"어떤 얘길……?"

"얼마 전 이라크 신도시 건설 공동책임자로 있는 최익겸으로부터 정보가 왔어요."

"혹시 김영재 교수님의 후배라는……."

"맞아요. 내게 부하직원을 보냈어요. 부하직원은 내 은사님의 손자이기도 해서 은사님의 출판기념회가 열린 국회의사당에서 유석민 의원과 함께 만났지요. 차세대 국가지도자로 유력한 유석민 의원은 최익겸의 동기이고 또 국방위원회 소속이라 이라크의 군사시설을 비롯한 제반 문제에 관심이 많지요."

"예……."

"그리고 최익겸은 이라크의 신도시를 건설하는 건설회

사의 책임자 중 한 사람이기도 하지만 그보다 상당한 아랍 전문가예요. 군 시절 미국 유학을 하면서 친교를 맺었던 아랍 친구들이 지금 그쪽 국가들의 지도부가 돼 있어 그들과 잘 통하고 또 두 차례에 걸쳐 자이툰 부대에 근무한 덕분에 아랍 현지의 문화도 잘 이해하고 있지요. 그 친구는 앞으로의 우리 경제가 17억에 이르는 이슬람권을 중시하지 않으면 안 된다고 보고 각종 군사시설과 할랄과 식문화 수출을 위해 나름대로 준비를 하고 있어요."

"예……."

"부하직원이 전하는 최익겸의 얘기가 최근 1, 2년 사이에 IS가 어떤 신비한 물건을 입수했다고 해요."

"어떤 물건요?"

"그 물건을 손에 넣으면 엄청난 자금과 힘이 모인다고 해요. IS의 세력이 그 전의 테러집단에서 볼 수 없던 규모로 갑작스럽게 커지니까 그런 소리가 나오게 된 것 같아요. 그런데 문제는 한동안 자취를 감췄던 그 물건이 IS에게 들어갔다고 하자 또 다른 어떤 세력이 그런 얘길 믿고 그동안 소문으로만 떠돌던 그와 유사한, 혹은 더 막강한 물건을 찾으러 나섰다는 거예요. 실제로 존재하는지 아닌지도 알 수 없지만……."

"그렇습니까."

"최익겸이 IS 쪽에서 흘러나온 정보로 파악한 바로는 그들의 목표는 구소련 붕괴 후 분리독립한 국가들을 다시 복속시키려는 러시아에 맞서 독자적인 세력을 구축하는 거라고 해요. 이슬람 다수파에 맞선 IS처럼요. 그러기 위해선 테러도 마다하지 않는다는 거지요."

"그러니까 지난 번 코레일 서울회의 때 테러를 음모했던 조직도 그들일 거라는 말씀입니까?"

현우의 물음에 허 대사가 천천히 고개를 끄덕였다.

"최익겸은 그럴 가능성이 높다고 보는 거지요. 러시아와 적대적인 그들에게 서울회의에 참가하는 러시아철도공사 사장은 더 없이 좋은 표적일 테니까요. 그는 러시아 대통령 푸틴의 최측근이잖아요. 오랫동안 동지적 관계를 유지해 온."

"결국 그들은 러시아에 맞서기 위해 테러를 자행하는 한편으로 힘을 키우기 위해 또 다른 물건을 찾고 있다는 말씀이지요?"

"물론 나는 그런 물건이 존재한다는 걸 믿지 않아요. 그렇지만 그건 중요한 게 아니에요. 중요한 건 그들이 그렇게 믿고 있다는 사실이에요. 그런 만큼 테러 사건의 제보자도 신변 안전에 각별히 유념해 주면 좋겠다는 것이오."

현우는 뭔가 짚이는 게 있어 물었다.

"혹시 나타샤란 제보자가 모스크바에서 탈린으로 올 때 따라붙었던 남자들이……?"

"그래요. 혹시 하는 노파심에서 표도르 씨와 내가 상의했던 거요. 큰 위험은 없다고 해도 당분간은 조심하는 게 좋아요."

그렇지만 현우는 허 대사가 단지 그 말을 하러 페테르부르크로 왔을 거라곤 생각되지 않았다.

"나타샤 씨에겐 그 말씀을 전하시려고……?"

"어제 김영재 교수에게서 전화가 왔는데 현우 씨가 제보자를 만나고 있을 거라고 했어요. 그래, 페테르부르크로 온 김에 그 사실도 알려주고 가능하다면 제보자도 한번 봤으면 해서요. 확인할 것도 있고 해서……."

현우는 나타샤를 노출시키는 게 다소 꺼림칙했지만 상대는 은사의 친구였다.

갤런드와 나타샤, 그리고 차왕이 곧바로 방으로 들어왔다. 현우는 일행을 허 대사에게 소개했다. 허 대사가 함께 온 수행원이 가방에서 꺼낸 서류 파일을 나타샤 앞으로 내밀고 첫 페이지를 넘겼다. 첫 페이지엔 세 사람의 서양인 얼굴사진이 담겨 있었다.

"혹시 아시는 얼굴입니까?"

나타샤가 곧바로 고개를 저었다.

"이미 본 사진이에요. 안가에서 표도르 씨가 보여줬어요."

"표도르 씨에겐 내가 전했던 거요. 우리 경찰이 확보한 코레일 서울회의 때 테러미수범들의 얼굴이오."

"전혀 본 적이 없는 얼굴이에요."

"그렇다면 그들은 한국을 빠져나간 뒤 러시아로는 들어오지 않은 것 같소."

그러면서 허 대사는 천천히 서류 파일의 뒷장을 넘겨나갔다. 그때마다 나타샤가 고개를 저었다. 그러다가 허 대사가 파일을 몇 장쯤 넘겼을 때였다. 갑자기 나타샤의 얼굴이 굳어졌다. 놀라는 빛이 역력했다.

"아시는 얼굴입니까?"

허 대사가 다급하게 나탈리에게 물었다. 나탈리는 대답 없이 파일의 사진만 뚫어지게 들여다보고 있었다. 파일에는 세 명의 남자 사진이 담겨 있었다.

"그보다 유스포프 궁전 얘기부터 좀 하면 안 될까요?"

잠시 시간이 흐른 후 나타샤가 고개를 들며 말했다.

"그래, 뭘 보셨습니까? 유스포프 궁전에선?"

현우가 유스포프 궁전에 다녀온 후 미루고 있던 질문을 했다. 나타샤는 또 한참 사이를 뒀다가 입을 열었다.

"이위종요."

"탈린 성당에서 본 얼굴과 가장 닮았죠?"

"예."

"그럴 겁니다. 전선에서 돌아온 직후니까요. 그리고 또 어떤 것을……?"

"라스푸틴요. 라스푸틴이 커다란 유리구슬을 가지고 주문을 외우고 있는 모습도요. 그 유리구슬 속엔 어제 이위종과 함께 찍은 사진에서 본 이범진의 얼굴도 비쳤어요. 그리고 라스푸틴이 죽는 모습도 보였어요."

"예……."

현우는 짐작되는 게 있어 고개를 끄덕였다.

"그런데……."

나타샤가 뭔가 생각나는 듯 목소리를 높였다.

"저, 알 것 같아요. 그들이 어머니에게 요구한 게 뭔지를……."

"그게 뭔데요?"

호성이 바짝 호기심을 드러냈다.

"라스푸틴에 대해선 이미 알고 계시는 부분이 많을 거예요. 라스푸틴은 독약을 마시고 총상을 입은 채 젊은 러시아 군 장교와 동양인으로 보이는 친구의 공격을 받고 자루에 넣어져 네바 강에 수장되었어요. 그 동양인 친구는 이위종으로 추정되고요. 라스푸틴의 시신은 황후에 의해 발견되었어요. 그러나 그땐 이미 남성의 중요한 부분과 심장이 시신에서 잘려나간 뒤였어요. 후에 남성의 중요한 부분은 레닌의 볼셰비키에 의해 냉동보관 되었죠. 그러다가 이십 수년 전 도난당했어요. 이 얘긴 표도르 씨가 제공해준 안가에 머무는 동안 그곳에 있는 서재의 책에서 확인한 내용이기도 해요."

이십 수년 전이라면 구소련이 고르바초프의 개방정책으로 혼란에 빠졌을 무렵이었다. 아마도 해체 위기의 공산당원 중 누군가가 훔쳐가 어딘가에 팔아넘겼을 거라고 현우는 생각했다.

"그런데요?"

나타샤가 잠시 말을 끊자 호성이 그 새를 참지 못하고 재촉했다.

"이들이에요. 제가 삼청동에서 잠에 빠졌을 때 꿈같은 환영 속에서 본 것은 이들 세 명이에요. 이들은 어머니를 둘러싸고 앉아 뭔가를 강요하고 있었고 어머니는 그것을 힘들게 거부하는 모습이었어요. 아마 어머니에게 어떤 비밀을 알아내려고 했던 것 같아요. 그러나 어머니는 그것을 거부하고 자신의 힘으로 스스로 목숨을 끊은 거예요."

"그럼 그들이 알려고 했던 게……?"

현우가 물었다.

"라스푸틴의 심장이었어요."

"라스푸틴의 심장요?"

현우가 되물었다. 나타샤가 대답 대신 고개를 끄덕였다.

"라스푸틴의 심장을 어떻게……?"

"어떻게 구했는지 그들은 라스푸틴의 옷을 가지고 어머니를 통해 심장의 행방을 알려고 한 거예요."

"라스푸틴의 옷이라. 어떻게 그런 생각을?"

현우가 의문을 제기하자 나타샤가 단호하게 말했다.

"어머니의 마지막 순간 무릎에 놓인 검은 망토를 저는 분명히 봤어요."

나타샤는 어머니가 죽은 후 곰곰이 생각했지만 도무지 혼란스럽기만 했는데 유스포프 궁전에서 라스푸틴의 체취를 접하자 비로소 그들이 무엇을 원하는 건지를 깨닫게 되었다고 했다.

"그들이 누군지는 아세요?"

현우의 질문에 나타샤는 고개를 가로저었다. 허 대사가 조금 전 현우에게 들려주었던 서울 테러미수범들의 정체에 대해 간략히 얘기했다. 그리고 나타샤 어머니를 압박한 그들 역시 서울 테러미수범과 연계된 동일세력일 거란 점도.

"이들에 대한 정보를 입수한 것은 극히 최근입니다. 나타

샤 씨가 안가를 나온 후니까요. 서울과 모스크바 간의 공조
로 알게 된 거지요. 우리 쪽에선 이라크의 최 본부장의 정보
로 도움을 받았지만 모스크바도 독자적으로 조사를 하고
있었던 모양이에요."

"예⋯⋯."

나타샤가 희미한 소리로 대답했다.

"그럼 혹시 나타샤 씨는 심장의 소재를 알고 계시나요?"

현우의 거듭된 물음에 나타샤는 쓸쓸히 웃었다.

"저는 약간의 과거를 보는 작은 능력밖에 없어요. 제가
그걸 알면 그들이 저를 이렇게 놔두지 않고 납치라도 했겠
죠. 모르니까 가만 놔두는 걸 거예요. 어머니가 제게 그런
걸 찾을 수 있는 당신의 능력을 전해주지 않은 것도 그래서
일 거고요."

현우는 나타샤의 손에 쥐어진 두 개의 엽전을 유심히 바
라보았다.

몇 마디 더 얘기를 나눈 후 허 대사가 자리에서 일어섰다.

다음 날 오전 현우는 마지막으로 한 곳 더 가보기로 했다.
나타샤를 위해서였다. 나타샤는 어제보다 많이 기운을 차
린 듯했다.

일행은 에르미타쥐 박물관을 등지고 좌측으로 걸었다.

곧 운하가 나왔다. 거기서 다리를 건너 조금만 더 가면 나타나는 것이 푸시킨 박물관. 푸시킨이 1836년부터 아내에 추파를 던지는 프랑스 출신 장교 단테스와 결투를 벌이다 부상을 당해 숨진 1837년까지 가족과 함께 살던 곳이었다. 박물관 주변으론 3, 4층 높이의 아파트들이 들어서 있었다. 현우는 나타샤에게 박물관 주변까지 둘러보라고 권했다

갤런드와 나타샤가 박물관을 관람하고 그 주변을 산책할 동안 벤치에 앉아 쉬면서 현우는 이위종을 생각했다. 이위종은 생 시르 프랑스 친구 제르맹으로부터 푸시킨에 대해서 배웠다. 그리고 푸시킨의 죽음이 데카브리스트 지지자였다는 점과 관련하여 궁중 음모에 빠졌던 거라는 사실도. 나폴레옹 전쟁에서 승리한 러시아군이 파리에 입성했다가 배워온 것이 프랑스 혁명정신이었다. 그리고 낙후한 러시아 사회에 그 정신을 이식시키려 했다. 그래서 젊은 장교들을 중심으로 일어난 게 데카브리스트의 난이었다. 그러나 그들의 집단행동은 실패로 돌아가고 그들의 정신은 나중에 제르맹과 체르빈스키 등 이위종의 친구들이 우려했던 대로 레닌에 의해 변질된 모습으로 실현되었다. 그리고 러시아는 소련이라는 나라로 대체되어 70여 년간 비극적인 역사를 써 가게 되었던 것이다.

"무얼 보셨습니까, 푸시킨 박물관 부근에서요?"

푸시킨 박물관 옆 푸시킨 호텔 1층 식당에서 점심을 들며 현우가 물었다. 나타샤의 얼굴은 아침보다도 더 안정돼 보였다.

"주택 안이었어요. 여느 집과 다르지 않은. 그리고 이위종과 함께 있는 어떤 여자의 모습이 보였어요."

나타샤의 대답에 이현우는 천천히 고개를 끄덕였다.

"혹시 그 여자를 보면서 어떤 느낌이 들진 않았습니까?"

"편안했어요. 친근감을 느꼈달까……."

"그 여자의 이름은 엘리자베타입니다."

"엘리자베타요?"

나타샤의 눈이 살짝 커졌다.

"공교롭게도 이위종의 부인 엘리자베타 발레리야노브나와 같은 이름이지요. 그 여자의 정식 이름은 엘리자베타 에피모바에요. 스몰렌스키 주 출신이고요. 최근 러시아가 공개한 문서에서 확인된 사실입니다."

현우의 말에 갤런드는 긴장한 표정으로 나타샤를 지켜보았다. 현우가 말을 이었다.

"아버지 이범진이 자결한 후 이위종은 내부적으로 급속히 무너지면서 통제력을 잃습니다. 그리고 무절제한 생활을 하다가 마침내는 집을 나가 시내의 한 아파트에서 한

여인과 동거생활을 하지요. 엘리자베타 에피모바는 대학생
쯤 되는 여성으로 여겨집니다. 당시 이위종은 러시아 귀족
신분을 부여받은 상태였고 또 한국의 왕족으로도 알려져
있었으니까 여성들에겐 꽤 선호되는 인물이었을 겁니다."

그러다가 이위종은 곧 친구들의 우정 어린 충고로 제자
리로 돌아왔다. 그리고 군사학교를 졸업한 후 전선으로 떠
났다.

"아마도 이위종은 에피모바에게서 난 딸에 대해 알고 있
었을 겁니다. 그리고 제대로 아버지의 노릇을 할 수 없는
자신의 처지에 대해 몹시 괴로워했을 겁니다. 그래서 전선
으로 가면서 탈린의 성당에서도 그 딸에 대한 기도를 올렸
을 테죠. 아마도 그 딸은 이위종에게 가장 마음을 아프게
하는 자식이었을 겁니다."

"그러니까 그 딸이 제 윗대 할머니란 말씀이죠?

"아마도 그 할머니의 자손들에게도 나타샤 씨와 비슷한
일이 있었을 겁니다. 그런데 중학교 때 나타샤 씨에게 자신
의 모습을 드러냈다면 그것은 그의 애절한 의지 아니었을
까요?"

현우가 예상했던 페테르부르크에서의 일정은 끝났다. 그
건 나타샤도 마찬가지일 터였다. 차왕은 오후에 현우 일행

과 헤어져 먼저 모스크바로 떠났다.

이날 밤 늦은 시각. 갤런드는 현우와 호성을 자기 방으로 불러 술잔을 나눴다.

"라스푸틴의 심장 얘기 어떻게 생각하세요?"

갤런드가 현우와 호성의 잔에 술을 따르며 물었다.

"글쎄요."

"전 나타샤 씨가 라스푸틴 얘기를 했던 게 자꾸 마음에 걸리는군요."

갤런드의 낯빛이 어두웠다. 현우가 갤런드를 향해 잔을 들었다.

"성배(聖杯) 얘기 아시죠?"

"조금은요."

"아시다시피 성배는 예수가 최후의 만찬에서 포도주를 마신 잔으로 알려져 있지만 일부 얘기꾼들에 의하면 그것은 정상적인 결혼 생활로 1남 2녀의 자식을 둔 예수를 시조로 하는 왕족의 가계를 의미한다고 하지요. 실제로 레오나르도 다빈치의 〈최후의 만찬〉 그림에도 예수 앞에 놓인 잔이 없다면서요."

"다빈치코드 얘기네?"

호성이 아는 척을 했다.

"로마 역사를 집대성한 ≪로마서≫에도 예수란 이름은

나오지 않는다고 해요. 그렇게 로마 역사를 근본적으로 바꾼 인물인데도요."

"예……."

"그건 어쩜 우리가 알고 있는 예수란 인격이 존재하지 않았을지도 모른다는 반증이 될 수도 있겠죠. 실제로 예수에 대한 얘기가 정립된 건 예수 탄생 이후 백 년 넘게 지나서였다고도 하고요. 그리고 원래 태양신을 숭배했던 콘스탄티누스 황제가 기독교를 공인하게 된 것도 종교적 이유에서가 아니라 정치적 동기에서였다고 하잖아요."

"그런 견해들이 있죠."

갤런드가 고개를 끄덕였다.

"저는 그렇게 생각해요. 성배 얘기를 부정하면서 성경의 얘기를 믿으려면 과학을 무시하는 부단한 노력이 필요해요. 제가 라스푸틴을 신비한 인물이 아니라 대단한 인물일 거라는 말씀도 드렸지만 그래서 라스푸틴을 그냥 성경처럼 실재하는 하나의 현상으로 보면 어떨까 싶어요."

"하나의 현상이라……."

"우리가 성경을 믿듯이 라스푸틴의 얘기도 그냥 받아들이자는 거죠. 실제로 포로와 인질들을 공개리에 참수하고, 부녀자를 납치해 성폭력을 자행하고 노예로 팔아버리는 등의 IS의 행태를 보면 악의 전형 같은 게 느껴져요. 그럴 때 라스푸틴은 그런 전형의 하나로서 상징성이 있고 그들도 그걸 이용하는 것일 뿐이라는 거죠."

"예……."

"그래서 저는 나타샤 씨에게서 라스푸틴을 떠올리는 것은 바람직하지 않다고 생각해요. 그보다 가치 있는 건 나타샤 씨를 통해 이위종을 생각하면서 그를 위로해주고 싶다는 거예요. 그는 시대의 바다를 항해하다가 역사 밖으로 사라진 슬픈 영혼이거든요."

현우와 호성, 갤런드 세 사람은 다 같이 잔을 비웠다.

"앞으로 나타샤 씨는 어떻게 해야 할까요?"

갤런드의 목소리는 가라앉아 있었다.

"글쎄요."

현우는 마땅한 답이 떠오르지 않았다. 나타샤의 '과거시'는 크게 달라지지 않은 것 같았고 한국 무속의 신내림 현상은 그 이후로 별다른 변화의 조짐이 없는 것처럼 보였다.

"나타샤 씨는 자신에게 부여된 운명을 어떻게 극복할 수 있을까요?"

"글쎄요."

현우는 뭐라고 명쾌하게 답을 해줄 수 없어 스스로도 답답했다. 갤런드의 얼굴엔 고뇌의 빛이 가득했다.

"한국 무속신앙에 '인다리'라는 게 있습니다."

현우가 갤런드와 눈을 맞추며 입을 열었다.

"인다리요?"

갤런드가 현우의 말을 되뇌었다

"신병에 걸린 사람이 정식으로 신내림을 받지 않을 경우 가장 가까운 사람부터 한 사람씩 목숨을 잃게 되는 현상을 말하죠."

"그런데요?"

"나타샤 씨의 경우엔 이미 한 사람이 죽었습니다. 어머니가 죽었잖습니까."

"그렇지요."

"그래서 저는 아직 시간이 있다고 생각합니다. 그동안 나타샤 씨에게 좋은 환경을 만들어주는 게 중요할 것 같아요."

"좋은 환경이라면 어떤……?"

"어떤 식의 특별한 능력이든 그것이 사용되지 않을 환경 같은 거죠. 제가 들은 바론 기독교의 힘과 가까운 사람의 지극한 애정이 그것을 극복할 수 있다고 해요."

"예……."

갤런드가 천천히 고개를 끄덕였다.

　현우와 갤런드, 나타샤와 호성은 비행기로 이르쿠츠크로 이동해 한 정교회성당에서 이위종을 위한 미사를 올렸다. 이르쿠츠크는 이위종이 마지막 전투를 벌였다가 숨진 곳이었다.

　"이위종에 대한 기록은 구소련이 붕괴된 후 간헐적으로 흘러나오기 시작했어요. 그런데 놀라운 것은 일본 쪽에 의외로 기록이 적잖게 보인다는 사실이에요."

　"그러네요. 적에 대한 기록을 그렇게 남아 있다는 게……."

　갤런드도 동감을 표명했다.

　"그만큼 일본 쪽엔 불편한 인물이었기 때문일 테죠. 이위종에 대한 기록은 이곳에서 끝나요. 그런데 일본의 다른 기록에 의하면 3년 뒤인 1925년에도 이위종이 페테르부르크에 거주하고 있다고 나와요. 오랫동안 러시아에 머물며 러시아인들 사이에 상당한 신망을 얻고 있다고요. 하지만 그런 건 별로 중요하지 않다고 생각돼요. 그가 언제까지 살았느냐보다는 어떻게 살았느냐에 더욱 의미가 있을 테니까요."

현우는 가슴이 먹먹해져 양파 모양의 성당 지붕으로 눈을 돌렸다. 지붕 위로 떠 있는 파란 하늘이 무심하게 느껴졌다.

며칠 후 서울 I대학 뒷산.

어린 시절 이위종이 재롱을 떨며 할아버지 이경하와 놀던 곳. 현우와 갤런드, 나타샤와 호성은 한 나무 아래 간단하게 음식을 차려 놓고 제를 올렸다. 10세에 조국을 떠나 36세에 불귀의 객이 된 영혼을 위로하고자 함이었다. 그 26년에는 미국 중학생에서 프랑스 사관학교 생도, 외교관, 의병 지도자, 러시아 장교, 볼셰비키파 적군을 거쳐 마침내 독립된 한인자치구를 세우려한 한 인간의 고단하고도 파란만장했던 삶이 있었다.

누구에게나 어린 시절이 있었을 것이되 어린 시절의 이위종을 떠올리며 함께 자리한 사람들의 마음은 무거웠다. 그때가 그에겐 가장 행복했던 시기가 아니었을까. 현우는 생각했다. 한국 최초의 세계인 이위종. 그는 불꽃같은 짧은 생애를 통틀어 한국과 한국의 독립밖에 생각하지 않은 진정한 한국의 왕자였다.

나타샤는 동전 두 개를 땅 속 깊이 묻었다. 그리고 다시는 그것이 세상에 나오지 않기를 기원했다. 절을 올리고 일어서서 눈물을 훔치는 나타샤에게 갤런드가 다가와 가만히 손을 잡아 주었다.(*)

한국 최초의 세계인

《헤이그의 왕자 위종》은 한 인간의 파란만장했던 삶에 대해 우리 모두가 한번쯤 생각해 보았으면 하는 소박한 마음에서 출발했다.

한국 최초의 세계인 이위종에 보다 가깝게 다가가게 된 것은 안중근을 통해서였다. 우리에게 헤이그 밀사 3인 중의 한 명으로만 알려져 있는 이위종은 미국공사로 부임하는 아버지를 따라 10세에 도미하여 그곳에서 중등교육을 받았고 프랑스로 가 한국인 최초로 생 시르 육군사관학교에 입교했다. 그리고 러시아에서 외교관으로 근무하던 중 헤이그 특사로 발탁되어 21세의 젊은 나이로 헤이그 만국평화회의 기간 동안 각국 기자들을 상대로 일본의 을사늑약의 강제성과 비합법성을 폭로하고 한국인의 독립의지를 호소했다.

그리고 2년 뒤 연해주로 가 최재형과 함께 의병들을 규합하여 동의회를 만들고 안중근의 국내진공을 지원한 한편으로 이토 히로부미 저격도 기획했다. 안중근이 그랬던 것처럼 이위종의 삶 역시 그 이전은 물론 그 이후로도 조국 독립을 위한 피 끓는 노력의 연속이었다.

길지 않았으나 파란만장해서 드라마틱하기까지 했던 그의 애틋하고 숭고한 삶의 여정은 그래서 오늘 우리가 반드시 기억해야 할 것이라 여겨졌다.

책이 나오기까지 많은 도움을 주신 작가와비평 편집부 식구들에게 깊이 감사드린다.

2016년 2월

김제철

지은이 김제철

대구 출생. 한양대학교 및 동대학원 졸업. 소설가.
〈소설문학〉 신인상, 〈월간문학〉 신인상(희곡), 〈삼성문예상〉, 〈오늘의 작가상〉 수상.
장편소설로 『초록빛 청춘』, 『적도』, 『사라진 신화』, 『그리운 청산』, 『솔레이노의 비가』
등이, 단편집으로 『우리도 별까지』, 수필집으로 『보리밥과 쌀밥』 등이 있다.
현재 한양여자대학교 문예창작과 교수로 재직 중이다.

헤이그의 왕자 위종

© 김제철, 2016

1판 1쇄 발행__2016년 03월 20일
1판 2쇄 발행__2016년 12월 15일

지은이__김제철
펴낸이__양정섭
펴낸곳__작가와비평
　　　　등록__제2010-000013호
　　　　블로그__http://wekorea.tistory.com
　　　　이메일__mykorea01@naver.com

공급처__(주)글로벌콘텐츠출판그룹
　　　　대표__홍정표
　　　　편집__송은주　**디자인**__김미미　**기획·마케팅**__노경민　**경영지원**__안선영
　　　　주소__서울특별시 강동구 천중로 196 정일빌딩 401호
　　　　전화__02-488-3280　**팩스**__02-488-3281
　　　　홈페이지__www.gcbook.co.kr

값 14,000원
ISBN 979-11-5592-173-9 03810

※ 이 책은 본사와 저자의 허락 없이는 내용의 일부 또는 전체의 무단 전재나 복제, 광전자 매체 수록 등을
　금합니다.
※ 잘못된 책은 구입처에서 바꾸어 드립니다.
※ 이 도서의 국립중앙도서관 출판예정도서목록(CIP)은 서지정보유통지원시스템 홈페이지(http://seoji.nl.go.kr)
　와 국가자료공동목록시스템(http://www.nl.go.kr/kolisnet)에서 이용하실 수 있습니다. (CIP제어번호:
　CIP2016004589)